蒼井雄探偵小説選

論創ミステリ叢書

54

論創社

蒼井雄探偵小説選　目次

創作篇

狂燥曲殺人事件 …… 2
執　念 …… 51
最後の審判 …… 68
蛆　虫 …… 78
霧しぶく山 …… 82
黒潮殺人事件 …… 164
第三者の殺人 …… 192
三つめの棺 …… 206
犯罪者の心理 …… 220
感情の動き …… 232

＊

ソル・グルクハイマー殺人事件　京都探偵倶楽部 …… 245

随筆篇

寝言の寄せ書……282
神戸探偵倶楽部寄せ書……282
作者の言葉（「狂燥曲殺人事件」）……282
「瀬戸内海の惨劇」について……283
盲腸と探偵小説……284
この作に就き（「瀬戸内海の惨劇」）……287
箱詰裸女……288
解説（「船富家の惨劇」）……293
郷　愁……294
（無題）……295
アンケート……295

【解題】　横井　司……297

凡例

一、「仮名づかい」は、「現代仮名遣い」（昭和六一年七月一日内閣告示第一号）にあらためた。
一、漢字の表記については、原則として「常用漢字表」に従って底本の表記をあらため、表外漢字は、底本の表記を尊重した。ただし人名漢字については適宜慣例に従った。
一、難読漢字については、現代仮名遣いでルビを付した。
一、極端な当て字と思われるもの及び指示語、副詞、接続詞等は適宜仮名に改めた。
一、あきらかな誤植は訂正した。
一、今日の人権意識に照らして不当・不適切と思われる語句や表現がみられる箇所もあるが、時代的背景と作品の価値に鑑み、修正・削除はおこなわなかった。
一、作品標題は、底本の仮名づかいを尊重した。漢字については、常用漢字表にある漢字は同表に従って字体をあらためたが、それ以外の漢字は底本の字体のままとした。

創作篇

狂燥曲殺人事件

第一章　子守唄

　プラタヌスの嫩葉《わかば》を揺すぶって、六月の重い蒸暑さを僅かながら忘れさせる、そよかな風が、南の窓から忍び込んで、話に耽る二人の男の頬を擽ぐった。

　一人の男は長髪《オールバック》に厚い度の強い縁無しの眼鏡を掛けた二十四五の弱々しく見える青年で、久留米絣の単衣越しに想像される体軀は、腺病質を物語っている。だが、この青年がこの部屋においては、主人公であって、丸い卓子を置いて、頻りとホープを燻らす、ノータイ襯衣《シャツ》の、無雑作に左右に分けた黒い髪に指を突込んだ、むしろ容貌魁偉とも言うべき洋服男が、その訪客なのであろう。

「――しかしその方法には大きな違算があるよ」

　低いが妙に熱を帯びた口調で洋服男は語り続ける。

「――第一考えても見給え！　なるほどその殺害方法を以てすれば、犯人は完全なる不在証明《アリバイ》を得る事は勿論、殺人の発見と同時に現場に出頭して、まず捜査官の嫌疑の焦点から逃避する事が出来る。しかし君！　犯行は絶対に現実なんだぜ！　徒らな机上の空論に捜査は低迷しないのだよ。それに仮初めにも充実を以て世界に鳴る吾が警察の捜査官諸氏がいかに慎重に綿密に、捜査の範囲を縮小し適確な証拠を挙げて行くかは、蓋し想像に余りあるではないか！　待て！　君の云わんとする処は、僕よく承知しているよ。この犯行方法に絶対に証拠は残らない！　と君は強調したいんだろう。よし！　じゃ最初から、その殺害方法の残して行く証跡を逐一、君の前に摘録してやろう！」

　思わず彼の声の高くなるのを、さすがの青年もその言葉の不穏当な語句に、いささか部屋の外に洩れるのを惧れたのであろう。つと立って、玄関に面した扉を押開いたが、僅かに門燈が玄関の硝子《ガラス》扉を照し、奥の部屋からは、何事も無さそうに談笑する女中達の和やかな声と、ラヂオであろうか、長唄らしい節調が響いて来るのみであった。

「――おい！　何を覗いてるんだい？」

話の腰を折られたので、僅かながら不快を覚えたのか、洋服男も同じく立って扉の隙から廊下を透かして見たが、その時彼の耳は、軽い金属性の韻律を捉えた。

「淳子だよ。だが何を弾いているのだろう」

ピアノは断続的に何等曲譜を辿る様子もなく、それは春の夜の物悩ましさに煩悶する若人の心の儘の表現とも言い得よう、あるいはまた何か煩瑣な思惑を断ち切らむがため、ただ夢中に鍵盤《キー》を叩き続けているとも言い得るような乱調子なのだ。

「――可笑しいね、どうしたというのだろう！」

呟くように再び青年は言ったが、思いなしか額は暗く、その儘扉を閉じて、卓子に戻った。

「――あ、もう八時十五分前だね」洋服男はチラと腕時計を覗いたが、また新しいホープに火を点けた。

「君の言おうとする点は、僕によく解るよ」

暫く沈黙の後、青年は顔貌の繊細なのに反して、底力のある声で言葉を続けた。

「――まず君は、屍体に現れる紅斑を以て、第一の犯跡と云うのだろう！」

「いや！　それを注意せなくとも、死因鑑定のため解剖すれば一目瞭然じゃないか！」

「いかにも！」青年は眸を輝かして頷いた。

「一酸化炭素ヘモグロビンの存在は、明白に立証されるよ。法医学は、完全な証明方法を教えているよ。だがそれがどうしたと言うのだ」

「――待て！　喜多野！　それは暴言と云うものだぞ！　何故ならば、その部屋の広さと空気の体積と、燃焼された炭素の量から、幾何《いくばく》の一酸化炭素が発生し得るかは、簡単な化学の問題だとは思わないか？」

「それこそ君の眇見だよ」落着いて青年は続ける。

「――炭が必ず何パーセント完全燃焼し、残り何パーセントが不完全燃焼の結果酸化炭素を発生するかは、絶対的のものじゃない事位、常識の範囲の問題じゃないか。それに君が危惧する酸化炭素の発生率は、閉じられた部屋における不完全な通風状態がいかに作用するかを考えれば熟考の心要が無いと思うよ」

「そこだよ、大きい違算が有ると僕の言うのは――」

強くなおも言葉を続けむとする洋服男を軽く手で制して、何故か青年は無言の儘部屋を出て行った。廊下を歩む音、続いて階段の軋む音、二階の彼の部屋にでも行くのであろうか。がその半ば開かれた扉の隙間から、今度は静かなピアノの韻律《リズム》が響いてきた。

「――ブラームスの子守唄だな」呟いた男は南の窓に倚って、新緑のプラタヌスの茂みを仰いだ。そよかな微風がある。木の葉のさやかな葉ずれの音が、その静かな韻律に乗って彼には今まで熱を帯びて論じていた話題とは全然関知の無い、甘い情緒が忍び込むように思えた。しかしそれらも僅か数分であったろうか。――

「どうしたのだい?」音も無く玄関脇の応接間と覚しきこの部屋に、蹣跚《よろめ》くように戻って来た青年の、顔面の悽愴とも言えるほど蒼白なのに吃驚《びっくり》した彼が、慌てて、青年の傍に馳せ寄った時には、青年は漸く自意識を恢復したのであろう、両手で顔を抱えた儘、

「――いや、何んでもないんだよ。ちょっと眩暈《めまい》した丈なんだ」と苦し気な息を吐いて、

「――今の筋《プロット》をまとめたノートを探していたのだが、どうしたのか僕の部屋に見付からないのだよ」

「ノートって?」

「ウン――僕の今まで考え出した殺人方法の種々を書き込んであるんだ。だが、それ丈なら未だいい、それよりも不可ない事は――」

「――不可ない事は?」思わず反問するのを、青年は再び苦し気に手を振って、

「――恐ろしい事だ。もし、――もしあれが利用されたら――」

とまたも喘ぐように息を吐くのだった。が、しかし、次の言葉がその唇を洩れようとした時に、彼等二人は、消魂《けたたま》しい女の叫声に、思わずはっとして息を秘めて凝立した。とまたも鋭い女の怯えた悲鳴が二人の耳朶を搏った。その声は確かこの家の二階と覚しき辺りから響いて来るのである。

第二章　突発せる事件

思わず愴慌として扉を排して跳び出した二人が、その階段への廊下において、第一に顔を会わせたのは、三十年配の色の白い、束髪の婦人であった。が薄い唇が紫に褪せて、わなわなと慄えて見えたのが、瞬《みひら》かれた瞳と共に、受けた驚愕の大きさを物語っていた。

「誰です? あの声は――」しかし青年はその返事も待たずに階段を躍るように馳せ上った。その背後に無言の儘、洋服男と婦人と、女中であろう、青ざめた顔に劇

しく搏つ心臓を押えているのか、左の乳房に両手を組んで、二十歳位の女が、続いて階段を昇った。

青年が階段の上の踊場に達した時、同じく反対側の階段を上って来たらしい、四十に近い同じく束髪の、黄色味を帯びた眼の細い女性と、ピタリと視線を合せたが、その刹那、青年は思わず声を挙げた。

「お母さん！ 貴女ですか？ あの声は？」

だが、その母はどうしたのであろう、凄いほどの憎悪の眸をキッと瞠って、彼の背後に続く色の白い女性に、鋭い侮蔑の視線を投げ掛けているのだ。

「――駿《すすむ》！ お、お父さんが……。みよだよ。お前!!」

階上は廊下が東西に走っていて、階段と廊下を境に四つの部屋に分れている。彼等は声の響いたと思われる東北の部屋にと進んで、廊下と仕切りの襖に手を掛けた。

とその時、洋服男は背後に、仄かな香料の馨と共に、細い絹のような声を聞いた。

「まあ！ 仰々しい。どうしたんですの？」

先刻のピアノの主であろう。軽く波《ウエーブ》を掛けた髪、薄く刷いた白粉、細く引いた眉、すんなりとした肩の二十歳位の娘、淳子の、紙の如く蒼ざめ、石膏の如く硬ばった姿であった。

襖を開くと、色も無く声も無くただわなわなと戦き慄う十七八の娘の中腰の姿があった。彼女の受けた驚愕が、神経中枢に激しい衝動を与えたのであろう。膝で僅かに開かれた廊下の方へにじりながら、北を枕に敷かれた蒲団の方を、打震う指で指示するのであった。

「みよか⁉ 吃驚するじゃないか！」突慳貪《つっけんどん》に云いながら、駿はつかつかと蒲団に伏す人の枕元に進んだが、彼も思わず、呀《あ》ッ!! と叫声を挙げた。

無残にも、北枕に仰臥する五十年配の男の首元と覚しき個所に、白柄の短刀がグサッ！ と、あたかも巨象の牙の如く突立っているのだ。

「不可ない！ 寄っては不可ない！」

慌しく一同を両手で押戻しながら、駿は、ただ一人の男である洋服男を、眼で呼び出した。

「弘世《ひろせ》君！ 頼む！ 電話だッ!!」

あの繊細な身体にどうしてこのような力があるのだろうと思われる位、決然たる調子で駿青年は、一同を廊下へ追い出すと、

「お父さんが殺されているんです、係官が来るまで証跡を保存せねば犯人の検挙が困難になります！」と毅然と言い放ったのである。

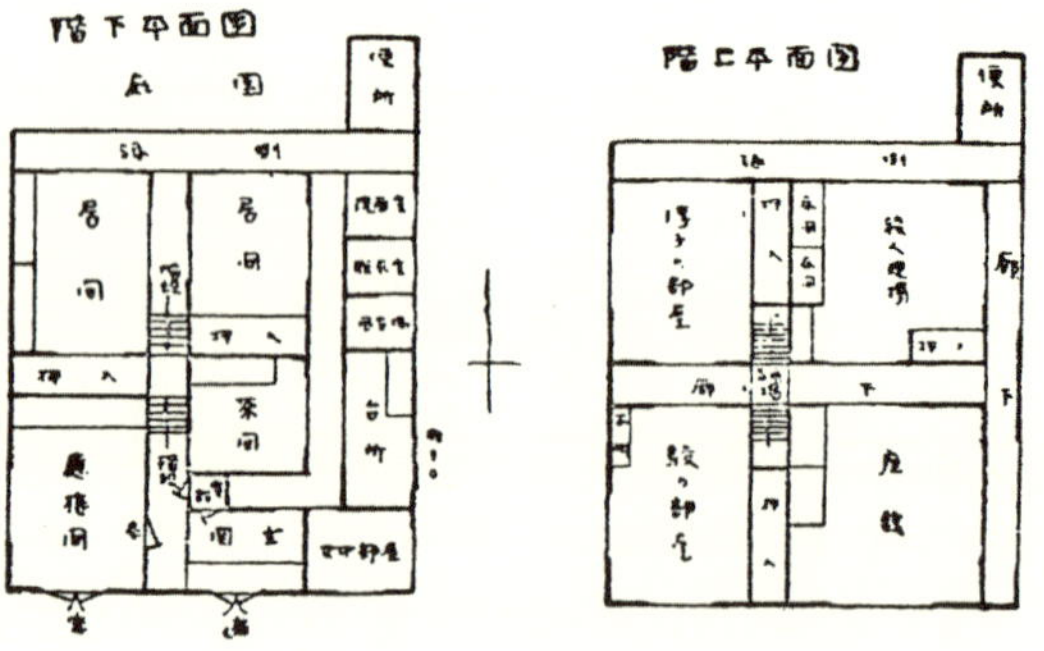

その言葉と共に、崩れるように廊下に打伏したのは、色白の婦人であった。がその歔欷の声に冷い視線を投げて、むしろ病的に近い上ずった口調で、駿の母という黄色い顔の女は、罵るように云った。

「芝居が巧いよ。本当に、何という恩知らずだろう――」

「あら！　叔母様！」

慌てて、淳子がその不気味な不穏な声を遮るように、思わず馳せ寄るのを、何故か駿は冷然として押返した。

「お帰んなさい！　貴女の出て来る場所じゃありません！」

深い疑惑と絶望に近い眼差しで、その蒼白な細い顔貌を見遣った淳子は、度の強いレンズの奥に光る眸に、到底許容されまじき色を読み取ったのであろう、彼女は首垂れて自分の部屋、それは階段を隔てた廊下の北側の部屋であったが、戻って行ったのである。

「みよ！　お前はどうして今頃お父さんの部屋に這入っていたのだ？」

円顔の未だ子供らしさの抜けきらぬ上女中のみよは、なおも慄然としながら、戦く声で、

「は、は、ハイ、アノ奥様が……水を……水を持って……。旦那様が……お酒……お酒を……召上って、お寝《よ》って……いら、いらしゃいますので……」なおも吃りつつ続けるのを引取って、

「いえね。妾《わたし》が、旦那様はもう御眼覚め時分だから、お水をお枕元に持っていらっしゃいと言い付けたのですよ」と彼の母の声が、夫の死をあたかも予期していたかのように、少しも乱れずに響いた。

「直ぐ来るそうだよ。ついでに僕、箕作《みづくり》氏も呼んでおいたよ。異存あるまいね」

「箕作氏って？」

「そら！　僕がいつも法医学の智識を仕込れて来る、医大の若き学徒、病理研究室の箕作氏だよ」

弘世は、この突発した殺人事件に関聯せる事を却って悦ぶように、太い指で無雑作に毛髪を掻き毟るのだった。

第三章　死因の謎

屍体はなお充分の体温を保持していた。この事実は、死への転帰を辿ってよりの時間の経過の僅少を物語るものである。

加藤裁判医は、物馴れた態度で、夏蒲団の上に仰臥せる屍体の着衣を剝がして、重要な検屍を進めたが、屍体の皮膚が一様に蒼灰色の貧血状態を呈しているのに、まず怪訝の眸を瞬った。

「兎我野さん！　この被害者の体格から見ると、栄養佳良の立派な体質で、貴方も御覧の通り中年の紳士としては申分の無い、むしろ肥満に近い体軀ですが、この皮膚の貧血状態はちょっと不思議ですね」

「しかし死因が過失の出血に依る失血死であれば……」

言いながら××署司法主任兎我野警部は、咽喉部頸動脈附近に、突刺された白柄の短刀を熟視したが、急に頓狂な声を立てた。

「――不思議だ！　出血が無い！　刺創口から流出している血が尠なすぎる！」

長身瘦軀の加藤裁判医の落ちた頰に莞爾と笑が浮んだが、同じく不審にたえぬように、

「――でしょう。だからこの貧血状態が、この被害者の特有な疾病に因るものか、それ共、毒薬に依るものか剖検せねば判りませんがね、しかし、私の見たところ、今までの経験に徴して見ても、外見上は毒に依る死の徴候を何一つ呈示していませんよ」

太い眉と広い額、大きい俗に云う獅子鼻と厚い劣情と貪欲を想わせる唇の間に、漆黒の髭が蓄えられている。が頰の筋肉は苦悶に歪み、眼窩は落ち窪んで、瞼を半ば見開き、溷濁《こんだく》しかけた角膜が覗いて、享けた苦痛の大《おお》きさを表現している。頤には髯の跡が青さを増し、唇の色も褪せて白色に近く、耳朶さえも灰黄色に褪せている。

短刀は仰臥せる被害者の前頸部を狙って一突に頸動脈を刺貫いたもので、有刃部は左頸部に向い、刺創は甲状軟骨左側上角より顎角に略《ほぼ》平行し皮膚繊維の方向に、約三糎《センチメートル》の刺入口を有して、左総頸動脈及咽頭収縮筋附近を切断しているのである。

加藤裁判医はそっと短刀に布を被せて抜き取った。僅かに血液がその刺創口より左頸部にタラタラと流れ出した。

「ね、兎我野さん！　むしろ、この刺創は、被害者の死後、加えられたものと思推されますね」

鑑識係員に短刀を手渡すると、彼は慎重に創口を診べながら呟くように言った。

「――可怪しい！　確かに可怪しい。創縁は正鋭かつ皮下に凝血がある。刺創の作られた時は皮膚はなお生活反応を有していたのだ。それにも拘らず、この出血過少は、何に起因するのだろう？」

枕元にまで滴り落ちた血液は凝固しかけていたが、その量はコップ一杯にも満たぬが如く思推された。

しきりと粉を振りかけ、指紋の検出に努めていた鑑識係員は、投げ出すように言った。

「駄目ですよ、何一つ発見されません！」

短刀の鞘は屍体の枕元に落ちていた。錦繍の縫取りをした袋も同じ個所に落ちていた。

「――父の守刀です。銘は誰だか忘れましたが、祖父伝来の名刀だと、父がいつも自慢していたものです」

駿は、兎我野主任から見せられると、直ちにこう答えたのであった。事件はこうして、最初から混沌たる状態のもとに展開され、幾多前途の困難なる荊棘の路を想像させたのである。


「死後僅かに一時間余、だから兇行時間は、八時前後と言いたいのですが、直接死因がこの刺創に依るか否か、剖検した上でなければ断言出来ないので、従って、犯行が何時頃加えられたかは、今の処考察外に属すると思います。しかし――」と加藤裁判医は、村田捜査課長の方を顧て、「――他殺である事は、これも厳密に云えば、無論断言出来ないのでしょうけれど、そう認定しても差支え無いと思いますね」

金縁眼鏡に、細い顎を左指で揉んでいた無髭の紳士、村田捜査課長は静かに首肯いて、兎我野警部を差麾いた。

「――家族は全部で何人かね」

「――被害者を入れて全部で七人です。喜多野夫婦と、妾一人、息子と養女、それに女中二人――」

「――被害者を除けば、女五人男一人だね」

暫く沈思する様子であったが、急に思出したように、

「まだもう一人洋服を着た男が居るじゃないか？　誰だね？　あれは――」

「当家長男駿の友人、弘世という男です。本署に事件発生を電話してきた当人です」

第四章　訊問

ぴたりと微風も止んで、重苦しい空気が、初夏の蒸暑さを澱ませ、先ほど弘世が窓に倚って子守唄の哀調を聴いた、玄関脇の部屋は厳めしい捜査官連を迎えて、更に沈鬱な重苦しさを加え、その窓をすっかり開放《あけはな》っても、なお汗の浸み出る暑さであった。

「おや！　どうしたのだい！」捜査は捜査官にと、自分の責務を果した加藤裁判医が、喜多野家の玄関を出ようとした時、偶然にもそこに友人箕作の姿を発見したので、奇異の眸を瞠ったのである。

「――検屍はもう済んだのかい⁉」

差出す手を握りながら、箕作は、紅い頰に皮肉な笑を浮べて、「――電話が有ったのだよ。何か殺人事件が発生したそうじゃないか！」

「――いつもの早耳、地獄耳だね、全く――」と加藤は大袈裟に頷いて、屋内の方を指しながら、「――始まってるよ。訊問が――」

「――誰だい？」

「――村田氏さ‼」

大きく手を振ると、その儘箕作氏は屋内にと這入って行った。

「あ！　先生‼」何か訊問を受けていたらしい弘世は、扉を開いて這入って来た箕作氏を見ると、思わず赭顔の魁偉な相貌を輝して歓喜の声を挙げた。

「――これは失礼！　お邪魔でしょうか！」

村田捜査課長の表情に一瞬暗い蔭が走ったが、別に断る様子も無く、傍の椅子を指示して、皮肉とも思える微笑を浮べて、

「――箕作さん！　貴方には恰度持って来いの難事件ですよ。一つ御意見が伺いたいものです」

苦笑が箕作の豊頰に浮んだが、弘世を顧て、

「この男ですよ。僕に電話してくれたんです。犯罪趣味の豊かな男ですよ」

「あの突発した悲鳴と、喜多野君の態度、それにお母さんの表情等が、殺人事件と判明したと同時に、並々ならぬ雰囲気を僕に感ぜしめたのです。で僕、先生をまず思い浮べお電話したのでした」

弘世は駿と殺人論を戦わしていた時と同様に、熱を帯びた口調で陳述したのである。

「――で駿君が階上に上った時間は?」

「ハイ、ピアノを聴いて、腕時計を覗いた時が八時十五分前でしたから、それから数分しか経過していませんでしたから、八時十分前頃だったでしょうか!」

「その間君はこの部屋に居たのだね」

「ハイ!」

「それから何分ほどして駿君は戻って来たかね」

「サア! 私はその時窓に倚って、二階から洩れて来るピアノの韻律に聴き惚れていたので明確な記憶が有りませんが、数分だったでしょうか!」

「その曲は何だったかね?」

「ブラームスの子守唄だったと思います。私の記憶に無い曲ならばそれほど聴き惚れる事も無かったでしょうけれど――」

「駿君が戻って来た時に、何か不審な態度なり言語なりを発見せなかったかね」

弘世はその時、ふと躊躇の色を見せたが、箕作氏の温和な視線に逢うと、直ぐ口を開いた。

「――それが不思議なのです。真蒼な表情で喜多野は部屋に蹌踉《よろめ》き込みました。そして喘ぐように呟くんです――」

「何んと?」

「『お怖ろしいことだ!!』と……」

村田捜査課長は、弘世の表情の変化の、些細な点をも見逃すまいとするように、凝視を続けながら、次を促がした。

「――しかしその次の言葉が、彼の唇から洩れようとした時に、あの怖ろしい悲鳴が聞えたのでした」

何故か弘世は、駿の殺人方法を記載したノートの紛失に就ては一言も触れなかった。

「柴島綾と申します」

心臓が弱いのであろうか、両手を左乳房に当てた二十歳位の下女中は、下脹れの頰に血の気も悪く、おどおどとした態度ではあったが割に明快な口調で陳述した。

「――茶の間でラヂオを聴きながら、御新造様とお茶を頂いて居りました。奥様は恰度御風呂をお召しになっていらっしゃいました。おみよさんが、その方に行って居られたので、私は二階にあの怖ろしい声を聞くまでは、おみよさんが二階に上られた事など、少しも存じませんでした」

「ラヂオは一体何をやっていましたかね」

箕作は柔和な微笑を豊頬に浮べながら訊いた。

「――長唄でございました」

「――あ、長唄をね。そうそう今夜は、神戸の何とかいう長唄の師匠の、引退記念で芽出度い題でしたね」

「ハイ。私はよく存じませんが、御新造さんが、むかしお習いになった事が有りましたそうで……」

「御新造さんとは？」

「喜多野鉱造の愛妾の事だよ」

村田捜査課長が説明した。

「神戸湊川検番に居た芸妓だ。数年前落籍して、囲っていたのだが、昨年末からこの邸宅に家族と同居するようにしたらしいのだ」

「妾が植原篠《しの》で御座います」三十路の坂は既に越えているのであろう。しかし天性とも云い得る肌の白さと濃かさが、裕に年齢を四五歳は若く見せた。二重瞼が赤く張れて、黒味の勝った瞳が、泪に潤んで、小さい唇が赤く噛みしめられている。右手に握り締めた手布は既にこの麗人の泪を充分過ぎるほど吸い取っているのであろう、しとど濡れて見えた。

「――笑香と申しまして、神戸に左褄を取って居りましたが、今より五年ほど前落籍《ひか》されまして、六甲山麓に一軒別宅を構えさして頂いて居りました、処が昨年末、お恥かしい事で御座いますが、妾の身体が異ってきたのを気附いたので御座います」

始めて、その言葉に依って一同は期せず視線を、女の胸元から腹部に集めたが、なるほど、既に彼女の胎内に発生した第二の生命が、相当に生育し息づいているのが充分察知せられた。

彼女もその視線を感じたらしく、さすがに羞恥にぽっと耳朶を充血させながら縷々と続けた。

「――旦那様は無論、大変喜んで下さいました。それに、ここの奥様も大そう物判りの良いお方で、妾の事をよく御承知に成っていらっしゃいまして、種々旦那様にお薦めになり、態々《わざわざ》妾の別宅へ御見えになりまして、本宅で一緒に暮しましょう、と御親切に仰言って下さいましたので御座います。

――後に承りますれば、旦那様や若旦那様等は反対なさったそうで御座いますが、どうしたお考えからか、奥様が大変御熱心で、遂に妾も断り切れませず、こちらで御厄介になる事に決心致したので御座いました」

「奥様はやはり、ずっと親切だったかね」

「ハ、はい」彼女は微かに躊躇《ためら》う様子であったが、聽て思い切ったように「——あの、奥様は、日頃は迚も良いお方なんで御座いますけれど、あの毎月の障《さわり》の有ります間は、それは本当に怖ろしいほどにお変りになるので御座います。あのようなのをヒステリーとでも申すので御座いましょうか？」

「貴女はずっと茶の間に居りましたか？」

「ハイ」と頷いて、「——妾の元の長唄のお師匠様の放送が御座いましたので——」

「あ、その長唄は何という題でしたかね？」

「——『老松《おいまつ》』で御座いました。芽出度い曲で御座います」不審に思いながらも箕作に向って、答えた。

「『老松』！　なるほど」箕作は何を考えているのか頷きながら、「——で、あの悲鳴の聞えた時は、どの辺をやっていました？」

「はい！　丁度あの、〽松の太夫のうちかけは、蔦の模様に藤色の——というところで御座いました。妾も昔の記憶を辿りつつ口吟んで居りましたので、よく覚えているので御座います」

第五章　疑問

篠の悄然たる姿が、さすがにその左褄時代の面影を項《うなじ》から背に掛けての線に見せて、雨に濡れ悩む海棠の花の風情よろしく、扉の蔭に消えて行くのを見送って、村田捜査課長は、続いて上女中久米井みよの呼出しを命じた。

　円顔の頬の紅い、一重瞼のくるるとした眼の愛らしい娘のみよは、小柄な内気そうな女であった。日頃ならば、未だ充分児供離れのしていないその眸は、きっと無邪気に若い娘心の楽しさを表現していたであろうが、今は、恐怖と疑惑と畏怖にうちのめされ、追いつめられた小兎の如く、おどおどと戦き慄えていた。

「どうして屍体を発見したか言って御覧？」

　優しく捜査課長は口を開いた。「——二階へ水を持って行ったんだってね？」

「ハ、ハイ。あの、奥様が、もう旦那様の御眼覚頃だからと、仰有いましたので——」

「いつも君が持って行くのかい？」

「ハ、ハイ」

「旦那様は早くから寝まれるんだね」

「ハイ」

「いつも何時頃かね？」

「大抵――あの、九時頃で御座います」

「すると、今夜は特に早かったのだね」

みよは黙って頷いた。

「どうしてかね。お酒でも召上ったのかね」

「アノ毎晩お酒をお召になりますが……」

「フム、毎晩ね」

「――が、今夜に限って眠いと仰有いまして！」

「だが、酒の酌は誰がするのかね。君か？」

「イーエ。御新造さんです」

「いつも？」

「ハイ！」

「今晩も？」

だが、何故かこの時急に彼女は口を噤んで、怖しげに激しく身慄いしたのである。

「今晩は誰かね？　酌をしたのは――」重ねて捜査課長は訊いた。

「アノ――オ、奥、――奥様です」

彼女にもその訊問の真意が推察されたのであろう、何度も躊躇って後、それ丈言うと、恐ろしいもののように激しく歔欷いた。

「じゃも一つ！」穏かな声で村田捜査課長は宥めるように続けた。「――眠いと仰有ったのは、夕食後直ぐかね？」

「イーエ！」

「何時間ほどしてから？」

「――一時間ほどして、ラヂオのニュースが始まると、――直ぐ――」

「すると君が水を持って行った時は、お寝みになってから、まだ一時間も経ってないんだね？」

「ハイ」

「いつもそんなに早くお眼覚めになるのかい」

「ハイ。お酒をお召になって、お寝みになりますと、大抵一時間ほどして、お水をと仰言います」

漸く落着いたらしく、割に明瞭に答えるようになった。

「奥様がお水を持って行けと仰言ったのだね」

「ハイ」

「その時奥様はどこに居られたのかね？」

「アノ、お風呂で御座いました」

「ずっと、君が奥様のお傍に居たのかね？」

「いいえ！　妾が奥様のお風呂の処へ参りますのは、いつももうお上りになる少し前からで御座います！」

「お風呂へは何時頃這入られたのかね」

「アノ旦那様がお寝みになりましてから直ぐ」

「と随分長い風呂なんだね」とちょっと考えて、

「――いつもそんなに長いのかね」

「ハイ」

「で、君が奥様のお傍に行ってから直ぐ二階へ水を持って行ったのかね」

「イイエ。妾暫く奥様のお髪《くし》のお手入れを、お手伝い致して居りました。と急に思出されましたものか、もう八時頃だろうね、と仰言って、妾にお命じになりましたのでございます」

「君が風呂場へ行くまではどこにいたのかね」

「茶の間でラヂオを聞いて居りました」

とその時、またも箕作は口を出して、

「その時ラヂオは何をやっていました？」

「ハ、ハイ。あの長唄で御座いました」

「茶の間を出る時、どんな文句だったか覚えていませんか？」

「エエ、でも、何か寺の鐘が何とか申していたように思います」

「二階へ上るのに、どちらの階段から上ったのかね」

　再び捜査課長が訊ねた。

「アノ北側の方からで御座います。水を入れました容器やコップが座敷の方に御座いましたので、その儘持って上ったのでした」

　みよを去らした後、捜査課長はメモを拡げて、鉛筆で何か書いていたが、やがて、箕作に差示しておいて、駿青年の呼出しを命じたのである。

　箕作はそのメモに記された事柄を読み取ると、直ぐ万年筆を取り出してその裏面に細々と何事か書き付けた。

　駿は既にすっかり落着を取戻していた。度の強いレンズの奥に光る眸は、冷静な神経を語り、長髪の白皙の顔貌は、悽愴な緊張を見せている。チラと軽い視線を投げた村田捜査課長は、その時受取った箕作のペンの跡を辿った。それには――

「喜多野鉱造氏の性質は？　酒癖は？

遺産ありや？　あればその限定如何？

駿青年が二階へ中坐した真の目的は？」

そして末尾に、「現場不在証明《アリバイ》の確実性の参考たらしむ」と附加えてあった。

第六章　許嫁《ファイアンセ》

「父は当年五十六歳です。ＹＩ紡績の常務取締役です。身体は至極壮健精力旺盛でした。性質は稍固陋で、金銭に対する執着が強く、吝嗇の誹謗は甘受していたようです」

冷然たる口調で、駿青年は父親の解剖を述べるのであった。

「――父には実子は有りません。この家庭において父と血の繋りを有する者は誰一人居りません」

「じゃ君は？」思わず捜査課長が膝を乗り出すと、彼は同様な冷然たる調子で、

「――母の連子です。母は当時三歳の私を連れて、当家に嫁して来たのでした」

「すると、もう一人の娘さんは？」

「淳子ですか！」何故か怪しく眸が煌めいたのを、箕作は見逃さなかった。

「――あれは、母の義理の姉の子です」

「それがどうして当家に来ている？」

「――私の妻となるべく要求されて――」

「じゃ、もう結婚しているのか？」

「否《いいえ》！　淳子は未だＭ女専に在学中です、それに僕も、なお父の脛を噛っている学生です」

「あ、許嫁だね」と村田課長は首肯いたが、何故か箕作は、静かに質問した。

「駿君！　君が淳子さんの結婚を拒否しだしたのは、いつ頃からかね？」

さすがの駿も、この質問には、激しく感情を害したのであろう。憤怒の色がさッと顔貌に漂ったが、

「――返答すべき範囲外の問題ですね」と漸くにして云い放った。

「それでは訊くが――」と村田課長は考えつつ、「――君が、弘世君と対談を始めたのは何時頃だったかね」

「七時頃でしょう、夕食後一時間ほど経っていましたから――」

「その話の途中で、二度扉を開けたそうだね」

「ええ！」

「その最初の時は？」

「別に意味も無く開けて見たのです」

「それが八時十五分前だったのだね」

「弘世が時計を見てそう言ったように思います」

「ピアノの音が響いていたそうだが……」

「妹です、淳子は夕食後一時間ほどは毎夜、練習のため鍵盤を叩いています」

「何の曲でした？」

箕作がまた口を出した。

「――知りません！　しかし一定のリズムも無く、無茶苦茶のようにも思いましたが、あのような曲があるのかも知れません」

「それから二度目扉を開いたのは？」

「二階へ上るためだったのです」その陳述が重大な点《ポイント》に差しかかっているのを自覚したのであろう、白皙の額に微に汗を浸ませて、

「――弘世に見せたい物があったので、僕の部屋に取りに行ったのです」

「君の部屋は？」

「この応接室の真上です」

「しかしそれにしては、随分暇がかかったそうじゃないか」

「探していたんです。がどうしても発見《みつか》らなかったので、案外暇どりました」

「何かね？　品物は？」

「ノートです！」

「ノートを――!?」と思わず、何故か箕作は強く反問したが、捜査課長は、微かに訝し気な視線を箕作に投げた丈で、再び訊問を続けた。

「君はこの部屋に蹣跚くようにして戻って来たそうだね？」

「急に眩暈を覚えたのです」

「しかし、『恐ろしい事だ！』と呟いたそうだが」

「ええ！　それは短刀が紛失していたからでした」

「短刀？」

「あの父の頸部に突刺されてあった短刀です」

「あれは君の部屋に保存してあったのか？」

重大な陳述である。五十燭光の電燈の光でこの不敵の青年の面貌の下に蔽われたる真相を些細な点まで観取せんとする如くに、鋭く凝視めながら課長は訊く。

「――僕が父の部屋に有ったのを、黙って持出していたのです。しかしそれを知っていたのは――」

「知っていたのは――？」

激しく苦渋の色が、細い眉から怪しく輝く眸の方に漂

ったが、聽て、決然として、

「――言えません!!」とただ一言何故か唇を固く閉じたのであった。

「じゃあ君は、その短刀の紛失で、惹起さるべき事件を予測したのだね」

「ええ!」

「その短刀は今日何時頃まで君の部屋に有ったと思う?」

「尠くとも六時前までは――」

「理由は?」

「夕食前僕自身取出して、刀身の焼刃の色を眺めていたのです」

「夕食後は?」

「部屋に帰りませんから、紛失の発見されるまでは何も知りません」

事件は次第に核心へと近附きつつある。蒸すような暑さを苦痛とも、感じない様子で、兎我野警部も、熱心にこの訊問を傾聴していた。

しかしこの青年は、現在自分の陳述している事が、いかに自身に向って、怖ろしい陥穽を掘りつつ有るかという点に、果して無関心なのであろうか、兇行時間と推定される時間に、階上に上ったのは、今の処自分一人である事に彼は気附いてはいないのであろうか。

捜査課長は再び慎重に訊く。

「君の家の財産は?」

「――有価証券不動産等合して、約四十万円位でしょう!」

「遺言書というような物は有るかね」

「父に秘書が一人居ります。その話に依ると作成してあるそうです」

「その内容は知っているか?」

「いいえ!」

「財産の処分等記載して有ると想像するかね」

「嶺の――秘書の名です――話に依ると、最近内容を変更したいから、弁護士と一度相談したい、と父が洩していたそうです。だから――」

「――だから?」

「父には最近心境の変化が有って、遺産の分配等に変改を加えようと意図したのじゃないかと想像して居ります」

「理由は?」

「――血肉愛――とでも申しますか!!」

明快なる語調、だが一度それ等の言語の裏面に潜む、怖ろしい意味を洞察する時は、果して平然とこれ等の事項を陳述する青年の精神状態に、一脈の不安を覚えしむるものの存在するのを、気附かないものが有るだろうか。

それがもし、この青年にして、既にそれ等の結果を予想し推断し、しかしてなお断然と陳述を続行するのであるならば、駿青年の企図する処は、一体那辺に存在するのであろうか、それとも、全然彼は無智にも近い白紙の状態で陳述しているのであろうか？

第七章　ヒステリ患者

青年が部屋を去った後にもなお、鉛のように沈み切った空気が、更に人々の心を重苦しくして、駿青年を中心にして、ある一つの解け難い謎が、ぐるぐると煩瑣な鍵を廻って踊り狂うようにも想われた。けれども、瞬時にして、一同は鋭い金属性の音調に、弾かれたように部屋の扉に佇立する、灰黄色の婦人の病的昂奮を現す、切れの長い眸から放射される憤怒の視線を迎えねばならなかった。

「署長さんは一体誰方ですか？　一体貴殿方《あなた》は、何の必要があって、こんな遅くまで、無辜《むこ》の者をお調べになるのです？　妾が、その夫殺しをするような、恐ろしい女にでも見えるので御座いますか？」

「否――奥さん！」課長は叮寧に前の椅子を指示しながら――「ただ、ほんの僅か、犯人を探出すに就いて、参考になる事でも聞かして頂きたいと思いまして――」

「いいえ！」女はなおも押え付けるように鋭く、「犯人は既に判っているじゃ御座いませんの？　今更参考等と言って、訊問なさらなくとも――。ええ！　犯人はあの人の皮を着た畜生の篠――妾の篠で御座いますよ!!」

「ヒステリ性神経錯乱だね！」兎我野警部は哀れむように呟いた。が課長はなおも穏かに――。

「ほほう！　ではその証拠は？」

「証拠？　ほほほ……ホ」と、癇高いヒステリカルな笑声を立てて――「――証拠なんかあの古狐に要りますものか！　彼女《あれ》は、芝居の巧い女狐でも、尾の七本も八本も裂けた金色の古狐ですよ！　畜生!!　誰が、お前等に胡麻化されるものか！　人殺し奴！　悪魔！　外道奴!!」

その悪罵の声は凄じく舌端に火を吹くかと想われるほ

ど、激しい口調で、怖ろしい呪詛と共に吐き散らされ、さすがの課長も暫し唖然として、眉を顰めた。しかし次第に昂奮が沈静してきたのか、彼女はやっと呪詛の声を止めると共に、捜査課長の落着いた視線を捉えて、

「――そして、妾に訊きたいと仰言いますのは、何んでございますの？」と詰るように言った。

「いえねえ――奥様!!　貴女は今夜、御主人の晩酌のお対手をなさったそうですが――」

「警察というものは、そんな些細な家庭の私事にまで立入る必要が御座いますの？」

皮肉な口調で、彼女は早口にまくし立てた。

「――きっとあの篠が申したので御座いましょう！　嫉妬の強い女狐の事ですからね。署長さん！　騙されなすったのじゃ御座いません？　ほほホ……ほ。ええ！　妾今夜、主人に申しましたの。偶には、妾の酌でもお酒召上って下さいまし、篠のお酌じゃ、毒を盛られるかも知れませんよ。とね。ほほほ……ほ」

「すると、いつもは奥さんじゃなく、今晩だけ奥さんが御主人のお酌をなすった訳なのですね？」

「――不可ないとでも貴方は仰言いますの？　一体貴方には私達の夫婦の愛情に、口を出す権利がお有りなので御座いますの？」

再び彼女の表情は凄じい憤怒に包まれた。

「女性の月経閉止期には、往々にしてあのようなヒステリ性の発作が起るものですよ」

喚くように金切声を立てる夫人に持て余した一同が、漸くにして彼女を室外に出すと、ほっとして箕作は言った。

「精神的欠陥が有るね。しかしあのような錯乱状態に導いた直接原因は一体何だろう？」

憂鬱な表情で村田捜査課長が呟いた時に、これはまた、何たる楚々たる姿であろう、憂愁に満ちた表情、今にも泪の溢れ落ちそうな悲哀の中にも、凛然たる意志の閃きが仄見えて、気高く、両手を胸元に組んで、静かに淳子が姿を現わしたのであった。

「――叔母は今年四十六で御座います。妾の母とは、義理の姉妹になります。妾は十三の春小学を卒えると共に、こちらに貰われてきたので御座いました」

玉を転ばすとは、このような声の形容に用うるのであろうか、絹の如く、銀《しろがね》の如く冴えて美しく、彼女の陳述は続く。

「――幸福は妾の女学校を卒えるまで続いておりました。夢のように楽しい娘時代を、十八の春まで、飽く無き幻を追い求めるような処女心の儘に、不幸とは、悲みとは、一体何処の国に有るのであろう等、思いながら育まれてきたので御座いました。

けれど、妾は只今二十歳で御座います。十八歳から二十歳まで僅か二年、それはたった二年の短い歳月なので御座いましたけれど、妾に取りましては、十八年間の苦痛と悲哀を一時に味わせられたような、辛い哀しい二年で御座いました。と申しますのも、叔父様の怖ろしいほどの性格の変り方と、それに連れて、叔母様のお心持の変化、それにも一つ、お兄様の荒んで行くお身持で御座います。

あのお姉さま――篠様の事でございます――がこちらにお出になるようになりましたのも、叔母様が、叔父様のお身持が、家庭に及ぼす影響の、余りにも大きいのにお気附になって、自らの気持を忍んで妾宅から無理にお迎えになったので御座いました。

それにも拘らず、この喜多野家は、日に日に冬の木枯しの如く冷い風が吹き荒み、毎日のように、お兄様と、叔父様とは口論なさいますし、最近は叔母様と姉様も啀《いが》み合いなさって、遂に皆それぞれち ぐ は ぐな気持で毎日を過すようになったので御座います。

それと申しますのも、叔父様の性格の変化からで御座います。それまではお酒も召上らず、本当に好い叔父様で御座いました。それがどう致しましたものか、二年ほど前から、急にお酒の量が進みまして種々お酒の上で、良くない事をもなさるようになったので御座います。それがどんなに妾達を苦しめました事で御座いましょうか」

第八章　実験

喜多野鉱造氏に酒癖ありや？　箕作は先刻メモにこう書いて、村田課長に質問している。いかなる点を摑えて、この質問を導き出したかは、知る由もないが、課長はチラと箕作の方に軽い視線を投げて、

「――なるほど！　酒癖が鉱造氏にはお有りだったんですな？」

「ええ！」

「――で、それは例えば？」

「例えば――」淳子はその刹那、さっと紅の色を頬に上せたが、「――あの、お恥かしい事で御座いますけれど、女中達をあくどく揶揄ったり、女給風の女を連れ帰って、巫山戯《ふざけ》てみたり……」と口の中に消えるように言って、長い睫毛を伏せた。

夜気は既に冷く下りていた。蒸暑い中にも、ひいやりとした空気が一同の昂奮した額の汗を冷く奪い去って行った。

「これは案外、簡単な事件かも知れませんね」

兎我野警部は、手帳に記録した必要事項を改めて辿りながら言った。「――家庭の事情は相当紛糾しているようだが、要する処は、日頃仲の悪い親子喧嘩が昂じての結果だと思いますよ」

しかしそれに応える人は無く、箕作は黙々として拇指の爪を噛み、村田課長は頭を左手で揉んでいた。

訊問は一渡り終了したのだ。けれどその結果は、なお混沌としている。兎我野警部の指示する、この邸宅の相続人であろうと想像される駿青年にした処で、動機はなお分明ではない。遺書の点は、顧問弁護士及び秘書嶺某を取調べれば明白となるが、もし事実、鉱造氏にその意志が有ったとしても、自己に取っては当然不利と思推される事項を、一つのみならず陳述する青年の態度は、充分疑問とせねばならないのだ。

箕作氏は再度メモに数行の字を走らせて、捜査課長に手渡すと、

「――現場を一度見せて頂きますよ」と言葉を残して、独り廊下に出て、階段を上って行った。

課長がメモを覗いて見ると、個条別に、疑問の諸点を書き連ねてあった。

一、駿は最初扉を開いた理由を何故明瞭に答えないのだろう？

二、その扉を開いた時に聞えたというピアノは、何故乱調子に聞えたのであろう？　事実乱調子とすれば、淳子は何を悩んでいたのだろうか？

三、夫人の妾に対する怖ろしき呪詛の原因は何であろう？

四、短刀が駿の部屋に有るのを知っていた人物は誰？

また駿の庇護する理由は？

課長は読み了えると、それを兎我野警部に手渡した。

そして自分も、部屋を出て、箕作の後を追った。兎我野警部も、慎重に読んでいたが、やがて、その末尾に、鉛筆を走らせて、
駿が短刀を部屋に持ち帰りし動機は？
と書き加えた。

課長が二階の屍体のある部屋を覗いた時、箕作は熱心に頭部の刺創口を調べていたが、ふと背後に課長の存在を意識すると、何気無い態度で、手にしたある品物をそっとポケットに滑り込ませながら、軽い微笑と共に課長を振返って、

「不思議な死ですね。明日の剖検には是非立会せて頂きたいと思いますよ」と言った。

部屋は六畳敷で、北側は腰板硝子窓附の障子になっていて、東側も同じ障子ではあったが、それを開くと、廊下が南北に渡っていて、総硝子の戸が雨戸がわりに立てられてあり、朝日を避けるためであろう、純白の布が、張り廻されてあった。

西側は、本床と違棚が、古雅な気品を見せて飾られ、故人の持つ風流が微かに偲ばれた。しかし箕作や捜査課長の視線を捉えたのは、床の間に置かれた二振の長剣であった。柄や鞘の細工、飾等は袋に包まれているため、見る由もないが、その刀架にはなお短刀の収るべき余地が、空虚となっていて、あの兇器が使用されるまでは、当然ここに有ったのであろう事を、充分に物語っているのである。

箕作はそれ等を一渡り眺めると、襖を開いて、南側の廊下に出た。そうして北側の階段を下りて、奥座敷の横を庭園に面した廊下に出て、便所の前を右に折れて、風呂場を覗き、家族一同が集って、無気味な緊張と、不安に、無言の凝視を交している茶の間をそっと覗いて見た。

ヒステリーの夫人は、奥座敷ででも、警官に監視されているのであろうか、その部屋には見えず、娘淳子も、自分の部屋に引取っているのであろう、そこには、依然愁然と悲哀深く面を伏せている妾の篠と、その傍に引添うように二人の女中が黙然と座し、少し離れて、駿が何を書いているのか、手帳らしきものに、しきりと鉛筆を走らせている。

箕作はその時、ふと瞳をあげて、気附いたらしい弘世の、腕拱いた姿を見ると、窃に指を唇に当てて、廊下に彼を眼で麾いた。

「――判ったかね。僕の跫音が――二階から降りて来

たのだが！」

何気無く出て来た弘世は、箕作のこの低い囁声を聞くと、眼を輝した。

「——いいえ！　先生！　僕考え事をしていましたから、知りません。もう一度実験して下さい。僕聞いてみます」

頷きながら再び廊下をへ去って行く箕作を見送ると、彼は茶の間に戻って、知らぬ顔で凝っと耳を澄ました。

再度呼び出された時、弘世はこの質問に首を振った。

「どうだった？」

「否え！　先生、何も聞えませんでしたよ！」

第九章　解剖の結果

裁判所、検事局、警察署等の厳めしい司法官連に交って、箕作は、加藤医学士の物慣れた解剖振りを、詳細を極めた観察の鋭さに、感嘆の視線を投げていた。しかし外景検査においては、新しい事実の発見は無かったが、刺創道を切開し、その状態を確める時に到って、頸動脈の切断や、周囲結締組織間の凝血の存在等は何等疑問を起さなかったけれど、左側上角を断たれた甲状軟骨の骨膜下に、些少の出血が存在したのが、まず一同の不審をまねいた。そして、更に、喉頭気管を切開、気管枝をも点検した時、微細ながらも、血様泡沫液が存在しているのを発見された時には、一同は、この屍体の死因が、やはり喉頭部の刺創に依るものと、首肯せざるを得なかった。

しかし加藤裁判医は、なおも解剖を進め、心臓肺臓脾臓等、詳細に病変の有無を検べ、血量を測定し、胃の内容を取り出し、別の容器に採取し、特に腎臓を慎重に検べていたが、それでも合点がゆかないのか、疑惑の色を濃く漂しながら、漸くにして解剖を了え、ほっとしたように彼の顔を眺める幾多の眸に対し、静かに言うのだった。

「これで解剖は終了致しました。しかし、直接の死因は、あの短刀に依る刺創でありましょうが、普通の場合における如く、失血が死因では無く、むしろ刀部が気道の一部を創つけたための窒息死が、あるいは直接死因とも言い得るのかも知れません。しかし、それにしては、何故出血が過少かの不審に対しましての解答にはなりませんが、これは今の処疑問と申上げるより仕方が無く、胃の内容の詳細な科学的検査を待たねば、その毒物等の存在も断言致し兼ねますが、それは外表検査の時申上げましたように、この屍体の特異な点は、異様な貧血状態である、しかし現今普通用いられる毒物の中においてもこのような症状を呈するものは無いと考えるのでありまして、それはなお内景検査の結果にも当嵌まるのであります。と申しますのは、各部臓器が何等病変を有せず、多少大動脈に硬化の病変が認められましたが、これは年齢の点や酒のため已むを得ず、にも拘らず、皮膚の貧血に比して、多大の血量を保有していたのであります。何故に、末梢神経の分布する皮膚方面のみが貧血し、内臓が血量に富むか、これが解釈にはただ一つしか有りません！」

これは確かに疑問である。あの出血量より観る時は、当然刺創の加えられたのは、屍体となってからである。にも拘らず、軟骨膜下の出血や、気管内の血液が、未だ生存中なるを証明している。それにもう一つ、もし被害者が熟睡下の殺人とすれば、被害者のあの苦悶の表情は何故で有ろうか、それも説明されねばならない。

加藤裁判医は言葉を続けた。

「――人間には神の意志に依って、自己の生命を保存する本能を与えられて居ります。が、更に、その身体の防護は、単に意志のみならず、殆ど無意識に、もし身体に危害を加えられた場合に、その出血を能う限り少くするため、体内に副腎なるものが存在しているのです。これからは、一種のホルモンが作成せられ、体内に送出されます。則ち、諸氏がもし、絶大なる驚愕恐怖に襲われた場合を想像して頂けば明瞭です。顔面は蒼白となり、筋肉は凝縮し咽喉は乾き、皮膚は貧血状態を呈します。故にその時傷害を受けたにしても、出血量は、普通の状態における際よりも尠いと言えましょう。

昔なお未開であった頃、このホルモンは幾多の人命の無為に失われてゆくのを救ったかも知れません、これは現在にては、明白に立証され、アドレナリンと呼称されているものです。

今屍体の状態を観ますのに、このホルモンが作用したと思推さるべき点が多いのであります。しかしこれは絶対に覚醒時に、その中枢神経をある手段に依って刺戟せねば生成されないもので、被害者の腎臓に些の異変が無い以上、このホルモンが作用したという理由は屍体の状況が許さないのであります」

被害者はなるほど、寝床の上で少しも抵抗の状態を示さず、手は心もち握りしめてはいたが、顔面の苦悶の象徴に比しては、総体に身体の動きの状態は発見されなかったのである。

「では、死因はやはり刺創で、失血死じゃ無く窒息死だというのだね？」

念を押すように村田捜査課長は訪ねた。

「そう推定するよりは仕方ありません！」

「脳溢血とか、心臓麻痺とかの病変は？」

「有りません！」

「胃の内容物に、何か異物は発見されないかね？　例えば、アルカロイドようの毒物は？」

「詳細な化学的試験をやりませんと断言し兼ねますが、微かに、アルコール——酒でしょうね、匂いがします、残滓は食後約二時間位の消化程度を示していますから、殺害時間に就いては、相当確実に証明出来ましょう」

「あの屍体の顔貌が、激しく苦悶の状態を表わしていたのは、やはり頸部を刺されたためかね？」

「断言し兼ねます。しかし私としては、あの刺創口から見れば、殆ど即死と見做し得るから、苦悶の表情を現わす暇が無いじゃなかろうかと想像しますね」

箕作はその間、助手に依頼して、被害者の少量の血液と、胃及腸の内容物を、小瓶に移し取っていた。

第十章　遺言書

喜多野家は、大大阪の南、生駒山脈の流れを汲む、大阪城より茶臼山へかけての丘陵地帯に、宏壮な邸宅を構えている、幾多のブルジョア連に交って、南向の日当りの好い和洋折衷の、明るい感じのする家であった。

解剖終了後、係官連の慎重な捜査会議が開かれ、その席上、兎我野警部の相当強硬な意見の開陳があり、俊宗予審判事に令状の交附まで要求したのであったが、村田捜査課長は何故か、頑強にそれに反対し、更に綿密な証拠の蒐集を強調した。

他殺である事は明白である。しかし兎我野警部の指摘する犯人には、状況証拠こそあれ、物的証拠は、何一つとして存在しないのである。この点が痛く兎我野警部の主張の弱点を突いたのであって、ために再度係官一同は、車を駆って、この喜多野家に訪れたのであった。

玄関の扉は開放たれ、官服の警官が、訪れる幾多の弔客連に鋭い視線を投げていた。黒く張り廻らされた幕をくぐって、黒紋付モーニングの紳士連の出入の間に、紫の香煙の棚引くのが、その突発せる不幸を物語っているとはいえ、こうした警官の姿は、彼等弔客達に不気味な不安を与えるに充分であった。

それ等の人に交って、背広服姿の司法官連に厳めしい官服の捜査課長や警部の姿の訪れは、確かに異様に見えたに相違ない。

五月蠅《うるさ》い新聞記者連の応対を警部にまかしておいて、表側階段から二階の部屋に上った一行は、兇行の有った部屋において、鉱造氏秘書嶺治雄を訊問する事が出来た。

三十四五歳にも見える広い額の、眼の鋭い頬の高い青年が、腕に黒い布を捲いて、一行の背後から静かに声をかけた。

「嶺です！　主人には公私共に相談に与って居りました。皆様の御捜査の御便宜になります事なら、何なりとお手伝い致したいと存じますが――」

襖から、屍体の仰臥していた位置の首元と思われる附近までの距離を測定していた課長は、その時つと身を起して、嶺の心持ち蒼ざめた顔を凝視したが、軈て静かに予審判事を顧て、

「何かお訊ねになる事はありませんか？」

「そうですね。あの遺言云々の点を確めておきたいですね」

俊宗判事は囁くように言った。

「――主人は財産に対しては、病的と言ってもいいほど、はげしい執着を持って居りました。故に自分の死後の、財産の処分に就ては相当悩んで居りまして、既に御承知でもありましょうが、家庭の事情がかなり複雑しておりますし、それに主人には真の肉親というものが一人も有りませんでした。――」嶺は明晰な口調で、落着いて陳述したのである。「――ために、殊更にその心配が大きかったのかも知れません、このような事を私の口から申上げるのは不穏当かも知れませんが、こうした心情を主人に抱かせるように致しました原因に、駿さんの病的な傾向と、奥様のヒステリがあります。嘗て私は主人に生命保険の勧誘をした事があります。それに対して主人は、噛み出すように申しました。『一体俺が死んだら誰が金を受取ると思っているのだ。そんな無駄な金は一文だって出さぬぞ!!』」

弔客の乗って来た車であろう、頻りと警笛を鳴らすのが響いて来た。嶺は再び言葉を続ける。

「――これは、主人の心情を語る、単なる一例に過ぎ

ません。故にこのような考えを持った主人にどのような遺言書が作成されていたかは皆様の想像外のものであるかも知れません。充分そうした心情なり家庭の事情なりを察して居りました私に取っても、余りにも冷酷な主人の意志には、驚愕もし、戦慄もしたものです。

則ち、主人はその財産の殆んど全額を、他人の名義に切かえて、遺言書に記されたものは、家族に残された蚊の涙ほどの遺産の処分と、そしてその意外の仕打ちに、驚きの目を瞠るであろう家族に、嘲笑的な文言をなげつけているのでした。——もし今もその計画と遺言書が破棄されずにありましたなら、奥様始め駿さんは、明日にも路頭に迷う身であったと云えるのです」

この言葉は、一同を愕かすに充分であったと言える。判事は思わず手にした鉛筆を持ち直し、課長は眼鏡を左手で押し上げて、嶺を瞶めた。

「ではその遺言は、最近改められたのだね?」

「ええ、つい一月ほど前です」

「以前の遺言書の内容を知っていたのは?」

「私と弁護士とが証人として立会い、公証人の面前で、公正証書として作成しましたから、知っているのは、その人々丈でしょう」

「その破棄されたのは?」

「一月ほど以前、やはり同じ顔触れの人が集って、主人の意志に基いて、第二の遺言書を作成致しました」

「今度の分の内容は?」

「遺言執行者が、波頭弁護士になって居ります。本日、故人の枕元において、関係者一同に発表されるでしょうけれど、今度は主人の遺産の大部分は、植原篠さんの遺児に依って相続される事になっているのです。これは本年の初めに、一万円の生命保険に加入したのと同様に、大きい精神的変化でした」

捜査課長の脳裡には、篠の色の白い肌と、愁に沈んだ姿が泛んできた。それと共に、駿の言った、肉親愛です‼ という言葉が明瞭に反芻されたのであった。

「自分の血肉を分けた者に対する愛着だね‼」

呟くように課長は言った。

「全くあの人の胎内に、新らしい生命が宿ったのを知られた時の主人の驚喜振りは、まさに言語に絶していました。当座は殆ど六甲の別宅に入り浸って居られたのですが、奥様や家庭の関係上、こちらへ同居せしめられる事になって、昨年末から若奥様がお出でになったのでした」

「駿君はその内容を知っていたのだろうか?」

何気なく訊きながらも、課長の鋭い眸は、嶺の表情をしっかと摑えていた。

「さあ！　どうでしょうか。私はそうとは思いませんがネ」

「しかし、駿君は、最近遺書が書き改められるという事は知っていたらしいよ」

「そうですか！　すると誰から聞いたんでしょう」

平然と呟くように嶺は云って、首を傾げた。

第十一章　淳子の部屋

その頃、弘世は箕作の宅を訪れて、彼の緻密な実験を見守っていた。一体何の物質を、何がためこのように煩雑な方法に依って鑑識しているのか、彼には尠しも判らなかった。けれど、ただその実験が、今度の喜多野家の殺人事件に関係があると聞かされた丈で、彼は充分に有頂点に成り得たのである。

漸く満足な結果を得たのであろう、紅い頰を莞爾と微笑ませながら明るく彼はホープに火を点けて、虹の如く煙を吐き出した。

「何の実験です?　先生！」

先刻から何回同じ事を質問するのだろう。自分でも可笑しく思いながら、弘世は思わず言ったが、

「今に判るさ！」と軽く言い捨てて急に口調を変え、

「——しかし弘世君！　昨日君は言わなかったが、駿君が見せると言ったノートには何が記載してあったのかね」

「知らないんですよ——僕！」と困ったように、「黙って部屋を出て行って、数分後帰って来た時の駿君の話じゃ、殺人方法を書いたノートが紛失したって言っていましたが——」

「——殺人方法って?」

「エエ！　僕達、完全殺人法に就て議論していたんですよ。喜多野の奴、探偵趣味の点で僕と友人になったほどの狂《マニア》なんです、あの晩も彼が素晴らしい方法を発見したと言うもんですから、僕それに反駁を加えて、その欠点を指摘してやっていたんです」

「どんな殺人法だった?」

「それが一酸化炭素の液化せしめたものを使用するっていうんです！」

「はははは。一酸化炭素に依る中毒死か、なるほど、炭火を多く使用する日本においては良い思付だね、だが一体あの駿君は、何学校に籍を置いているのかね」

「Y――薬学専門学校です。これも、親父と喧嘩の種なんだよ！　と、よく言っていましたが――」

「あの娘の淳子ってのは？」

「M――高女専科です。良い頭をしてるよ、と喜多野が感心しているほどの才媛だそうです」

「あ、なんでも、駿君とは許嫁だって――」

「それが可笑しいんですよ」弘世は例の熱ぽい口調で語り続ける。

「――今年の春頃までは迚も仲が良く、僕も随分羨望したものですが、どうしたのか、最近は二人の間に大きい溝が作られたらしいのです。先日も何故だ？　って訊いて、酷く冷淡に叱られましたよ。俺が卒業すると同時に、こんな冷い家庭なんか飛び出して、淳子と二人で楽しいホームを作るんだ、と言うのが彼の口癖だったのですが、それも、最近出なくなりました。あるいは単なる臆測に過ぎないかも知れませんけれど、痴話喧嘩の程度にしては、少し深刻な気配がします」

　この時、箕作は、昨夜、許嫁の事を訊いた時の苦渋の色濃い駿の表情を思出した。

「ところで弘世君！　今何時だい？」

「今四時に八分許り前です」

「君の時計は昨夜から止ったのじゃ無かったのかね」

　箕作は何気なく言いながら、自分の懐中時計を取出して、竜頭《りゅうず》を廻した。

「いいえ！　何故です？」

　不審気に聞く弘世に、軽い笑を残しつつ、箕作は素早く外出の用意をした。

「喜多野家へもう一度行きたいのだ、が君はどうする？」


　箕作が喜多野家の二階に姿を見せた時は、捜査課長の一行は、駿の部屋を検べていた。

「何か発見りましたか？」

　この質問に対し、課長は本箱にぎっしりと詰められた犯罪に関する書物を指示した。

「本職跣足の蒐集振りだね。探偵小説はまあいいとして、犯罪捜査法だの、法医学概論だのは、この理化学鑑識法や指紋法と共に、趣味の範囲を出ているようだね」

「化学に薬物学、特に有機化学の本も多いようですね」

予審判事も呟くように言った。

「薬専に籍を置いているそうですよ」言いながら箕作は、二三冊手当りの本を抜き出していたが、ふと、何を認めたのか、その中から手厚い洋書を抜き出し、頁をパラパラと繰り始めた。その本は独逸語で書かれてあったため、課長はちょっと表紙を覗いた丈で、直ぐ他の方面を調べ出した。

南の窓を透して、プラタヌスの繁みが見える。夏の明るい光が満ち溢れている。何が興味を牽いたのか、黙々として読み耽っていた箕作が、漸くその本を元の処へ戻した時には、待ちあぐねた課長が部屋を出ようとしている処であった。

「あ！　村田さん！　淳子さんの部屋も一度見ておきたいと思いますが――」

「娘さんの部屋は、確かこの向いだったね」

頷きながら、課長は、そっと襖を開いて、駿の部屋とは廊下を隔てて対した北側の部屋に這入った。プンと鼻を打つ軽い香料の馨が、女性の甘酸い体臭を匂わせ、等身大の姿見や、濃い色彩の衣類の艶めかしく衣紋竹に掛る態等、若い女性の姿を、まざまざと描き出すに充分であった。

「このピアノだね」

窓際に置かれた黒く光るピアノを課長は指したが、箕作は何故か、その傍の小型の卓子の上に置かれた扇風機に鋭い視線を投げた。

明るいクリーム色のエナメルを塗った球型の扇風機は、見るからに涼し気に、四枚の羽根を輝かして翼を休めている。彼は続いて、天井を見上げ桁から吊された針金が、日頃は電灯を吊すのに用いるのであろうか、鉤形に曲げられてあるのを見ると、満足したように微笑んで、次に卓子の抽斗や、鏡台の中や、書物机の女らしく飾られた上などを探し始めた。

北側は硝子戸を開くと細い廊下になっていて、手摺越しに庭園の葡萄棚が見えた。明るい光線を避けるためか、花模様のレース縫取したカーテンが掛っている。何を求めているのか、探しあぐねたらしい箕作が、この部屋には何等興味無さそうに、硝子戸越しに庭を見下している判事達には無頓着に、何と思ってか急にピアノを叩き始めた。

「どうしたのですかネ、検証が済んだら帰りましょうか」

瞭かに不機嫌な様子を示したのは、いつも終日黙々として何一つ最後まで意見らしい事の発表をした事のない樋上検事であった。

　結局一行は何も得る処とて無く、喜多野家を引き揚げたのだったが、捜査本部に姿を見せた兎我野警部は、捜査課長の前に上女中久米井みよの証言として、当夜、駿青年が玄関脇応接間において、殺人方法として、最も完全なのは云々の不穏なる言葉を弄していたのを立聴いた点を挙げ、更に、駿が夕食後階上に上ったのは、ノートを探しに行ったのが初めだ、というのは嘘であるとし、その証拠として、女中一人並に妾篠の証言を挙げたのであった。

　この言葉は確かに捜査課長を愕かした。もしそれが事実とすれば、何故駿はそのような嘘偽を申立てたのであろうか。その目的とするのは、いかなるものであるのか、ちょっと想像されなかったためである。

　一行の立ち去った後、なおも居残っていた箕作は、弘世を呼び出すと早速声を秘めて、

「ちょいと君に頼みたい事があるんだ。それはネ――」

と稍躊躇したが、「――実は、駿君にこの紙片を渡して、読んだ時の駿君の表情を注意して慾しいのだ。それから――」とまた考え、「――アドレナリンの効果を紛失したノートに記入しておいたかどうかを聞いて慾しいのだよ。僕からとは云わずに――」

　箕作が一枚の紙片を残して、帰って行った後、弘世はそっと便箋用紙らしい紙片を拡げて見た、とそれには、ただ一行に、

　――犯人は判った。明日発表する！

と記されてあった。

第十二章　月経閉止期

「月経閉止期においては、何故一般に犯罪を犯かす傾向が多くなるのだね」

鑑定書を持って来た加藤裁判医を摑えて、村田課長は早速質問の矢を放った。

「月経開始期において心身に発現する変調と同様に、閉止期においては、肉体的には、卵巣の萎縮があり、脂肪や皺の増加筋肉の弛緩等があり、精神的には時には異様な性的昂奮を覚えたり、または財物に対して猛烈な慾望が生じたり、それに加えて、閉止期の年齢に達したも

のは、多く差恥感の減少と共に、自己の行為に対しては、敢行心を強めるがために生ずる現象でしょうね」

「じゃ、ヒステリ性精神異常者に、計画的犯罪が遂行出来るかね」

これに対し加藤裁判医は静かに意見をまとめる様子であったが、軈て静かに、

「出来ます。元来ヒステリ性精神病者は、これを三つに分類出来るようです」と説明し始めた。「――一は感情の異常です。これの特徴としてクレペリンは、身的障碍を示す異常なる快活と軽快とを述べ、その主たるものに、感覚過敏、表情運動麻痺、分泌異常、等を挙げています。これは最も普通の、極めて刺戟され易い患者の大部分がこの中に這入るのでしょう。

第二は、即ち智能の異常であって、これには、人に秀れた観察の鋭敏なのや、周到な注意力迅速な理解力の所有者であって、特殊な技能に対して天才等の呼称を与えられている者に多いようです。しかし注意深く観察する時はこれ等の才能は総て表面的であって、多くは自負心の強く虚栄高く、人目に立つ事を平然として行い、また空想のはげしい昂進が現れています。則ち空想上の人物である小説の主人公と同じように自分を誤認し、その人物と同様の行為をするような患者なのです。こんなのが多く虚偽の陳述をして狂言強盗などで警察を騒がすのです。

その第三は意志の異常といいますか、則ち暗示感性の強い、例えば酷い迷信に陥ったり、周囲の煽動なり示唆なりに支配され易く、思慮弁別少く、その見聞した事実の判断如何に依っては、怖ろしき犯罪をも遂行します。だから、ヒステリ患者と言っても、一概に精神朦朧者とは言えません、むしろ癲癇性患者が錯覚または幻覚にて遂行する犯罪と同等以上に惨酷に計画的犯罪を遂行する場合がありますよ」

課長はこの言葉に、何か深く考えに沈む様子であったが、ふと思い直したように、

「ところで、あの胃の内容物から、何か毒物の検査が出来たかね」

「――駄目でした」加藤裁判医は残念そうに答えた。「――アドレナリンは検査しましたが、これは、誰の体内にも存在するもの、それに、粘膜からも体内に吸収されますので、その経路が不明なのですよ。譬え体外から送り込まれたとしましてもネ」

「しかし、そのアドレナリンかね。――それで人は殺

せるのかい？」

「ええ、多量用いたらば――。まず胸部苦悶を起し、呼吸困難、心悸昂進を伴い、遂に死に至ります」

「普通何に用うるのかね」

「外科手術用です。局所切開においては殆ど無血に近い状態で手術を為し得ますからね」

再び課長は深い沈黙に落ちた。


喜多野家を出た箕作は、何を考えてか阪急電車で神戸に姿を現わした。そして尋ねあてて訪問した家は、長唄の老師匠杵屋三亀松の宅であった。半時間以上は、充分費したであろう。さしもに長い一日も暮れて、神戸の街には灯が輝き初め、六甲摩耶の山々は、紫に色褪せて、次第に暮色濃く染め出した頃に、満足と疑惑に包まれた、豊頬の箕作の姿を元町のとある食堂に見出すことが出来た。


その夜、夏の宵には快よい微風のそよ吹く、星の美しい夜であったが、喜多野家において、弘世は駿の部屋に彼と相対していた。

「――まず俺の疑問を明瞭《はっきり》さしてくれ！　いいか。第一君は誰かを庇っているな？誰だい！それは！いや！隠すな！今の君の表情の動き丈でも俺には判るよ。言え!!　喜多野！」

依然蒼白な細面に度の強いレンズを光らせながら、長髪を指で掻き上げて、駿は稍動揺の色を見せたが、それも直ぐ平静に戻って、

「何か君の思違いじゃないか！　僕にはそんな必要が無いじゃないか？」

「言えないね！　よし――じゃ訊く！　君は何故盗まれもしないノートを紛失したなんぞ僕に言ったのだい？」

「えッ？」

「さあ！　白状しろ、喜多野！　俺がそんな友達甲斐の無い男に見えるのかい！　俺にはそれが残念だ！」

驚愕の眸をあげた駿は、唖然として弘世の脂ぎった赭顔を凝視した。

「――な、何を言う！　君は――。それは本当だよ。絶対、僕は嘘を言わない！」

「黙れ、喜多野!!」激越な調子で叫ぶと、弘世は、ワイシャツの釦《ボタン》を開いて肌につけていたらしいノートを取り出した。灰色の表紙に横線の大学ノートである。

犯罪記録帖――

第一頁に記されたこの文字を見ると、呀っ！　と声を挙げたのは駿であった。

「どこに有った？　弘世！　一体どこで発見たのだ？」

その態度には些かの疑いを挿む余地の無いほど真実が籠っている。

「――君の本棚にだよ」

さすがの弘世も、これには聊か失望したらしく、声を低めて言った。

「――今日箕作先生と一緒に来た時、例の先生達が君の部屋の捜索をしていたろう。その時君の本棚の犯罪本が一同の注視の的になったのだよ。ところが捜査官達は、本棚の中でも、探偵小説ばかり詰められた棚には、軽い一瞥を与えた丈だ、しきりと法医学だの薬物学だのの棚ばかり注意しているのだ。しかし俺は違う！　君の書棚の素晴しい探偵小説の蒐集には垂涎万丈の想いがあったのだ。エレリー・クイーンの作だけでも随分集っている。倦まずに眺めていた俺は、それ等の原書の中に挿まって、このノートの覗いているのにふと気付いたのだったよ」

「すると誰だろう！　盗み出した奴は？」

真剣な眼付で僕は考えるように言った。

「――やはり本当に盗まれたのかい！　君がそこへ仕舞い忘れたのでもないのかい？」

「僕はこの手文庫の中へいつも入れておくのだよ。僕の秘密函なのだ」

駿は手提金庫ようの黒エナメル塗上げの金属製錠前付きの函を指示した。

「――錠が有るじゃないか！」

「ム！　だが残念な事に、鍵をさしたまま忘れていたのだよ」

「いつから？」

「この函を開けたのは、一昨日の朝だったから、それから後だね」

「一昨日と云えば、兇行の前日だね！」とちょっと考えて、「――それから君は何か他に紛失したものがあるように言っていたが、それは何だい？」

「ある薬品なのだよ？」沈痛な表情で呟くように駿は言った。「――普通ではちょっと手に入り難い品物なのだ」

「劇薬かい？」

「そうだ！」

「人を殺せるのか？」

「ウン！」

「小量でか?」

「ウン！」

「何と言う?」

「入手の経路が香ばしくないのだ、勘弁してくれ！」

暗い色が蒼白の額をさっと横切った。黙然としてその様子を瞶めていた弘世は、その時初めて、箕作から渡された紙片を差出した。

何気なく受取って、その字句を読下した駿の顔貌は、刹那絶望に近い色を漂わせたが、

「――箕作先生からだよ！」

と弘世の声を聞くと、何故か急に明るい色が蘇って、瞳にもありありと生色が浮いてきた。そして強く弘世の腕を握って、

「――有難う!!　感謝するよ！」と言った。


同じ夜遅く箕作氏を同家に再度訪れた弘世は、労を厚く犒った箕作に、紙片を見せた時の、駿の絶望的な表情、及び箕作先生よりとの言葉に突如、蘇った生色に就て語り、かつ、ノートを偶然彼の部屋の書架に発見したことから、その内容は、彼の言の通り種々完全犯罪に就ての記述であったが、アドレナリンに就ての記載は無く、いずれも殆ど不可能に近いトリックあるいは薬品の応用に依る犯罪であって、むしろ探偵小説の筋書ばかり、心覚えに書付けたものと思えると、例の熱ぽい口調で意見を述べたのであった。そして最後に駿に見せた紙片に就て、その真意を糺すと、箕作は不可解な微笑を頬に泛べて、この愛すべき求道者に取っては、謎とも思える言葉を吐いた。

「――犯人が誰だって?　勿論、僕にも判らないよ。しかし君！　動機は何だろう?　殺人には殆ど無動機なんて、存在せないはずだ。だからそれさえ判明すれば、犯人は誰と考えなくとも明白な問題だろうねえ！」

第十三章　再訊問

その翌日は、いかにも梅雨らしく、しとしとと煙のような雨のしぶる、嫌に蒸暑い日であった。

重苦しい室はべったりと一色の鉛である。街路は泥濘で沼の如くなっている、箕作はその泥の中を、自動車で喜多野家の玄関に乗りつけた。思いなしか、日頃明るい

彼の顔も、今日は陰鬱に曇って見える。

玄関に指を突いた上女中に、軽く微笑んで彼は玄関脇の応接室に這入った。

とそれと殆ど数分も経たぬ間に、同じく車を飛ばして来たのは、これも沈鬱な表情の村田捜査課長と兎我野警部であった。

プラタヌスの葉末に滴る露が、微かな音を立てて落ちている。南の窓を押開いて、その露のあとを眺めていた箕作は、この二人の姿を見ると、急に明るい哄笑を投げ掛けて二人を部屋に迎えた。

「一体どうしたのかね？　真相判明致候に付――なんて云う書状を速達で送って来たりして――」

「ハッハッー！　これは失礼！　まさか僕叱声を頂こうとは予期して居りませんでしたよ」とまた高く笑って、急に真面目な顔に戻りながら、

「――実は、も一度、慎重な訊問を繰返して頂いて、犯人を決定したいと思ったんです。というのも、勿論、有力な手掛りを得た結果なのですがね」

「じゃまだ犯人は確定していないのですね？」

兎我野警部は、明かに憤懣の色を見せて言った。

「――当日のこの邸宅の状態より見て、外部より侵入せる犯人で無い以上、あの時刻に現場不在証明を有たないこの家の人物が、犯人である位誰にだって判っていますよ」

「――仰せの通り――」箕作は首肯きながら、「――しかし残念ながら、私達にはまだそれが出来ていない。例えばあの駿君にしてもです、貴方は駿君が、父親を殺害したと信ずるに足る証拠なり、動機なりを御存じでいらしゃいますか？」

この皮肉は、兎我野警部を再度怒らせるに充分であった。

「すると、箕作さん！　貴方は駿青年が無罪であるという反証でもお持ちなのですね」

これに対して、箕作は考え深い眼附きで村田捜査課長に視線を移したが、軈て決然として、

「そうです！　その証拠の第一は、彼が二階に上った時には、既に鉱造氏は殺害された後だったことです」

唖然たり！　と言うのは、この時における両警察官の表情であろう。

「どうして？」と課長。

「その説明は、駿君に対する二三の質問に依って致しましょう！」

間もなく姿を見せた、依然蒼白長髪の駿に、椅子を与えて、箕作は穏かな調子で、

「ねえ駿君！　あの当夜、君は弘世君と対談中、二階へ中座して上ったそうだが、その時は表階段から直ぐ君の部屋へ這入ったのだね？」

「ええ！」

「ノートを探すためだったのだね？」

「ええ！」

「ところがノートのみならず、ある薬品も無くなっていた！」

駿は黙って頷く。箕作はそれを凝視しながら続けた。

「――しかも、その薬品をもし利用されるとすれば、怖ろしき犯罪が遂行され得る。それに加えて、そのような殺人の動機を持ち得る者を、君はその刹那、まざまざと想い泛べた！」

些かの揺らぎすら見せなかった、厚いレンズの底に光る駿の眸は、急に落着を失い始めた。

「――誰だろう、あの薬品を盗出して、利用せんとする者は？　そして利用し得る者は？――君には直ぐ判っていた。しかしそれを確かめるのは余りにも怖ろしい事だ。が、それにもまして君の恐怖心を募らせたものは、宵夕食後の訝かしい父の眠気と、母の態度であった。では既にあの薬品は利用されたのであろうか？　この疑問が、君をして父の部屋に行かしめた第一因だった！」

この推理には、兎我野警部も黙然として聴いている。

箕作の声音は、稍鋭さを帯びてきた。

「――君は襖に手を掛けた。窃《そ》っと押開いた。寂としている。寝息すら聞えない。日頃から憎悪の対象である父とはいえ、もしという惧れは、君をして更に一歩部屋の中へ、父の枕元へと前進せしめた。そして遂に君は、恐るべき父の死を発見したのだ」

その言葉は、駿の肺腑を抉ったに違いない、彼は力無く首を垂れた。

「――何故君がその時声を立てなかったか、それは、殺害方法が意外にも、短刀に依って為されていたがため、君は自身に加わる嫌疑を咄嗟に考慮したのだ。で、やむなく戦慄と恐怖に打ちのめされて惶惧と君は階段を下りて、弘世の前に蒼白な顔を見せたのだった。そうだね」

再度首垂れた儘駿は首肯いた。

「では訊く！　君の盗まれたという短刀は、当日君の部屋に確かに有ったのかね？」

「ええ！」

「何時頃まで！」

「夕食前まで……」

「夕食後は？」

「気附きませんでした」

「君は二階へ夕食後上らなかったなんて、虚偽の陳述をしたね」村田課長が堪り兼ねて言った。が何故か駿はそれに対し応答《こたえ》ようともせない。箕作は語調を変えて、

「――駿君！　君はなおも嘘を述べているね。君の部屋には短刀なんか有りはせなかったのだ」

愕然として駿は、箕作の鋭い視線を迎えた。

「その証拠は？」

驚異の瞳を瞠った警部が糺した。

「あの短刀は、元来鉱造氏の部屋の床間に飾られていたものです。ところが、屍体の枕元には、白鞘と錦繍の縁取りをした袋のみが落ちていて、広間に有った長剣二口が更に鬱金の布にて被われていたのから見ると、なお当然その袋が発見されねばならないはず、にも拘らずあの部屋には見当らず、といって、駿君の部屋にも発見されなかったのです。ところが偶然にも昨日、私はその鬱金の袋を意外な処で発見しました。それは後刻その現場を見て頂けば、一目瞭然だと思いますよ」

「僕――咄嗟に紛失した薬品の事が言えなかったんです！」弁解する如く駿は陳べた。

「――で、その薬品の名は？」

苦渋の色が濃く現れたが、やがて諦めたか、「ストリキニーネです！」と低く呟くように言った。

「ストリキニーネ？」

箕作もこれには意外だったのだろう。思わず反問したが、再び頷く駿を見ると、急に深い思索に陥った。

深い沈黙が、蒸暑い部屋を占有した。駿を帰してもなお、箕作は沈思に耽っている。整然たる推理の一端が意外にも掻き乱されたので、その弥縫《びほう》に焦慮しているのであろう。

がそれも数分、やっと明るい表情に戻った彼は、続いて上女中久米井みよを呼出した。

「あの晩、淳子さんはピアノを弾いていたそうだね」

「ハイ！」依然おどおどと伏目勝に答える。

「君が風呂場の奥様の処へ行った時、どんな弾き方だった？　例えば静かなだったか。それとも乱暴な調子だったか？」

「ハイ、部屋に居る時には、ラヂオを聴いていましたので、覚えておりませんが、風呂場に這入る時には、何

かこう静かな曲だったように思います」

「日頃よく聴く曲かね?」

「ええ、時々お弾きになりますので――」と彼女は軽く首肯いた。

「そんな質問が、今度の犯罪とどんな関係が有るのかね」村田課長も聊か憤怒の口調で言った。「――僕はそれよりも、風呂場に居たという夫人に対して、大きい疑惑を持つね」

上女中を帰した後、再度考慮に耽るらしい箕作は、この言葉を聞くと、ニヤリと意味深長な微笑を洩らした。

「――第一、夫人には立派な動機がある。それに彼女は、心的障碍の著明な、意思抑制の尠いヒステリ患者だ。更にそれ等に拍車をかけるものに、性的閉止期に当面せる心理状態がある。あの妾植原篠に対する呪詛憤怒、嘲罵の度を超えたのは、これ等を証明して余りある」

大きく箕作の首肯くのを見ると、課長は更に推論を続けた。

「――第二、夫人は当夜、無理に主人の晩酌の対手を買って出ている。これは被害者の死因が、短刀の他に、ある種の毒薬を用いられたらしいという事実を裏書きするもので、その証拠として、常になく鉱造氏が早く睡魔に襲れたこと、及び夫人の陳述に、『偶には妾の酌でも召上って下さいまし、篠のお酌じゃ、毒を盛られるかも知れません云々』と言っているのは、精神的障碍の有る者には珍らしくない自家撞着の甚しきもので、自らの犯罪遂行の意志を告白しているものと認定し得ること等を挙げ得る――。

第三に夫人には確固たるアリバイが無い。入湯中といえども、あの風呂場から北側の廊下を通り裏階段から二階に上る時は、誰一人として気附く者は無い。これは僕実験してみた結果に依って断言するのだ」

これは箕作も弘世と二人で実験したもので、表階段に比し、裏側のは殆ど歩音は聴き取り得ないのだ。しかし箕作は何故か静かに首を振った。

「――駄目です! 村田さん! 総ては情況証拠です。適確なる物的証拠は何一つ挙げられていないじゃありませんか?」

第十四章　第一の犯人

　この言葉に、きっと鋭く瞳を輝した課長は、金縁の眼鏡を鼻の上に直しながら、

「――その証拠は総て湮滅されたのか、捜査が不充分のためか、なるほど君の言葉の如く挙げられていない。例えば、晩酌の時の酒器類の詳細なる鑑識も、現場附近の綿密なる探査も、総て無効だった。だが、君はこの犯罪に犯人を直接指摘しまたは証明するに足る、証跡なり、証拠物を発見し得ると思うのかね」

　これに対し軽く首肯た箕作は、柴島綾を呼んだ。顔色の勝れない下脹れの女中である。

「――あの夜、君が主人の床を敷いたのだったね？」

「ハイ」

「いつも君かね？」

「イイエ。大抵はおみよさんか、御新造さんでございます。あの夜は何故か、御新造さんが、夕食前に、早い目にお床をと仰言いましたので、旦那様の御食事中に、敷きに上ったので御座いました」

「あの部屋の掃除は誰がする？」

「おみよさんで御座います」

「すると、君が二階へ上っている間、台所は誰がしたのかね？」

「御新造さんが、仕度が出来たらみよがしてくれるからと仰言いましたので。――」

「夕食は家族揃って食べるのかね」

「ハイ。でもあの夜は、旦那様だけ奥様のお酌で先にお召上りになりました。私が寝床を敷いて下りて参りました時に、お嬢様や御新造様がお食事を始めていらっしゃいました」

　再度呼び出されたみよは、箕作の質問に澱みなく陳述した。

「お部屋の掃除は、毎朝八時頃致します。しかしあの日は、ちょっと遅く十時頃になりました。それは日頃朝起きなさいます旦那様が、珍らしく朝寝なさいましたのです。

　お嬢様のお部屋へは、最近這入った事が御座いません。二月ほど前から、ちょっと覗いても激しく叱られますので、お掃除にも入った事がありません。ええ、何日も御自分でしておられます。

あの夜の旦那様のお床は綾さんが取りました。妾は、奥様のお傍で、旦那様のお酌の御手伝いを致して居りました。お酒は毎晩二本宛お定まりで、お燗は御新造様がして下さいました」

「そんな事は一通り僕が訊問しましたよ」

無駄な事と言わぬばかりに兎我野警部は、口を尖らせたが、箕作は平然として言った。

「いや！　ただ私はも一度御注意願いたいと思って、要点丈を質問してみたのです。でその前に一応申上げておきますが、既に加藤君からの話で御承知の事と思いますけれど、被害者の死因に就て、出血過少が問題になった時、裁判医は、あるホルモンの効力を力説しましたね。そして胃の内容にも、その存在を発見したと貴方の処まで報告している事と思いますが、同君は、そのホルモンが——アドレナリンと云うものですが——発見されても、誰の体内にも存在するものである故に、存在の証明を以て、外部より注入されたものとは断ぜられないという事も併せて報告している事と思います。しかし私は、俄然そのアドレナリンに人工製品であるという証拠を発見する事が出来たのです。——」

ちょっと言葉を切って、ポケットを探って煙草を取り出したが、点けるのも忘れたように続けた。

「これが重大な発見である事は申すまでもありません」と愕く二人の顔を交互に眺めながら、「——アドレナリンが人工的に作り出されるようになってから既に十数年を経過していますが、人工アドレナリンが副腎にて作成される天然のものに比し、その効果成分において些の相違も見出されなくなったのは、人工製作可能を発見されてから、僅か数年後だったのです。人工のは特性は非旋光性、則ちラセミ体であって、効力は天然のものの約半分、しかるにフレッチャーなる人物が人工アドレナリンを左旋性及び右旋性に分解するのに成功したのです。左旋性のものこそ、天然のそれで、従来の人工のものに比し効力は非常に強いのです。

——ところが、念のため、その旋光性を調べた私は、その胃中に発見されたものが、非旋光性なるものを証明し得たのです。これは言うまでもなく絶対的に人工的のものにのみ見る現象で、被害者の交感神経の末梢を刺戟収縮せしめた不思議な作用は、ある目的の下に何等かの方法に依って体外より送り込まれたものに相違ありません。

――しかしアドレナリンは、粘膜の皮下組織からは徐々に吸収されるが、皮膚からは吸収され得ない。最も効果の早いのは皮下注射あるいは静脈注射です。多量に用うれば無論死を招き心悸亢進胸部苦悶を起します。

あの被害者は、胃中において発見された事及び苦悶が食後一時間ほど経て起った事等より、酒あるいは食物に依って体内に搬入されたものと推定されますが、この事実より何か想い当るというような点が有りはしませんか?」

黙々として傾聴していた課長は、この時急に眸を伏せて考え始めた。なるほど箕作の指摘する点は明白だ。誰がその薬品を鉱造氏に呑ませたか、呑ませ得る者、それこそ犯人なのに違い無い。

「機会は誰にだって有り得る。夫人にだって、側妾《そばめ》篠にだって、上女中みよにだって……」

「そうです。だが最も蓋然性《プロババビリティ》の多いのは?」

「でも君! 動機が無い! 夫人には憎悪がある。だが篠には――」

「――遺言があります!」

兎我野警部が眸を輝かして叫んだ。

「――遺産?」課長は頤を急に撫でたが、「だが、遺書の内容を彼女は知っていたかね」

間も無く姿を見せた篠は、依然哀愁に満ちた睫毛を伏せて、白い顔は些かの白粉の跡も無く、軽く束ねた毛髪の襟脚の辺が妙に淋しく見えた。

「――はい。秘書の嶺様より、ほんの僅かながら伺って居りました。しかし実際何程《いかほど》残されていますやら、心細く思って居ります」

「――生命保険のことは?」

「それは、旦那様より伺いました。新しく生れてくる者のためにと、よく仰言ってでした」

動機は充分に存在し得る。例えいつかは自分の子供の所有になるとはいえ、変り易き人心に充分苦汁を舐めさされている彼女の事、遺書の内容なり、生命保険のことなりを知れば忽ち殺意生ぜずと誰が保証出来得よう。

改めて別の角度から事件を見直した課長は、その時またはたと難点に逢着した。

「――だが君! あの短刀は、一体誰の仕業だと言うのかね。まさか君は犯人が二人有ると言うのじゃ無かろうね?」

それに対し箕作は、皮肉な含笑を投げて、

「ところが、あの短刀は全然別人に依って遂行されたのです。それを説明するまでに、一度見て頂きたいものが有ります」

内ポケットを探って取出したのは、数行の手帖を割いたと思われる紙片であった。

第十五章　時間の証明

「これは何だね。何の文句かね」

数行細く克明に書かれた鉛筆の跡を辿った課長が、こう言って眉を顰めると、

「長唄『老松』の歌詞です！」と説明するように箕作は言った。あの夜七時半から放送していた長唄なんです。私はこれに依って、正鵠な時間を調べようと思ったのです」

この時ふと課長は、あの夜の訊問の際余りにも執拗にラヂオの事を訊く箕作に、その意図をメモに書いて質問した処、彼が現場不在証明の確実性のため云々の返答を為したのを想出した。

「——妾篠の陳述に、悲鳴の聞えた時は恰度、〽松の太夫のうちかけは——の段《くだり》をやっていたとの事、御覧になる通り、そこは既に歌詞の三分の二以上過ぎた処で、それまでに要する時間は、約十八分で、これは、当夜の放送者杵屋三亀松氏の宅を訪問して、実演して頂いて確めたのです。

——で、これに依ると、上女中みよが屍体発見したのは、七時四十分であって、駿君が階上に行ったのは、弘世の証言に依ると、彼の時計で七時五十分頃——この矛盾は、弘世の腕時計が約六分進んでいた事に依って解釈されたのですが、——故に真の時間は約七時四十四分頃で、駿君とみよとは、間髪の差で階段の表裏にすれ違ったのでしょう。

——さて、ここでも一つ、憶出して頂きたいのは、みよの証言に、風呂場に行く時、長唄は寺の鐘云々の節をやっていたとある事で、その歌詞の最初の方に、〽石に古寺の旧蹟あり、(合)晨鐘夕梵の響き、絶ゆることなき眺さえ——の文句を御覧になれば、首肯かれることと思いますが、そこまでに要する時間は、最初から約四分で、則ち七時三十四分頃だった事を証明しているのです。

——これを考えて頂けば、夫人は七時三十四分以後は、完全なるアリバイが成立するのであって、屍体に加えられた刺創が、その時刻以前であるという証明が無い以上、

夫人が犯人であるという推定は成立し得ないのです」

「同様にその時刻以後であるという証明が無い以上、夫人が無関係であるという証拠には成らない」

反駁する如く捜査課長は言った。

「――そうです」箕作は大きく頷くと、再度駿を呼び出した。

「弘世君が訪問して来た時間は?」

「七時を大分過ぎていたと思います」

「それまで君は君の部屋にいたのだね?」

「ええ、読書していました」

無雑作に答えたものの、何故か眸を伏せたのを素早く認めた箕作は諭すように言った。

「――僕の知りたいのは、君が二階にいた間で、七時頃から弘世の訪れた時間まで、誰も下から上って来ないという証明なのだよ」

暫く沈思の末、駿は思切ったように、

「それは証明出来ます。実は私、その時刻に、何となく胸騒ぎを覚えて、廊下に出てぶらぶらと東へ突当り、父の部屋の横を北へ、そして便所に行き、その頃から弾き始めた淳子のピアノを聴きながら、また父が眼覚めて怒るのじゃあるまいかなど、思いつつ部屋に戻って来て、少し細目に開いた襖の隙から、余念なくピアノを叩いている淳子の後姿を暫く眺めていました。と間もなくいよが弘世の来訪を伝えに表階段を上って来たのでした」

「この時刻に就ては、弘世が当家を訪問する際、阿部野交叉点において、電気時計が七時十五分と指示していたのを記憶していた旨陳述しましたよ。だから、阿部野より当家までは最小限に見積って八分まあ十分としても二十五分、故に駿君が二階から下りて来たのは、二十七八分頃でしょうか」

箕作のこの説明になおも合点し兼ねたのか、課長は首を振って、

「その陳述だけでは、確定的証拠とは言えないね。むしろそれが事実とすれば、駿も更に嫌疑濃厚に思えるね」

兎我野警部も同じように鋭く言った。

「ただ証拠ですよ。駿や夫人が刺殺犯人でないという証拠よりも、誰が犯人で、しかもその証拠はこれと、早速示して頂けませんかねえ」

無言の儘、二人の顔を眺めていた箕作は、

「じゃ、まず物的証拠をお見せ致しましょう」と言い

つつ、差出したのは一通の封筒であった。

「――御覧下さい。これです」

白いハトロン封筒の内部より取出されたのは、一本の毛髪であった。

「毛髪が個人鑑別に欠くべからざる事は既に御承知と思いますが、これはあの夜、屍体の掛蒲団の上に発見したもので、まあ私の幸運とも言いますか、で僭越とは思いましたけれど内密に持帰り、この家の女性男性とを問わず、各毛髪を蒐集検査してみたのです。ところが、意外にも、その部屋に入ったとは想われない女性の毛髪と、ピタリと一致するのを発見しました」

「それは誰？　誰かね？」

課長は思わず身を乗り出した。

「可憐なる女性、淳子です！」

余りにも意外なる事実に、兎我野警部は嗤い出した。

「ハッハッハ。そんなもの、証拠には成りませんよ。第一、淳子には立派なアリバイがありますよ。それに動機も無い――」

「そうです！　しかし！」と昂然と眉をあげて、箕作は豊頬を硬直させた。

「事実は瞭かです。あのピアノの音には、トリックがあります。それに動機も――」

嗟吁!!　犯人は、怖るべき刺創犯人は、あの楚々たる麗人、令嬢淳子だというのだ。

しかして箕作の言うピアノの詭計《トリック》とは何を謂い、動機にいかなる事実を暴露しようと思っているのであろうか?!

第十六章　悲劇的結末

窓の傍で机に倚って、何事がしきりとペンを走らせていた淳子は、急に背後の襖が開かれた物音に、凝《ぎょ》ッとして振返った。

頬の色は褪せても、濃く細い眉を顰めて、これ等の侵入者をキッ！　と凝視した彼女の瞳は、哀愁を超えて、理智と意志の強さを表現し箕作始め課長や警部の面貌を鋭く射て犯されまじき色が憤然と漂った。しかしその美しさ、軽く波動《ウエーブ》した毛髪の黒く、項《うなじ》より肩への線のなだらかさ、唇を噛み締めて、後毛を白魚という形容では足りない美い小指で掻き上げながら、不意の乱入を詰るように眺める姿は、何と言い表わすべきであろう。

「早速ですが、二三お訊ねしたい事が有るのです」箕作は直ぐきり出した。「——あの夜、貴女は夕食後ずっとこの部屋にお出ででしたね」

「ハイ！」何となく不安な面持ながらも、彼女は明確に首肯いた。

「じゃあの日は、一度も叔父さんの部屋には、お這入りにはならなかった訳ですね」

「ええ！」

「悲鳴を聞いて馳せつけた時も！」

「兄が入れてくれませんでしたの！」

「しかし貴女が一番近い位置に居られたじゃありませんか？」

「エエ！　でも、妾、恐ろしかったんです！」

「ではまた別の事ですけれど、貴女は毎晩ピアノの練習をなさるそうですね」

「——音楽が好きなもので御座いますから——」

「あの夜は何をお弾きでした」

「ハイ！　でも何か気分が勝れませんでしたので、手当りに思いのまま叩き続けていました。何の曲だったかよく覚えて居りません！」

　その時箕作は何を思ったのか、つかつかと彼女の机の傍に寄ると、「ちょっと拝見！」と言いながら、彼女の肱の下にあった、丸い花模様に小切れを組合せて作った肱突きを取り上げた。黄と赤と紫が交錯して、パッと咲き開いたダリヤの如く大きく明るく作られている。

「これですよ」淳子の表情を見逃すまいとする如く、横に盗み見ながら、箕作は、課長に渡した。それが何を意味するのか。判断に苦しみながら、仔細に調べていた課長は、漸く、その品が作られて間もない事、及び黄色部分の布地が他のに比して手厚く古びているのに気附いた。

「あ、あの鬱金の袋だね、これは！」

思わず呟くこの声を聞いた彼女は、咄嗟に帯の間よりつまみ出した物を、口中に手早く投げ入れた。

「呀ッ!!　しまったッ!!」

慌てたのは箕作であった。豊頬は刹那に蒼白となり、額に油の如き汗が浸み出た。

「いいえ！　いいんですの！　これ位許して頂戴！」

彼女は箕作の手を避けながら、すっくと突立って、ピアノの傍に、愴恨と馳せ寄って、血の気の無い唇を強く嚙みしめた。

「どうした？　どうしたのかね？」

急激な場面の転換は、課長や警部を間誤つかせるに充分であった。

「――忘れていたんです。駿君の盗まれた薬品、ストリキニーネの存在を失念していた私の罪です」

「毒を、毒を呷ったんだね?」

さすがの課長も茫然として、この美女の激しく顫動する肩から胸へかけての起伏を凝視した。応急の処置、それすらも忘却した如く。

「――復讐しましたの! 妾、夢も幸福も、ただ! ただ一夜の中に、地獄の底に蹴落してしまった怖ろしい簒奪者に、妾、命を賭けての復讐を致しましたの!」

致死量以上を嚥下したのであろう。見る見る中に、中毒徴候が現れてきた。軽い慄動は、全身に波及して痙攣となり、顔色は漸次暗紫色に変り始めた。美しく憤りに震えた瞳孔も、次第に拡散し、呼吸が困難になって来たのであろう。激しく喘ぎながら、立ちも得ず、必死の努力も空しく朽木の如く倒れ掛けた。

慌てて支えかけた箕作の手を、力なく払って淳子は、それが最後の努力なのであろう、裾を押えて乱れを防ぎながら、ピアノの傍に崩れ折れて、小さく、駿の名を呼んだ。

この悲惨、駿は声も無く泣きながら、部屋の美しい主の蒼ざめた手を強く握り締めて、絶えゆく玉の緒を繋ぎ止むる如く、彼女の肩に口を寄せて、強く一言、「許すよ!」と呼びかけたのであった。

第十七章　ピアノの詭計

結末を予期し得なかった事に対し、重大な責を感じてか、箕作の表情は余りにも陰惨であった。

「カプセルにでも包んでいたのなら――」と愚痴を並べてみた彼であったが、動機に就ては彼女が丹念に認めていた遺書に詳しいと素気なく課長の要求を蹴って、ただピアノの詭計の説明だけと断って、彼はピアノの蓋を開いた。

傍の卓子にクリーム色の扇風機が有る。彼はその扇風機の羽根の軸に細い丸編の紐をかけて、ベルトの如く輪を作った。

次に押入れを探して四尺許りの衣紋竿を取り出すと、それに一寸宛位の間隔を置いて、七八寸の紐を結び付け、彼女の鏡台の抽斗の中から、カーテンの裾飾りに用いられる、糸球をくくり付けた。

「ほほう、妙な事をするね」

課長は呟きつつ、その糸球を手に取って見たが、それは案外直経五分位であるのに比して重く、何か硝子球の如きものを毛糸にて包み込んだものと想像された。

箕作は続いてその竿を、天井より吊された電灯の紐《コード》を掛けてある針金二本をピアノの上に持来って、横に支えた。あたかもそれは、玉すだれの如く、房々とピアノの鍵盤の上に垂れ落ちている。彼はそこで先刻の扇風機の軸に掛けた紐ベルトを、竿に掛けて、ピンと張らせた。

「なるほど！」漸くその詭計が判ったのであろう。課長は警部を顧て言った。「——よく考えているね。面白いじゃないか」

扇風機はノッチを入れられ廻転を始めた。と共に紐ベルトは、衣紋竹をあたかも機械工場において、唸りをあげて廻る動力軸の如く、そして玉すだれを風車の如く廻し始めた。かくて、突如響き渡るピアノの音！　それには何の律動も無い、ただ金属の妙音が繁雑に交錯して世にも不思議な狂燥曲を奏でているのだ。

「呪うべきは、父と呼ぶ人の、怖るべき酒癖だったのです」嗚咽を噛みしめながら、頭髪を両手で掻き雀りつつ、駿青年は言うのだった。「——僕達の愛は真剣でした。愛する者と一つ家に住み得る幸福それは、冷い煩雑な家庭にあっても、常に僕を慰撫し、幸福な夢を見せてくれました。この思いは淳子も同様であったと思います。にも拘らず、何という悪魔、何という野獣！　それでも僕は彼を父と呼ばねばならないでしょうか？」

遺書は誠に血と泪で綴られたものと言って良かろう。無残一夜にして踏み躙られた花園は、余りにも大きい痛手を負い過ぎたのである。春の夜の恋心、夢幻の中に兄と呼ぶ愛人の片影を追っていた彼女が、余りにも酒臭い息を意識した時は既に遅かったのであった。

彼女の享けた損害は、更に駿の態度豹変に依って倍加されたとも言い得る。

苦痛と慚愧と屈辱、それは憤怒と呪詛を呼び起し、復讐を意図せしめたのである。

側妾しのは、即日逮捕された。殊勝な彼女の態度も、夫人の所謂狐に過ぎなかったのである。彼女の使用した薬剤アドレナリンは秘書の嶺が供給した。遺書の内容を知る嶺が、色慾二道をかけて暗々裡に糸を操った罪は、更に大と言えよう。鉱造氏の性格豹変も彼の周到なる計画の一部と想像されるにおいては。

後日、弘世の来訪せる時、箕作は、弘世の質疑に次の如く答えた。

「――篠が夫人と酌を代ったのも、単に機会を利用した丈の事だよ。別に意味は無いさ。夫人の言動の不審は、あの症状じゃ已むを得ないよ。むしろ病的な神経が、犯意の存在を予感していたかも知れないね。駿君の部屋で読んだ独逸語の書物は、臓器ホルモンに関するストルッの著書だよ。その内に、アドレナリンに関する項目が有ったのだ。でどの程度まで説かれているか読んでみたのだ。

嶺の友人に外科医がいたのだね。それで容易に入手る事が出来たのと思う。しかし最初は、紛失した薬品が、てっきりそれと想像していたので、結論を導き出すまで苦労をしたよ。

駿にも無論犯意はあったと思う。憎悪は充分動機となり得るからね。ノートはやはり、淳子が盗出したんだね。殺人方法を考えるためだよ。が結局、あんなアリバイを考え出して決行したんだね。短刀は、犯行以前に既に部屋に持帰っていたと思うよ。

駿が覚えた莫然たる不安は、本能的のものだったかも知れない。しかしピアノの音に階上を覗いて見たり、階下を彷徨って、彼女の部屋を覗いたりしたのは、淳子の態度に何か疑惑を招くものがあった所為じゃないだろうか。だから、訊問に際しては咄嗟に自己の不利も考慮せず、あんな陳述をしたのだったと思うね」

更に箕作は意味深い微笑を洩らしながら、附加えた。

「――短刀はやはり淳子が叔父の部屋から、持帰ったと思うかと言うのかい。それは何故駿が、莫然たる不安を覚えたか、また用事も無いのに二階に上ったりしたか――無論ノートなんか口実だと考えてだが――推察してみれば判るじゃないか。殺意とまでつきつめた気持は無く共、彼の言葉通り鞘を払って、鋭光を凝視している姿には必っと殺気が漲っていたに違いないさ。それを偶然覗見したのが、同じ意図を有していた淳子なのだ。

その時の彼女の気持は充分推察し得るね。二人の幸福を奪った悪魔への復讐は、あくまでも自分が――して、その刹那に意を決したんだね。ましてや有為の青年の前途を暗黒にするよりは、汚れた一身を投出して、と考えた殉情の賜かも知れない。

――運命だね。駿も食事後部屋に戻って、短刀の紛失を発見したのだろう。急に不安になって、父の部屋を覗いたり、淳子の部屋を窺ったりしたんだよ。誰が何の目的でというのが最も大きい不安だったに違いない。それが彼の示した態度の主因なのだったよ。

――僕が何故それを反対するように否定し去ったのかは、君の推量に委すよ。善悪の判断は、僕の責務じゃないからねえ。

死亡時間だって、胃や腸の内容的の消化状態で殆ど断定出来たよ。しかし僕は迂遠な方法を採った。何の必要が有って？　と反問するだろうが、それの批判も君に委す。いいように解釈してくれ給え。

――ただ残念なのは、淳子の死の予知の出来なかった事だ。まさかあの肱突きの発見丈で、万事休すと諦め、自殺を決意しようとは思わなかったよ。それは多分前日捜査されたのを知り、その節は未だ肱突きの未完成だった事や、鏡台の抽斗に入れておいた飾玉が一個不足しているのを発見した事等考うれば、当然発覚を予想していたには違いなかろうがね。しかしそれでもまさか毛髪を落して来たとは想像だにせなかったに違いないよ。とにかく、ただ何気無く忘れていた鬱金の袋を、死体発見後気附いたのが、最も彼女の魂を苦しめ、理智の手落ちを責めていただろうね」

執　念

（一）

横なぐりに、激しい風が吹く。

も一度、須見は闇の中を見透かして見た。確かにこの辺だ。この附近で、怖ろしい悲鳴が聞えたのだ。だが、未だに、その場所も判らないいし、人の気配も無い。一体どうしたというのだろう。

じっと耳を澄ますと、遠雷のような地響がする。首を伸ばせば、光芒が闇の一隅を破って火箭の如く奔って来る。しかも地響を乗せて……。

途端、雨のあがったばかりの重苦しい雲が千切れて、僅かながら星屑が覗いた所為か、それとも、汽車のヘッドライトが、空気を明るくしたためか、茫うと闇の路上に、黒い影が見えた。数間先だ。

遅かった。慥かに遅かったらしい。その証拠に、濡れた路上に、仰臥する男は、もう息も絶えているらしく、動こうともしない。

数間後方を、轟々の音響かせながら、真黒な汽車が走り去る。貨物列車らしい。どうしよう――燐寸《マッチ》を擦っても直ぐ風に吹き消されてしまう。それに、雑草が一人騒がしく戦ぐ。――全く、いやな無気味な夜だ。

しかし、闇に慣れた眼で、須見は倒れた男の様子を観察した。洋服を着ている。外套も着ているらしい。顔はその裾に被われていて、風の吹く度に、はためいている。だが一層無気味なのは、倒れている姿勢だ。蟷螂のように、両手を肩の上で折り曲げて、空気をしっかと抱いている。両脚を、コンパスのように開いて、膝を立てている。まるで土で造った人形のように、しゃちこばって……。

しかし、ちょっとその手に触れてみて、須見は思わず慄然《ぞっ》とした。冷い、余りにも冷たすぎる――。死人の手とはこんなにも冷いものなのだろうか――。

須見はあの恐ろしい悲鳴を思い起した。確かに、あの声は、この世のもとは思えなかった。今こう思い出しても、肌毛がよだつほど、怖ろしい余韻を含んだ叫び声だった。がその声の主が、今ここに冷たくなって横たわっている。この男だったのかしら――。

何故となく、不思議な気がした。何かしら、あの闇を劈《つんざ》いた悲鳴と、この屍体とは、その間に一年も二年もの開きが有るような気がした。屍体は、こうした姿で一年も二年も、ここにこうして倒れていたのではあるまいか、――須見には、そう思えてならないのだ。

また光が流れて来た。が今度は自動車だ。二条の光芒が、眩しく濡れた雑草を照し出す。両手を挙げて車を停めた須見は、始めてホッとしたように、中の客に声を掛けた。クッションに深く身を沈めた四十年配の男が一人、半ば詰るような眼を向けて、

「どうしました?」と訊く。

運転手が、まず屍体に気附いた。

「あ、急病人ですか?」

「いや、死んでいるんですよ。しかも……」

と、須見は手早やく、委細を語った。

ヘッドライトに照らし出された屍体を凝っと見た紳士は、直ぐ車を降りた。

「なるほど、こりゃ殺されている」落着いた声だ。

風が吹く。はためく外套の釦を掛けながら、紳士は運転手に、警察への通達を依頼した。車が去ったあとは、また深い闇だ。しかし紳士はポケットから、小さい懐中電燈を取り出した。風はいよいよ激しく、雑草や木立が更に騒がしい。

須見は、紳士の落着いた態度に、興味を惹かれながら軽い安堵を覚えて、その行動を見守った。

紳士は、まず屍体の顔に被さった外套の裾を取り除いた。そして顔面に、円い白い光を注ぎかけた。と、須見の眼に、異様に映ったのは、その顔の鼻孔と、唇の間から白く覗いた綿だ。

「あっ! 何です? あれは……」

「脱脂綿でしょう。落着いた犯人ですね」

無雑作に言いつつ、紳士は手を伸ばして、白い眼の半ば見開いた瞼の裏を、慣れた手附きで裏返えす。顔はむくんでいる。もっと明るい光で見たなら、きっと紫色に腫れているのに違いない。円い光は、今度は咽喉首を照し出した。

「あっ! 絞殺ですな!」

思わず須見は叫ぶ。が紳士は静かに合点《うなず》いただけだ。

そして、顎の下に二重に捲きつけられた紐を仔細に眺め

ている。

紐は荷造りに用いられる白い苧縄だ。太さは三分もあるだろうか——。それが顎の真下でかっきりと二重結びにされて、両端は同じ位の長さに、きちんと劈り揃えてある。カラーが留釦を外れて、ピンとはねている、ネクタイも捩れて、横に歪み、ワイシャツの釦も千切れている。

それ等を見終ると、光は更に屍体の腕を匐って下へ進む。

上衣の釦は外れている。肌衣の釦も一つ千切れている。時計の鎖が切れて、横腹の方へダラリと下っている。時計は無い。服地はかなり古びている。外套も古い。中年男の、疲れた月給生活者の服装だ。

洋袴《ズボン》の筋も消えている。膝を立てて、Y字型に開いている股の附近に、襞を作ってたくり上げられている。裾は二重に折り返えされ、その下から、灰色の靴下が覗いている。爪先を立てた黒革の靴が、踵を半ば土の中に埋めている。

「貴方がその悲鳴を聞かれた時は、雨が降っていましたか?」

「いや、すこしも……、だが、どうして……」

「御覧なさい。服は濡れてないけれど、外套は、そら、背から腕へかけて、ビッショリでしょう」

ふと屈んだ紳士は、上衣の下から、時計を拾いあげた。千切れた鎖が附いている。針は二時五分を指している。

「格闘の時落ちたんですね」

「まさか……」紳士は強く首を振った。

「この男は、今殺されたのじゃありませんよ」

「じゃ、この時計は……?」

「無論貴方が悲鳴を聞かれた時に、落ちたんでしょう。だが、男はもっと前に死んでいますよ。尠くとも、三四時間も以前に……」

「ど、どうして、そんな事を仰言るんです」

「強直を起していますよ。死後強直をね。そら——」言いつつ、無気味に折り曲げられた腕を摑んで、紳士は屍体の手首を揺すぶる。

「固くなってるでしょう。これは、大体、死後、三四時間して、起るのが普通ですからね」

（二）

　また強い風が吹いた。須見は思わず身震いして、大きく嚏《くしゃみ》をした。

「寒いですね」

　紳士も外套の襟を立てたが、その時、始めて大島紬着流しの須見の寒そうな姿に気附いた。

「貴方は、どうして今時分、一人でこんな淋しい処を歩いていらっしゃるんです？」

「ぼ…僕ですか――」

　途端に須見は、はっとした。思い出したのだ。

「あ、僕忘れていました。実は急病人が出来たので、ついそこの医者を呼びに来たんですよ。何分、こんな深更でしょう。だから……」

　と言い掛けて、須見は慌てて口調を変えて、

「いや、これは失礼、じゃ済みませんが、あとは万事お願いしますよ。急ぎますから……」

　しかし、紳士は立ち去ろうとする須見の背後に、はっきりとした口調で呼び掛けた。

「お待ちなさい」両手を外套のポケットに入れたまま落着いた調子である。「その医者というのは、何という人です」

「あの、栗原と仰言る――」

「あ、じゃ貴方が、須見さんでしたか――」

　これはと言う風に、紳士は言う。

「と仰言るのは……？」

「私がその栗原だからですよ」

「あ、貴方が先生――？」

　今度は須見が驚いた。

「実は、今お伺いする途中だったんですよ。だが、もう一度、お電話下さればよかったんですのに……」

「それが先生――この雨と風でしょう。最初お願いした時は、どうにか通話出来たのが、二度目には、すっかり駄目になっているんですよ。だから……」

「いや、それは済みませんでした」

　栗原医師は、素直に頭を下げた。

「だが、弱りましたね。この場の様子じゃ、私はともかく貴方は重要な参考人ですよ。だから、このままここを無断で立ち去ってしまうとすると、きっと後が蒼蝿《うるさ》いと思いますがね……」

「そうでしょうか――」

それには気が附かなかった、という風に、須見は頭を掻いた。

「ところで、御病人はどんな御容体なのです?」

「それが娘なのですよ、――先生。迚も酷い熱でしてね。四十度近い――肺炎じゃないかしら、と案じているんですが……」

「お幾つ?」

「十四です。今頃、家内は、嘸かし独りで気を揉んでいることでしょう」

さすがに須見は憮然とした。

とその時、軽い機関の音がして、眩い光が二人の濃い影を路上に描き出した。そして、車が停ると、中から一人の制服の警官が降りて来た。それを見ると、栗原は直ぐ声を掛けた。

「おや!　堀間さんでしたか――御苦労さま――」

医師は巡査と顔見知りらしい。

「やあ、先生!　どうも妙な処でお目にかかりますな」

堀間巡査は、光を背に負って、あたかもそれに押されてでもいるかのように、二人の方に近寄って来た。そして――

「他殺ですか?」と顎で訊く。

「ええ、明白な殺人ですよ」

医師は頷きつつ、早速と須見を振返って、

「この方が、発見者の須見さん――急病人が出来て、私を呼びに来られる途中だったんですよ」と手短かに紹介した。

巡査は幾度か合点きながら、

「どちらにお住いです?」と須見を瞠めた。

若い巡査だ。光を背にしているので、表情の動きは判らないが、声は細く、よく透る。

「ついそこの室《むろ》の内ですよ。踏切りから、一丁ほど下りて。右手へ寄った処です」

「あ、すると武村銀行の武村さんのお近くですな」

「ええ、恰度その裏です」

巡査は黙って二三度頷くと、屍体の方に視線を移した。そして暫く屍体の姿や、附近の様子を眺めていたが、急に何を発見《みつ》けたのか栗原医師を顧て、

「弱りましたねえ」と地上を指す。

なるほど、濡れた地上には、数個の靴跡に下駄の跡が入り交っている。

「こりゃ、失策でしたな」

早速栗原は謝った。

「もう何時でしょう?」

家が気になるらしく、須見は落着かぬ表情で、医師と巡査の顔を交互に見た。

「ほう! 三時ですよ」

時計を見て、栗原も愕いたらしい。で早速、堀間巡査に、診察だけ済まして来たいから、と断って、須見と連れだって、彼の宅へ行くことにした。

「じゃ、三十分ですよ。きっと三十分以内には、戻るようにして下さいよ。でないと……」

それによく判った、という風に手を振って、二人は車に乗った。

（三）

「どう思います?」

車が動き出すと、須見は早速と話しかけた。

「と仰言るのは、犯人のことですか?」

「ええ、まあ、犯人もですが、それよりもあの被害者は何故あんな恰好をして倒れているんでしょう」

「さあ!」医師はちょっと言葉を澱ませて、

「それより、貴方が悲鳴をお聞きになったのは、どの辺でしたか?」と窓を透かす。

車は灌木の茂った路を過ぎて、大きく曲り、邸宅の塀に沿って走っている。

「あ、もう過ぎましたよ。そら、今先き、一個安全燈が塀の上に、突き出ていた処があったでしょう。あそこの附近でしたっけ!」

須見も車窓を覗く。

「すると、踏切りまででも、二三十間ありますな」

「ええ、だから、早速走り出したんですけど誰一人、それらしい人には出遇わなかったんですよ」

「なるほどね――。がそれにしても、一帯、どこから運んで来たのでしょうね」

医師は深く息を吸い込んだ。夜気が冷く身に泌みて、肺の奥まで空気の浸み込むのが判る。

「と、あそこで殺されたのじゃ……」

「無論、運ばれて来たものですよ」

「すると――」須見は驚いて、医師の顔を眺めた。

「あの悲鳴は、一体誰だったのでしょう?」

「さあ、でも絶対にあの屍体の出した声じゃありませんね」

「それじゃ、も一人、誰か殺されたのでしょうか——?」

「………」

栗原は黙って首を振った。そして、暫し考えに耽るように眼を閉じる。

「ああ、ここですよ、先生——済みません」

空は雲が慌しく風に吹き飛ばされている。

一入寒い。三月の末だというのに、まだ真冬の最中のように冷える。

診察は簡単に済んだ。

「扁桃腺の熱ですよ。それほど御心配は要りません。すぐ退きますから——」

言いつつ、医師は注射針を取り出して、一本、娘の細い腕に打った。

「有難う御座いました。お蔭でやっと安心しました」

送り出しながら須見は妻と一緒に繰返して礼を述べた。

「一緒にいらっしゃいますか——」

車の中から、医師が呼び掛ける。

「じゃ、失礼ですが、——」須見は同じく車に乗った。

そして妻には、薬を貰って来る、と言い残した。

「私はきっと、犯人が屍体を鉄道線路へ捨てに来たんだと思いますよ」

暫くすると、思い出したように医師は言い出した。

「そうでしょうか——」

須見も、実は先ほどから、それを考えていたのだ。が彼には、まだ不思議な点があった。

「しかし、あの鼻や口に詰められた綿ね、あれは一体、何のためです?」

「あれですか、あれあ、犯人の用意周到さを物語る、一個の材料ですよ」

興味深かそうに、栗原は説明した。

「大体、鼻孔とか、口腔のような粘膜質の処は、屍体となると、極めて破れ易いんですよ。だから、もし屍体をそのままで運搬するとしたら、きっとそれ等の粘膜から、血液なり粘液なりが洩れることでしょう。——ところが、この犯人は、それをよく心得ているらしく、慎重に脱脂綿で栓を施しているんですよ、ね、用心深いでしょう」

踏切りを越すと、雑草と灌木の茂みの中に、明るい光が漂よって、数人の人影の動くのが見えた。警察の連中が来ているらしい。

車を降りると、主任らしい警部が、

「須見土岐雄さんと仰言るのは――?」と訊いて、早速と詳細な質問を始めた。

「で、その悲鳴は、どこ等附近でお聞きでした?」

「あの踏切りの向うですよ。こう道が曲っているので、様子は判りませんでしたが……」

「声音は、男でしたか女でしたか?」

「さあ!」

暫く須見は迷った。

「何分聞いた声が、悲鳴だけでしょう。だから、瞭きりとは申上げかねるんですよ。でも、男ではなかったでしょうか――」

なおも数項、警部は細かく訊ねて、続いて栗原医師にも同様の質問を繰返えした。そして最後に、医師に意見を糺した。

「そうですね」

栗原は、暫く躊躇していたが、軈て、

「私は、この屍体は、背負われて来たものと思いますよ」と言い切った。

(四)

その夜も明け放れて、再び夜が来ると、やっと詳細が判った。

被害者は、××貯蓄銀行の集金人で、当日は月末の事故、六千円ほど集金しているはずだった。

四十二の厄年で、家には妻と二人の児供があった。

現場附近の叢の中から、黒皮の折鞄が発見され、その中から集金伝票や、集金簿等が出て来たので、被害者の名が、畑中武太郎であることや、××銀行の集金人であることが判ったのだが、出て来たのは結局それ丈で、金は銅貨一枚現われて来なかった。

その鞄に銀貨や銅貨が入れられていた事は、鞄の底が黒光りしていることでも明白だったし、当夜、集金に来た被害者を知っている預金者達もそれを証言した。

この事実は、兇行の動機が、六千円の現金強奪にあることを想像させる。

実際、当局の調査した処では、被害者の交友関係には誰一人として、温厚で小心な被害者と争論したものは無く、怨恨を抱いている者も無かった。誰もが、口を揃えて、畑中のような人が殺されるとは……と、審ったほどだったのである。

だから捜査方針は、勢い強盗殺人として、当夜の被害者の足取り捜査から、犯人の目星しをつける事に決定を見た。そして××銀行の同僚達の協力を得て、集金伝票や受領証等を詳細に調査し、当日彼が立廻った先は、片端しから戸別訪問して、その時刻と、消費した時間を調べることになった。

彼の集金受持地区は、屍体の発見された処よりは、一里の余も離れていた。だから、彼は受持区域外で殺されたか、または受持地区内で殺されて、そこまで運ばれたかになる。

が屍体の発見された処は、Y村の省線踏切の近くで、そこから彼の受持地区のM町までは、とても歩いては行けなかった。路程は僅かでも道が悪く、更にその夜は八時を過ぎてからは、土砂降りの雨が降っていたからである。

故に当局では、畑中はM町での集金を済ますと、省線でY村のY駅に現れ、ある人の邸宅を訪問する途中どこかで殺されたものと想像した。

それは、少しでも銀行事務に携わった事のある人は知っているだろうが、××銀行のような貯蓄銀行では、特に加入者を勧誘して来た時には、それ相当の手数料が貰える。

だからもし、殺意を抱く男が、言葉巧みに預金加入するから、何時頃どこまで来てくれ、とさえ言えば、それが畑中で無くとも、また多少遠隔の地であっても、必ずそこへ出向いて行ったに違いないと考えられるからである。

そこで捜査主力をこの点に注いだ当局は、その日も夜になると、やっと八時頃までM町にいたという確証を得た。しかも、その頃から雨が降り出して来たので、畑中は顔馴染の集金先へ寄り、傘を借り受けて出て行った事までも判明したのであった。

が足取りは、そこでぷっつりと途絶えてしまった。八時過ぎ同家で傘を借りてから、どこへ行ったか、それが皆目見当さえつかない。

「まだ、どこかへお出でですか?」と、その家で尋ねると、畑中は、

「ええ、ちょっと遠いんですが……」と答えたという。それがまあ、手懸りと言えば言えたが、実際それ丈では、

何にもならないこと明白である。

一方、検死の結果では、死因は絞頸に因る窒息死で、殺された時刻は、前夜の十時頃と推断されていた。

即ち、八時過ぎM町から姿を消した畑中は、Y村の近傍で十時頃殺害され、深夜二時頃、踏切附近に遺棄されたことになる。


その夜、須見宅を見舞った栗原医師に、須見は診察の済むのを待つ間も焦燥《もど》かしげに話しかけた。

「ねえ先生、集金人だったというじゃありませんか?」

「ええ、しかも、六千円も奪られたって……」

栗原も、同じように好奇的な眼を輝やかせた。

「しかし、どこで殺されたんでしょう?」

「さあ――当局じゃ、どこか屋外で殺されたらしいと言っていますね」

「先生も、そうお考えですか?」

栗原は落着いた眼で、じっと須見の顔を眺めながら、軽く唇元に微笑みを泛べた。

「でも、靴の紐は固く結ばれたままなんでしょう。あの靴は編揚げだから、紐を解かにゃ脱げませんものね」

「え警察の連中も、そう言っているようですね。しかし……」と言い掛けて、栗原はちょっと言葉を切った。

そして病人が同じように、耳を立てているのを見ると、直ぐ軽く笑って、立ち上った。

玄関に出ると、須見は辛抱しかねたように、

「では先生は、殺されたのは屋内だと仰言る?」

「ははははは。想像ですよ。ね、でも考えても御覧なさい。第一屋外で、あんな綿を詰めたり、首を絞めた紐を揃えて剪ったり、そんな悠張なことが出来ると思いますか――」

（五）

翌日は更に詳しく報道されていた。

そして兇行場所も、栗原医師が言ったように、屋外強盗説は排せられ、家屋内で周到な計画のもとに、殺害されたのであろう、と推測されていた。

最初当局が屋外兇行説を採ったのは、須見も考えていたように、編揚靴の紐が解かれた形跡が無いためであった。それも新聞の報ずる処では、紐の結目に泥の膠着した部分があり、しかもかなり乾燥していたので、紐を解

いて見た。ところが結目の中は奇麗なもので、泥は少しも浸んでいなかったと言う。

これは被害者が殺されてから後歩かない以上は、絶対に附着するものでない、また殺される前に附着したものなら、靴は絶対に脱いでいないことになる。何故なら、もし脱いでいるとしたなら、紐は編揚靴である以上、きっと解かれただろうし、解かれた限りは、泥の汚染をうまく元の通りに結ぶなんてことは、絶対に不可能だと考えられるからである。

それに洋袴も、裾を折り曲げた儘だったし、外套も着たままなので、てっきり道路や人眼の無い戸外で、殺されたものと推定していたのだった。

ところが、鼻孔や口腔内から出て来た夥しい綿や、荷造用の紐が首を絞めたあと、きっちりと揃えて剪られているのを見ると、さすがにこの推定もぐらついた。ぐらつかざるを得なかったのだ。

栗原医師が須見に指摘したように、屋外の兇行としては確かに面妖しい。用意周到としても、ちょっと考えられない落着き振りである。

で当局では、兇行現場は、きっと屋内に違いない。が屋内と言っても、靴を脱がないで済む、玄関口か、洋室のような、靴の儘で這入れる処で行われたのであろうと想像した。だから屍体もそこから犯人に依って、背負われて来たものとして、屍体の発見された街道を中心に、Y村一帯に亘って綿密な捜査が行われることになったと言う。

そこで問題になるのは、須見が聞いたという悲鳴のことだった。

最初は当局も、その悲鳴を聞いたという陳述を信じていたが、終には、その言葉をも疑い出した。

殺されてから三時間も四時間も経つ屍体が声を挙げるはずは無い、と言うのである。

これには須見も弱った。いかにも、死体は強直していたほどだから、悲鳴は死体から洩れたのではないのは明白である。ならば犯人か？　犯人は二人居たらしい。が殺人の痕跡を晦ますために、態々《わざわざ》踏切近くまで運んで来た彼等が、その一歩手前で、よくよくの事が起らぬ限り、あんな悲鳴を挙げて、死体を棄ててゆくなんて考えられないことである。

では須見の空耳だったのか？

否！　慥かに聞えた。いつでも須見は、こう繰返して、少しもひるまなかった。しかし、では誰がそんな声を立てたのだ？　と聞かれると、さすがに当惑した。須見自身、皆目見当がつかなかったからである。

　数日須見は全く仕事に手がつかなかった。事件の発見者としての取調べは簡単に済んだが、容疑者としての疑惑は、容易に解けそうになかった。どこへ出るのにも、身辺に鋭い眼が光っているような気がした。

「全く、これでは堪りませんよ」

　栗原医師が来る度に、須見はこぼした。

　しかし栗原は三日目頃から、急に事件の話には興味を喪ったらしく、診察が済むと、直ぐ惶ただしく帰って行った。

　そうしている間に数日は直ぐ経った。娘の病気も、春らしい日の訪れと共に、めっきりと快くなって来た。

　栗原も六日目には、もういいでしょう！　と脈も診ずに言って、形だけ聴診器を当てた。そしてその日は、どうしたものか、栗原の方から、

「ところでどうです？　事件の方は……。その後あまり、発展していませんね」と話し掛けて、須見の好奇心を煽った。

「全くですよ。未だに見当もつかないなんて……」

　須見は早速と日頃の鬱憤を一時にぶちまけて、当局の無能を罵った。

　栗原は、日頃の落着いた態度で、一々頷きながら聴いていたが、突然、

「ところで須見さん。実は、今夜ちょっとお手を貸して頂きたいんですが……」と言い出した。

「え？」と須見が訝ると、かぶせて、

「お暇だと思ってお願いするんですよ。――やはり、ちょっと事件に関係したことですが……」

　と謎のような笑いを泛べる。

　別に断ることも無いので、須見は快く応じて、外に出ると、空は一面の星月夜だった。

「大分暖かになりましたな。――あの夜は、寒かったですが……」

　静かな声で言うと、栗原は早や車の中に身を埋めていた。

（六）

　日頃は大抵歩いて来るのに、今夜に限ってあの夜と同じように、自動車に乗って往診に来た事に、軽い興味を

抱いていた須見は、車が走り出すと、直ぐ口を開いた。

「その後、何か変ったことでも発見されたのですか?」

「ははは。たわいもないことですよ」

栗原は小さく笑った。そして眼だけは真剣になりながら、

「しかし須見さん。貴方は、警察や新聞が報ずるように、あの被害者は、靴を脱いでいないと考えていますか?」

と訊いた。

「だって、紐は解かれていないんでしょう」

「すると、紐と解かなけりゃ、靴は脱げませんか?」

「でも、編揚げではねえ」

これには須見も困った。どうしてこんな事を栗原は言い出すのだろう? 真意のほどが解らなかったのだ。

「じゃ、それはそれとして、貴方が聞いたという悲鳴ね、あれはどう解釈しておられます」

「そ、それですよ。私は、今でもあの嫌な声を瞭り覚えていますが、それが誰の声だったか見当もつかないんですよ。あるいは犯人同志が喧嘩でもして、一人が酷い手傷でも負わされたのじゃあるまいかとも想像しているんですが……」

「当局の見込みも、そうらしいですね。しかし、私はもっと違った考え方をしているのですよ」

そう言っている時に、車は踏切りを越えて、あの夜の追憶生々しい場所を通り過ぎた。

暫く黙って、車窓から、それ等の雑草の繁った暗い路を眺めていたが、

「ねえ、覚えていますか? あの屍体の格好を……」

と言いつつ、栗原は無気味な角度に両手を折り曲げて、蟷螂の前肢のような恰好をして見せた。

「ははははは。よく似ていますよ。恰度そっくり……」

須見はまたしても声を立てて笑った。

踏切りから十丁の余も山手へ登った頃、やっと車は、とある家の前に停まった。

そこは同じY村の荻田という部落で、十数戸の家があった。最近は省線の電化に依って、この近く辺も住宅がどしどし建てられているが、その頃はまだ寂しい野原だった。

車を降りると、ちょっと、と断って、医師はその家の中に姿を消した。

星空が美しい。間近く迫って見える山の姿も、くっきりとしていて、この儘当所《あてど》も無く彷徨い歩きたいような

気持だ。

　しかし須見は、車を出ると、医師の姿を吸い込んだ家の軒に佇んで、表札を仰いだ。

けれど煤けていて、字の形も判らない。

須臾《しばら》くすると、やあ、お待たせしました、と栗原が出て来た。そして須見の耳元に口を寄せると、

「よく聴いていて下さいよ。あとで御感想を伺いたいですから……」と謎のような言葉を残した。

　再び医師の姿が消える。がそれからの一刻一刻は、全く須見にとっては、耐え難いほども長いように思われた。

　家の中で話声がする。光が洩れて来た。閉された戸を医師が開け放したものらしい。

「危いですよ。そろりと、悠っくりでいいですから、慌てないで……」

　栗原の声だ。覗いて見ると、一人の男が背に人を負って、家の中から出て来る、負われているのは、どうも女らしい。

　しかし、その次の瞬間には、須見は名状し難い恐怖に襲われて、一切が悪夢のように見えた。——というのも、あの夜、激しい風に吹き送られて来た悲鳴と、声音も鋭どさも少しも変らない怖ろしい絶叫が、突如彼の耳朶を搏ったからであった。

「呀《あ》っ！」と叫んだのが、彼自身だったのか、それとも栗原医師だったのか、総てが一瞬の出来事だったので、須見には明細な記憶は無かった。

　が彼の眼に、いとも明瞭に映ったのは、今までそろりそろりと背に女を負って、歩いて来た男が、突然に鋭い悲鳴を挙げると、背の女を振り落して、両手を前に泳ぐように突出しながら、一散に暗の路を、山の方目指して走り去って行った異様な後姿だった。

　医師は、と見ると、彼は振り落された女を抱き起してしきりと脈を採っている。

「ど、どうしたんです？」

　運転手も須見も、慌てて馳せ寄って、女の顔を覗き込んだ。

　三十四五の、窶《やつ》れた女だ。眼を閉じている。髪は乱れて、二筋三筋唇の中に噛みしめられている。星の影がその上に落ちて、窪んだ眼窩が、いと物凄く見える。

「可哀そうなことをしました」

　慚愧に耐えぬといった調子で、栗原は静かに女の手首を離した。

「じゃ、死、死んでるんですか？」

「打ち所でも悪かったのでしょう。元来が心臓の弱い女でしたから、心臓麻痺を起したのかも知れません」

聽てその女の屍体は、その家の奥座敷へ運ばれ、近隣の人が集って来て、前後の処置が行われることになったが、どうしたのか、家の主はいつまで待っても戻って来なかった。

（七）

「どうも済みませんでした」

その帰途、須見をつい近くの自宅へ誘った栗原は、早速とこう言って謝った。

「いいや。なんの……」とは言ったものの、須見はまだ悪夢の醒め切らぬ気持だった。が熱い番茶をすすると初めてほっと息がつげた。

「ところで、あの悲鳴、どうでした」

間も無く医師は切り出した。

「あ、あれ、愕きましたよ。そっくり、その儘でした。まさか、二度もあんな声、聞こうとは、夢にも思っていませんでしたよ」

「そうでしょう。全く私も慄然としましたからね」

「やはり、あの逃げた男が、犯人だったのですか？」

「ええ。そうらしいですな」暫く、栗原は何か考えを纏める様子だったが、改めて熱い茶を一口啜ると、落着いた口調で語り始めた。

「実は、あの夜屍体を一見した時から、私はその恰好に疑問を抱いたのですよ。何故なら、屍体というものは、強直してしまえば、始末におえないもので、手一本折り曲げるにも、苦労するものです。それなのに、あの屍体は、恰度背負われて来た恰好そのままに、固くなっていたでしょう。だから、私は、きっと、これは背負われている途中に、強直を起したのだろうと考えたのです。大体屍体現象の中でも、強直って奴は、人によって区々《まちまち》で、戦争に出た騎兵が、敵弾にやられてそのまま、馬上で強直したなんていう話を聞いた事もありますが、普通は早くて二三時間、遅くて五六時間ですから、あの集金人も背負われる時は、まだ強直を起していなかったのでしょう。で犯人は、それを鉄道線路へ捨てる心算りで、背負って来た。ところが、その寸前になって、怖ろしい屍体現象が起ったという訳なのですよ。ね、考えても御覧なさい。自分が殺した男を、背に負って、深更の、しかも暗い風の吹く路を歩いている時に、突然背中の死んでいるはずの男が、腕を張り脚を突張ってくるとしたら、どう思います？　強直の際屍体の筋肉が突張る力は、随分と強いものらしいですよ。時には弱い棺桶の蓋を破る事もあるというほどですからねえ。だから、あの集金人の場合も、あるいは肩の附近で、腕を折り曲げ、犯人の首を絞ったかも知れませんね、あの悲鳴の原因も、これだと説明がつくでしょう。いかな猛悪な犯人だって、完全に殺したはずの男から、突如首を絞められたとしたら、あんな声は思わず立てるでしょう。

殺した男にとっては、殺したはずの屍体が生き返る時ほど怖ろしい事は無いと言いますからねえ」

この話を聞いている中に、須見は背筋に耐え難いような寒さを覚えた。

鼻や口に綿を詰められた屍体が、犯人の背中で手を伸して、殺した男の首を絞めている光景を、まざまざと描き出して、慄然としたのだ。

「あ、それであの男に、女房を背負わせたのですか？」

「ええ、でもちと惨酷でしたかしら……」

栗原は、心持蒼い面を伏せて、暫し考えこんだ。

「だが、どうしてあんなに突然、病人を振り落したんでしょう」

「私が不意に、女の足を引張ったからですよ。すると女は惶てて男の首にすがるでしょう。だからその瞬間の、男の反射状態を私は見たかったのでした」

それで須見には一切が頷けた。がよほど、執念く男の脳裏に、あの夜の恐怖が刻みこまれていたのだろう。だからこそ、栗原の期待以上にも、あの男は驚愕を現わし、後をも見ずに一散に山の方へと逃げ去ってしまったのに違いない。

しかしまだ須見には判らない点があった。それは、どうして栗原が、あの家を兇行の行われた処と推定したのかその経路だった。

がそれに就いては、栗原は極めて簡単に説明した。

「あの靴の紐の件ね、編揚げでも、別に結目を解く必要なしに、脱げもするし、穿けもするんですよ。その、こうすれば……」

言いつつ紐を二本指にはさんで、交互に留金を外す真似をした。

「なるほど――」須見もこの説明でやっと合点がついた。

「だから私は、この間の警部さんに頼んで、靴下を見せてもらったんですよ。でもその時は、またそれほど自信も無かったのですが……」

　そして靴下に附いていた塵埃を払い落したり、その埃を顕微鏡で覗いたりしている中に、ふと彼は夥しい紙の繊維を発見した。試験して見ると、化学的に処理された洋紙の裁断片である。

　がそれ丈では、まだ栗原には犯人の名も判らなかったのだが、偶然にも屍体が発見されてから三日目、急病人だから、と往診を頼まれ、訪れた先があの家だったのであった。

　病人は同人の妻で、症状は急性肺炎の相当悪化したものだった。かなり手遅れ気味で、肋膜炎も併発しているらしかった。

　ところがそれよりも栗原を愕かせたのは、奥座敷の床の間に山と積まれた印刷物で、何れも謄写版刷りらしく雑然と積み上げてあった。そして自宅へ戻って見ると、靴下の裏に白い紙繊維が夥しく附着していた。

「それが一致していたんですな」

　すかさず須見は言った。

「ええ、まあそういった訳ですね」

　栗原は素直に頷いて、改めて茶を啜った。


　夜が明けると、「発狂した左翼闘士」として、中根俊太郎の写真が出ていた。住所を見ると、昨夜、栗原と一緒に訪れた荻田の家である。

　当局でも地下に潜んだ中根のアジトを捜査中だった、とも記事に出ていた。

　が死んだ彼の妻が、同じ運動に携っていた女闘士であることや、永い窮乏の生活で、見る影も無く窶れていたとは書かれていたが、彼女の病因が、集金人を殺した夜ひいた風邪にあり、中根の発狂原因すらも、集金人殺しの結果だとは、ただの一行も出ていなかった。

　しかし須見は、そうした記事の背後にも、集金人の、怖ろしい執念というものを、まざまざと感じた。そして今更の如く慄然とするのだった。

最後の審判

1

沛然たる雨だ。それに風も少し出ている。海面を叩く雨脚の響きが、浪の騒ぐ音と交って、一層慌ただしさを加えている。

「いよいよ鳴り出したぜ！」

野見は、ちょっと首をすくめて、コップを手にしたが、直ぐ呑もうとはせず、じっと耳を傾けている。

「大分近いな」

南波も、喫みさした煙草を置いて、琥珀色の液体の満たされたコップを手にしたが、薄暗い部屋の中には、またしても、脳底まで刺し貫くような紫閃が走る。

音は近い。そして大きい。

「よく鳴りますこと――」

野見の妻、貞子は線香を手にして出て来た。

プンと湿っぽい馨がして、二筋三筋、煙がゆらゆらと流れる。

「今のは落ちたでしょうか？」

その声も、少し顫えている。

「ウン――、裏山へ落ちたかも知れないな」

無意識に、グッと一口呑んで、野見は苦そうな顔をした。

「蚊帳でも吊りましょうか――」

「まさか」

南波は声を出して笑った。

「奥さん。その心配はないでしょう。まさか、この家へは落ちませんよ」

「でも……」と、貞子が、薄暗の中で妙に面を硬ばらせ蒼白く見えた顔を、南波の方へ向けた時に、またしても、鋭い閃光が、彼等の眸を劈いた。

「あっ！」

野見も慌てて耳を押える。怖ろしいほどの大きい音だ。

慥かに直ぐ近くへ落ちたらしい。

山肌に反響して、一層大きく聞えるのか、暫く余韻は消えない。

雨の音は一入繁く、海に面した障子は、見る見る風に吹かれて、濡れ始めた。

「落ちたね」

南波も、急に暗くなった座敷の中で、この言葉を繰返す。

雨戸を閉め終った貞子は、直ぐ蠟燭を持って来た。黄色い光が、闇を追い払って、三つの大きい影が、畳の上に這い出すと、野見は、やっと落着いたと見え、新しいビールの瓶を持ち上げた。

「しかし、これでさっぱりするよ」

「うむ。驟雨のあとは、一入気分がいいからな」

野見も頷いたが、聽て、南波の顔を、凝矣と見て、

「君は、今、こんな家には雷など落ちない、と言ったろう」

「うむ……」

「ところが昔、落ちたことがあるんだよ」

「ほう！　こんなに沢山、周囲に大木があっても……？」

「そうだ。なにも、雷は、高い物に落ちるとは限っていないらしいね。それよりもむしろ、僕は、時にはそこに、神の意志、といったようなものさえ、感じることがあるんだ」

「神の意志？」

南波は、訝しげな眸をあげて、野見の顔を眺めた。

「うむ……、神の意志だよ。神こそ最後の審判者だからな。――それでなくて、どうしてこんな家に、雷が落ちたりなどするものか。そうだろう」

またしても、雷鳴が轟く。風に煽られて、小さい焔が揺れる。

「そんな嫌な話、およしなさいよ」

貞子は思わず顔をしかめた。

しかし、野見は、南波の好奇に満ちた眸を見ると、一口唇をしめして、その昔、雷の落ちた当時のことを物語ろうとする――。

2

「あら、今時分誰かしら？――こんなに雨の降るのに……」

貞子は、雨脚の音の絶間、ちょっと耳を傾けると、野

見の語り出そうとする話の出鼻を、こう呟いて挫きながら、つと立って表口の方へと出て行ったが、暫くすると、足音も荒く、バタバタと座敷へ戻って来た。

「あなた――。ちょっと……」

貞子は、心持ち蒼ざめた顔で、野見を呼ぶ。とその煽りで、心細い焔は、今にも消えそうに揺めいたが、南波にはその途端、何故となく急に暗くなった座敷の中に、不気味な冷気がすっと音もなく、忍び込んだように思えた。

妻の言葉を黙って聞き終ると、野見も急に惶てて出て行ったが、間も無く、不思議と緊張した面持で戻って来て、

「こりゃ、どうも君の領分らしいよ」と言う。

「………？」

南波は無言のまま、何故？　と言う風に、野見の顔を見上げると、

「人殺しがあったのだよ。そら、ついそこに、鷲ケ鼻という岩壁があるだろう。海へぬっと突き出た大きな岩の……。そこで、今男が一人、殺されたらしいと言うのだよ。近くの者が、悲鳴を聞いたと言って、知らせに来たのだが……」

もう酒の酔も忘れたらしい真剣な表情である。その態度に釣られて、南波も思わず立上って、帯を締め直した。

「いい工合に、雨もおさまったようですわ」

貞子は雨戸を音高く開いた。となるほど、早や雲は千切れて、海原は蒼い蔭を湛えている。通り魔のように、雷を伴った雲は、背後の山を越えて、遠くへ行ってしまったらしいのだ。がそれでも、まだ残り惜しげな霧が、風に吹き送られて、翠緑の生き生きとした裏山の森近くに彷徨っているのが見えた。

屋外に出ると、さすがに空気は洗われて、冷く清浄だった。びっしょり濡れた路が、いかにも今の雨の猛しさを語り顔であったが、見渡す海原は、もう今までの騒ぎを忘れたように、美しく凪いでいた。そして、空気が澄んでいる所為か、鷲ケ鼻の岩壁も、さながら描かれた絵の如く、くっきりと蒼い海の上に聳え立って見えた。

「あれだね」

南波は着物の裾を膝頭まで捲り上げながら、顎で訊く。

「うむ、あれだ、だが、何故あんな岩頭まで連れ出したのだろう？」

いかにも野見は訝し気だ。

「知らせに来た男というのは？」と振返ると、野見は

浜沿いの路を馳せて行く男の姿を眼で追いながら、

「今、駐在所へ報せに行ったよ」と言う。

堤防路を約二丁、磯馴松の並木を抜けると路は直ぐ爪先登りになって、黒肌の崔嵬たる岩壁へと続いている。

「あれは繁村という漁師でね、この鷲ケ鼻に家があるのだよ。僕もこの村に住むようになってから、親しくなった男だが、随分と大胆な痛快な男でね。それでいて、実直な処があるものだから、家内なども、直ぐ心易くなったほどだ。だが、今日はよほど怖ろしかったと見え、雨に濡れそぼって走って来た所為もあるのだろうが、日頃の日焼けのした顔も、全く血の気が失せて、舌も充分廻らなかったよ。

繁村は言うのだ。『旦那！　人殺し、人殺しでさあ、殺されて、ええ、あの岩鼻で、この雨の降るのに、短刀振りかざして、斬り合っていやがるんで……。到頭殺されましただ。その時の、いやな声……。稲光りでがしょう。それに、あの雷の音、風、雨、浪……。そこへあの叫び声……。俺あもう怖くなって、無我夢中で飛んで来ましただ。旦那！　一体、どうしますべい？』

この話だけじゃ、充分判らないが、何んでも二人の男が、この鷲ケ鼻の岩頭で、短刀を振るって争っていたらしいのだ。ところが、その中途に一人が力尽きて殺されたのだね。でその途端に、挙げた悲鳴を繁村がきいて、恐怖に駆られ、逃げて来たという訳なのだよ。だから、これから僕達が直面するのは、その殺された男の屍体か悪くすれば、まだ血塗れの兇器を持った犯人と、正面衝突することになるのだ。だが……」

爪先登りの路を登り初ると、百畳に余る巨大な岩盤が渺茫たる海原を背景にして、突兀と横たわり、岩鼻の外れから覗ける海は、嫌に蒼く濃い色を湛え、驟雨に濡れた岩肌は、処々に澱んだ水溜りに、慌ただしく乱れ飛ぶ空の雲を映し、岩苔が生き生きとして、なめらかに光っているのが見えた。

けれど、そこまで語って来て、野見が突如口を噤んだのは、その岩盤の上に、うち伏す屍体が、予期以上にも夥しい血泥の中に埋っていたからであった。

3

「死んでいる。完全に絶命しているよ」

南波はちょっと屍体を触ってみて言った。

「だが、ずい分と酷い血じゃないか」野見は見るに耐えぬという風に、血の海の傍で顎を顰めて茫然としていた。

「雨の所為だよ。雨が血を淡めて拡げたのだ。だから、この創口から……」

言い掛けて、物慣れた手附きで、屍体の肩口に開いた創傷を覗いていた南波は、急に訝し気な眸を屍体に注ぎ始めた。

「殺した奴は一体、どこへ逃げたのだろうね？」

野見は、背後を振返った。岩盤が一段と高く盛上った処に、小さい家が一軒建っている。それが繁村の家なのだが、野見は、屍体と同じように傷ついた犯人が、その家に潜んでいるように思えて仕方が無かったのだ。

「路は、他にあるのかい？」

「いや、今通って来た路一本きりだよ」

「あれが繁村の家か？」

「うむ、……」

南波は今通って来た路を振返って見た。随分と細い嶮しい路だ。それに、その路以外は、いずれも攀じることも出来ないような岩ばかりだ。

「とすると……」

二人は眼を見合せた。繁村の小屋までは、二丁数歩の距離である。

「待て、——君。犯人は案外傷ついているかもしれないぜ。と言うのは、この殺されている男の創傷だけじゃ、君の言った通り、全く血が多すぎるからだ。そら、見給え、この男は、些しも動脈は刺されていないだろう。肩口のこれぽっちの傷だけじゃ、血はこんなにも沢山流れ出るはずはないからな」

南波は、うち伏した屍体を、そっと動かして、胸の方を覗き込んだ。しかし、傷口らしいものは、他に一つも発見らない。

「ほら、兇器が二つとも落ちているよ」

野見は、血に塗れた同じような形の短刀を、血の溜りの中から拾い上げた。

「やはり、犯人は、よほど酷い怪我をしているんだね。だから、そら、ここにも、血の跡が雨に流されてはいるが岩の上を這って、あの家の方へ辿っているじゃないか——」

二人は息を秘めつつ、潜っと小屋に忍び寄った。そして静かに半ば開かれた表口から小暗い中を覗いて見た。

小屋は、まさしく人が住めるといった程度の、粗末なものである。五六坪の岩盤の上に、丸太を組んで、三畳ほどの畳敷の居間が一つ、他はむき出しの岩の上に、漁具が雑然と積重ねてあるだけだ。

しかし、その小屋を覗く二人の眸には、ただそれだけ映ったのみで、犯人はおろか、その小屋の附近には、血の痕跡も見出せなかった。

「居ない……」

二人は再び顔を見合せた。雲の切れ間から、陽光が洩れて来て、鷲ケ鼻の岩壁は蘇ったように明るくなった。

二人もその光に、ほっと救われたように、小屋を出て、ギラギラと輝やく眩ゆいほどの光を仰いだが、その時、繁村を先頭にして、駐在所の巡査や、村役場の人々が数人この岩鼻へ登って来るのが見えた。

「繁村が、僕の家で喋っている間に、犯人の奴、どこかへ逃げたのだな」

野見は呟くように言ったが、何故か、南波は答えなかった。そして再び、屍体の傍へ戻ると、更に詳細に附近を調べ始めるのだった。

4

体を一通り検診した村医は、困ったように巡査や、南波の顔を眺めた。

「どうです？　死因は……」

「そ、それですって、問題は——。何分、こんな事件は慣れませんのでな、全く困りますわい」

人の好さそうな村医は、も一度額を拭いた。

「——直接の死因なんて、そう簡単に判るものじゃありませんが、この屍体では、死因がこの創傷でないことは明白ですな、さあ、何故って訊かれると困りますが、こんな浅い創傷だけでは、死ぬ理由がありませんからな」

「それじゃ、何です？　死因は……」

再び南波は畳かけた。しかし村医は首を振って、一応専門家に剖検してもらわねば、と、答えるのみだった。

事件が一切、県警察部へ報告され、所轄署や検事局からも検証に来るようになると、南波は急に興味を喪ったように、野見を促がして、野見の家へ戻ってしまった。

もう夜になっていたが、一風呂さっと流すと、二人は再び食卓をはさんで、ビールの栓を抜いた。

明放った障子の向うには、黝々とした海が見え、もうすっかり晴れ切った空には、美しい星屑がきらめいていた。鷲ケ鼻の岩壁も今は真黒に見え、ただ一つぽつんと忘れられたような灯が、その岩頭に瞬いていたが、それは多分繁村の佗びしい小屋から洩れる光なのに違いない。

「ところで、君は犯人はどこへ逃げたと考える?」野見は二口三口呑むと、もう真赤になりながら、話し掛けた。

「いや、僕は、もっと違った考え方をしているのだ」

何故か南波は、涼しい風の流れ込む海辺を、暫く眺めていたが、軈てホッと息を吐くと、一息にぐっと琥珀色の液体を咽喉に流しこんで、改めて野見の顔を、凝矣と眺めた。

「僕がこうした凄惨な事件の現場へ出張して、真相の探求をするようになってからでも、随分と久しいが、それでも、未だに、現場の状況如何によっては、種々の錯覚を起すね。とりわけ、今日の事件などは、余りにもそれが酷かったよ。全く、今でこそ、こうして現役を退いているから、話も出来るようなものの、それでも恥かしい位だ——。

普通、僕等が兇行現場で一番惑わされるのは、現場が凄惨なほど、その程度も酷いが、まず冷静な犯人が、巧妙な偽装をした場合だね。これには種々手段もあるが、最近で問題になったのは、君も知っている、京都の小笛殺し事件だろうね。真相は遂に不明だが、まあ僕等の見る処では、小笛が縊死する前に、娘や小供を殺し、それにさも広川という情夫が殺したような偽装を施したのだね。だから、他の種々の状況証拠も、広川を犯人と指したとはいえ、根本は現場の誤認にあるのだよ。

ところがこれが、人為的でなくて、自然の力または、偶然でなされた場合には、また、別個の意味で判断を誤るものなのだ。

もう一度、小笛事件の例で言うなら、問題になった小笛の咽喉部の痕跡だ。条痕が二つあって、一つは生前、一つは死後、と判断されたために、縊死は、絞殺後縊死を装わしめたものと想像せられたのだが、誰も最初は、屍体が鴨居からぶら下っている間に、重量で帯が伸び、ために咽喉で帯が滑って、第二の条痕を作り出したものとは、夢にも考えてはいなかったのだ。

だから、それと同様の意味において、今日の事件も、僕達は重大な錯誤に犯されていたのだよ。いや、未だに、警察の連中は、その錯誤の中で、捜査を行っているかも知れないね」

野見は、コップを手にする事も忘れて、この意外な南波の言葉に茫然とした。

南波は、今日の事件にも、現場にある偽装があると言う。しかも、それは人為的ではなく、偶然か、または自然の力で為された偽装だと言うのだ。

「じゃ、君は、どの点が違っていると言うのだ」思わず一膝乗り出すと、南波は再び満されたコップを手にした。そして一口唇を湿すと、静かな口調で語り始めた。

5

「まず考えねばならぬのは、あの夥しい血だ。君は劈頭に、その疑問を投げたね。しかし、僕は両人が、共に兇器を振って争った以上は、相方共かなり手傷を負って、そのために、あれほどの血の溜りが出来たのだと想像した。ところが、屍体を調べると、傷は肩先だけしかない。だから次には、加害者も相当以上に傷を負っていると推断した。そうすると、加害者はどうしたか——。そこで、君も考えたように、漁師の小屋を考え附いたのだ。手傷を負っている以上は、そう遠方まで逃げられるものではない。それに、血量から考えると、尠くとも動脈は切られているに違いないから、這って行ったかも知れない。すると……。と、僕は、明確な自信を以って、その痕跡を求めたのだ。そして、遂に、岩盤上を伝い流れた血の痕を見出したのだ。

しかし、それが失敗だったことは、君もよく知っている通りだ。それなら、何故この考え方は間違っていたか？　改めて僕は、屍体の傍に戻って、推理を建て直してみた。現場をも一度調べ直してみた、が、どうしても判らない。

そこでふと僕の頭に浮んだのは、加害者の自殺だ。あの屍体の倒れていた処から、断崖の岩鼻までは、ほんの数歩しかない。とすれば、他に逃げる路も無い、深い手傷を負った加害者は、どうしてその苦痛から逃れようとするだろうか——。僕が、加害者は自殺したもの、と見做しても、些の誤りもあるまい。実際において、今の警察の首脳連も、考えをそれに向けて、海上の大捜査を始めているのに違いない。見給え、海の上に、随分と沢山の船が出て来たではないか」

言われて、野見は始めて気附いた。なるほど海上は、思い思いの篝火を赤々と焚いた漁船が、無数に闇の海上に炎をまき散しつつ、右に左に漕ぎ廻っているのだ。

「しかし、ここにも重大な錯誤があるのだ」

南波は再び続けた。

「その根源は、岩頭の屍体の死因に胚胎する。君は何と考えているか知れないが、いずれ明朝、専門医の手で解剖され、その死因も明快となるとしても、まさか、僕がこれから述べようとするような、突飛な考え方は、今の捜査官達は、夢にも想像してはいまい。

僕とても、この推定をまとめ上げるまでは、随分と迷ったよ。しかし、今では、これでこそその真相だと考え、種々な事象も、これで一切説明出来ると思うのだ。

僕がこの考えを抱き始めたというのも、その一つは、村医が死因は創傷でないと断言したことにもよるが、もう一つは、屍体の右腕から肩へかけて、皮膚面が黒く焦げていたからだ。これは、屍体が血に塗れていたため、容易に気附かれなかったのだが、傷口を調べるために、着物を脱がした時、始めて発見したのだ。

だが、これも、注意如何によっては看過される惧れが充分にある。即ち、そうした火傷も、生前のものであるだけに、二人が争う前に、何かの理由で出来ていたかも知れないからなのだ。しかし、それでないとしても、何故、どうして、屍体の右腕に、そんな火傷が出来たのだろうか、また、何故、それが、事件の考え方を根本から訂正することになるのか、君は何と考えるね？」

いつの間にか、野見の妻貞子も、傍に坐って蒼白んだ表情で、この話を聞いていたが、この時、思わず、はっとしたように、野見の顔を見返った。

「あ、あなた、そうよ。きっと……」

「え……？」野見が愕いて、妻の顔を見ると、貞子は思い做し赧らんで、

「そら、いつかのお話……」と言う。

野見の眸は、暫く戸惑いする様子であったが、軈て、急に生き生きと輝きを増して、

「うむ！　そうだ。神の審判だ。ね。そうだろう。神の意志による殺人、と君は言いたいのだろう」

「うまい表現をするね。君は……。さすが、売れなくても創作家だよ。ははは」三人は声を合せて哄笑った。

「しかし、これですっかり、僕のねたが駄目になってしまったよ」

野見は、それでも嬉しそうに言った。

「今日、あの事件の起る直前、僕が君に話しかけていたこの家へ雷の落ちた話ね。あれ、僕の創作なのだよ。つい先日の雷で思いついて、早速これにも語って聞かせたやつなんだが、それが現実で、しかもこんなに間近かに起ろうとはさすがの僕も、夢にも想像してはいなかったよ」

「でも、あたし、まだ少し判りませんわ」と貞子が問いかけると、南波は早速と頷いて、

「あ、被害者のことでしょうか？　それなら、今探している漁船が、間も無く発見するでしょう。加害者――加害者ですか、それは、そら、今も仰言ったように、神の意志で、雷の洗礼を受けて、殺した男を海へ投じた途端に、たった一撃で殺されてしまいましたよ。――血、はははは。あの血は、液体というものは、必ず低い処へ流れるという定理を忘却していた結果ですよ。加害者が倒れていた処が、最も窪んでいたので、血が集ってきたのですね。そう、そうですね。あの時の雷鳴、あれが恰度、それだったかも知れませんよ。とにかく、神は最後の審判者ですからな……」

再び三人は、なおも慌しく篝火の揺れ動く、海を眺め
つつ、声を揃えて笑った

蛆虫

六月十八日——何という面白い素晴しい考えだろう。これなら、永らくの間望んでいて出来なかった俺の目的が最も有効に達せられそうだ。おお！　考えるだけでも胸が躍る。早速用意だ。準備だ。まず箱から拵らえよう。

六日十九日——箱は出来た。寒冷紗も張った。開閉も自在だ。こうなればあとは、生身の魚肉と蠅だけだ。だが、蠅、蠅とは、何と小気味のよい仕事ではないか——。蠅を飼う男——なんて、どこかの小説にでもありそうな気がする。——しかし、いかに小説家だって、こんな素晴しい思い附きは、夢にも考え出せまい。ああ、日の経つのが待ち遠しい。……

六月二十日——蠅奴！　いい気になってブンブン唸ってやがる。美味そうに、魚肉の汁を吸ってやがる。そうだ。うんと鱈腹食ってくれ、その中に、魚は腐り出すだろうから……。

六月二十三日——大分腐ってきたらしい。臭気が酷くなって来た。蠅の野郎も、大分まいって来たらしい。羽音も小さい。

だが、この臭気を嗅ぐと、彼奴のベッドを想い起す。——彼奴、今頃は、疼く足を抱えて、この暑さにうだりながら、むんむん唸ってやがることだろう。がそれも天罰だ。俺の怨念だけでも、その痛みは酷くなるはずだ。その上、もう数日もすれば、この俺が、もっといい方法で、その痛みの上に、更に苦痛を加えるようにしてやるから、その時こそ、彼奴は骨身に泌みて、人の恨みというものを、味うことだろう。そうだ。待て！　もう数日だ。

六月二十七日——蒸暑い嫌な日だ。梅雨の重苦しい空が、べったりと都会の屋根の上にのしかかっている。湿気が酷い。健康な者でも参りそうな湿気だ。彼奴も、この数日でげっそりと窶《やつ》れを見せ始めた。無理も無い骨髄炎なんて病気、そう簡単に癒るものでもない。手術したって、注射したって、痛みが減少するじゃなし、全く態あ見ろ！　だ。

だが目的のためには、急がずばなるまい。もし死なれてしまえばそれきりだ。せっかくの苦心も水泡ということになる。こうなれば、蝿よ！　いや蝿の卵よ。早く孵化《かえ》ってくれ――。

六月二十八日――見えた。確かに見える――。動いている。あたかも、顕微鏡で見る精虫のようにモゾモゾと、おお、何と沢山動いていることよ。これだ。これが皆、蝿の卵だ。卵が孵ったのだ。動く――動く――動くぞ、盛に、どろどろになった腐肉の中で、白い小さい奴が、無数に近く押しあっているではないか――。

六月二十九日――僅か一日の事でなんと大きくなったこと、――しかし、目的のためには、余り大きくなっても困る。恰度これ位いが頃だろう。これなら、もうそう容易に死にはすまい。卵から蛆まで十六時間、蛆が蛹になるまでには、約一週日の余裕がある。よし今日、今夜こそ、決行しよう。

六月三十日――さすがの俺も、手が顫えたぞ。しかし、これで俺の目的は達した。昨夜一晩で、あの小さい蛆虫共は、こりゃ御馳走！　とばかりに、あの、彼奴のどろどろに腐った足に噛りついて、血膿の中を動き廻っていることだろうて……。

骨髄炎――なんて、面倒な病気に罹って、その上、腐った肉から蛆虫が這い出す――ははは、考えてみる丈でも、その時の彼奴の顔が見物じゃないか――生きている身体の一部を、蛆虫に食われる。あの頭を尖らせた、肌のぬめぬめと生白い蛆虫が、身体を気味悪くくねらせながら、繃帯の間からでも出て来た日には、いかな彼奴だって眼を廻すことだろう――。ああ、考えるだけでも、胸がすく――。

七月二日――彼奴、今日は妙な顔をしていたぞ。それは、「先生、何故か、腫物の附近が、むずむずするんですが……どうしたのでしょう」

なんて、聞いていたっけ。

「そう、そりゃ、あの薬が利いてきたのですよ。あの薬は、本当に良い薬ですからね。もう二日、三日待ちなさい。気持ち悪いでしょうけれど、繃帯は解いちゃいけませんよ。辛抱なさい。辛抱……。

全く良い薬だ。がまあ、よくも吹き出しもせず、真面目な顔で、こんな出鱈目が言えたものだ。吾れながら全く感心するて。……

蛆虫を培養し、それを膿汁のはみ出した患部へなすくる——全く良い薬じゃないか。復讐するためには——

×

「いや、僕はあの患者が、余り妙な事を言うので、君にその理由を説明してもらおうと思ったのだよ」

外科医長永沢博士だ。仲銅医学士は、一度に寒くなるような戦慄を覚えながら、まざまざと網膜に、ベッドの上で苦痛を訴える向原の、窶れた蒼い顔を描き出した。

「第一、君はもう幾日も、患部の繃帯を交換していないそうだね。慥か、あの患者は、骨髄炎で手術したのだと覚えているが、それなら何故、そう数日も患部の手当を放置しておくのかね？

第二、患者の申立てによると、君は何か特殊な薬剤を塗附したそうだが、そんな薬があったかね。あったなら、どういう処方の薬か説明してくれ給え？

第三、それに患者は、再三、患部のむず痒さを申告したそうだが、何故君はそれに就いて、詳細に診察せなかったかね？

第四これは患者の妄想かも知れないが、君はあの患者と個人的私怨でもあるのかね？　患者は君の眼を見ていると、今にも殺されそうな気がすると言っているそうだが……」

仲銅医学士は、びっしょり汗を掻いていた。もう最後だ。こうなれば仕方がない。潔ぎよく総てを医長の前に告白しよう。だが、それより前に、この眼で瞭りと、向原の気絶する態を見ておきたい。繃帯を外った刹那、患部から、ゾロゾロと匐い出す蛆虫の、気味悪い姿を見て仰天する彼奴の顔を、はっきりと脳裏へ刻み附けておきたい——。

そこで彼は、無言の儘立上って、医長の部屋を出た。不審を抱いた永沢博士も、その後から廊下を歩く。

二十三号室、扉を開くと、恐怖と悪寒に顫えた向原が、鬚茫々の顔で不安そうに仲銅医学士の、死面《デスマスク》のように蒼ざめた顔を眺める。

脛一杯、厚く巻き上げた繃帯は、膿汁と垢で穢く汚れている。

仲銅は解き始めた。手許が微かに震える。しかし、解き終ると、まず声を挙げたのは、永沢博士だった。

見違えるほど肥え太った蛆虫が、繃帯に附いてホロホロとベッドに転げ落ち、不気味にもモゾモゾと匐い出す。それを眺めて、意外にも博士は、仲銅の肩を嬉し気に叩床の上に崩れ折れた。

くのだ。

「うむ。素晴しい実験だ。蛆虫で骨髄炎対症治療をやる話は、最近の学会雑誌で読んだ。だが、まさか日本で、しかも君がこんなにも研究していようとは、想像だにしていなかったよ。あれは確か、ベアー博士だったかね。最初に患者に用いて成功したのは――。これでもし成功すれば、君、素晴しい収穫だよ。さしずめ、君が日本のベアー博士だ。骨髄炎の新治療法だからな。いや、本当に済まなかった。しかし、君、結果はどうだね？　ほう！　いいじゃないか、崩れた肉が新しい肉芽と変り始めているね。こりゃ確かにいい。も一度かけて見給え、なんでも、一治療期間は、四―六回位だそうだから……」

永沢博士は上気嫌だった。けれど仲銅医学士は、向原以上にうちのめされていた。――復讐！　ああ、なんて小気味の良い復讐だったろう。だが、その結果が、彼奴の生命を救って、治療を促進していたとは、余りにも皮肉ではなかったか――。

「こりゃいい。慥に好個のアルバイトだ。まあ、しっかりやってくれ給え」

博士が立ち去ったあと、仲銅は声も無く、へなへなと

霧しぶく山

第一章　屍体発見顚末

(1)

私が大峯《おおみね》登山を思い立ったのは、上田秋成の随筆歌文集、「藤簍冊子《つづらぶみ》」の第四巻で、「御嶽《みたけ》さうじ」なる一文を読んでからであった。

大峯山の信仰の話や、修行者達の行場めぐりの話は、かねがね聞かされてはいたが、秋成の麗筆に描き出された大峯山の風景は、たまらなく私の登高慾を刺戟した。

殊更に、

——修行どもここに押下《おしくだ》されてさいなまるる。さいなまれて今日より親兄《しんけい》によく仕えんとて手をすりてわぶる——

と、西の覗岩《のぞきいわ》における行者達の、絶壁の上から上半身を乗り出して、底も見えぬ谷底を覗きつつ、手を合せる姿の描写は、うずくようなスリルを湧起させた。

霧のしぶき上げる山頂に、千古の謎を秘めた原始林や古生紀層の岩盤を眺めつつ、百数十年を昔に遡って、秋成が峯入りした当時を回想してみるのも、また愉しいことではあるまいか——と、子供らしい考えながら、こうしたことも、私を大峯山へ赴かせた一つの動因であった。けれど、この決心を確定的にしたのは、何と言っても、秋成によって怖ろしく描き出された大峯山奥駈けの路の恐怖と魅力であった。

大峯山を更に奥へ、釈迦嶽《しゃかだけ》から弥山《みさん》へと縦走する行程を、昔から奥駈けと唱え、熊野へ参籠する修験者達の、一つの道場だったと言われている。それだけに、この路は、今でこそ大和アルプス縦走路などと称されているものの、路は困難を極め、鬱蒼と茂る雑草や原始林に、視野は半ば閉され、未だに人跡知らぬ峡谷が、その行手を阻んでいるのである。

しかし、それが殊更に私にとっては大きい魅力となったのであった。

今なお、秋成が見たという窟《いわや》や小屋があって、修験者の焚く護摩木の煙が、ゆらゆらと霧と共になびき、読経の声、谷峯に渡り谺《こだま》して、限りなき神秘感を催させるのではあるまいか、と、妙に身内をぞくぞくさせたのである。

けれど、私は、この登高行において、そうした古びた懐古趣味に恍惚とする前に、あまりにも陰惨な、非現実的な犯罪に直面せなければならなかった。

行者達の焚く護摩木の煙、黒々とたなびいた処に、怖ろしい犯意と、惨虐な手段によって葬り去られた被害者の霊魂が谷底からしぶきあげて来る霧風に乗って、飄々とゆれ動いていたのだ。

私は、この記述を思い立って、まずそうした風景を憶い起し、今更の如く慄然とした。

戦慄は、今もなお新しく、恐怖は未だに消えないのである。

だがこの記録では、私が屍体を発見した顚末から、記述を進めて行こうと思う。

何故こうした犯罪が、この霊山で起らねばならなかったか。その真因は、今なお大峯山系を掩いつくす雲霧と共に、神秘の奥深く蔵されているが、それだけに、私は殊更、この発表を急ぐ。

石楠花《しゃくなげ》の咲き誇る谷底深く枕んでいる被害者達の霊も、はたまた加害者の霊魂も、かくてこそ、はじめて吐息をつき得るであろう。それを想像しつつ、私はこの陰惨の記録の第一頁《ページ》を汚し始めたのだ。

(2)

大峯登高行を思い立つと、私はまず同行者を物色した。私は元来寂しがりやで、どこへ旅行するにも、どうしても独りでは行けないのである。きまって親しい友人の中から、行ってくれそうなのを選び出し、嘆願することに決めている。だから、今度も例に洩れず、私は友人の久《く》我時哉《がときや》に、その白羽の矢を立てた。

久我は今年漸く二十七歳――。昨年大阪××大学を卒《で》て、裸一貫で商売を始めた異材である。

長身の、どちらかと言えば蒼白い面立ちの青年で、その瞳の黒さと、美しく梳《わけ》られた櫛目のあとを見ていると、どう考えても書斎の中で美学か哲学に開聯した事項に専念している思索型の学究としか見えない。それなのにこの男、一度び口を開けば、直ぐ商売道を論じ、金利の高低を談じ、資本の運転法に就き、一席弁じるのである。

が私は、それをこの男の一つの粉飾《カモフラージ》だと見ている。この男の魂のどん底を流れるものは、深く内省された自己批判と鋭い人生解剖によるニヒリズムであると睨んでいるのだ。

だから、私が最初、大峯行きを勧誘した時にも、この男、例の癖で、そんなくだらぬことに、時間や労力を消耗させせなくたって……と、唇を歪めたものだった。

けれど、三日の行程で、弥山まで行きたいのだが……と、大峯山系の地図を持ち出し、この路をこうとって、とプランを樹て出すと、久我の眸は急に活気を帯び、頰には奇妙な昂奮が浮き出して、いや、その路は駄目だ……。と、新しい行程表を造り始めるのであった。

かくて、私達がいよいよ出立と決めたのは、五月も半ば過ぎた十八日であったが、それから三日の予定だった大峯縦走計画が、一週日の余もかかり、しかも、私達としては、もう二度と経験したくないような怖ろしい事件に巻きこまれたのであるから、今になって考えると、この五月十八日こそは私達にとっては、まさに運命的な日だったと言えるのである。

さて、大阪を未明に発った私達は、まず下市口《しもいち》で電車を捨て、そこから洞川までを乗合自動車に乗ることにした。

下市まで来ると、もう吉野山を起点とする大峯山系は、目前に峨々と聳え立っている。

この山系は、年中晴れている日が尠く、大抵は茫漠たる雲霧に掩われていて、そのとげとげしい峯の起伏すら望み得ない日が多いのだが、その日は、不思議に美しく晴れていた。

車の窓から覗く山容は、鬱蒼たる森林に掩われた山肌と、その間からぬっくと聳え立つ鋭い岩壁の重畳が、行けども行けども、同じ姿で右から左にずれるだけだったけれど、それだけでも、私達は充分に昂奮していた。

山の姿は、あまりにも美しく、あまりにも崇高で、魅惑的だったからである。

洞川まで来ると、さすがに空気も冷たく、青く澄んでいて、つい真近にまで迫っている嶮しい山肌を森々《しんしん》と蔽いつくす杉の原始林が、額の上にのしかかり、急に身内をきっとひき緊めるのだった。自動車はここで捨てねばならぬ。私達は始めて海抜八百米《メートル》の洞川の町で冷え冷えとした土を踏みしめたのである。洞川から洞辻への路は、まだ斧鉞《ふえつ》のあと知らぬ千古の原始林に包まれていた。

厚く敷きつめた枯葉は地肌を厚く埋めつくし密生した樹枝に陽を遮られて、朽ちているのであろうか、むんむんと息づまりそうな朽葉の匂いがするのである。

踏みならされた登山路を歩むのは、さほど苦痛でもなかったが、この原始林の、眼に見えぬ恫喝には、さすがの私達も、神経を尖らさずにはいられなかった。うねる路に、ちょっと人影を見失うと、怖ろしいほど鬼気が襲いかかるのである。

洞辻で、私達は案内人を傭うことにした。むしろ案内人の方が、強制的に二人の先きに立ったとも言えるのだが、どうせ、行場めぐりは、先達無しでは行けないそうだから、私達は喜んで、案内人の申出を承知した。

洞辻からは尾根伝いの路で、眺望も漸く展けてきた。大峯山系を掩いつくす古生紀層の雄大な岩塊の堆積も、視角を変える度に、ある時は限りなく壮麗に、ある時は限りなく凄絶に見えた。

岩壁の屹立する根元に密生した樅の巨木すら、僅かにその梢が見えているにすぎないほどの深い峡谷が、ある時は右に、ある時は左に、恐ろしいまでの裂け口を開いて、岩端を辿る足元を、たまらなく心細くした。油流しの峻嶮、鎧掛《よろいがけ》岩の大岩壁、さては西の覗岩の大眺望等、行場は、ただ案内人の示すがままに辿る路であったが、表行場をめぐりつくして、頂上の蔵王大権現の本堂前に立った時は、私も久我も、白い息を吐きながら暫くは顔を見合せた。二人共、びっしょりと冷い汗を掻いていたのである。

護摩木の煙は、私の期待していた通り、修法者達の祈禱の声に乗って、栂《とが》や樅の林の埋めつくす谷から峯へと、冷く潤んだ風に送られて棚曳いていた。行者達の物々しい白衣づくりも、不思議にそうした情景にぴったりしていて、どう考えても、これが昭和の御代《みよ》に行われていることであるとは思われなかった。

秋成の描いた風景が、奇妙に生々しく蘇って来て、私達を妙に懐古的な雰囲気に浸らしたものである。

(3)

奥駈けへの路は、同じ尾根伝いだったけれど、雑草や小笹が繁って、路を殆ど掩いかくしていた。しかも悪いことに、灌木が殆ど肩の高さまで蔓《はびこ》り、視野をせばめ行手を阻むのである。

頂上で改めて傭った案内人は、年輩五十近く、頑丈な体軀の、朴訥《ぼくとつ》な男であったが、この男ですら、しばしば雑草に足をとられて、行きなやむのであった。

小篠《おざさ》の宿――、それが今夜の宿泊予定地である。時刻は既に四時を過ぎていたけれど、案内人は、充分日暮れまでに着き得ると言う。

けれど、実際の処、私達は疲れ果てていた。

いよいよ小笹の繁る路へかかると、足がもつれて、ともすればよろめいた。

日頃から弱音を吐くことの嫌いな久我でさえ、額に玉の汗を浮かせて、肩で息を始めていた。

眺望は、殆ど栂や樅の密林に遮られていたけれど、時折り右手に深い渓谷が覗いて、その向うに、凄いほど屹立した岩盤を見せた。

前面に聳えるのが大普賢嶽《だいふげんだけ》で、谷を越した向うが行者《ぎょうじゃ》還嶽《がえりがたけ》、この谷は、川迫谷《こうせいたに》と言って、まだその底を確かめた人は無いと言われている――。案内人――久麻助《くますけ》と言った――はこう説明したが、その壮大な眺望も、私には半分ほどしか見えなかった。ぐっと首を伸せば、すぐ眼がくらくらとして、今にも足元の岩が崩れそうな気がしたのである。

小篠の宿は、尾根の平くなったところにあった。すぐ頭上に、竜ケ嶽の三角点がのしかかっていたけれど、美しい水が湧いていて、前面に川迫谷、背部に吉野川の上流、上多古川《かみたこがわ》の渓谷が、いずれも鬱蒼たる森林に掩われて、涯しなく山を裂き下っていた。

小屋に着くと、暫くして、薄暮がまず谷底から這い上って来たが、それより先きに、私達は、川迫谷からゆらゆらと立ち昇る噴霧に視線を奪われていた。

むくむくと湧き出づる白霧は、黄昏《たそがれ》よりも早く谷底を掩いつくし、岩を包み、森をかくし、飄々と揺れ動いては、峯へしぶき上げて来る。

見る見るくっきりと浮き出していた山肌を薄衣に押しつつみ、眩ゆく山頂に残っていた斜陽を遮り、茫漠とただ一色の霞の中に溶かしてしまう。

あっ、霧が……。と言っている間に、はや、行者還嶽も見えなければ、大普賢も見えない。竜ケ嶽すら、姿を隠しているのである。

案内人は、平気な顔でせっせと火を焚き、夕食の仕度を始めていた。

けれど、私達はこの須臾《しゅゆ》の変化に、全く神経を奪い去られていた。神秘に閉された大峯山系は、またこの濃霧によって更に謎を深めているのだ。

今は全く、霧の底深く沈んでしまった渓谷をふり覗いて、私達は再び寒むざむと顔を見合せた。

黄昏は、もう小屋をすっかり呑みつくしている。が濃霧は次第に濃く次第に執念深く、風を伴って蕭々《しょうしょう》と吹きつけているのである。

赤々と燃え立つ焔の前で、私達は蒼茫と暮れ去った山気の寂漠さを、犇《ひし》と感じた。

蕭条と鳴る原始林の物佗びしさ。小屋の隙間から、なおも吹き込む霧の仄白く、ゆらめき立つ焔にあおられて、流れ出る黒い煙と入り交るのを見ていても、堪え難い淋しさが身にしむのである。

が夕食の済んだあと、食器を洗いに出た久麻助と久我は、急に惶《あわ》ただしい声を挙げて私を呼んだ。

夜目にも白く露しぶく中に、二人は小手をかざして、遥か霧海の中に眼を据えている。

そして久我は、私の近附いたのを知ると、指を伸ばして、漆黒の闇の彼方を指すのであった。

と……、ああ！　これは何としたことであろうか、霧立ち籠む夜闇を透して、一条の妖光、ゆらゆらと音も無く立ち昇り、しかも、銀蛇のうねる如く、細々と、蠢めきもがき、消えかけてはまた燃え立っているのである。

「ありゃ、行者還嶽だよ」

久麻助は短く答えたが、何の火か？　との質問には、答える事が出来なかった。

霧の中に、妖しく燃え立つ光――、一体その正体は何であろう？

光はやがて消え去ったが、私達は霧しぶきの中で、寒さも忘れて暫く様々な憶測を逞しくした。けれど、その妖光が、あの惨虐な事件の発端であろうとは、夢にも想像せぬことであった。今にして思えばこの光を望み見たこと、その時既に私達はあの忌わしい犯罪に関聯すべく運命づけられていたのである……。

(4)

狭霧《さぎり》たち籠める中の黎明は、またなく素晴しかった。乳色の空がまず紫に染み、やがてほのぼのと淡紅色に変った。明るくなるにつれて、霧は益々激しく動き、冷い風にあおられて、しとど露を滴らせながら、光の中に吸われて行くのである。

膚《はだ》を刺す冷気の中に、私は立ちつくした。刻一刻、空の明るくなるにつれて、霧は次第に薄く、谷を越えて霧海の底深く沈んでいた行者還嶽の絶壁も、漸く模糊《もこ》と浮き出して来た。

行程第二日――、大普賢を経て行者還嶽に向い、更に長軀、弥山に達せんとす。

予定通り行けるかどうか判らない。けれど私は固く行き得ると信じていたのである。

凄いほど蒼ざめた顔で、寝不足の眼をこすっていた久我は、次第に淡《うす》れゆく霧の中に、茫漠と姿を現して来た峻嶺《しゅんれい》を仰いで、大きい溜息を吐《つ》いた。

「大普賢って、あれかい――」

久我は、今にも泣き出しそうな顔をしたが、それでも熱い茶をすすり、腹を造ると、急に元気が出て案内者のあとを颯爽と歩き出した。しかし、実の処私も、帰れるものなら、そこから引返したかった位、私達の前途には、巨大な岩盤の重畳が、物凄く行手を阻んでいたのである。

吐く息はなおも白く、淡れゆく霧にとけたが、鬱蒼と繁っていた樅の林は、次第に谷底へ這い下って、眺望が漸く浮き上って来た。

歩一歩、路は岩から岩へ飛躍を続け、登っては降り、うねっては削り立つ岩肌にしがみつき、幾度か膝をついて、匐うように、ぬるつく岩の背を越えた。

大普賢の頂上を左に見て、大岩壁の裾を廻る時など、すぐ真下に数百米の断崖が見えて、大きな樹木の梢が、まるで雑草のゆらぐように小さく覗いた。

まだ狭霧は霽《は》れきらず、谷底深く立ちゆらめいていて、時折り風に乗って冷くしぶいて来る。ために岩を摑む手は凍えるように冷たく、岩肌またぬるついて、ともすれば足をとられがちなのである。

どうにか、こうして大普賢の難関を越えると、断崖は今度は左手に移って、間もなく、亭々と立ち並ぶ栂の密林が、眼の前に展開して来た。

行者還嶽に近附いたのである。

しかし、一歩、この原始林の中に迷い込むと、路は殆ど途絶えかけていた。

眺望もきかなければ、前方の見透かしも出来ぬ。鬱蒼と繁る密林は、陽の光をも遮って、いやに薄暗く、ただ一路冥途《めいど》への路を辿るような気がするのである。

けれど、その密林をつきぬけると、今度は展望が急に開けて、右手に深い谷が覗き、その向側に、屏風を立て廻したような絶壁が、数百米の高さで、切れ目なく横に千米の余も続いているのが見えた。

壮観と言うか、悽愴と言うか、私も久我も、暫く声も無く凝立したほどであった。

かくて、私達は漸く行者還嶽に達したのであるが、恐るべき犯罪は、この展望を前にして、数千歩も進まぬ間に、私達の眼前に齎《もた》らされたのである。

栂の密林は外れたが、更に登り路を進むと、嶽の頂上近くに、いやに白々とした木肌を見せて、すくすくと立ち並ぶ疎林がある。その肌の荒んだ処や、小枝もなく、醜く歪んだ態を見ると、何の樹かと訝かしむが、それもやはり栂の林なのである。

長年の間の風雨に苛《せ》めぬかれ、氷雪に傷めつくされて、この頂上近くの疎林は、醜く枝を歪めたまま立ち枯れてしまったのであろう。

だが、その巨大な幹や、朽ちて、折れかけた枝を仰ぐと、不思議に無気味な怖ろしさが湧く。虐《せ》め抜かれた樹木の、ひねくれた反逆意識が、そこらに満ち溢れていそうな気がするのである。

案内人は、そうした私達の感情におかまいなく、少しも変らぬ歩調ですたすたと歩き続けていたが、その後に直ぐ続いていた久我は、この立ち枯の林の中に入ると、数歩で急に呀《あ》っ！　と声を挙げて立ち竦んだ。そして声も無く、うち戦く指を細くあげて、醜く歪んだ巨木の梢を指し示すのであった。

案内人も私も、この声に思わず立ち停って、久我の示す栂の古木の梢を仰いだが、その次の瞬間には、二人共さっと顔色を変えていた。

ああ、その梢に吊されているもの——、それは、まぎれも無く人間の屍体ではないか。しかも、後手に縛され、その結び目を、高さ二十米にも及ぶ樹木の梢近くにくくりつけられ、顔を下にして、両足を垂れ、鰕《えび》なりにぶら下っているのだ——。

(5)

男であることには、紛れもなかった。随分と高いので、仰ぎ見るだけでは、人相も服装も充分見定めかねたけれど、アンダーシャツ一枚に、半洋袴靴下《はんももひき》だけということは判った。

背の後に廻された両腕は、もう肩で脱けているのであろう。凄いほど逆手になって、腰に結びつけられた綱は、ぐっと腹に喰い込み、そこで身体を二つに折畳んだようになっている。頭と両脚は、恰度Vを逆にしたと同じ形を描いているのである。

「どうして、あんな処へ吊し上げたのだろう」

久我は、妙に嗄た声で呟いたが、案内人久麻助は、その無気味な立ち枯の林を越して、谷の向うに聳え立つ、屛風のような岩壁を指して、

「あの岩窟《いわあな》に棲む、禿鷲の餌にするためですわい」と言う。

「禿鷲！ ――」

言われて気附いて見れば、なるほど、蒼みかけた空に、悠々と舞う大きな鳥の、羽搏きが気味悪く響いて来る。

「しかし、どうしたものだろう？」

再び久我は、蒼白んだ面を向けたが、私も全く途方にくれていた。

二十米もありそうな喬木の梢の、しかも枯れ朽ちて醜く歪んだ杖の先にぶら下る屍体を、一体どうすればいいのだろう。

「下すにしたって、いい方法はないし……」

暗に、このまま見捨てて行こうと仄めかしたのだったが、何故か久我は、執念《しつこ》く屍体をみつめて、その果て、異様に眼を光らすのだった。

「――ねえ、考えても見給え、こりゃ瞭《あきら》かな殺人事件だぜ。しかも、あんな惨虐な方法で、屍体を梢に曝す犯人の意図は迚も常道じゃないよ。犯人は、何かしら、ある大きな目的を抱いているのだ。だから、こんな深山で、こんな怖ろしい犯罪を計画したのに違いないのだよ。

見給え。鷲の奴め、まだ輪を描いてやがるが、これがもうすこし、僕達が遅かったとして見給え。きっと、今頃あの鋭い嘴で、目の玉をくり抜かれていたに違いないし、肉を裂かれて、骨をしゃぶられていたのに違いないのだ。

僕ア怖ろしいよ。この犯人の暴虐さと意慾の劇《はげ》しさ、それがまだ、この附近に残されているような気がするんだ――君。犯人は、まだ遠くへ行かないぜ。きっと、この附近で、この成り行きを眺めているに違いないと僕は想像しているのだよ」

この想像、この推定は瞬忽にして私の魂を凍えさせた。私は、暫く声もなく、久我の蒼い顔を凝視《みつ》めたまま、息を呑んだ。

「ありゃ、よほど身軽な奴のやった仕業ですわい。ほら、綱の焦口が見えましょうがの。下から綱を焼き切ったのですわい」

簡単な事だったけれど、それで充分、私は犯人のとった手段が判った。

それは久我にも判ったと見え、彼は直ぐ腰にした綱を解きほぐし、手頃の重みを持たせて、まずその巨木の下枝に投つけた。

輪を描いて枝に綱がもつれかかると、手早く手元に曳いてピンと張り切った。

「どうする？」

慌てて訊く私に、小さい笑いを残して、久我は大胆にも綱にぶら下り、樹幹に足をかけて、木を攀《よ》じ登るのであった。ああ、それにしても、あの弱そうな体軀の久我に、どうしてこんな身軽な所作が出来得たのであろう。

彼は下枝に達し、まず身体を安定の位置に置くと、再び綱をたくり上げて、梢近くの枝へ投げ上げた。そして順次、彼は怖ろしい屍体へと近附いて行ったのである。が、こうして、久我の手によって吊し下された屍体は何という凄惨さであったろうか。

白昼の、しかも玲瓏《れいろう》澄み切った山気の中で見る無惨絵は、何故にかくも怖ろしいのであろう。

腹と手首に喰い入った綱は、赤黒く血に染み、シャツの下から覗く皮膚は、屍斑がどす黒く現われて、首筋から顔面にかけてひどく腫脹し、流動性の血が、下へ下へとむくんで来たことを示している。

けれど、私達が一目で、あっ！　と声を挙げたのは、その醜くはれ上った顔貌であった。

眼の玉は、今にもはみ出しそうに瞼の外へ飛び出し、どす黒く濁った白眼が、厚くふくれ上った唇から、細く流れ出した血泥に染んで、物凄く光り、唇から嚙み出された舌は、黒く紫色に脹れ上って、まるで護謨《ゴム》棒を喰えているようなのである。

「これじゃ人相も判らないや」

二言三言、気味悪げに唾を吐いて久我は、掌を樹肌にこすりつけていたが、急に私を振返って、死後何時間位になるだろうか、と訊くのである。

今まで書くのを忘れていたが、私は開業医ではないけれど、某医専出身の、医師の卵なのである。別に開業する気も無し、する資金もないままに、大阪の、とある試験所へ通って、試験管をいじくるのを商売にしているのであるが、それでも、全然素人よりは、屍体に対して眼が肥えていた。だから、死後幾時間と言われると見当はつき兼ねたが、死因のいかんぐらいは直ぐ判った。勿論、言うまでもなく絞殺による窒息死なのである。

が、こうして恐わ恐わながら、屍体をいじっている間に、ふと私は、屍体の尻の方で、何か固い手触りを感じた。何かしら、半洋袴の尻ポケットに這入っているのである。

そっと探ってみると、出て来たのは、数枚の地図であった。

「地図だね?」

久我は急いで拡げたが、それは、参謀本部発行の、吉野、山上ケ嶽、熊野等の吉野群山の五万分ノ一の地図であった。

「何だ。つまらない――」

さすがの久我も、諦めて一度は投げかけたが、それを畳もうとして、裏を返した時に、急に彼の瞳は、凍てついたように、ピタリと釘づけになった。地図の裏に眼を据えて、彼は鋭い凝視を注ぎ始めたのである。

覗いて見れば、これは何としたことであろう。地図の裏には、淡い鉛筆で分り難い字が、ぎっしりと埋まっているではないか――。

「何だ? 何が書いてあるのだ?」

慌てて訊くと、久我は私にその中の一枚を渡した。

妙に山気がしみて、寒々と粟肌が立つ。が私は、渡された地図の、裏一杯に書きこまれた鉛筆のあとを、素早く拾い読みしてみた。

と――。ああ。それは、怖るべき犯罪告白書ではないか。

字は激しい昂奮の中に綴られたものと見え、誤字や脱字が多く、字体もまた乱れて、読み続けるのには、かなりの苦労だったけれど、「――私はいかなる手段をとっても、彼女を殺さねばならぬ……」との言葉を発見して、愕然としていた。

久我の手にしているのに何が書かれてあるのか、彼も異様に昂奮した眸を据えて、夢中に淡い難解な字を辿っている。

「――どうしますだ?」

困ったように訊く案内人をなだめて、私も久我も、共にこの不可解な殺人計画書を読み始めた。

が、二人がこの記録から知り得たものは、余りにも意外な、しかも怖ろしい犯罪の内容であった。

「どう思う?」

思い余って訊くと、久我も、どう思う? と訊き返す。

夢物語であろうか、それとも、空想好きな男の描き出した架空小説であろうか――。しかし、それだとすると、余りにも不思議な現実の一致がある。私達三人は、皆一緒に、この記録の中に描き出されたと同じ情景を、しかも昨夜目撃しているのだ。

濃霧の中に、ゆらゆらと音も無く燃え立った妖光――。それを、この記録では、やはり怖るべき犯罪の一手段であると物語っているのだ。

さて、ここで私は、事件の進展を物語るために、まずこの記録を発表せねばならぬ。何故私達が更に深くこの事件と関聯を有するようになったか、それを知って頂くためにも、是非それが必要なのである。

ところで、この記録を、仮りに私は、「犯罪告白書」と呼ぶ。そして、脱字や誤字を訂正し、文意のとれぬ点を修正して、次に発表しようと思う。

記録は完成していないし、また完全なものではない。書き綴る意欲は見えていながら、突然途絶えているのだ。

それから、記録は、合計四枚の地図に書かれていたが、一枚だけは書体も違ったし、内容も連絡が途切れていた。だから、すこし前後する点もあるが、それだけを末尾へ廻した。

記録の中で「私」と称する男が、この眼前に無残の屍体となって横わる男と、どんな関係にあるか――、それを念頭に置きつつ、この異常な犯罪告白書を読んで頂きたいのである。

第二章　犯罪告白書

(1)

私は今、歓喜の絶頂にいる。

この世に生を享《う》けて以来、既に二十八年、だが、こんなにも素晴らしい幸福が、今頃になって恵まれようとは、夢にも想像せぬことであった。

結城普二郎《ゆうきふじろう》という男は、この世の中において、楽しみも喜びも笑いも知らず、一生を終るのだと諦めていたのに、この心の奥底から、汲めども汲めども尽きせぬ泉の如く、滾々《こんこん》と湧き上って来る幸福感は、一体何と言うべきであろう。

恍惚《エクスタシー》という字句が何を意味するか、私は今始めて知った。足の爪先まで疼く法悦というものを私は今始めて悟った。

しかも、ああ、誰がこのような歓喜をかくも味い得たであろうか――。

眼をあぐれば、洞窟の外は、相も変らず濃霧が乳膜のように立ちこめている。この焚火の光だけでは、それも、僅にゆらゆらと揺れ動く乳膜としか見えないが、出て見れば、きっと川迫谷の風にあおられて、雲霧は飄々と彷徨《さまよ》い、雨滴は、しぶきとなって、岩や雑草の根をうるおし、栂や樅の原始林に瀟々《しょうしょう》とうそぶきかけているに違いない。

凝《じ》っと耳をすませば、そのしぶく音が聞えて来そうである。けれど、私の耳は、今はそのような物音は、一切うけつけないのだ。

どくどくと脈うつ血の疼き――。今にもはちきれそうな胸のどよめき――。それらの激しい鼓動すら、私の耳は、何一つ感じないのだ。

眼の前では、パチパチと音立てて、栂の枯枝が燃えている。焰は、幾度となくあおり立って、追い迫る霧をけちらし湿った空気を乾かせ、冷えた洞窟を暖めて行く。が、それも、私には何一つ、音として聞えない。勿論、沈みかけた焰に気附いて、私は無意識に枯枝を投げ込みはする――。けれど、焰のゆらめく熱さも、決して、私の身体を滾《たぎ》るように馳せめぐっている血を暖めている訳ではないのだ。

　私は今、大峯山を更に奥深く分け入って、俗に昔から、峯入りとも、奥駈けとも言われている路を、行者還嶽近くまで来て、その山頂近くの絶壁にある小さな洞窟に居る。私はそこで、この記述を始めているのだ。

　時候は恰度五月――。

　新緑のすがすがしい初夏だ。この山は、五月頃だけ、不思議に晴れる。清澄な空が、蒼黒い岩肌の上にくっきりと浮き出す。

　山肌の大部分を埋める栂や樅の林も、目ざむるばかりの新緑に萌え立ち、底知れぬ渓谷を蔽う雑草帯も、色とりどりに美しく岩の間を彩る。

　特に川迫谷の大半を埋める石楠木の花は、一斉に淡紅色の花弁を開いて、限りなき芳香を漂よわせ、剃《そ》ぎ立った岸壁の裾に、時ならぬ楽園の夢を描き出す。

　しかも、晴れた夜の月は美しく、隈なく谷底を照し、岩壁に映え、雑草を濡らし、栂の古木に銀とかがやくのだ。

　今は夜だ。けれど月もなければ、そうした美観を見るよしもない。それがもし白昼であるとしても、今、洞窟の周囲を包みつくす乳膜の如き濃霧に遮ぎられて、何一つ見ることは出来ないであろう。

　谷の中ほどに聳え立ち、洞窟の入口にぬくっと突立っていた樅の大木すら、その梢を、あたかも海底にゆらぐ海藻の如く、しぶく霧にゆすられ、茫漠たる霧海の中で、昆布の林のようにゆらめいているのだ。

　が私は、その濃霧の閉す峡谷の、底知れぬ深さを覗きつつ惨虐な殺人をなし遂げた、その昂奮と歓喜を、ここに綴ろうとしている。

　私は人を殺した。しかも、神秘に閉された千古の霊山で、世にも珍らしい神秘的な方法で、二人の生命を奪い去った。そしてこれから、もう一人の女を、もっと素晴らしい、この山に相応しい崇厳な方法で、殺そうとしているのだ。

(2)

留美――、
留美と書いただけで、私の全身に熱い血が沸る。
留美は、今私と一緒にいる。霧しぶく川迫谷の、底知れぬ霧海の中に沈む洞窟に、私は、留美と一緒にいる。

枯枝のパチパチとはぜて、焔が一入高く燃え立つと、カッと洞窟は明るくなる。

八畳近く敷けそうな窟は、天井も高く、蒼黒い苔の密生した岩壁も、妙に人なれがしている。

入口近くでは、漸く人一人しか通れないほどだが、五六歩でぐっと広くなり、平かな岩盤が天然の座敷を造り出している。

ゆらゆらと煙が舞い立ち、焔と入り交って、明暗の縞を幾度となく描き出す。その洞窟の奥、漸く焔の光の届く処に、一人の女が寝ている。

短く刈りあげた髪だけ見ていると、男だか女だか分らないけれど、その円みを帯びた肩から胸への肉附きは、くっきりと白い皮膚のきめと、細く描かれた眉、紅く塗られた唇と共に、まぎれもなく、女であることを物語っている。

登山靴を穿き、半洋袴《ズボン》にスエーターで身繕いした処、男と殆ど変りはない。が弱い光に照し出されるその四肢は、むちむちとした弾力をはじきかえし、濃く作り出される蔭には、限りない媚《なま》めかしさが溢れている。

しかし、この女は微塵動《みじろ》ぎもせない。いかに風がその下半身を嬲《なぶ》ろうと、女は羞恥も感じなければ、屈辱も感じない。

留美は寝ているのだ。しかも、愉悦と幸福と歓喜に、歯を噛みならしつつ、みだらな視線をなめるように這わせている男の前で、大胆にも、大の字なりになって、寝ているのだ。

固く閉された瞼には、黒い陰が落ち窪み、紅く塗られた唇は、醜く歪み薄く血を滲ませ、肩の上に折り曲た両手は、共に恐怖を握りしめている。

怖ろしさのあまり、女は気を失っているのだ。恐怖の絶頂で、留美は、歓喜に戦く私の腕の中にぐったりと倒れ伏し、そのまま、未だに怖ろしい夢を見続けているのだ。

が、それにしても、昨夜の留美と、今夜の留美と、ああ、何という変り方であろう。

昨夜は美しい星月夜だった。

弥山からの難路に疲れ切っていた私達は、その昔から、三十六靡《なび》きとして建てられた行者達の修法小屋の一つらしい山小屋に、火を焚いて暖をとりつつ、交替で寝ることにしていた。

が私は、集めて来た枯枝を火の中につぎ足しながら、ある逞しい感情に揺さぶられていた。

小屋の屋根は、半ば朽ちて抜けていた。冴えた月の光は、その隙間からこぼれ落ちて、板敷の上に毛布にくるまって眠る同行者の額を蒼白く照していた。

美しい額だ。抜けるような白さが限りなく月の光を吸って、白銀のように輝いている。細く描かれた眉の下には、長い睫毛が黒い蔭を湛え、すんなりとした鼻は、やすらかな寝息をたて、胡頽子《ぐみ》のように紅いつぶらな唇は、小く開かれて、中から白い歯が覗いている。

凝っと瞶《みつ》めている間に、私は耐えがたい焦燥に襲われ、制禦し得ないような不逞の感情に悩まされた。

毛布からはみ出した手は、片手を無雑作に胸の上に置き、片手を焔の方に伸び伸びと投げ出している。

軽く曲げられた指は、何を摑んでいるのであろうか、時々思い出したように小さく動く。

私は思い切って枯枝をうんと投げこむと、そのまま小屋の外に出た。

黒い蔭をおとした谷は、何一つ見出すことは出来なかったが、小屋の周囲を埋める栂の原始林は蒼白い光に濡れて白く輝き、聳え立つ岩は、限りなく光を吸って、夜空の黒さの中に、白亜の如くくっきりと浮き出していた。

熱っぽい思惑から抜けると、私は暫く時を忘れて、谷に臨む崖端に腰を下して思索に耽った。

いかにすべきか――。私はまだ迷っていたのだ。

山頂の夜の空気は冷たい。そして、私の頭は、凍える冷たさの中で、よく冷たく冴え切った。

煙が小屋から仄かに流れて来る。が、その煙の中に、成熟した女の匂いの交っているのを、鋭敏な私の感覚は、充分に捉えていた。

ああ、最早、赦さるべきではない。私はなさねばならぬ。私は、いかなる手段をとっても、彼女を殺さねばならないのだ。

私は静かに小屋へ戻った。そして、女の傍にたくましい鼾《いびき》を立てている男を、揺り起した。

交替と知ると、不服そうに身を起した礼二は、まず女の上に身を屈めて、今にも唇をふれそうに頬を近づけた。

女は、依然として、すやすや眠っている。礼二は私を見返って、狡そうな笑いを見せ、残り惜しげに立ち上って、私にそのあとを指し示した。

私は、おずおず近寄って、そっと毛布を持上げた。男の暖か味が残っている。女の寝息が、耳の傍で聞える。

私は眼を閉じた。眠れぬ眼を無理に閉じて、全身の感覚を耳に集めた。

そして、この寝息、この安らかな寝息を耳にするのも、いよいよ、今夜限りだぞと、泌々《しみじみ》思ったことだった。


その留美は今も同じく寝ている。がその寝息は最早聞くすべもない。さすがに男まさりで鳴《なら》した留美も、所詮は女に過ぎなかったのだ。

眼にまざまざと見た、死の深淵がまず彼女の心臓を凍らした。濃霧のさ中で、礼二のみならず泰二まで姿を消し、しかも、やっと彼等の姿を見出したときは、二人共、燐光の如き光芒に包まれ、死の舞踏を踊っていたのだ。

彼等が踊る足元には、地獄へ通ずるかと思われる大渓谷が底知れぬ裂口《さけくち》を開いている。

死の栄光が、二度三度、二人の上を蔽いつくす。と、やがて、茫漠たる雲霧が縹渺《ひょうびょう》と視野を閉しさり、クク、クク、と含み笑う私の腕の中で、留美は、アア、礼二、礼二……。と呟いたまま、気を失ってしまったのだ。

(3)

ああ、それにしても、誰がこのような素晴らしい殺人芸術を完成し得たであろうか——。

背景は、千古の神秘に包まれた大和アルプスで、しかもその雄渾なるタッチで描き出された岩盤の見事さ、栂や樅の原始林の素晴しさ、もくもくと絶え間なく吐き出される霧の、果しなく立ち籠む谷の悽愴さ——。

それで屍体は、音なき光芒に包まれ、銀蚊《ぎんが》の如き閃光に蔽われ、その果は、石楠花咲き乱れる谷底に、うち沈み、永久あばかれることなく、久遠の眠りにつくことが出来るのだ。

一むらの噴霧、ゆらゆらと谷より立ち昇ると見るや、間もなく、私達は足元までも霞むほどの濃霧に包まれねばならなかった。

小笹の繁みが、私達の注意を奪い去ってはいた。けれど、いかに霧が名物と言え、まるで乳色の硝子《ガラス》筒の中に閉じこめられるような濃霧に襲われようとは、全然予期せないことであった。

私達は礼二を先頭とし、礼二、留美私と続いて、登高行を続けていた。だから、霧と知る。まず案内人格の礼二が立停って、一同を待ち合せた。

路は嶮しく、しかも雑草と笹がうるさく足に絡みついた。

「どう？　歩ける？」

留美に追いついて、手を貸すと、負けず嫌いの留美は、紅らんだ頰を大胆に振り向けて、

「大丈夫よ、こんな路——。触らないで頂戴」

はげしく手を振りもぎるのだった。

霧はいよいよ濃く、一団また一団、むらがりては襲い来て、一行の姿を須臾の間に呑みつくした。

雨滴は、会釈もなく、襯衣《シャツ》を透して肌にしみ入る。

「礼二さアん——」

茫漠の霧に消えてしまった礼二を呼んで、留美は手を挙げた。と私は、その爪先をも押しつつみ、打振るにつれて、雫がポトポトと滴り落ちるのである。

追いつくと、礼二は、日焼けのした頰を歪めて、不安そうに霧の中を見廻していた。

「この近くに、何とか言う窟があるんだよ。この山の霧は、仲々晴れないんだ。だから、今夜はどこかで野宿せなけりゃならないのだが、この霧じゃ、どうしてその窟を見附けたらいいだろう？」

「いやよ、礼二、そんな心細いのないわ」

直ぐ留美は鼻を鳴らす。

「何か目標があるといいな」

蒼白い額を更に蒼くして、礼二は、神経質な指で、首筋の露を払った。

「そんなものあったって、駄目じゃないの、こんな霧じゃ、見附かりっこないわよ」

「だからさ、うんと大きい目標だよ」

「まだあんなこと言ってらあ。莫迦《ばか》だな、泰二。いくら大きくたって、こんな霧の中じゃ、ネオンでなくちゃ、見えないものよ」

私はポケットを探って地図を取り出した。寒さが身に染み始めた。軽い悪寒が背筋を走り去る。

「うむ、思い出したよ。大きい目標があるんだ」

礼二は急に目を輝かして、霧の中を見透した。

「ちょっと無気味な恰好だから、直ぐ気附くよ。栂の、老木なんだ。立ち枯てもう数十年にもなるんだろう。白い、骸骨のような感じのする木肌だが、ぬっと一本、高く突立っているはずだから、直ぐ判るよ。窟は、その木

の右下を、真直ぐ岩に沿って下ればあるんだ」

「でも、それ、どうして探すつもり？」

留美は、不安らしく唇を尖らせる。

「僕が行くよ。だが君は、ここ動いちゃ駄目だぜ。それから時々笛を吹くか、鈴を鳴らして合図しとくれよ。それが唯一の目あてだからな」

「あ、礼二――。独りで行くの？」

「いや、瀬上と一緒に行くよ」

「駄目、泰二はもうそんなに歩けないわ。それより留美行く――」

はや、留美は肩の荷を投げ下す。

「莫迦！　莫迦だな。留美は――。こんな霧の中で、山に慣れぬ君が、僕と一緒に歩けるかい」

にべも無く言いはなつ礼二の口調は、会釈もなく留美を叩き伏せたらしく、急に悄然として、首を垂れた彼女は、今度は急に私をはっしと睨みつけた。

「じゃ、普二郎。あんたいらっしゃい。こんな山、怖くないでしょう」

私は、急いで地図を蔵《しま》った。時計を見るとはや、四時を過ぎかけている。山の頂きは暮れるに遅いと言え、この濃霧では、視力を失いつくすのに、もう間もあるまい。


急がねばならないのは当然だ。

時を置いて鳴る鈴の音に送られながら、私達は二人の姿を見得る範囲に別れて、綱で連絡をとりつつ進んだ。

険悪な山相で鳴るこの尾根道は、岩が尽きると、眺望もきかぬ灌木で閉されている。そして灌木帯を通り抜けると、亭々たる密林が進路を固く阻んでいるのだ。

が暫くこの難路を進むと、急に私達の眼の前に、無気味な林が浮き出して来た。

いずれも、この初夏だというのに、新芽一つふかず、いやに白々として、太く高く、あたかも巨獣の骸骨の如く、立ち並ぶ栂の立ち枯れ姿が、しとど霧に濡れそぼって、視野の中へ浮き出して来たのだ。

「あっ、発見《みつか》ったぞ。これだ、これだ、この林だ」

高らかに、礼二は笛を吹き鳴した。

が、その立ち枯れた巨木の、何という無気味さよ。長年の間、氷雪や風雨に痛められたためではあろうが、醜く歪んで、いやに白々とし、しぶく霧に、啾々《しゅうしゅう》と鳴る枝は、十字架における殉教者のはかない姿を聯想させるではないか。

礼二は、巨木の根を廻って、直ぐ右へ下る路を発見けた。

「ここだよ。そら、覗いて見給え、直ぐ下に入口が見えるだろう。その岩に、すがって下れば、直ぐ洞窟の入口なんだ」

まず礼二が下りた。そのあとを、私の戦く足が追った。妙に息がつまる。降りる下に覗く霧海は、渺々《びょうびょう》として果しなく、底しれぬ奈落にすがり降りる思いだ。

「この下は?」と訊くと、

「川迫谷だよ。霧の霽れたあとが楽しみだな。きっと、石楠花が美しいぞ」

力強く答える声には、奇妙な魅力がある。

洞窟の中は、既に暗かった。

が燐寸《マッチ》の光に照し出される内部は、思ったよりも広く、それに妙に人狎《ひとな》れがしていて、苔むす岩にも、微に人狎の香が泌みこんでいた。

「よし、決めた。ここに決めたぞ」

この山は、これで三度目だと言う礼二は、くっきりとした顎の線を、始めて綻ばせて、私を顧た。

が、その刹那、私は満身の力をこめて、彼の前額部に、はげしい一撃を加えていた。

手にしていたのは、洞窟の奥に積込まれていた、枯枝だ。


あっ! という悲鳴が先だったか、どっと倒れる音が先だったか、私には皆目記憶が無い。

しかし、その次には、激しく喘ぐ息の中で、私は礼二の頑丈な身体を、綱で犇々と巻きしめていた。

前額を斜に外れて、一筋、血が滲み出している。私の腕に狂いはなかったのだ。見事一撃で、礼二は事情を弁別する暇もなく、昏倒してしまったのだ。

私は肩の荷を下すと、そのあとへ礼二の身体を負《しょ》いこんだ。そして、再び岩を攀じて、栂の巨木の下に突立った。

まず第一の目的は達した。安藤礼二は、最早、俺の意志に逆らうことは出来ないのだ。

巨木の根に転った礼二の身体を見て、私は急に笑いたくなった。思いきり、平手で礼二の傲慢な頬を殴りたくなった。ぞくぞくとするような身内の疼き。私は思わず歯をガチガチと噛みならした。

が次の瞬間、私は低く長く山に木魂《こだま》する笛の音を耳にしてはっと意識を取り戻した。

ああ、急がねばならない。夕闇は、刻々この山頂を包みつつあるのだ。

(4)

「おや、普二郎一人？　礼二は……？」

留美は、下したリュックサックに腰をかけて、この霧の中で、煙草をふかしていた。

「うまく発見ったよ。安藤は、女王さまお迎えのため、只今内部清掃中さ。さあ、暮れぬ中に行こう」

私は、留美には眼もくれず、瀬上に話しかけて、急きたてた。

「そう。本当に発見ったのかい」

気の弱い泰二は、心から嬉しそうに躍り上って、霧の中で身震いした。

「僕、心配したぜ。ちっとも、君の方の笛、聞えないんだもの……」

歩き出そうとする背へ、留美はどっしと、荷物を乗せつけた。

「普二郎、持っとくれよ。割に親切気無いのね」

無言のまま、私は歩きつづけた。心覚えに踏み倒した雑草を目印しに、私はずっくり濡れながら霧の中を泳ぎつづけた。

再び無気味な恰好の、栂の古木が見えてきた。立ち枯れの林が、茫漠と浮き出してきた。

「あ、あれなの、目標の巨木って……」

私は始めて留美の顔を真正面から眺めた。ずっくりと濡れた頰は、湯上りのそれのように紅潮して、冴え冴えとし、黒みの勝った瞳は、不羈《ふき》の色を見せて美しく潤い、睫毛は濡れて露をうかせ、首筋に乱れかかる油毛のない短い髪は、しとど濡れて、艶々としている。

「留美、先へ降りるのだよ。そら、この岩を、こうして……」

留美は、暫く私の瞳を訝し気に見返った。そして咎めるように、赤い唇を反らすと、急に肩をそびやかせて、無言のまま、くるりと背を向けた。

霧の中に、次第に留美の姿はうすれて行く。見送っている間に、泰二も続いて下りかける。がそれを、私は手で軽くとめた。

「待て、瀬上！　僕は、君にちょっと話がある」

「………？」

奇妙な表情がその刹那、泰二の面にさっと走った。

「あ、結城――。君、君は……」

その言葉の終らぬ中に、私の右手は、撥止《はっし》と瀬上の顎に飛んでいた。

よろよろとして、瀬上の細い身体は、木の根にもつれるようにして倒れる。その上に、私の腕は、起しもやらず喰い込んで、声も出ぬほど、その咽喉首《のどくび》を押えつけた。

かくて一分、二分……、いや、幾分たったことであろう。

がその時ほど、私は人の命の脆さを感じたことはない。もう瀬上泰二は、これで死んでしまったのだ。

そう考えると、急にぐんなりとした泰二の身体を抱えて、私は暫く茫然とした。妙に惻々した感情に襲われたのである。

「あら、また普二郎一人？」

急に不安な眼附きで、留美は夕闇せまる洞窟の入口に立ちつくした。

「うん。二人共、食事の用意さ。僕と留美は、焚火係だよ」

私は、無雑作に新聞紙を取り出して、火をつけた。

メラメラと燃え上る焔――。小枝をつぎ足し、つぎ足し、吹けば吹くほど、濛々《もうもう》と煙は立ち籠め、赤い舌は、凄まじく燃え立つ。

枯枝は、充分なほど積込まれてあったのだ。

「遅いわねえ」

寒さに耐え兼ねて、火の傍へ寄って来た留美は、濡れた身体を暖めながら、妙に不安気な口調で呟く。

しかし、私はなおも夢中で焔を吹き続けた。

黄昏は、はや濃霧の閉す谷底を包みつくし、山巓《さんてん》近くまで襲いかけていた。

乳灰色は、次第に薄鼠色となり、次第に暗紫色となった。

「ちょっと、見て来るわよ」

軽く身を翻えして、留美は洞窟を出て行く。

見送って、私は思わず咽喉の奥で低く嗤《わら》った。不思議に、慌てた留美の姿が可笑しくてしかたがなかったのだ。

暫くすると、案の条、真蒼に蒼ざめて、留美は身震いしつつ戻って来た。

「普二郎――。居ないわよ。二人共……」

「居ない？　そんなことないだろう？」

「本当、本当よ。留美、こんな処で嘘言《うそ》吐かないわ」

「呼んでみたかい？」

「モチ……。だけど、もう外、真暗よ。一体どうしたんでしょう？」

もう私は我慢がならなかった。始めは、歯を噛みしめて、必死にこらえていたが、もうそれも耐えられなくなった。

まず歯がガチガチなって、咽喉の奥が低く呻いた。そして遂に、私は腹を押えて、笑い出したのである。

「普二郎――」

途端に、留美の唇は、さっと色褪せて、ぬくっと突立った儘、二歩三歩後退りながら、奇妙に嗄れた声をしぼり立てるのであった。

「普二郎――。どうしたのよっ……普二郎……」

やっと笑いをおさめると、私は無言のまま立ち上って洞窟を見た。そしてはや闇の閉した岩を、手探りで攀じ登った。

同じく不安げな表情で、留美も攀じ登る。

私は再び不気味な栂の巨木の前に立った。霧はなおも濃く、雨滴を含んで、せっかく乾いた衣服に、飄々と吹きつける。

暫く私は瞳を凝した。見透せぬ闇と霧の中で、無理に瞳を瞠《みは》った。

と、かすかな光芒が見えてきた。紫を帯びて、燐の如く断続しつつ銀蚊の匐う如く、細々と立ち昇る光芒が、霧の中に浮き出して来た。

「見給え！　あれだ。あそこに居るはずだ……」

私は双眼鏡を取り出して、留美に貸した。

そして瞬時、ピントが合ったと思った刹那、留美の唇からは、この世のものとは思えぬ絶叫が洩れた。

「あっ！　燃えている。礼二と、泰二が……燃えている……」

ぐんなりと留美の身体は、私の腕の中に崩れ折れた。が、私も、留美の身体を抱いたまま呆然としていた。

蒼い火は、音も無く燃え立ち、燃え崩れ、茫々と霞み、閃々と煌《きら》めく。

礼二と泰二は、その栄光に包まれて、昇天しつつあるのだ……。

(5)

私は大和国下市町で生れた。下市と言えば、吉野口から大峯山へ行く街道に沿った、帯のように細長い町だ。街道の白い埃をあびて、軒の低い屋並は、屋根の上まで白っぽく汚れている。町に立って北を向くと、削り立つ大峯連山が見える。この山々は、いつも雲に包まれていて、山肌のはっきり浮き出していることは、殆んどないが、下市の町は、その峯を目指してぐんぐん歩き、もう二三里は来たであろうと思って峯を仰いでも、山の形は少しも変らず、街道にもまだポツリポツリと平凡な家並が続いているといった風の、退屈な細長い町である。

が私は、そこで小学校を卒えるまで育った。冬になれば山は直ぐ白く化粧する。が一度春ともなれば、吉野山を中心に、桜のたよりで、町は一せいに活気づく。更に五月の山開きになれば、白い衣に長い杖をつき、法螺貝をブウブウ吹き鳴しつつ、幾人も幾人も山を指して登って行く日が続く。

その頃の山は、殆ど連日霧を噴いている。もくもくとした白い霧が山頂近くを包みつくし、山腹はその蔭を落して気味悪く黒ずみ、とげとげしい岩かどを、殊更に凄く浮き出す。

それは、子供心にも山の怖ろしさを充分湧き起されるものであった。

小学校を卒ると、直ぐ私は、大阪の叔父をたよって、大阪のY——中学へ這入った。

勿論、学資も叔父に一切ゆだねたのである。かくて四年は夢の如く過ぎた。五年になると、高等学校の受験準備も、真剣に始めなければならない。

けれど私はそれ等に全く無頓着だった。無頓着たらざるを得なかった。

いつ頃から兆し始めたのであろうか、私は人の顔色を見る事を覚えた。

とりわけ叔母の顔色を私は様々に判断した。

中学を出て、更に上級の学校へ行くなんて、そんな無駄なことは、せないでしょうね——。

叔母は毎日顔色でそう言っていた。

私は、殊更に無頓着を装わねばならなかった。学校なんて面白くないや……。私は、かくて、卒業近くなるにつれて、遊びの世界に溺れるように努力したのである。

私は学校は嫌いでなかった。しかし、七面倒くさい数学や物理の時間は、たまらなく嫌だった。私は、感情に餓えていたのだ。だから、暇さえあれば小説を読み耽った。濫読と言われるほど手当りに読んだ。そして、いつとはなく、日誌風の感想録を書き始め、その中へ、日頃の心の鬱積をぶちまける楽しみを覚えたのである。

学校を卒えると、下市から父が迎えにやって来た。

父は何も言わなかったけれど、黙って私を下市へ連れ戻った。

十九の春——。埃りっぽい下市の町で、私は明け暮れ、大峯連山を眺めて時を過した。

本を読むにも、下市では思うようにならない。やむなく、私は、山を眺め、吉野川の畔りを歩いて、その感想をノートに書き溜めた。

春から夏へ——。山の姿はいろいろ変った。ある時は珍らしく晴れていた。くっきりとした岩肌が、碧い大空に美しく浮き出して、この上もなく奇麗に見えた。

ある時は、物凄く荒れ狂っていた。怒濤のような雲霧が、果てしなく山峯にぶっつかり、くだけるばかりに岩にしがみついては、こなごなに散って行った。その時などは、今にも山は崩れるのではあるまいか、と思われるようなすさまじい叫喚が、山から町へ吹き颪《おろ》して来た。

私は、毎年の夏を吉野川の清流に身体を浸して過す。が、その年だけは、たまらなく山に魅惑を感じた。

いつ見ても、巍然《ぎぜん》として聳え立つ大峯の絶景は、たまらなく私の心を、山へ山へと駆り立てるのだった。

かくて遂に七月の末、私は山へ登るべく決心して家を出た。父に言えば、無論黙って許してくれただろうけれど、そうすれば、私も白衣をまとい、数珠を持ち、金剛杖を突かなければならなかった。私にはそれがたまらなく嫌だったのだ。

大峯山は、昔から信仰の山である。宗旨は何かは知らぬ。けれど、大和近傍のみならず、関西に住む青年は、一度は大峯詣でをせねば男にならぬと言われている。

特に大和の青年は、一度大峯の各行場を経なければ、一人前の男でないと、幼い時から言い渡されているのだ。だから彼等は、成長するに従い山に限りなき憬れを持つ。山を征服したものこそ、男としての次の希望が約束されるのだ。大峯山の行を了えたものは、山を下りたその日にも、精進落として、一人前の男になり得ることを許されているのだ。

しかし、山の行場は、限りなく神聖であり崇厳である。山の持つ神秘性は、山を超えて憬れを抱く青年の、みだらな慾望を一時的にも清澄化する。山嶺の行場を廻って、最後に霧しぶく中に突立つ蔵王大権現の本堂に来ると、真夏でもなお寒く、護摩の煙が霧に交って茫漠と漂よい、思わず身内をシンとひきしめる。魂は、誰でも一度はこうして清浄化されるのだ。

けれど、ただ一人家を出た私には、勿論そんな信仰心は微塵も無かった。訳もなく、雲霧の中に、身ゆるぎもせず突立つ峻峯に、青年の夢を乗せたのに過ぎなかったのだ。

小南峠の急勾配はかなり苦しかったけれど、洞川までは平凡な路だった。しかし、洞川から洞辻までの路は、若い無鉄砲な私の心を、充分過ぎるほど脅やかした。果知れぬ原始林が、怖ろしい鬼気を伴って、一人歩く背筋に、冷く襲いかかったのである。

洞辻で一息ついた私は、やむなくそこで先達の尻についた。先達とは、修行者達の先頭に立って、山の各行場を案内して廻る行者の先輩である。

表行場に裏行場、半ば夢中で辿った路だったけれど、さすがの私もずっくりと汗を掻いた。とりわけ、覗き岩では、思わず眼を閉じて、言われるがままに手を合せた。

蔵王大権現の本堂では、白衣の行者達がしきりと護摩木を焚いていた。ゆらゆらと立ち昇る煙に交って読経の声が響いて来て、限りなく崇厳な雰囲気を造り出している。けれど私にはそれを信仰し、祈る考えは毛頭湧かなかった。それよりも、むしろ、私は、まだ、もっと山の神秘に触れたかった。

霧しぶく中に突立つ蔵王大権現の本堂――。ゆらゆらと立ちゆらめく護摩の煙――。眺めている中に、私はたまらなく本堂の裏山、大峯の奥に憬れを湧かせた。夢――。私はもっと山の神秘な夢に酔いたかったのだ。かくて、私は大胆にも、霧雨に冷く濡れながら、大峯の奥、大普賢嶽へと歩み始めたのであるが、それは何という冒険だったろう――。

山の案内も知らず、野宿の用意も食糧の準備もなく、ただ飄然と足にまかせてただ一人、しかも霧しぶく中を登り始めた私は、一体何を考えていたのであろうか。

しかし、今でもなお思い起すのは、霧しぶく中に骸骨の並び立つとも見えた、栂の古木の立ち枯れ姿である。

いやに白々として、置き忘れられた案山子の如く突立っていた気味悪さ――。思わず身震いしたことであった。が、こうした無謀な登山を独りで決行した私が、無事に家へ戻れたのは、何と言っても不思議だった。勿論路は無かったし、たとえ路があっても、雑草に埋れていて、私には判らなかっただろう。また判っても無事には戻れなかったに違いない。だから、私がはっきりと意識づいて、はて、どうしたのかなと、周囲におずおず眼を配った時は、既にその日より三日も経ってからの事であった。

寝かされていたのだ。しかも、煙の濛々と立ち籠めた洞窟の中で、白衣の修験者の朗々たる読誦の声の響き渡る中で、私は登山服のまま、仰向けに寝ていたのだ。

それは不思議な幻影だった。朗々たる声の動きにつれて、濛々たる煙は、はげしく揺れ動いた。紅い舌をはく焔は、時には小さく、時には大きく燃えあがった。時々大きく響く気合に、不思議なほど、焔は燃え立ち、低くなびいた。

赭《あか》い顔、見据えた眸、組んだ指――それ等がある時は消え、ある時は妙に生々しく闇の中に浮き上った。

翌日――私はぐなぐなになった身体を、この修験者に負われて、洞川へ出た。

かくて、家へ戻ってから約一週日、私は床に伏したまま、あやしい夢を見続けた。怖ろしい鞭を幾度か身内に感じて、呻き声を立てた。そして次に目覚めた時は、すっかり無口の、憂鬱な男となってしまっていたのである。

第三章　地底の声

(1)

こうした記録を読んだ私達が、見るも無残な屍体の前で、どんな感情に揺すぶられたかは、改めて書くまでも無かろう。

久我は、寒む寒むと、栂の巨木をふり仰いでいた。事件の真相を知るは、古い言葉ながら、この巨木ただ一つなのだ。

だが、この老木は、徒らに自然の暴威に対してのみ、全身的な反抗を見せているだけで、こうした人間的な事件には、些の感情も示してはいない。

私は今更の如く、巨木の醜い姿を眺め、その周囲を廻って見た。

屍体がこの老木の梢にあったことは、屍体の持っていた記録で明白な通り、彼等が霧の中で目標として探し求めた巨木がこれであることを物語っていることになる。とすると、手記で「私」と称した結城普二郎なる男が、一夜の歓喜と昂奮で明かした洞窟は、この木の根元近くを、谷へ下ればあることになるのだ。

女の寝顔を眺めた時から、不逞な感情に襲われていた彼は濃霧の立ち籠むる一夜を、その洞窟で、どうして明かしたであろうか——。

気を失ったまま、洞窟の奥に寝かされていた女は、その後どうなったのであろうか——。

冷い風の吹き上って来る谷を覗きながら、私は、焚火の淡い光で照らし出された薄暗い洞窟を想像した。燃え上る焔に照らされたまま、何の意識も無く仰臥する女を想像した。その傍で歓喜と昂奮に有頂天となりながら、ありあわせの地図の裏に、その喜悦の情を書き綴っている男を想像した。

しかも、その洞窟は、この下にあるのだ——。私は妙に身体の疼きを覚えた。不思議と胸が湧き立って、はげしい好奇心が、しきりと私を洞窟へ駆り立てるのである。

けれど、谷は思いの外、凄く削《そ》ぎ立っていた。岩もそう簡単に降《くだ》れそうでなく、覗けば、底を見極める前に、眼がくらみそうだった。

霧はまたしても底深くに立迷よい、風は、冷い雨滴を乗せ蕭々と吹き上げて来て、更に谷を深く見せているのである。

久我は、依然物思わしげに空を仰いでいたが、やがて蒼ざめた頬を向けて、私を再び屍骸の傍へ引き戻した。

屍骸は、この儘にしておけない。何とかしなければ、おそかれ早かれ鳥の餌食になってしまう。だから、証跡保存のためにも、この屍骸を、一時この木の根元へ埋めよう——、と言うのである。

勿論、私に異議はなかった。案内人をも手伝わせて、私達は硬い土を掘り返した。

ああ、しかし、誰がこんな山頂の淋しい枯木の林の中で、無残な惨殺体の墓穴を掘ろうなどと考えていたであろう。黝々《くろぐろ》とした土の、掘返されてゆく中に、私は黒い蔭を見た。それは、依然として羽搏《はばた》きをやめない、鷲の落す影だったが、私には、不思議に虐げられた魂の、ゆらゆら風にあおられ揺れ動く影とも見えた。背を折り曲げたまま、穴の底へ寝込んだ屍体に、黒い土を投げかけると、妙にバラバラ音がして谷底深く吸われて行き、やがて静かに谺して戻って来たが、それは、屍体の異様な抗議とも、私には覚えたものであった。

案内人は、半ば口中で呟きながら、念仏を唱えた。久我も、片手で土を掘り、南無……と声を呑んで、バラバラと投げかけたのである。

屍体を埋め終ると、始めて私達はホッとして顔を見合せた。

手に残ったもの、それは、異常な犯罪を語る手記だけである。

こうなれば、私達はどうすればいいか——。迷わざるを得なかったのだ。

「しかし、君はどう思う?」

久我は、またしても訊き始めた。

「どう思う?」私も訊き返した。

「僕の言うのは、今の被害者の身許だよ」

「僕の言うのも、そうだ……」

私達は、再度顔を見合せた。

結城普二郎は一体どうしたのか?

女をも、同様に、素晴らしい方法で殺すのだと書き遺した普二郎は、今どこに居る?

また、その女の屍体は、どこにある?

「——僕は、こう考えるのだ。この被害者は、礼二でもなければ泰二でもない。普二郎、その人なのだと——」

久我は、急に声を呑んだ。

蒼く冴えた空は、いつしかまた狭霧に掩われ始めていた。

風が出て来た。巨木の梢は、気味悪い呻き声を立て、背後の果しらぬ樹海は、一斉に喚声をあげた。

「とにかく、もう今日は、これ以上行けないのだから、僕達もその洞窟で一夜を明そうじゃないか——。話は、その上でとして……」

急にブルンと震えて、案内人を振返ると、この案内人も顔色を失っていた。

この調子では、山は荒れる、と言うのだ。

陽も翳り始めている。もう、谷越に見えていた鷲の棲むという断崖も、茫漠と霞み始めている。

急がねばならぬ。洞窟を早く発見し、野宿の準備をせなければならぬ。

私は、再び巨木の右を谷の崖鼻へと出た。

「しかし、洞窟はあるだろうか——」

不安気に久我は呟やく。

案内人は、直ぐ頷いて、まず降り口を探した。昔からある修法の窟で、行者達は、ここをも行場の一つに数え、千仞《せんじん》の谷底を覗きつつ、誦経に心神を鍛えたと言う――。

なるほど、岩にすがれば、漸く降り得る路があった。

自然に刻まれた階段が、不規則に谷へ向って下っているのである。

しかし、風は、いよいよ強く吹きつのって来た。岩角を必死に摑んでいても、腰に吹きつける突風は、足元を極めて不安定なものにした。

「危ないよ」

幾度となく、お互いに注意を交しながら、約十数歩降りたであろうか――。私達は、やっと一坪余りの平かな岩盤の上に出た。

「ああ、ここだ、ここだ……。洞窟がある……」

久我は、悦びの声をあげて、黒く穿たれた窟の入口を覗いた。

高さは五尺に足らない。間口も三尺に満たぬ。けれど、岩肌は、不思議に人ずれしていて、苔も剝げ、黒い煙に煤けた跡さえ残っている。

しかし、一歩這入ろうとして、私は愕然とした。

もし、もし先刻の屍体が普二郎でなかったなら、この洞窟に、まだ普二郎が居るかも知れないのだ……。

異常な犯罪を平然とやってのけた男、淫虐の殺人鬼は、まだ女の屍と一緒に、この中に居るかも知れない……。

この想像は、直ぐ久我にも響いたと見え、彼も暫く、入口で躊躇した。

けれどそれもほんの暫くで、彼は急に決心の色を鋭く眉宇に見せ、あたかも谷間風に吹き送られる狭霧の如く、はや薄闇の立ち籠むる洞窟へ、さっと飛び込むのであった。

中は思ったより広かった。仄かな光に眼が慣れてくると、茫漠と荒れた岩肌の蔭が見えてきたが、じっと耳を済ましてみても、別に人の気配は無かった。

洞窟の奥は、いやに暗く、何も見えない。見えてくるのは私達の慌しい息の反響ばかりである。

案内人は燐寸を擦って、洞窟の奥を照した。が、何一つ、変ったものは見出せなかった。

洞窟の広さは、記録にもあった通り、八畳敷位の広さで背も充分に立った。中ほどに、焚火の跡が残っていて、昨夜の情景を直ぐ想像させたが、谷間風もここまでは吹き込んで来ないので、妙に暖かく、紙を燃やしても、直ぐ燃え立った。

これで洞窟は、漸く明るくなったので、私達は改めて、しみじみと周囲を見渡した。そして、始めて、洞窟の奥にうず高く積まれた枯枝を発見したのである。

誰が拾い集めたのであろうか、夥しく積まれた枯枝は、焚火するのに恰度手頃の大《おお》さに揃えられている。

私達は、思わず悦びの声を立てた。もう薪を探しに行く苦労は、これで無くなったのだ。しかし、焚火が赤々と燃え上っても、久我は妙に憂鬱だった。

私も、深い物思いに捉われていた。

この洞窟に人気の無い処を見ると、結城なる男は、既に女を殺し去ったものに違いない。が、結城普二郎その人は、一体どうしたのであろうか——。

やはり、久我の言った如く、先刻《さっき》の屍体が、あの手記を残した惨虐鬼、普二郎のなれの果なのであろうか。とすると、誰が、あの残虐をなし遂げたのであろう?

まだ夕食には間があった。だから私達は、火の前に坐るとやはり山肌の冷気を犇々と肌身に感じながら、もう一度、「犯罪告白書」と私が名附けた記録を取り出した。

しかし、こうした焔の明るさでは、充分に細い字は読みとれなかった。二つ三つ、拾い読みするのが、せいぜい一杯だったのである。

暫く黙想に耽っていた久我は、こうした私の様子を、凝っと見詰めていたが、急に何を思ったのか、地図を四枚とも表向けて、その端を継ぎ合せて見た。

地図は、参謀本部の五万分の一のものであることを前にも書いた。だからこうすれば、連絡のある地図なら、隣り合った個処は、ぴったり合致するはずである。

ところが、この四枚の地図は、不思議にもどれとも合わなかった。

地図の表題を見ると、吉野山、大台ケ原山、高野山、釈迦ケ嶽となっていて、肝腎のお互いを連絡する山上ケ嶽の地図が欠けているのだ——。

「一枚足らぬ——」

呟く久我の顔には、異様な昂奮があった。

山上ケ嶽の地図が恰度、大峯山から大普賢行者還嶽等、奥駈けの細路を表わしているのだ。それが脱けていては、こうした地図を用意した周到さも、全然意味をなさぬ。

則ち、こうした地図のある以上は、是非共、山上ケ嶽の地図も無ければならないのだ——。

「先刻の屍体は、普二郎じゃないかも知れないぜ」

突然久我は、先ほどの続きを持ち出した。

「何故、もう一枚の地図が、一緒に発見されなかったか——それは大きい疑問だ。地図は尠くとも五枚あった。が、この附近の詳細を示し、かつお互いを連絡するたった一枚の地図が欠けていることは、その地図は他の目的のために、是非必要だったからなのだ。

何故必要か――。それを吟味する前に、僕達は何故その四枚の地図が、あの屍体のポケットに這入っていたか、考えねばならぬ。

あの男は明白に殺されていた。誰に殺されたかは判らぬ。けれど、尠くとも、兇悪な意思と目的とのためになされた犯罪であることは、瞭かだ。

では、何故その男が、こんな遺書を持っていたか――」

久我は蒼白い頬に不思議な血の色を浮かせて、鋭く私の顔を見詰めた。そして、欠けた地図が這入れば、丁度十文字になる四枚の地図をしげしげと眺めた。

その視線には、疲労と困憊の色が濃く滲み出ている。

かくて暫く沈黙が続いた。

(2)

あの殺されていた男は誰だ?

結城普二郎か?

安藤礼二か?

それとも瀬上泰二か?

留美はどうした? こうした幾多の疑惑が、久我の頭脳をかき乱しているのであろう。

赤い焔に照らされた彼の細い顎は、神経質なふるえを見せ、全身的な疲労を濃く滲ませた瞼には、濃い蔭が落ちて、炬《ひ》のゆらめく度に、じっと見据えられた瞳が、異様な輝きを見せる。が、唇は、熱病を患っているかのように、カサカサに乾いて、動こうともしないのだ。

枝のはじける音がやむと、谷を吹き渡る風の音が、凄く響いて来た。山は、いよいよ荒れ出したのであろう。

案内人は、しきりと枝をつぎ足し、夕餉の仕度を始めたが暫く手を留めて、風の音に耳をすますと、急に不安な表情で今の間に、もっと水を用意しておかなければ……、と言い出した。

この山系の縦走には、水が最も不自由であると聞かされていたので、私達は充分その点に注意を払い、水筒もかなり豊富に準備していたのである。けれど、案内人は、もし嵐が続いたら、とても出られないからと、しきりに不安がるのであった。

仕方なく、私は再び洞窟を出た。疲れ切った身体ではあったが、久我よりは健康な私は、はや暮色の蒼然とせまる枯木の林に、案内人と一緒に、再び彷徨いこんだのである。

霧は風に乗って、ひた押しに視野を閉し始めていた。枯木の林は、その中でまたしても悲鳴を立て、不気味な幹を震えさせていた。そして水は、その林をつきぬけねば得られないのだ。

しかし、栂の古木は、確かにいい目標であった。霧しぶく中に、ぬっくと突立つ姿は、まさしく怪奇そのものだったけれど、それだけに、洞窟への路を迷うことは絶対になかった。

だが、やっと水を得た私達が、久我のただ一人待つ洞窟へ戻って来た時に、私達はそこで何を見出したであろうか——。

焚火は半ば消えかけていた。燃え崩れた枝は、そのまま燻り、焔は落ちて、洞窟の中には煙が咽るほど立ち籠めていた。しかも、その煙の中にいるはずの久我は、あたかも煙にでも溶けてしまったかのように、姿をかき消していたのである。

「久我——ア。久我君——ン」

呼び立ててみても、闇と煙の立ち籠める洞窟は、徒らな反響を呼び起すのみで、彼の冷い調子の声は、どこからも戻って来ないのである。

ああ、久我は、一体どこへ行ったのであろう?

私は、堪らなく不安に駆られた。

案内人が慌てて焚きつけた焔の光で見ると、洞窟の中は、少しも変っていなかった。

私達の荷物は、そのまま奥の方に積まれているし、問題の地図も、キチンと畳まれて、残されている。数も四枚、そのままだ。

私は、急いで洞窟の外に出た。そして首だけつき出して、はや霧海の渺々たる広さに変ってしまった谷に向って、大きい声をあげた。

が、この風と霧に閉された谷間に、どうして人の声が響き得よう。

声は、咽喉を出た処で直ぐ風にさらわれてしまった。冷い雨滴が、真正面から額を叩き、霧は、はや雨になったことを知らした。

騒然たる雨の音が、間もなく脚元から湧き起って来て、横なぐりにしぶく雨滴が容赦もなく服の裾からたたき上げた。

ああ、雨……。雨だ……。

だが、久我は、どこへ行ったのだろう？

再び焚火の傍へ戻ったものの、私の心には憤《いきど》おろしい感情と、押えきれない不安が錯綜し、たまらなく神経がいら立った。

例の探索癖から、独りで調査に出たのだろうが、莫迦な、人の心配も知らないで……、と思うしりから、不安がつのって来た。

それは、もしかしたなら、あの怖るべき残虐をやってのけた犯人が、まだどこかに残っていて、独りになった久我を襲い、それも同様に、毒牙にかけたのではあるまいか、という危惧からであった。

かくて、幾度、闇と雨と風に閉された洞窟の外を、覗きに出たことであろう。

六時、七時、八時……。時刻は、会釈もなく私の寿命と神経をすりへらしながら経って行った。

そして遂に、すべては夜が明けてから、という案内人の言葉のままに、疲れ切った身体を、火の傍に横たえ、トロトロと暫し仮睡《まどろ》んだのである。

けれど、この仮睡も、そう長くは続かなかった。突如、案内人は、はげしく私を揺り起した。不思議な物音が聞える、と言うのである。

思わず恟《ぎょ》ッとして、私は声も無く立ち上った。そして、一瞬にして、血の凍りつくような寒さに震えながら、耳を澄ました。

と、おお、聞える、聞える……。しかも、確かに人の声なのである。

「どこからだ？」

と低く訊くと、案内人は無言のまま洞窟の奥を指す。

「バ……莫迦な……」

言い捨てたものの、なおもじっと耳を澄ませば、なるほど、声は洞窟の奥、薄暗の中から這い出して来るのである。

遽《にわか》にはげしい怖れが、私の全身を戦かせた。案内人は、燃えはしを一本取って、洞窟の奥を照した。

が、その光に照らし出される岩盤は、いやに黝ずみ、ぬめらい、光の動きにつれて、不気味な蔭の動きを見せる隆起が人面疽《じんめんそ》の怪奇さを、妖しく描き出すのみであった。

「見給え――。そら、奥は行きづまりだ……」

「でも、聞えますだ……。ほら……、聞える……。聞える……」

錯覚？　いや、錯覚ではない。確かに聞える。しかも、縷々として、あるいは訴える如く、あるいは泣く如く、あるいは喚く如く、あるいは喜び笑う如く……。途絶え、つづき、高まり、低まり、洞窟の奥、濃い影のはびこる中から、陰《いん》にこもって、奇妙な反響すら伴いながら、湧き上って来るのだ。

この時の怖れと戦きを、私は充分に書き現わすことは出来ない。案内人も、この怪奇さには、まったく度胆を奪われたと見え、日焼けのした逞ましい頬を、すっかり土気色にして唇の色も無く、いたずらにおどおどと震えたものだった。

けれど私は、そうした描写に余り得意ではないし、また、事件の進展にも、それほど関係がないから、ただ次に、私達がそこで何を聞いたか、それを書き綴ろう。

勿論、これは、途切れ途切れに聞いたものだけに、大部分は私の想像によって補足したものであるが、しかし、これで誤りのない事は確かである。

雨と風の吹きつのる深山で、しかも洞窟の奥深く地底から湧き出す、こうした言葉を、どんな思いで聞いていたか、その情景を想像しつつ、次を読んで頂きたい。私の味った怖れと奇異な感情の嵐が、かくてこそ、僅かなりとも判って頂けるであろうと考えるからである。

(3)

「……ああ、夢……夢じゃなかったの……、あたし、あら……、いや、いやねえ。まあ、あたし、すっかり、夢だとばかし、思ってたのよ。……でも、よかった。本当だったのね。よかった……。あたし、これ、夢だったら、醒めたあとで、きっと泣いちまうわよ……。

嬉しいの……。そら、あたしの眼、見て頂戴。泣いてる？　泣いてるでしょ。でも、これ、嬉しいからなの……。うれしくて……うれしいと、あたし、直ぐ泣いちまうの……。莫迦ねえ。ほんとにあたし、お莫迦さん……。

あらどうするの、手、痛いわよ。解いてよ。いけないの？　あたし、あんなことしたので、まだ怒ってるの？　そんな執念深い人、あたし、嫌い……。

いや、いやよ、痛いじゃないの。なんてことするんだろうこの人――。意地悪……。いけず……。ああ、痛いわよう……。い……た……い……。

奇麗だったわね。あたし、憧れていたの、この深山、奥深くたずねん、われ、君とゆかなん……。覚えてるわ。そら、石楠花の咲く谷、君が臥床。吾れ。君と寝ん。

碧い空よ。すくすくと、気持のいいほど、伸びた木が、その空の下に並んでいるの……。

靴の音、草を踏む音、その中で、あなたは、高らかに唄った――。でも、あ……、いけない、いけないわよ。見てるじゃないの、いけない、いけないって言うのに……。

静かね。何も聞えないのね。寝てるの？　あら、眼を開いてるじゃないの、何故返事しないの……？

あたし、やっぱり来たわ。来られたわ……。駄目だ……。女なんかに登れるもんかい……って、嗤ったの誰？　これで判った？　あたしお転婆《てんば》かなんか知らないけど、普二郎なんかには、負けない心算《つもり》よ。

普二郎……。あ、普二郎……。お前居たの？　何見てるのよ。いけすかない……、あれ、何するの……、触ると、これで突くわよ。

ああ、礼二、来てよ。どこへも行っちゃ、いや……。普二郎……悪いことすんのよ。もっとこっち、ここ、ここへ来て……。

あら、霧だわ、まあ、ひどい霧……。どうするの、これから……。路判る？……いやに心細いのね……。痛い……。いたいわよう。ちょっと見て。どうするのよう……。

ああ、お前、普二郎……。普二郎じゃないの。礼二――礼二はどうしたの？　居ない……。居ない。礼二……。泰二は？　泰二……。泰二も居ないの……。あれッ！　あ……。礼二……。礼二……」

ああ、地底から湧くこの声は、何を訴えているのであろう。その言葉の途切れて、暫く不気味な沈黙が続くと、またしても譫言《うわごと》のような言葉が立ち昇って来る。しかも、女の声とは思えない嗄れた抑揚のない、疲れ切った声音なのである。

しかし、こうした言葉から直ぐ想像されるのは、留美のことであった。

普二郎の腕の中に、礼二、泰二……と呟いたまま、失心してしまった留美は、まだ生きていたのだ……。

留美はまだ生きている――。

それは何という恐怖だったであろう。何故なら、留美がまだ生きていることは、普二郎の存在を裏書することになるからなのだ。

女を殺さねばならぬ――。と誓った普二郎は、まだこの地底に女と一緒にいる。そして、女は熱病にでも罹ったかのように、果しもなく譫言を続けているのだ。

　ああ、こうなれば、私は一体どうすればいいのだろう？

　久我が、いよいよ普二郎の兇手によって倒された可能性が増して来たのだ。

　地底とも思えるこの洞窟の奥から、こうした声の聞えて来るというのは、つまる処、もう一つの洞窟がこの附近にあって、それと空気が流通していることを意味しているのだ。しかも、その洞窟には、殺人鬼と、その犠牲が閉じ籠っているのだ……。

　きっと久我は、そうした事実を発見したのであろう。あるいはただ一人、焚火の傍で冥想に耽っていた時に、こうした女の声が響いてきたので、前後の考えもなくこの洞窟を飛び出し、普二郎の巣喰う洞窟へと躍り込んだのかも知れない。そして遂に、あたら惜しい命を、棒に振ってしまったのであろう。

　この想像は、私の心を耐え難いほど掻きむしった。

　地底から湧く声は、暫く途絶えていた。が、再び湧き起って来た時は、全然音色の違った冴えた女の声だった。

「ああ、女……」と言うと、案内人は全然信じられぬという風に烈しく首を振って、土気色の顔に、眼を据えて私を見返ったが、私は慌ててそれを押え、一歩更に洞窟を奥へ進んで耳を欹《そばだ》てた。

「水……。水をおくれよ。水を……。ああ、また何か書いてるのね、莫迦ねえ、礼二は……。

　いやに煙が吹き込むじゃないの。風、きついの？　何だかひどい音ね……。

　礼二！　何か言ってよ。何故口をきかないの？　意地悪……。

　あっ、痛ッ！　ちょっと礼二、見てよ。ここどうしたのかしら、痛いのよ。くじけるように痛いのよ。

　あら、血よ。血が……そら、こんなに……」

　烈しい風の音が、雨滴と共に吹き込んで来た。と、冴えていやに張り切った声は、あたかも風に吹き消される如く、消え去せて、一せいに燃え立った焚火が、すさまじく火の粉をばらまいた。

「この近くに、も一つ、窟があるのか？」

　訊くと、案内人は頷きながら、もう十米ばかり、谷へ下った処に、もう一つ、同じような窟があると言う。

　もう十米……。

　やにわに、私は洞窟を飛び出した。が、その時、真正面から、はげしく私をひっぱたいたのは、眼をあけられないほどの雨と風であった。

山も谷も、まさに荒れ狂う怒濤の最中にあった。眼を瞬っても、何一つ見得ぬ漆黒の闇の中で、岩も林も、一せいに悲鳴をあげていた。

「危ないッ！」

慌てて、私の腰を案内人が支えてくれなかったら、私はこの声を名残として、果知れぬ闇のどん底深く吹き飛ばされて再び陽を仰ぐこともなかったであろう……。

「ああ……。久我……」

焚火の傍へ、崩れるように倒れると、私は耐え切れぬ泪を落した。

煙は幾度となく舞い戻って来て、濃霧の如く渦巻く。泪と煙にむせびつつ、私はまたも窟の奥へかけよって、耳を欹てた。

が、どうしたのか、あの女の声は、もう湧いて来ない。

「久我アーー。久我くーーんーー。いるかあ?」

無駄とは知りつつ、わんわんと喚く洞窟の中で、私は幾度となく怒号した。

しかし、私の声が消え去ると、あとは依然として、風と雨と、山と谷との交響楽だった。またしても、案内人は夜明けを待て、となだめる。

疲れも、寒さも、餓えも忘れて、私は繋がれた羆《ひぐま》の如く、洞窟の中を歩き続けた。

考えねばならぬ。どうすればいいかーー。夜が明けたならどうして久我を探し、女を救うかーー。考えねばならぬ。

漸く私の思念は、こうした方向に落ち着きまとまり始めたのであった。

しかし、今から考えると、その時が、既に深更であったのかそれとも黎明に近かったのか、皆目記憶にない。

闇と雨と風に閉されてから、私は尤《ゆう》に、数年にもまさる長い時刻を経験したのだ。まだ夜は明けぬのか、何故明るくならぬ、この山に朝はないのか、それればかりが、私の感情をゆさぶっていたから、私には一秒も一時間に思えた。時計も、信じる事が出来ず、幾度か覗いた果て、怒りにまかせて、岩肌目がけ投げつけ、こなごなに砕いてしまったことを覚えている。

けれど、こうして歩き廻っている間に、私の沸《たぎ》りたった血も、次第に冷えてきて、まず、栂の巨木の梢に、無残な屍体を発見したことから記憶が甦り、記録の内容が憶い出され事態の新しい観察が、漸く順序を追って、雑然たる頭の中に組立てられ始めたのである。

第四章　推理

(1)

吹きつのる風は、さながら荒磯に嚙み砕く怒濤の如く、川迫谷の断崖に物凄い咆吼を繰返している。

雨も一層激しさを加えたらしく、谷から湧き上って来る原始林の叫喚は、またなく怖しくすさまじい。

が、私は、そうした物音にも全く無関心で、しまうと、何かしらもやもやとした想念の、頭の奥で組みつ、解ぐれつしているのを纏めにかかっていた。

疲労もなければ、睡たさもない。ただ疼くように、頭の底にわだかまっているのは、先ほど聞いた、地底の声のみである。

女はまだ生きている――。

これが、私の神経を遮二無二《しゃにむに》駆り立てて、新しい観察と推理へ、已《や》むなく転換せしめた唯一の原動力であった。

女は、まだ生きている？

再三、私は怒号をくり返して、ともすれば慄えなえようとする私の魂に、勇猛心を振い起したのである。

しかし、どうしたら、女を救えるか――。それに就いては、何一つ、まとまった考えも浮かばなかった。私は、腕力に自信が無かったし、またもし、あったとしても、この風と雨では、どうしても、下の洞窟へは行けそうに無かった。とすれば、今は生きている女も、この夜が白々と明けそむる頃、どうなっているか、想像の限りではなくなるのだ。

アア、どうすればいいのだろう――。

思い余って、私は幾度となく溜息を吐きながら、洞窟の中を歩きつづけたが、その時、ふと思い起されたのは、久我が投げ出した疑問のことであった。

あの栂の古木に吊されていた男は、普二郎でないとすれば、一体誰か？　また、何故その男が、こうした記録を持っていたか？

久我は、その疑問を解くべく、一心に考え耽っていたのだった。

私は、改めて四枚の地図を眺めた。暗い光と、立ち籠めた煙で、書かれた字は読み得べくもなかったが、私には、ただ地図を眺めているだけで、あの歓喜と愉悦に満ちた殺人淫楽鬼普二郎の全貌が、ありありと浮き出して来た。そして、彼がどうして二人の男を殺し、女を殺そうとしているかが、明白に思い起されて来たのである。

結城普二郎と称する「私」が、大和国下市町で生れた「私」と同一人であるかどうか、私には判らない。

けれど、普二郎は、記録の最初から、はげしい疼くような情熱をぶちまけているのに対し、下市で生れた「私」は、静かに過去を振りかえり、山の崇厳さを泌み泌みと書いている。

前者は、自己の犯罪に限りなき愉悦を感じ、それを誇示するため、殊更に書き残したとも思えるが、後者には、何故そうしたものを書いたのか、全然目的も意思も判っていないのだ。

勿論、両者とも記録は完成していない。あるいは、脱落しているもう一枚が発見さるれば、この二つを結びつける、事態の推移が呑み込めるかも知れない。が、これだけでは、全然書き手が違うと思えるし、両者の連絡は無いと言うより仕方がないのだ。

では、何故こうした記録が一緒に残されていたか？

私は再び暗い光を掻き立てて、二つの筆蹟を比較した。書体から字の崩し方まで見較べた。そして遂に、この二つの記録は、やはり全然違う二者の手によってなったものであることが断言出来た。

結城普二郎は、殺人の歓喜を綴り、その昂奮を書き連ねた。が彼は、その三枚に亘る記録の中で、毫もその動機に就いて触れようとしていないし、また、どうして殺人を完成し了えたか、その方法も記していない。

女を殺さねばならぬ、と書きながら、何故殺さねばならぬのか、その理由も記さず、また男二人を殺した順序を書きながら、どうして始末したかを書き洩していたのだ。

けれど、一方の下市で生れた男は、その半生を静かに振り返って、山に対する愛着から、更に神秘性を説き、自分と大峯山との因縁を書き連ねている。その文中に見る栂の古木の印象は、私の見た感じとよく似ているが、洞窟で祈禱を受けた時の精神状態も、よくその文に現れていて、些の昂奮も示していない。

手蹟の異うのと同様に、この記録を書いた人の性格も、ここに判然と、その相違を現わしているように思えるのだ。

だが、この時、私の脳中に描き出された人物は、洞窟で普二郎に殴り倒された安藤礼二の面影であった。

濃霧に閉された時、まず洞窟を憶い起したのが礼二であり、目標の巨木を発見けたのも同人であることは、彼が下市で生れた男と同一人ではあるまいかと想像さすに充分であった。傲岸な留美をもよく抑え、三人のリーダーとして、この奥駈けの難路を案内して来た処から見ても、礼二の人物は、堅実な思想と綿密な注意を兼ね備えた意慾の旺盛な男であると考えられるのである。

しかし、もしそうだとすると、何故その礼二が、こうした記録を書いたかが不審であった。勿論、下市で生れた「私」は、本が好きであり、書くことが好きであったことごとに種々の感想を書きしるした、と言う。だから、これも、野宿のつれづれに、気紛れの感想を、あり合せの地図の裏に書き録《しる》したとも言えるのである。

けれど、この考え方だけでは、何かしら不満だった。まだ、そこに解けきらぬ滓《かす》が残されているようにも私には思えた。

下市で生れ、大阪の学校で青春を迎えた多感な少年が、何を感じて学校を断念し、埃くさい田舎の町へ戻ったか、明白ではないものの、朧気ながら彼の気持も判るような気がするのである。

義理の仲にどんな気まずい感情が蟠《わだ》かまって、彼を下市へ追い返したのか想像出来ぬでもないが、そうした場合、彼のような性癖を持つ男が、どんなに変化するかも、私にはよく判るのだ。

明け暮れ、山を眺めて暮した彼、吉野川の流れを見て暮らした彼、一夜思い立って、気分の赴くままに、深山の奥深く分け入って、その神秘にとけ入ろうとした彼――。私には充分、そうした感情の動きに同意することが出来るのである。

けれど、この男が安藤礼二の真の姿なのであるとするには、まだ不満足だった。普二郎によって描き出された礼二の風丰《ふうぼう》が、余りにも傲岸で、太々しい逞ましい男に見えたためかも知れないけれど、留美を叱りつけ、霧海の中に、颯爽と目標を求めて歩き出した不敵の魂と、この記録とは、余りにもそぐわない感じを湧き起させるのであった。

しかし、普二郎の記録にも、幾多の矛盾がある――。

私は、改めて普二郎の記録を最初から読み直した。暗い光で、疲れた眼には、この上もない労働だったけれど、私は枝をつぎ足し、つぎ足し、燃え上る焔で読み耽った。

二十八年にして始めて知る愉悦《エクスタシー》——。普二郎はどんな悦びに溢れつつ、この記録を書いたことであろう。乱れた字体、躍る文字の上にも、まざまざとその昂奮が描き出されていた。

留美は、きっと普二郎を心の底から軽蔑していたのに違いない。だから、彼女の吐く言葉には、普通の男なら耐えられぬほど侮蔑の口調が交っている、頭ごなしに普二郎をやっつけているのだ。

けれど、普二郎は留美を限りなく愛していたのであろう。潑剌とした姿態に、描いたような新鮮な唇に、彼の思慕の情はつのっていたのに違いない。一夜、焚火の傍で、すやすや眠る留美を眺めやって、いかな想念に襲われたか、その心の動きが、明白に彼の心理を描き出している。

あたかも川迫谷の底深く咲く石楠花のように、留美は到底彼の手の届く女ではない。がその諦めと、心の底から湧き上る情念とは、絶対に相容れない。無雑作に投げ出された手首の、微かに動くのを見てすら、女の夢をねたましく想像する普二郎の心中には、この相剋が、どれほど劇しく争ったことであろう。

月影の青白く落ちた川迫谷を眺めつつ、冷い夜気にふれて、乱れた思念をまとめるため、考え耽った彼が、遂に、女を殺さねばならぬ、と決心するに到った動機も、かくてこそ首肯《うなず》けそうに思えるのである。

礼二を揺り起し、交替したあと、安かな女の寝息を耳にしながら、ひたすら眠ろうと試みた普二郎の脳裏に、留美の体臭と寝息はどんな感懐を齎したことであろうか——。

ああ、この寝息も、もう二度と聞くことは出来ないのだ、と書いた時の普二郎と、その寝息を耳にしつつ、眠れぬ時を過した時の普二郎と、心理状態においては、まさしく雲泥の相違だったのに違いない。

しかし、恍惚は、女を完全に摑み得た瞬間に彼の全身を包みつくしたのであろうが、その恍惚をも、女を殺さねばならぬ、と決心した月明の夜に、充分予想し、計画していたものであるか、否かは、いささか疑問と言わねばならぬ。

彼の記録には、その点すこぶる明確を欠いているが、私はそれを、到底摑み得ないと思っていた珠玉にも似た留美を、濃霧のため、あるいは自由にし得るかも知れない、と想像されるに到った瞬間に、始めて普二郎の心の底に兆したものであると推測するのだ。

霧に閉され、視野を失った時に、山のガイドを以って任ずる礼二が、目標の巨木を探すことを提案し、しかも留美の願いを退けて、普二郎と二人限《き》りになる好機を作った。普二郎にとっては、まさに願っても得られそうにない好機であり、幸運である。則ち、かくて、始めて普二郎は、二人の邪魔者を順次葬り去り得る計画を編んだのであろう。

打ち戦く指で霧しぶきの中に地図を拡げた彼、留美の言うままに、黙々と霧の中を歩き出した彼、洞窟へ下る崖路で、異様な昂奮を覚えた彼――、すべて、彼の異常な野心と、錯雑な心理状態を雄弁に物語っている。彼の心に湧き出る殺意が、そこで既に瞭かに感じられるのだ。

それにしても、普二郎は、どうした方法で礼二と泰二を、紫の焔で包むことが出来たのであろう?

世にも珍らしい方法で、神秘な山に相応しい方法で、私は二人の男を殺した、と書いた彼は、一方において、礼二は薪で殴り倒し、泰二は咽喉を絞めて殺したと記録している。しかも、最後に到っては、女に双眼鏡を貸し与え、火に包まれた二人の男の姿を覗かせたと述べているのだ。

ああ、燃えている――、と叫んで失神した留美の恐怖も、私には覗き機関《からくり》を見る如く目前に描き出されるが、その焔がどんな性質の光で、どうして普二郎が、二人の男をそんな光で包んで焼き棄てることが出来たのか、見当も立たなかった。

小篠の宿で、久我と一緒に見た銀蛇の如き妖光が、今更の如くまざまざと憶い起されたが、あのゆらめき動いた光の中に、二人の屍が燃えていたとは、未だに信ずることが出来ない。燃え立ち燃え崩れ、焔は幾度かゆらめきたじろいだが、いかに縹渺たる霧海に遮られていたとはいえ、私には、あの火が、屍の燃える焔であるとは、どうしても考えることが出来ないのだ。

しかし、何故普二郎は、その素晴しい手段や方法を書き残しておかなかったのであろう。

クク……。と含み笑いしながら、女の前に立って霧しぶく谷の崖端を攀じた彼は、暫し闇の中を見廻した末、やっとゆらめく焔を発見し、留美に眼鏡を貸し与えたと言うのだが、もしそれを事実だとすると、彼はどうして、その時間を知り得たのであろう。

女は淋しさに耐えかねて洞窟を出で、男達を探しに行った。が何も見出し得ず、再び気味悪い普二郎の前に立って、彼等の所在を訊いた時、やっと彼は立ち上って、女を巨木の前に案内したのだ。

これを総て記録のままだとすると、普二郎は予め時間を測っていたとも言えるし、また全然、そんなことに無頓着で巨木の下へ出たとも言い得る。則ち、妖光を見せるのは、彼の計画の一つだったとも言えるし、また偶然、妖光のゆらめくのを見て、咄嗟に女を瞞《だま》し脅かしたとも言えるのである。

この二つの想像は、全く対蹠の位置にある。しかも、両方共、記録に明白でないため、いずれを正しいとするか、判断に困るのだ。

勿論、女の言葉を正しいとし、記録を正確なものとすると、屍体はまさしく怪光の中にあったのだから、一切は計画されたもの、と言い得ることに間違いはない。私も、その説に賛意を表し、留美は、最も残酷な方法で、日頃軽蔑していた普二郎に、見事仇をとられたのである、という考え方に頷きたいのだ。

けれど、それでは、まだ何かしら割り切れぬものがあった。普二郎は記録の最終において、女の気を失うところまで書きながら、何故どうして二人の男を焰で包んだか、その方法を書き残さなかったのであろう？　その疑問が、奇妙に私の心の底に蟠まるのである。

それは、彼が紫の焰を、同様に驚異の眼で眺めたらしい口調を見ても、考えられることで、巨木をふり仰ぎ、闇の中に眼を見張って探し求めた男達の屍体が、まさか焰に包まれていようとは、彼自身想像だにしていなかったらしく仄見えるのは、彼の屍体処分法が、決して怪光に包み去り、谷底へ燃え落す方法で無かったことを裏書きしているように思えるのだ。

では、普二郎は、二人の男をどう処分したのであろうか――。

私の思索はここまで進んで来た。幾度となく告白書を読み返しつつ、普二郎の心理状態に様々な憶測をめぐらしていたのが、こうして経過を辿って、私にまた事件の新しい見方を教え始めたのである。

風と雨と谷間の嘯《うそぶ》きは、依然として熄《や》みそうにもなかった。急に温度が下ったのであろう。火の傍にいても、脊筋から氷のような冷気が忍びこんで、幾度となく身震いが出た。

いつの間にか、案内人の久麻助は、居眠っている。煙はなおも、風に煽られて渦巻き、焰はその度にパチパチと音立てて燃え上り燃え崩れる。仄々とした明るさが、どこからともなく忍び込んで来たようで、激しい寒さと共に、私には妙に、黎明の訪れが意識されたのである。

(2)

告白書に現われた種々の疑問を私は書き連ねた。完全に書きつくしてはいないが、何故そうした疑惑を抱いたか、その根拠も充分書いた心算だ。が、ここで改めて(重複するかも知れないが)それらを要約して見ると、

一、記録を書いたのは普二郎であろうか?

二、記録は真相をそのまま書いたのであろうか?(架空の物語ではあるまいか?)

三、何故女を殺さねばならなかったのか?

四、男達の屍体を、どう処分したのか?

五、妖光の正体は何?

六、屍体は、本当に焔に包まれていたのだろうか?

七、何故明白に男の屍体の処分法を書き残さなかったのだろう?

しかし、この告白書の中で、確実と思われるものは、普二郎と名乗る男や礼二や泰二、または留美なる女の存在である。

それは、地底から響いて来た女の声が、そうした名前を呼び、また告白書の内容を、そのまま真相と思わせるような言葉を吐いていたことから、すっかり私の心に根を下してしまったものである。

だが、この告白書を書いたのが、普二郎その人であるかどうかは、第二の告白書、下市で生れた「私」が、礼二であるか否か判らないのと同様に、私には深い謎であった。

妖光の存在も、私達が小篠の宿で、ああした光を見ていなかったなら、頭からその不自然性を嘲笑い、告白書の内容も、きっと一行だに信じなかったに違いない。

が、今の私は妖光を信じない訳には行かなかった。この眼がまざまざと見た怪光の謎、しかも、それは久我も案内人も共に認めているのだから、絶対に錯覚でも幻影でもあり得ないものなのだ。

則ちこれから見ても、告白書が全然架空的な空想の産物であるとは、簡単に言い得ないのである。

まだ告白書は、もう一枚あるのだ、それにこそ、これ等の謎を解く真相が、きっと秘められているに相違ない――。

私は強いて、ともすれば萎ようとする心に鞭うって、

こうした謎の真相は、どうすればもっと早く知り得るかを考え始めた。

刻一刻、私の知らぬ間に、霧と風と雨に閉された山は、白々と明けつつあった。

冷気が一入深まると共に、炎の光の他に、黝ずんだ岩盤の面に、蒼白い光が漂い始めていた。暁、暁が漸く訪れて来たのだ。

しかし、私がそれに気附いた時は、もう洞窟の外は、白く乳色の靄《もや》が立ち籠めていて、風にあおられた雲霧が、烈しく流れていた。

雨は細かいしぶきとなって、縦横に谷間をはせ廻っている。幾分勢いを殺《そ》がれたとはいえ、洞窟の出口に出て見ると、まだ面を上げられぬほどのしぶきが、冷く殴りかかった。

第二の洞窟へ下るなんて、夢にも考えられないような烈しい風が、全身をその場に居たたまれないほど吹きつけた。しかも、噂に聞くシベリヤの冬を思わすような冷たさなのである。

ブルンと身震いしつつ、諦め切れぬ心で、恐わ恐わ川迫谷の茫漠たる霧海を覗いていると、突然、いつの間に出て来たのか、案内人の久麻助が、はげしく私の手首を握った。そして無言のまま、土気色の眼顔で、私に崖端を指し示すのである。

洞窟の入口には、樅の大木が逞ましい枝をさし伸べていた。

その脊丈は、何ほどあるか、知る由もないが、谷の中ほどからでも伸びて来ているのであろう。枝は醜く歪み、葉はしとど雨にぬれ、風に吹き折られて、見るも痛ましい姿ではあるがどことなく生きんとする強さが滲み出ている。

が、久麻助の指すのは、その巨木の梢であった。

どうして、誰があんな処に綱を掛け得たのであろう？　崖端から、二米も離れた逞ましい枝の先きに、太さ一糎《センチ》ほどの細い綱が絡みついていて、真直ぐに谷に向って、垂れ下っているのである。

かなりの重みを支えているらしいことは、風がいかに烈しく吹きつけても、その枝だけはそれほど戦《そよ》がず、また張り切った綱は、垂《たる》みもしないので明かである。

では、何がその綱に結びつけられているのであろうか？――。

またしても、厭な怖ろしい予感が、私の全身を戦かせ始めた。歯の根がガチガチと鳴るほど、不吉な予感が、見る見る私の血を、頭から奪い去って行ったのである。

「な、なんだろう、あの綱は……」

顧ると、久麻助も同じように眼を据えて、谷底を覗き込んでいたが、その表情は、まさしく陰惨であった。

無言のまま首を振るのを見れば、久麻助にも綱の意味が判らなかったのであろうし、またどうすればいいか、見当もつかなかったのであろう。

しかし私には須臾の躊躇も許されなかった。綱の先端に何が吊されているか、確めぬ以上は、私の怖れは、解けそうにもなかったのだ。

私は辛うじて眼を開きつつ、崖端にすがって、川迫谷を覗き込んだ。息もつげぬほどの風がまともに面を包みつくす。巨木の根も幹も、半ば霧に薄れ消えゆくところに、緊張した綱も、同じく溶け込んでいる。

「あ、いいことが……」

半ば千切れた声を残した久麻助が、洞窟に駈けこむや、一巻きの綱を持って出て来た。昨日、栂の巨木の梢から、海老なりになった屍体を吊し下した綱である。

「どうする?」

しかも、久麻助は答えず、綱の先を二重に結んで固い握りを作り、綱をグルグルと廻し始めた。円心力を利用し、梢に綱を投げつけ、引き寄せようと言うのである。

この計画は、二度三度の失敗の後、遂に成功した。谷底へ真直ぐに伸びた綱と張った梢は、案内人の投げつけた綱に絡められて、次第に、洞窟の方へと引き寄せられた。

「もう僅かだ」

私も力を藉《か》した。足元の不安を覚えながら、私達は力を併せて、巨木の梢を引き寄せた。そして、やっとの思いで、谷へ垂れた綱を摑むことが出来たのである。

「しめたッ!」

案内人は素早く、もう一本の綱をそれに結びつけた。そして、今度はそれを手繰り始めた。

烈しい興奮がまたしても全身を埋めつくす。私は、ハアハア喘ぎながら、霧雨にしとど濡れつつ、綱を手繰った。

張り切った綱は、徐々に上って来る。何かしら、予想通り重い物が吊されているらしく、二人して引き上げるにも、かなりの重みである。

一尺、二尺……、五尺……、十尺……。

やっと、黒い物が霧海の中から茫漠と浮み上って来た。だが、いかに予想していたとはいえ、その綱の先に吊されていたものは、何という凄惨な姿をしていたことであったろう。

「呀っ！」

叫ぶなり、久麻助は思わず手を離したので、私の身体は綱の重みに曳かれて、ずるずると谷に引き込まれかけた、そしてもし、慌てて彼が綱を引き留めなかったなら、私の身体はきっと、谷底へもんどり打って投げ出されたに違いないほど、烈しく私を引き込んだ。

「な、何をする？　離しちゃ駄目じゃないかッ」

色を失って鋭く叫びつつ、再び綱を曳き直した私は、今度は慎重に、手繰った綱を、私の身体にも案内人の身体にも捲きつけて、手繰り上げた。

今の衝動で私の指は傷ついたらしく、ポタポタと血が滴っている。が私は、痛みも何も感じなかった。ただ、一寸、二寸とせり上って来る凄惨な物体に、凝固しかけた眸をじっと据えていた。

凄惨――。私はただこの形容詞しか知らない、他にもっとこうした場面に使う適切な言葉があるかも知れないけれど、私はただ凄惨の二字に、総ての意味を托す。

黒ずんだ衣服は、ずっくり濡れそぼち、ポトポトと雫が滴っている。が、その雫は、黎明の中でもはっきりと判る血の色である。

綱が、やはり身体に喰い込んでいるのだ。

海老なりになった恰好には、栂の巨木の屍体と些の変りもない。が、この樅の梢から吊されていた屍体は、終夜、風に煽られ、削ぎ立った岩角に打ちつけられていたと見え、胴中に喰い込んだ綱も血に染み、頭も足も、手首も肩も、しとど血に塗れているのである。

勿論、眼も鼻も口も、醜くひき歪み、血に黒ずみ、唇は赤黒く腫れ上り、瞼は垂れて、眼球は今にも抜け落ちそう……。人相を見分ける術もなければ、生前の面影をしのぶよすがも無い変貌ぶりである。

ああ！　よくも殺したりな、殺人鬼！

私は声もなく、崖端に屍体を吊し上げたまま、暫し茫然として、血の滴る屍体を見ていたが、もうその時には、怖れも慄えも無かった。恐怖も程度を超せば、全然無感情の状態になる、所謂放心の状態で、私はただ屍体を瞶めているのみだったのだ。

しかし、いつまでも、そうした姿勢でいることは許されない。久麻助に促され、手の痺れに気附いた私は、やっとのことで、洞窟の前へ無慚な屍体を引き上げ、改めてしみじみとその姿を見る事が出来た。

思い出したように身震いと戦慄が、頭の頂きから足の爪先きまで通りすぎる。

誰だ？　この男は誰だ？

礼二か？　泰二か？　普二郎か？

喚く声が、ワンワン耳の奥に響く。

黒いサージの詰襟服を着ていたらしく、肩は破れ肱は抜け、洋袴《ズボン》の裾は千切れているが、綱の下には革バンドも見え、黒い釦《ボタン》も二つほど残っている。

私は半ば本能的に、服の各ポケットを探った。が、何一つ出て来ない。屍体の身許を語るに足る物件は、紙一枚出て来ないのである。

半ば失望し、半ば悲観し、私は急に疲労を覚えた。崩れ折れるような痛みが、寒さと共に私の全身を包み始めた。

私は、見るも無慚な屍体の傍に腰を下して、頬を両手で支え、深い溜息を吐いた。

ああ、これから、私は一体どうすればいいのだろう？

それにつけても、想い起されるのは久我のことであった。

久我！　久我は一体どうしたのであろう？　久我が居ればどうすればいいか、まず考えてくれるに違いないのである。

私は、昨日、鷲の羽音を聴きながら、屍体を埋める穴を掘ったことを思い出した。

嫌な追憶であった。けれど、この追憶は、不思議に、次に私の為すべき仕事を教えてくれた。

死因――。屍体の死因は何か？　他殺である点に疑いは無くとも、どうした方法で殺されたか、はたまた、いつ殺され、いつ吊されたか――？

総て確めておかなければ、今後の捜査に困惑を感ずる事、余りにも明白なのである。

私は、再び気力を振い起した。冷えた手に息を吹き掛け、痺れた足を踏張って、屍体の上に、無感情の医師としての眼を向けた。

血に塗れた顔のむくみを仔細に眺め、ほのぼのと明け初め、霽れゆく朝霧に明るくなった空気の中で、破れた皮膚や粘膜の状態を調べた。

胸を破き、シャツを剝いで皮膚の光沢を観察し、綱をゆるめて、腹を喰い入った創口《きずぐち》を点検した。

だが、この点検は、遂に結論を得る前に中止されねばならなかった。

と言うのも、この被害者は、晒布《さらし》の腹巻きを締めていて、それの中に、洋紙の折り畳みを発見したからである。洋紙――。それは一眼で判る参謀本部の地図である、細かく折り畳んでいるため、表面は血と雨の汚れを見せているが、開いて見れば、中はそれほどの手ずれも見えず、細かい山岳の等高線も、瞭りと判る。

しかし、真実、私を愕かせ、喜ばせたのは、その地図が、犯罪告白書と私が名附けた記録の中から脱落していた、山上ケ嶽の地図だったからであった。

五枚の地図は、山上ケ嶽の地図を中心として、恰度十字型に連る。が、この地図が無ければ、他の四枚の地図は、全然連絡を絶たれてしまうのだ。

ただ一枚の地図ではあるが、これこそ鎖をつなぐ重要な輪に相当するのだ。

私は戦く指で地図を拡げた。幾重にも折り畳まれたのを、風に逆いながら開けた。

そして遂に、その地図にも、裏面に、細かいペン字で、何事かを丹念に記録されているのを発見したのである。

ああ、遂に最後の記録は発見された。しかも、第二の犠牲者の、腹帯の中から、血に染んで発見されたのだ。

半ば夢中で私は記録を読み下した。恐怖も戦慄も、餓えも寒さも、一切忘れて、ただ細かい字を辿った。

処々、血に染んで、字が消えている。判りにくく雨水に流れた処もある。が私は、それに大した苦痛も感ぜず、読み了ることが出来た。

だが、読み終った時の私の感情を、私は何と形容すればいいだろう。

またしても私は大きい溜息を吐いた。しみじみと屍体を見直した。

新しい観察が、視界が、興味が、恐怖が、かくて雲霧の霽れ散じてゆくのと共に、私の心中に湧き起って来たのである。

第三の記録――。

仮に私はこう名附ける。そして、例によって、これを次にそのまま掲げる。字体は告白書と同様、乱雑で拙い。誤字宛字が多く、仮名の使方も違った個所が多い。

誰が書いたか――、それは依然疑問である。けれど、これで尠く共、この神秘に閉された信仰の山で、何故こうした犯罪が起らねばならなかったか、幾分なりとも判って頂けると思う。十字架を完成する地図の裏面にあった記録――と、念頭に置いて読んで頂きたいのである。

第五章　第二の記録

(1)

夢――。

　こうした言葉を幾度考えたことであろう。総て夢であれかし、ただ私はそればかりを希《ねが》って来た。それなのに、霧が全山を包み始めた頃から始まった私の悪夢は、霧が散って、暁と共に山に再び明るい初夏の陽が溢れて来ても、依然として執念く続いているのだ。

　それにしてもああ何故、何故私はこんな犯行に参加を望んだのであろう。

　今にして考えれば、この企画には、最初から不吉な暗雲が漲っていたのではなかったか。

　登山路は、他の山系ならいざ知らず、この大峯山系だけは、昔から洞川を経て洞辻に出るか、吉野から百軒茶屋を経て洞辻に出るか、何れかに定っている。にも拘らず、私達はそうした長年の伝統を破って、ただ一枚の地図をたよりに、未だ曾つて人が試みたことが無いと思われるような、天ケ瀬川からの遡上コースを採ったのだ。

　それからにして既に冒険であるのに、私達は更に、この山の千数百年来の戒律《タブー》を破って、女を同伴して来ている。

　女人禁制――、これは大峯山の信仰を特色づける開山以来の表看板だ。高野山ですら、女を許している今日、霊山の神聖を保つため、敢然として世の輿論に対抗し、国立公園に指定された今日においてすらなお、頑拗に守りつづけているという点から見ても、この山の信仰がいかに根強く、いかに熱烈であるかが判る。

　洞辻茶屋に見張りを置き、厳重に入山者を取締っているのも、そのためなのだ。洞川や沿道の町村の反対にも一顧すら与えず、所謂新智識を振り廻す新人智識階級の人々の囂々《ごうごう》たる非難にも断然踏張って、山の神聖を固執しようとする山の人々は、ただ山に対する信仰の瀆《けが》されるのを極度に怖れているのだ。

　女が登れば何故山が汚れるか――。その理由の那辺にあるかは、私は知らぬ。けれど、過去役行者《えんのぎょうじゃ》が熊野への路を開いて以来、厳重に守りつづけられて来た山の戒律を、今私達風情が、何の思慮もなく、裏路からこっそりと踏みにじってしまうというのは、瞭かに山に対して大きな冒瀆である。

山に対してのみでなく、山を愛する幾十万の信者達に対しても、これは大きな罪悪なのではないか。

大峯山の壮厳な風丯に接し、霊山の神秘にうたれて、私はしみじみとこの事を思い泛べた。しかもその途端、何故とはなく、私達の上に蔽いかぶさる不吉な蔭を予感したのである。

しかし、それが、こんな形になって現れて来ようとは誰が考え得たであろう。

天ケ瀬から渓谷を溯って、漸く辿り着いた行者還嶽の眺望は、またなく壮大で素晴しかった。

疲れた身体を休めた小屋も楽しかったし、赤々と燃え上る焔に、夕食の用意をした時も愉しかった。

夕靄の静かに這い上る天ケ瀬川の渓谷を眺め、黄昏の濃く立ちこめる川迫谷を望みつつ、美しい夜を迎えた私達は、何の不安もなく、何の危惧も無かった。

征服者の悦び——。他の人が未だ曾つてなし得なかった新しい登攀路の発見を、私達は今なし得た。しかも、女連れの一行で、案内人《ガイド》すら無くしてなし得た……。

私達は愚かにも、そうした悦びに夢中になっていたのだ。

女は美しい声を挙げて唄った。男達はそれに和した。リズムが乗れば、口笛で調子《タクト》をとって、ステップを踏み、月の光にぬれつつ、高らかに笑った。

ただ一夜、一夜明くれば、そのあとに、無残な山の復讐が待ち受けていようとは、露知らず、私達は何の屈托もなく、青春の一刻を享楽《エンジョイ》するのに夢中だったのだ。

ああ、それにしても、山の戒律の怖ろしさよ。

ゆらゆらと一むらの噴霧、川迫谷から立昇った時、既に山の復讐は始められていたのだ。

瞬忽にして私達を包み終った霧の濃さ、ゆれ動く濃霧に閉された視野のせまさ——。

栂の原始林の嘯き、醜い立ち枯れの気味悪さ、総ては山が丹念に組立てた復讐、いや、懲罰の道具立てだったのだ。

しかも、骰子《さいころ》は既に投げられている。今となっては、私達は、ただ、山の意志が命ずるままに動かなければならないのだ。

風は益々強く、霧は怒濤にも似たしぶきをあげて、谷を、崖を、洞窟を包みつくす。あたかも凄まじい山の殺意が、ただそれに凝り固ったかのように、呻き、喚き、罵り、嘲りつつ……。

礼二も死んだ、泰二も死んだ、普二郎も死んだ。留美も死んだ。

もし肉体が、僅かでも動いているとすれば、それは魂を抜き去られた一つの有機的物体に過ぎない。意欲も無ければ感覚もない。僅かに反射運動によって、蠢めいているに過ぎない下等動物そのままのものなのだ。

この記録は、いつ、誰の手で、どんな場所で発見されるか私には見当もつかない。また、永久に発見されないかも知れない。

けれど、私は、書かずにはいられないのだ。

私の生命――。それは僅か、綱一本にかかっている。細い濡れた綱、手ずれと血で黒く汚れた綱が、ただ一本、私のはかない生命の糸を、僅かに支えている。もし、左手を伸ばして枝を差し伸べ、張り切った綱の中ほどを焼き切れば、私の身体は、一瞬にして、底知れぬ川迫谷に転び落ち、石楠花の花弁の中に埋れるはずだ。

それを想像しつつ、私はこの記録を、今のなし得る私の全能力を振って、書き続けている。思い起せば今日で大阪を発ってから、まる三日――、だが、私には、一日が一年にも相当するかのように思える、長い時間の連続だった。

最初の夜の素晴しい景観も、愉しかった夜営も、さながら数年前の出来事のように、記憶が薄れかけている。霧に閉され、進路を見失って途方に暮れた時の恐怖も、フィルムの断片を覗く位しか、記憶に残っていない。

今日の朝からの出来事にしても既にそうだ。

闇のはびこる洞窟の中で、洞窟の外を濃く立ちこめる霧を覗きながら、どうして時を過したか、それすら明瞭さを欠いているのだ。

今日は朝から食糧らしいものは、何一つ食っていない。しかし、食慾も無ければ餓えもない。こうして書き続けていても、些の疲労も感じない。手は機械的に動き、眼はまたたき一つせず、暗い光の中で、地図の裏は、徐々に埋まって行くのだ。

礼二は死んだ。泰二も死んだ。普二郎も、留美も、皆死んだ。山の戒律を破って、山に乗り込んだ叛逆者は、これで皆死んだことになるのだ。

時計が無いから、時刻を記入することは出来ぬ。けれど、私は、この記録をこの程度でよして、いよいよ私の最後の旅に上ろうと思う。

相変らずの風と霧、罵り騒ぐ原始林の凄まじさ。が私は、今、そうした喚声に迎えられて、生命の綱を断ち切ろうとしている。

思えば、山の意欲は、余りにも凄絶であった。

一人、二人、三人、と、いずれもまたとない神秘的な方法で命を喪って行った。

山の火に包まれ、地獄の焔に焼かれ、悪魔の息吹きに千切られた彼等は、順次にその骨を川迫谷の石楠花の中に埋めて行った。

私も、その最後の一員らしく、山の火によって、谷底へ弾き込まれ、石楠花の中に埋もれようとしている。

何一つ、異様な感じは起らない。これでいいのだ。軽い諦めに似た気持が、僅かにこのペンを運ばせている。

余白も尠い。疲れは無くとも、火は絶えかけている。この浄火の、消え去る時は、私の生命の消える時だ。

急がねばならない。

この記録の最後に書き遺すただ一つの言葉、それをここに記して、私は、私の身に霊火をあびせる。

——この記録の発見された時こそは、私の復讐の成就した時だ。発見者の上に光栄あれ。

(2)

光がほのぼのと浮き上って来た。霧が漸く吹き散らされ、その淡れゆく中に、暁の光が美しく虹を描き出して来たのだ。

霧しぶきに濡れた樅の青葉が、目にしみるほど、鮮かで美しい。

けれど私は、茫然として、まだ記録の終末の語句を眺めていた。

この記録の発見された時こそ、復讐の成就した時だ、という言葉が、どうしても私には首肯きかねたからである。

眩ゆい光の縞が、断崖の上に落ち始めると、不思議なほど案内人の久麻助は元気づいて、朝食の準備を始めかけた。再び消えかけた焔の上に、薪を足しているらしく、黒い煙が、濛々と洞窟から吐き出されて来た。

その煙の、黒々と川迫谷に棚曳き、淡れゆく霧と交るのを眺めていると、ふと私の脳裏に、秋成の随筆が蘇って来た。

「行の時になりぬ。神変利元の御堂の前に、護摩木高く積みはえ、導師を先立てて験者達あまたいかめしき形してまゐりたり。千人にあまれるといふ行者、この前後にはひ伏す外は木にかかり岩に腰うたげて拝みせんとす。験者の読経、鈴錫《れいしゃく》ふり立てて螺《ほらがい》は時々に吼ゆる。護摩の木の煙御堂の軒に繞《めぐ》りて空に昇る。黒くすさまじ。日の光を障つて谷峰にたなびくを、声の限りあげていみじく尊がる。天の下のことは、この煙のたなびくままにしるし見るといふ」

なおも黒い煙は、谷に峯に棚びきゆらぐ。あたかも験者達が焚く護摩木の煙の如く、読経の声にも似た谷間風に送られて、ゆらゆらと果しなく流れてゆくのだ。

だが私は、いつまでもそうした感懐に耽っていることは許されなかった。白々とした光の中に、醜く浮き出して来た海老なりの屍体を見ると、やはり死因を確かめるために、屍体をまさぐらねばならなかったのだ。

けれど、一度屍体に手をかけた私は、再び愕然として唾を呑んだ。

ああ、何たる暴虐——、襯衣を破き去ったあとにむき出された肌の、何たる惨澹さ。

綱の喰い込んだ腹壁の、破れて血に塗れているのは首肯けても、胸から脇、腰肩へとかけて、満足な余地なく、皮膚の破れ裂けているのは、一体どうしたというのであろう。

創面は、いずれも血が凝固しているため、どうして作られた創傷《きず》であるかは判らなかったけれど、皮膚は不規則にちぢれ、肉は糜爛《びらん》してはみ出し、その上に赤黒い血泥が、不気味なまんだら模様を描いているのだ。

慌てて私は屍体の背を返した。洋胯《さるまた》を剝いで、臀部から足へかけて調べた。そして、そのいずれにも、同様の創傷が、無数に存在することを知ったのである。

私は暫く茫然として、この惨めな被害者の前に突立ったまま、長い溜息を吐いた。

死因——、それは最早調べる必要もない。創傷は総て生前のものであることを示している以上、この被害者は、あくなき残虐性を持つ犯人のために、全身に亙って斬り刻まれ、その痛みと、怖れと、出血過多のため、死への転帰を辿ったのに相違ないからである。

ああ、それにしても、これはまた何という鬼畜の所業であろう。こうした犯行を敢てした犯人の心身は、果して人としての形態を具えていたのであろうか！

私は再度大きく溜息を吐いた。そして痛ましい被害者のために、こうした残虐を平然とやってのけた犯人に、限りなく呪詛の言葉をあびせかけた。

いかに残虐きわまりなき悪鬼といえども、私は、私の、全霊を以って、復讐せんことを、改めて誓ったのである。けれど、その誓いの言葉が、私の唇をついて出た途端、想い起したのは、久我時哉のことであった。

ああ、私は忘れていた。私は、何を置いても、昨夜来行方不明になった久我を探さねばならないのだ。

久我……。久我……。

一度、久我のことを思い出した瞬間から、また私の全身は疼き始めた。血が急に沸り始めて、わくわくと胸が躍り出した。

倖い、霧は風に吹き散らされ、光に吸い取られ、山は、五月の明澄さに戻りつつある。昨夜、あれほど私の顔を、ひっぱたいた風も、漸く霧と共におさまりつつある。今こそ、行こうと思えば、この断崖を伝って、下の洞窟まで下ることが出来るのだ。

矢庭に声をあげて、私は案内人を呼び立てた。そして、崖端に立って、屹立《きった》つ断崖を、半ば夢中で見下した。

慌てて出て来た久麻助は、こうした私の意図を知るや、暫し躊躇の色を濃く漂よわせたが、どうしても動きそうにない私の気配を察すると、早速綱を準備して、私の身体と自分の身体を結びあわせ、慎重に足場を見定め降り口を探した。

しかし、私はもう須臾の辛抱も出来なかった。準備が出来たと見ると、直ぐ崖端に手を掛け、腰を屈めて、谷目掛け下り始めた。

だが、一歩谷へ身を乗り出して見て、始めてそれがどれほど危険な行動であるかを知った。

尠くなったとは謂え、谷底より吹き上げて来る風は、依然冷く強く、断崖の多年の湿気のためにか、苔むして、ともすればぬるつき、足掛りの岩角は、ボロボロと欠け落ちる。よほど確めてからでないと、全身の重みを托した途端に、足が滑るか、岩が砕ける惧れが、充分にあるのだ。

十米――、たった十米だが、それがどれほど私に長く思えたことだったろう。

漸く洞窟のあるらしい附近まで来ると、眼でその入口を探し求めつつ、私は足掛りを得て、ひとまず息をやすめた。

仰いで見ると、心配げに案内人が崖端から覗き込んでいる。

大丈夫――、という風に手を振って見せ、今度は、そっと崖の周囲を眺めた。すると、まず眼についたのは、樅の大木であった。

無残に軌り刻まれた屍体の吊されていた木である。

その根は、直ぐ間近にあった。根元の周囲は幾らあるか、ちょっと見当も立ちかねたけれど、崖の中ほどに根を張って、聳え立つその巨木は、同じように、谷底かけて立ちならぶ樅と一緒に、谷に注ぐ陽の光を、殆ど蔽いつくしていた。

ために、振り覗く谷底は暗く陰惨で、いまだに濃霧が立ち迷い、青葉若葉は霧風にあおられ、瀟々と鳴っていた。

奇妙に寒気がする。訳もなく身震いしながら、私は徐々に巨木の根元へと這い寄った。

繁る雑草は、木の根を包む土を蔽いつくしている。岩と岩との裂け目に、一塊の土がはみ出し、この巨木を支えているのだ。

しかし、近寄って見て、私は再び慄然とした。雑草の茂みに隠されていて、それまで気附かなかったけれど、またしても一条の綱が、その木の根元にまきつけられていて、その先きは、雑草の中を這い下り、谷底へ向って、ピンと張り切っているのである。

ああ、また、この綱にも、無残な屍体が吊されているのであろうか――。もし吊されているとしたなら、それは誰の屍体なのであろう?

私は、漸く木の根元に佇んで、暫く、空を仰ぎ見た。せまく区切られた空は、まだくっきり晴れやらず、青葉越しに白く飄々と動く雲の断片が見える。

が私は、その青葉の茂みの中に、先ほどの無残な屍体を描き出していた。

吊されていた梢は見るよしもないが、あの綱が真直ぐ垂れ下っていたなら、どの附近に屍体が揺れていたのであろうかと想像してみたのだ。

樹幹は谷に向って斜に突き出ている。だから、屍体は恰度、ピサの斜塔から吊された屍体のように、宙に浮いて、風のあおるままに、揺れ動いていたに違いない。

私は綱の長さを思い起し、樹の高さを目測して、屍体の位置を考えた。と恰度、樹の根元附近から、二米ほど離れた谷間に、屍体は浮いていたことになるのだ。

久麻助は、たくみに岩を伝って、私の傍まで降りて来た。そして、雑草の中に突立つと、窟は、この樹の向うになりますと、身軽に根元の隆起をとび越え、太い幹にすがって反対側に出るのであった。

第二の洞窟。昨夜、あの不思議な譫言の洩れ響いてきた洞窟は、いよいよ今こそ、私の前に現れるのだ。

あの訝かしい地底の声の主、留美と想像される女は、まだその洞窟で生命を長らえているであろうか？ それともまた、残虐な犯人の手によって、先ほどの屍体にも優る屈辱と刺創を加えられ、羞恥と痛苦に悶死しているであろうか？

私の胸は、訝しく騒いだ。

あるいは久我時哉が、その中に居て、莞爾として、鮮やかな解決を前に、現れて来るのではあるまいか、という期待も、一部私の心の隅に潜んでいたが、それはむしろ、あの弱々しげな久我も、あるいは怖ろしい殺人鬼の手によって、同様の苦痛をなめさせられているのかも知れない、という危惧によって、置き換えられていた。

女は居るか、生きているか、殺されてしまったか？

久我はどうした？ 殺されてしまったのか、それとも、女を救け、犯人を捕え、事件を解決してしまったか？

そうした考えが、一瞬の間に、眼まぐるしく私の脳裏を馳せ廻った。それは、もし犯人のみが一人生き残っていて、まだ満ち足らぬ残虐の餓えを、穴蜘蛛のそれの如く、窟の奥に待ち構えているかも知れない、という惧れの萌《きざ》す余地も無いほど、烈しく私の血を掻き立てた。

苔に蔽われた岩壁に、黝ずんだ入口が見える。小さい窟が奥深く黒々と蔭を湛え、言い知れぬ恐怖の口を開いている。激しい吐息、脈うつ血潮、途切れる息、からからに乾く咽喉――。

突然久麻助は、土色になった顔を振向けて、洞窟へ連る土を指した。

と、ああ、これは何としたことであろう。まだ生々しい血が、点々と、蒼黒い地肌の上に滴り落ちているではないか。

血！ 血！ と呟くと、久麻助も、血！ 血！ と呟く。

私は身に寸鉄も帯びていない不用意を、耐え難い悔恨と絶望感の中で思い出した。

久麻助も同様と見え、紫色になった唇をわなわな戦かせて、樹に倚ったまま、動こうともしない。

慌てて、私は周囲を見廻し、手頃の石を二つ三つ拾って、手拭に巻き込んだ。講談などでよく聞いた昔のやくざ渡世の男達の喧嘩道具を、ふと思い出したのだ。

久麻助も、早速これを見ならって、同様のものを造りあげたが、いざとなると、やはり躊躇の色を見せた。私が、右手に手拭の端をしっかと握りしめながら、足音しのんで洞窟に近寄って行っても、彼は暫く、じっと見送っているのみであった。

けれど、こうした私達の危惧は、すべて単に危惧で終った。

明るさに慣れた眼で、闇の濃く閉す洞窟の奥は、直ぐ見透しかねたけれど、一歩、二歩、三歩、進んで行っても、何の物音一つ聞えなかった。あるいは洞窟を間違ったのではあるまいか、と思われるほど、中は人の気配も無く、寂として静まりかえっていた。

更に数歩、また数歩――。眼は次第に闇に慣れてきて、洞窟の内部は、朧気ながら、視野の中に茫漠と浮き出して来た。

けれど、中は徒らに広く、漠然としていて、何一つ、人影らしいものは眼に映らないのである。

「駄目だ、この洞窟じゃないよ」

思わず吐き出すように言うと、久麻助は無言のまま、激しく首を振って、燐寸をとり出した。そして、小さい灯を頭の前に翳しながら、大きく指の蔭を落して、私に洞窟の隅を指し示すのであった。

そこは、一段と奥まった処で、岩は急に低く垂れ下り、恰度押入れのように、深く窪んでいるのである。

が、そこで私の見出したものは何であったろうか――。

私は思わず、はっと息を呑んで、凝然と立ちすくんだ。

見た。私は確かに見た。それは、紛れもなく、乱れた髪と蒼白い膚を持つ、媚めかしい女の、背を見せた寝姿であると……。

(3)

須臾にして燐寸は燃えつきる、とまたしても襲いかかる闇が、女の姿を瞬忽に呑みつくす。

「灯だ！　何か燃やすものは無いのか？」

喘ぐように叫ぶと、私は半ば手探りで、女の傍に駆け寄った。

危く突き出た岩壁に額を打ちつけそうになりながら、膝を曲げ、背をかがめて手を伸すと、まず指先に伝わってきたのは、柔軟な肌触りと、かすかな暖味であった。

「呀っ！　まだ、生きている！」

私の手は、会釈もなく女の身体を撫で廻した。女は微塵動ぎもしない。けれど、生きていることはまぎれもない。体温は充分だし、かすかに心音も響き、吐息すら感じられるのだ。

久麻助は、幾度となく燐寸を擦って、漸く枯枝を見出し、燃えつけた。

明るくなると、私は改めて女の姿をまじまじと眺めた。背を見せ、窟の奥へ向いた身体を曳き出し、仰向けにすると、女の瞼は、火の下で微かに顫えた。

黒い細く描いたような眉、額に乱れかかった髪は、美しく揃えられた断髪だ。抜けるように白く見える額、頬、顎、首筋、それも血の気の失せて、うす暗い火の下でくっきりと浮き出している所為であろうか——。肉附きのいい円味を帯びた頬から、半ば開かれた小さい唇にかけては、長い睫毛の蔭を湛えた瞼と共に、淋しい疲労の隈を見せ、肩から胸へ流れるなだらかな起伏には、限りなき媚めかしさが漂い出ている。

確かに美しい。半洋袴《ニッカー》の下からはみ出した肉附きの豊かな膝頭を除けば、胸から下は、すっかり男そのままの服装だが肩から上は、むき出しになった腕と共に、成熟した女の匂いを充分すぎるほど発散させている。しかも姿態はこの上もなく肉感的《エロチック》なのだ。

こうした女を中にして、三人の若い男が、神秘に閉された深山の洞窟の中に閉じ籠められたとしたなら、彼等の間に、どんな醜い争いが起り得るか、私には充分想像出来るのである。

やや暫く躊躇した後、私は思い切って女の上に乗りかかった。人工呼吸すべく、両手首を掴んで、ぐっと肩の上に伸したのである。

が、その途端、女は微かに呻いて、首を苦しげにひねった。握りしめた手首に軽い反応が起って、女は蠢き始めた。僅かながら、意識が蘇ってきたらしいのである。

「あっ！　生き返った……」

久麻助は愕きの声をあげ、一入火を近寄せたが、その時始めて、私の眼を射たものは、女の両手首に赤く滲んでいる血腫れであった。

「ウム、気が附いたらしい」

言いつつ、そっと手首を離すと、途端に、女は細く眼を見開いた。そして、乾いた唇を、微かに動かして、声ならぬ声を呟きつつ、醜く顔を歪め、身体をもじって、落ちかける手をそっと胸の上に置いた。見ているといかにも痛そうなのである。

「ああ、判りますかこの火、見えますか？」

ぐっと火を寄せると、一度二度、激しく瞬いて、女は矢庭に身を起しかけた。

眼をカッと見開き、唇を怖れと苦痛に戦かせながら、身をもじって、逃げようとするのだ。

「あ、僕達は悪い者じゃありません。貴女を救いに来た人ですよ。しかし、これは一体どうしたというのです？」

こんな満足に口がきけた訳では勿論無い。完全な言葉にならぬ声を、幾度となくもどかしげに言い直しながら、こうした意味のことを再三繰返して、やっと呑みこますことが出来たに過ぎない。

だが聽て、やっと私達の言うことが判ったのであろう。急に女は、両手を顔にあてて、声もなく身震いしつつ泣き沈むのであったが、それも須臾にして、何故か、今度は俄破《がば》と身を起し、耳を欹てるのであった。

しかも、眼に恐怖と怯えを見せて虚ろに見開き、じっと洞窟の出口を見透かすのである。

「ど……どうしたのです？」

惶てて訊くと、女は唇を指で押えて、激しく首を振り、なおも耳を欹てる。何か奇妙な物音が、女だけに響いて来るらしいのだ。

が、それも、暫くすると、急に虚脱したように全身から力を抜いて、女は再びよろよろと倒れ臥した。しかも、身をよじって、戦慄を肩に震せつつ、よよとすすり泣くのである。

こうなれば、私は一体どうすればいいのだろう。私には暫し見当もつかなかった。久麻助も同じ思いと見え、ただ呆然と佇んで、徒らに火の粉の、岩の上に散るのを眺めているばかりである。

しかし、いつまでもそうしていることは許されない。やがて私は思い切って、女の傍にすり寄り、細かく事情を訊き始めたのであった。

だが、女がまず吐き出した言葉は、何という怖ろしい警告の言葉であったろう。

戻って来る。あの人が戻って来る、と女は言うのである。

しかも、女は手首を示した、襯衣を破って、肩を見せた。生々しい火傷のあとや、爛れを、乳房や、ふくよかな胸の附近まで寛げて、恥かしげもなく見せた。そして更に、首を絞める真似をしつつ、あの人が、私をこのような目にあわせておいて、同行人二人も殺した上、また今先きも、見知らぬ人を殺して、谷へ捨てに行った処だ、と物語るのであった。

しかし、この言葉は、どれほど私達を戦かしたことであろう。私は俄に、ギクンとして躍り上った。

今も一人殺して、谷底へ捨てに行った――。

私は夢中でこの言葉を繰返した。そして今しも洞窟の入口附近で見た、生々しい血の滴りを思い起した。樅の大木の根に、捲きつけられていた綱を思い出した。その綱が、同じように谷底へと真直ぐ、かなりの重みで垂れ下っていたのを思い出した。

ああ、それでは、あの綱にも、やはり、怖ろしい殺人鬼の犠牲者が、無残な屍となって吊されているのであろうか。

私は再度、烈しく身震いした。

誰だろう？　被害者は誰だ？　見知らぬ人とは一体誰を指すのだろう！

私は、もう何も考える力が無かった。肝腎の犯人が今どこに居るのか、それすら考える余裕もなく、私は夢中で洞窟を飛び出した。

ああ、久我！　久我はどうした？

もし、もしもあの綱の端に、久我の変り果てた姿が吊されているとしたなら、この私は一体どうすればいいのだろう――。

「おう――い！」

嗄れた声をふりしぼって、私は幹にすがり、まだ見透かせぬ谷底を覗きつつ、幾度となく喚いた。

山彦が徒らに私の声のみを呼び戻して来る。私は、いらいらして、足場のゆとりも考えず、夢中で腕を伸した。斜に突き出た根に、厳丈に絡められた細綱を、私は必死の思いで摑んだ。この端、この端に、久我の生命が、ぶら下っているのかも知れないのだ……。

しかし、勢いこんで、ピンと張った綱を力一杯引っ張った私は、思わずよろよろとせなければならなかった。どうしたのであろう？　綱は、何の重みもなくするすると、軽く引くだけで、上って来るのである。

「呀っ！」

私は悲鳴に近い声をあげた。

見よ。綱は断れているのだ！　しかも、鋭利な刃物で、十尺ほどの長さで、見事に切断されているのだ――。

だが、私はそれに愕いた途端、更に新しい戦慄と驚愕と恐怖に直面せなければならなかった。

私が叫び声を立てた瞬間、背後でも同時に鋭い悲鳴が起って、続いて「ヒイーッ！」と、帛《きぬ》を裂くような声が響いた。しかして思わず振返った私の眸に、思いも寄らぬ恐怖の影が映し出されたのであった。

ああ、それにしても何ということであろう。今だに残像として残るあの怖ろしい一瞬の印象――。両手を拡げて大きく空気を抱きしめるように打ち振りつつ、この世のものとは思われぬ絶叫と共に、洞窟の前の断崖から、霧のまだ立ち迷う川迫谷へと、ヒラヒラ木の葉の如く落ちて行った案内人久麻助の姿――。誰が、それを直ぐ事実と思い得よう――。

私は暫く茫然とした。声も無く、樅の木によりかかったまま、息をするのも忘れて、立ちつくした。久麻助の墜ちて行ったあとを見送って、これがあの白昼夢とでも言うのではあるまいか、と、首を振り、眼を動かし、頭をうちたたいた。

だが、それよりも更に私をはげしく打ちのめしたのは、久麻助の絶叫によって振返った途端、チラッと私の視線をかすめた男の姿であった。

目撃が一瞬であり、しかも、一方において、久麻助の顚落に眼を奪われねばならなかった私には、その男が、どんな服装であり、どんな恰好の男であるかは、皆目判らなかった。ただその男が、素早く身を翻えして、洞窟へ躍り込んだことだけしか判らなかったのである。

久麻助は両手を拡げ、虚空を摑みつつ落ちて行った。しかしてその途端、女の悲鳴が響き訝しい男の姿が、いたましい犠牲者のただ一人居る洞窟へと消え去ったのだ。

ああ、それにしても、あの男が怖るべき犯人なのであろうかもしそうだとすれば、どうして洞窟へ戻って来、あの頑丈な久麻助を突き落すことが出来たのであろう。

私はあたかも熱病にでも取りつかれたようにはげしく慄え戦いた。

樅の根に摑ったまま、大きい息を幾度となく吐いた。いよいよ私の生命を捨てる時が来たのだ。怖るべき殺人鬼――。彼奴《きやつ》は、今、洞窟の奥で、ひそかに私の来るのを待ち構えているのだ。あたかも、獲物を見附けた猫が、物蔭にかくれて、静かに息を秘め、爪をといでいるように、犯人は、新しい血を前にして、舌なめずりしながら、洞窟の蔭で眼を光らせているのに違いないのだ……。

私は暫く眼を閉じ、息を秘めた。そして静かに瞼を開くとまず見事に断たれた綱の端を見た。久麻助が落ち込んだ川迫谷を覗き込み、犯人が逃げ込んだ洞窟を眺めた。

やはり夢ではない。総ては現実の出来事だったのだ。綱も、断崖も、洞窟も、そのまま眼の前に、今の怖ろしい惨劇を語っている。

私は、半ば無意識で、蹌踉と洞窟目掛けて歩き出した。恐怖もなければ戦慄も無い。全く虚脱してしまって、あたかも谷底から迷い出た、幽鬼のように、足どりもふらふらと、犯人の潜む洞窟へ、歩き出したのである。

第六章　変質者の群れ

(1)

洞窟の奥は、依然暗かった。外が次第に明るさを増し、眼がそれに慣れて来ているため、なおさら、中は真暗だった。

何一つ見えない。女の姿はおろか、岩の影さえ、暫くは眼に映って来ないのである。

大胆にも、手探りで数歩入り込んだ私は、さすがにはげしく喘ぎながら、見えぬ眼を瞬って、その闇の中に、犯人の姿を探し求めようとした。しかし、闇に慣れるに従って、網膜に描き出されてくる洞窟の中は、先刻、久麻助と一緒に入り込んで、女を発見した時と、すこしも変らなかった。女の姿すら先刻と同じように、身を伏せ、また、気を失っているのか、微塵動ぎもしないのである。

私は、ちょっと突き出た岩角を唯一の盾として、身を寄せながら燐寸を取り出した。そして、喘ぐ息を秘めながら、犯人の呼吸を聴き取ろうとした。

だが、何一つ聞えない。ただ響くのは、私自身の、烈しい吐息と、脈搏の轟きばかりである。

思い切って、シュッ！　と擦る、刹那、グラグラと揺れ動く岩の蔭に、思わず胆を冷しながら、小さい焔を高く振りかざして見る。

が、光は何も映し出さない。女の描く媚めかしい影が、先刻より一層取り乱して見えただけで、他に何一つ、不審の影は、漂よっていないのである。

ああ、それでは、あの犯人はどこへ行ったのであろう？　この洞窟の奥に、まだ潜み得る場所があるのであろうか。

二度、三度、私は燐寸を擦り直した。全神経を、眼と耳に集めながら、岩壁に沿いつつ、歩一歩、女の傍へにじり寄った。

女は、依然動こうともせぬ。先刻やっと起き直ったように思ったのに、今はまだ、横に臥したままだ。眉をひそめ、眼を固く閉じ、唇を噛みしめたまま、髪の毛一つ、動かそうともせぬ。まだ、失神しているらしいのだ。

私は、凝っと耳を傾けて、あらゆる音を聞き取ろうとした。が、外を凄まじく吹き荒れ、樅の林に嘯きかけていた霧風も、全くおさまったとみえ、その響きすら聞えて来ない。さながら洞窟の奥は、地底の墓穴そのままの寂漠さなのである。

私は遂に意を決して、再び女の前に膝を突いた。身を屈めそっと女の息を探り、脈を調べた。けれど女は何の反応をも示さぬ。

紛れもない。女は再度、気を失っているのだ。

固く噛みしめた唇を覗くと、細い血が糸を曳いている。色褪せた頰に落ち窪んだ黒い翳。ちょっと開きそうにない黒ずんだ瞼――。

項に乱れかかる髪を見ている中に、私は堪らない慾望の、そそられるのを感じた。

うすら暗の中に、何の差恥もなく、露に乱れた肌を見せて横たわる女は、誰でもこんな感情を、男に湧き起させるのであろうか?

その誘因が何かは私は知らぬ。けれど、女の傍に身を屈め脈を探り、息を聴いていると、不思議なほど、私の心の底に、忘れられていた燃えるような慾念が、むくむくと不逞にも持ち上って来て、私の身体を揺り動かすのだ。

それは多分、極度の恐怖と疲労、絶望感が、そのどん底において、烈しい性慾と交替したのであろうが、それにしても、私にそうした感情が湧き起ろうとは、夢にも考えないことであった。

急に激しくなった胸のときめきを感じて、更に私は熱くなり、惶てた。

抱き起そうとしていた手を離して、改めて私は、まじまじと女の顔を眺めた。

ああ、それにしても、この女は何という不思議な美しさを持っていることであろう。

女の安かな寝顔を眺めて、堪え得ぬ不逞の感情に襲われたという普二郎の言葉が、今始めて解る気がした。

苦痛と恐怖を表現している女の顔に、こんなにも激しく男の心をそそる情感が溢れていようとは、私の想像にも及ばないことであった。それは、あるいは、女が昂奮の最高潮で示すエクスタシーの醜い表情と、一脈通ずる処があって、それが殊更に私の慾望を刺戟したのであったかも知れないが、私は、ただそうした女の表情を眺めるだけで充分に昂奮を覚えた。

　眼を閉じて、そうした慾望を振りもぎろうとしても、最早や、私はどうすることも出来なかった。私は、二度、三度大きく息を吸った。そして、半ば夢中で、女の身体を抱き起し犇と胸に抱きしめた。

　この疼くような情感――。恍惚と、身も心も絶え入りそうな愉悦――。

　私には不思議な感情だった。二十八にして始めてこの世の幸福というものを知ったと言う普二郎にもまして、私のこの愉悦は、未だ曾つて味ったことのないものであった。

　骨がぐなぐなになって、筋肉が一筋一筋、ほぐれて行くような気がした。何かしら、鋭い刃物で切り裂いても、少しも痛みを覚えないのではあるまいか、とも思われるような、知覚の鈍麻が、足の爪先から上って来た。抱き締め抱き締めしている女の身体が、やにっこいねばりを見せ、私の腕の中で、急にもがき始めたが、それは却って私の情慾に、油を注ぐだけの効果しかなかった。

　激しく喘ぐ息の中で、私はただ夢中に、全身的な昂奮に身をまかせたのである。

(2)

　かくて幾分、幾時間たったことであろう。

　果しない泥沼の底へひき入れられるような眠りに、いつとはなく落ちこんでいた私は、ふとはげしい渇きを覚え、目ざめてみて始めて、私の眠りの深さを知ったのであるが、それにしても、私は何故眠ってしまったのであろうか。

　犯人が潜んでいるかも知れぬ無気味な洞窟の奥で、予期せぬ情慾の嵐に翻弄されねばならなかった私は、昂奮の極、いつしか、全身の筋肉に、疼くような弛緩を覚えて、そのまま、総てを知覚の外に置き去りにし、睡魔の跳梁するがままに、身も心もゆだねてしまったのであろうか――。

　今は幾時頃であるか、また幾時間眠ったのであるか、時計を持たぬ私には、知る由もない。が咽喉の渇きはいよいよ激しく餓は、鋭く錐《きり》で刺す如く胃腑をもみ立てるのである。

私は蹌踉として起き上った。手を附いて上半身を起すと、まず抜けるような気だるさが、全身を悩ましく痺れさせた。再び恐怖が、白い牙をむき始めていたけれど、この痺れは、不思議な快感を伴っていて、まだ見残した夢を追うようなくすぐりが、暫く一切を忘却の中へおとしいれた。

女は、またも失神しているのか、それとも、昏睡しているのか、相変らず眸を固く閉じたまま、固い岩の上で、動こうともしない。

背を屈めて、淡い光でそっと覗くと、血の滲むほど唇を噛みしめていた歯は、軽く開かれ、色あせ、白く乾いた形のいい唇が、微かに規則的な震動を繰返えしている。掌を当ててみると、僅かながら、息が洩れているのである。

女は、眠っているのだ。

私は、全身の注意を払って、そっと起き上った。足音を忍んで、ひそかに洞窟を這い出た。眩ゆいほど白い光が、外に満ち溢れている。すっかり、山は晴れているのだ。もはや、霧を探そうとしても、あの谷底から物凄くしぶき上げていた霧風は、あとかたもなく消え去《う》せ、川迫谷は、底の方までも陽光が流れ込んで、樅の原始林は、萌え立つ緑に包まれている。岩肌を蔽う苔類も雑草も、総て眼ざめるばかりの緑に輝いているのである。

私は両手を開いて、大きく息を吸い込んだ。

すがすがしい空気だけでも、今の私には、嬉しかったのだ。

だが、水を得ようとして、私は始めて久麻助の存在を思い起し、彼の突然の惨禍を憶い浮べた。

久麻助——、ああ、あの五十近い頑丈な案内人は、一体どうしたであろう——、この断崖から突き落されたまま、谷底で息を引取ってしまったのであろうか、それとも、あの淡紅色の花美しく咲き乱れる石楠木の中で、傷き呻き、もがいているのであろうか——。

あの墜落して行った瞬間は、私には恐怖と憤怒だけしか感じなかったが、今、こうして新しい光の下に佇んで、谷底を覗いて見ると、やはり私の心は、烈しく疼き、痛みを覚えるのであった。

僅か十尺ほどの長さで、鋭利な刃物で断たれたらしい綱のことも思い起されたが、それは何と言っても、想像の範疇に属する恐怖であって、それ丈では決して久我の身が絶望であるとは断言出来ないのに反し、事実その顚落を目撃している久麻助の身体に就いては、さすがの私も保証出来かねた。

多分――、多分駄目だろう――。

せめての心遣りに、私は多分の言葉を被せて、呟いてみた。けれど、それで心の軽くなるはずは、勿論無い。

冷い爽やかな山気が、香わしく肌をまさぐり、葉末を軽く弄ぶ風が、疲れと餓えに熱くなった額を撫ぜて行く。

その薫る風の中で、私は両手を合せた。断崖の崩れが、生々しく久麻助の死を物語っている。その上で、私は念仏を繰返した。

念仏――。ああ、私は、この山に来て、もう三度も念仏を唱えるのだ。一度は鷲の餌にされようとした男のために、一度は、満足なところも無いほど、切り刻まれた男のために、そして今度は、思いもよらない久麻助のためにだ。

だが、これを更にもう一度、唱えなくて済むと、誰が断言出来得よう。

今となっては、久我時哉の運命も、前三者同様、はかなく霧の中に消え去せたと想像されるからである。

岩の窪みに溜った水を呑み乾すと、やっと人心地ついて、私は再び薄暗い洞窟へ戻った。

女はまだ、何も知らぬげに、死んだように寝入っている。

私は静かに女の枕元に坐った。名状しがたい感懐が、しばし胸中をはせめぐる。

しかし、もう私には、あの訝しいまでの情慾は湧かなかった。白くとぎすましたような理智が、心の奥底にきちんと坐り直していて、ただまじまじと、女の顔を凝視めさせるだけであった。

軽く手をかけて揺り起すと、女は瞬間、寝足りぬ充血した眼を開いたが、最初はその眸に何も映らなかったと見え、直ぐ閉じた。が、二度目には、私の顔が朧ろに見えたのであろう。俄に、カッと眼を見開くと、激しく反射的に跳び起きて肩をすぼめ、襟をひき寄せ、膝を折り曲げ、身をじりじりと退《す》さらせつつ、手で顔を掩うのである。

「留美……。たしか、貴女は、留美と言いましたね?」

こうした言葉から、私は出来るだけ優しく柔かく、いろいろの質問を提出し始めたのであるが、留美は、思ったよりも素直で、物判りのいい娘であった。口調も割にはっきりと、要点だけをまとまりよく答えるのである。

私は改めて、しみじみと留美の顔を見直した。そして、犯罪告白書と題した遺書に現れた女性と比較してみた。

不羈奔放で傲慢で、手も附けられないと思った留美が、こんなにも可憐で、柔順であろうとは誰が想像したであろう。断髪で男装で、女人禁制の戒律にも些の痛痒すら感ぜず、三人の若い男達に交って、平然とこうした深山の踏破を企てる不敵の女性、とのみ思っていたのに今眼の前に見る女は、やはり気の弱い、ありふれた乙女に過ぎないのである。

「――私は礼二、安藤礼二が好きでしたの。知り合ってからは、まだ日も浅いんですけど、この十月には、結婚しようとまで、誓い合った仲なのでした……」

こうした前提のもとに、語り出す彼女の話の内容は――。

留美は、大阪でも有名な袋物問屋、かぎ由の一人娘に生れた。家は本町筋。大きな商店の櫛比《しっぴ》している町で、彼女は、生れた時から、とうさん、と呼ばれ文字通り乳母日傘で育った。

嬢《とう》さん――。それは伝統と習慣を尊ぶ大阪の、古い商人の家に用いられる呼名である。いとさんとも言われ本名は絶対に呼ばれない。けれど、彼女の受けた教育は、大阪でも最も尖端を誇るＴＩ女学院であった。則ち自由と開放を表看板とする学校で、古い習慣の中に育った彼女が、最も開放的な教育を受けたのである。

何故、彼女の親達が、そうした学校を撰んだかは、明確に言えなくとも、想像に難くない。

親馬鹿の最も典型的な標本だと思える彼女の親達は、大事な娘を、ただ、富有階級のものが行く学校――、という名だけで、ＴＩ女学院を撰択したのに違いないからである。

そうした見栄が、今になってどんな怖ろしい結果を齎すことになったかは、今でこそ、親達は身にしみて後悔の臍《ほぞ》を噛んでいるであろうが、それにしても、そうした家庭で成長せねばならなかった留美は、何という不幸を負って来たことであろう。

生れながらにして、固い陋習の中に育てられて来た彼女は、長ずるに及び、新しいものと古いものとの相剋に、さいなまれなければならなかったのだ。

そうした環境に育った彼女が、どんな性格を持つようになったか、改めて言うまでもない。

彼女は、まず古い習慣を悉く打破しようと試みた。

家での自分の呼び方を、お嬢さんと変えさせ、自分は、あたいと言うのをやめて、留美――と、名を言うことにした。

母を御寮《ごりょう》さんと呼ぶのをよして、奥様と言わせることにした。

単に呼称のみではなく、自分は、好んで洋装を着け、髪を断って、自転車や、オートバイまで乗り廻した。

男友達も、自ら進んで求め、大胆に振舞っては、親達をハラハラさせた。

だから、この大峯山も、女人禁制と聞いて、無理からに男友達を誘い合せ、親には無断で、大胆な登高行を試みたのである。

「だが、あたし、そうしたことが、どんなに悪いことか、今日始めて判りましたの……。私はやっぱり女、所詮は女ですもの、どうしても、男と同じようには行きませんわ。私……。何故、こんなお転婆に生れたかしらと思うと、哀しくて、泣けて、泣けて仕方がありませんの……」

この女のどこに、そうした不逞の感情が潜んでいるのであろうか、と不審に思うほど、しとやかなおとなしい口調なのである。

(3)

しかし、話が結城普二郎のことに及ぶと、彼女の眸は、烈しい憎悪に包まれ、唇は、わなわなと戦き、声すら憤りに打ち慄うのであった。

普二郎は、礼二の友人であった。

二十八歳——年齢には間違いない。しかし、生れつき陰険な男で、無表情な冷い感じのする男だったと言う。

礼二とは、仕事の上で知り合ったものらしく、留美とも、礼二を介して知り合ったのである。

留美は、普二郎の陰鬱さを好まなかった。しげく彼女を訪れ、礼二達とよく一緒に来たればこそ、交際していたものの彼一人になると、不思議な肌寒さを覚えたほどである。

それに反し、瀬上泰二は、気の弱い青年であった。蒼白い顔をした腺病質の男で、いつも弱々しそうな笑を湛えていたが、留美とは従兄妹同志で、幼馴染だったため、礼二達とも心易くなった。彼も礼二の崇拝者で、礼二の持つ逞ましい意力には、常に敬服していたのである。

礼二は丁度三十になる。日焼のした頬、頑丈そうな肩、逞ましい肉附き、男性的な風丯の持ち主で、笑うと、太い顎の下に、筋肉が揺れ動いて、端麗な頬には、笑窪が浮いたという。

山には馴れていたが、大峯山には不案内であった。だから彼は、案内人として、普二郎を撰び、留美の反対をも押し切って、彼を一行に加えたのである。

「――私、何かしら、普二郎を加えることが不安でしたの、だから極力反対したのですけど、礼二は、あんな気象でしょう。いや、僕は連れて行くよ。もし君が嫌なら、この計画は止めだ、なんてまで言うんですもの、私、仕方なく承諾しましたの。でも、こんな怖ろしいことが起るのなら、あの時、何故もっと思い切って反対しなかったのかしらと今更悔やまれてなりません」

留美は、なおも、憎く憎くしげに唇を歪めるのである。

しかし、この話の中で、私は容易ならぬことに気附いていた。

それは、礼二が大峯山には不案内であったという一事である。

礼二が山に不案内であるとすると、あの犯罪告白書にあったことは、大部分嘘となるのだ。霧に閉され、路に迷った時彼等一行をこの洞窟まで導いたのは、礼二その人ではなかったのか――。もし、礼二でなかったとすれば、普二郎が案内したことになるのだが、それなら何故彼は、ああした嘘の告白書を残したのであろう？

私はこの朝、黎明の中で、普二郎の遺書を細かく検討したことを思い出した。

あの遺書の中には、いかにも幾多の矛盾があった。今にして思えば、昂奮の絶頂で書いたとは思えぬ思慮の綿密さがあり、細かい観察がある。だが、あの霧の中で、栂の巨木を探すことを提案した男が、普二郎その人であるとは、思いもよらぬことであった。

それにしても何故普二郎は、そんな白々しい嘘を、ああした告白書に書き連ねたのであろう？

またしても、私はこの疑問をこね廻した。

留美は、熱っぽい口調で、なおも続ける。

「――最初の夜は、迚も愉快でしたわ。私、もう山の黄昏の美しさと神秘さに、夢中になって踊り、唄いましたの。それは、何とも言えない楽しさでしたわ――、けれど、悪魔は、そうした時にも、陰険な爪をといでいましたの……」

普二郎は、礼二や泰二が、留美を中にして高らかに唄っているのを他所《よそ》に、地図をひねくって、淡い光でしきりと調べていた。しかして、そのあげく、地図を裏返して、何かしら克明に書き始めたのである。

何と書いているのか、留美達は少しも知らなかった。ただ普二郎がまた変窟を起していると、ちょっと不愉快に思っただけだったのである。

だが、翌日は、思いもかけぬ濃霧が、彼等一行の前途を冷く阻んだ。

しかも川迫谷から冷くしぶきあげて来た霧風は、山における路のみならず、彼等の一生の運命をも、冷く阻んだのである。

普二郎は、地図を取り出して、しきりと方角を按じた。その果て、礼二一人を連れて、洞窟を探し求めた。しかして、再び留美と泰二の前に姿を見せた普二郎は、告白書にもあった通り、礼二は洞窟に居ると告げて、二人を案内し、留美だけを洞窟へ下して、泰二の命を奪い去ったのである。

留美は、このくだりまで来ると、幾度か言葉を途切らせ、泪を呑みこんだ。口惜しげな身震が、とめどなく声を震わせ泪を溢れさせるのであった。

「――あの一夜の口惜しさ、悲しさ、怖ろしさ――。私、よくも気が狂わなかったと思いますわ。そら、この手首の傷、普二郎が、暴れる私を、無理やりに縛りつけたあとですの。普二郎、私を思うままにしようと思って、足を縛り、手を縛って、焚火の傍で、気味悪くニタニタ笑いながら、脅かしたのでしたが、私意地になって、普二郎を軽蔑してやり、睨めてやりましたの。そしたら、そら、この火傷――、薪の燃えさしを取って、ジクジクと焼きますのよ……」

ああ、これが、女の口から語られる一夜の惨虐のあとであると、誰が考えよう。

留美は、肩を脱ぎ、乳房を出して、火傷の跡を示し、創傷の生々しさを見せ、さも憎々しげに語るのであったが、そうした口調から滲み出る音調には、何故か、はかりしれない一種の意慾が満ち溢れていた。

唇を噛み、眉をひそめ、頰をひきつらせ、断髪を掻き毟り、吐き捨てるように語りつづける留美は、肌を露わし、傷跡を見せる度に、不思議な色を眸に漂よわせた。

「そら、ここにもあるのよ。見て頂戴――」

あげくの果、留美は遂に背を見せ、襯衣を半ば脱いで、はげしくすり寄せるのであった。

「――でも、あたし、最後まで頑ばりましたの。そしたら、今度は、どこからか、泰二を連れて来て、同じように両手を縛り、両足を結えたまま、小刀で、処きらわず突き始めますの……。そら、これでもか、これでもか、君さえ、うんと言ったら、泰二は助けてやるよって……」

ああ、それでは、今朝ほど発見けたあの無残な屍体の主は、やはり泰二だったのか。だがそれにしても、女の傍で、よくも、ああした残虐をなし得たことであろう。鬼畜――、まさに人間の心を離れた、鬼畜か悪魔の所業でなくして、何と言おう。

「――しかし、あたし、やはり頑張ってやりましたわ。ああいい気持、と言って、一層嘲笑ってやりましたの……」

私は、暫く留美の顔を凝視めた。あの残虐、一目にて眼を蔽いたくなるあの残虐を、この娘は、始めから終りまで、ただ嘲笑いつつ眺めつくしていたのであろうか――。もしそうだとすると、この娘も、普二郎と同様、一種の変質者だと言わねばならないのだ。

しかし、そうした話を聞いている間に、私自身、また不思議な誘惑に悩まされなければならなかった。

「ねえ、この火傷、痛いのよ。ちょっと見て下さらない?」

言葉の途切れを、こうした慣れ慣れしい口調でつなぎつつ彼女は語り進むのであったが、もうその頃から、私の精神状態は、訝しく常軌を逸しかけていた。

「うむ、脂薬があるよ。塗ってあげよう」

私はそう言いつつ、女の首を持ち上げると、まず乳房の上に生々しく腫れ上った火傷の上に指を置いた。そして軽く撫ぜさすり始めたのである。

「ア……アッ! い……痛、痛いわよう……」

留美は、妖しく身をうねらせながら、蠢き呻くのだったが何故か更に身を強く押しつけて来るのであった。

「ここは? ここはどう?……」

私は、もう殆ど夢中だった。留美の肉附のいい白い肌を、矢庭にむき出しにすると、新しい傷跡を見つけては、指の腹をこすりつけた。その度に、血うみが、青白んだ皮膚の上をぬめぬめと這い流れたが、留美は、なおもはげしく身体をよじらせ、唇を嚙みしめて、呻きつづけるのであった。

これを暫くつづけると、急に女はすっくと身を起し、私の身体に犇とすがりついて、

「小刀ないの?」と訊く。

今から思えば、私は完全に常識を失い、正当な判断をなくしていたのであろう。それとも、私の心の中にも、そうした変質的な欲望が潜んでいたのであろうか——。

私は、言われるままに、小刀を取り出した。すると女は、私の手にそれを持たせ、腕を差し伸べるのであった。

私は眼を閉じた。ふくよかな二の腕を握ると、グッと突き立てた。暖かい手ざわり。軽いうめき……。

と、女は、今度、私にもさして……と言う。

私は再び眼を閉じた。すると女は、忙がしく動き始めて、まず私の手首を綱で縛りつけ、次に足首を縛った。

「ねえ。ちょっとよ。でも、もし、痛くなって、貴方逃げたら、怖わいんですもの……」

留美は、妖しく嗄れた声で囁くのである。

再び私の全身は、不思議に狂暴な血で掩われていた。疼くような快感が、あらゆる部分をむずむずさせていた。

「いい？　ちょっと、我慢してね……」

私はなおも固く眼を閉じ、息を秘めた。

私は、きっと小刀を逆手に持っているに違いない。とすると、一体どこを刺すのであろう。腕であろうか、それとも肩であろうか……。

一秒……、二秒……。

激しい息が聞える。今にも破れそうな心臓のはためき。喘ぐ肺臓のどよめき……。

だが、この昂奮と緊張は、次の一瞬で破れた。

「呀ッ！」

鋭い叫び、しかも、続いて、ヒイッ！　と、世にも悽愴な悲鳴が響く。

はっ！　と、思わず目を開いた私は、そこに、思いも寄らない者の姿を見た。

光を背にしているから、顔も判らなければ表情も判らない。けれど、眩ゆいほどの逆光線に浮き出す影《シルエット》は、忘れもせぬ、久我——、久我時哉その人の姿なのである。

第七章　ああ、その犯人は……

(1)

久我——、久我は生きていた。

しかも、こうした痴態に恍惚としている私の前に、突如、忽焉として現れ、私の夢を一瞬にして打ち破り、冷い現実へと、一切を呼び戻したのだ。

が、それにしても、あのヒイッ！　という悲鳴はどうしたのであろう。

私は、入口を背に立ちはだかる久我の前に、小さくなりながら、薄暗の中を探し求めた。そして、洞窟の隅に、小さくうずくまる留美の姿を見出したのである。

「あっ！　君は、留美をどうしたのだ？」

私は、矢庭に女の傍に馳せ寄ろうとした。

と、久我は、それを冷く押し止めて、小さく「出よう！」と言う。

留美は、またも気絶しているらしかった。

半ば露わな肌が、荒々しい岩床の上に打ち伏しているのも痛々しかったが、よほどはげしく頭を殴られたと見え、乱れた毛髪の間から滾々と血が噴き出していた。

「あっ、君はひどいことをしたね」

思わず詰ると、

「うむ、殺しても、あきたりない奴だからさ」

と、にべも無く言い放つ。

「何を言うんだ。君は――、留美は、可哀そうな被害者じゃないか」

「ああ、君も、君も、やはりだまされたのか……」

何故か、久我は、長い溜息を吐いた。

「それより、久麻助はどうしたね？」

「久麻助か――。久麻助もだが、君は、一体今までどうしていた？」

漸く、久我に対する憤りと、なつかしさが新しい疑問と共に、はげしくこみ上げて来た。

「うむ、済まなかった。僕は、余りに浅慮だったよ……」

急に項垂れて、久我は蒼い顔を光の方に向け、二歩、三歩崖端へ出掛けたが、

「――しかし、それを語る前に、久麻助を呼んで、ちょっと処分したいと思うんだが……」と私を鋭く振返る。

今度は、私が項垂れる番だった。

「――それが君、気の毒した人だよ。そら、この崖端から、怖ろしい犯人に突き落されてね……」

私は、手早く、昨夜久我が失踪してからの出来事を一切物語った。そして、久麻助がどうして谷へ顚落したか、また突き落した犯人は、何故未だに現われないか――等、種々の疑惑をまとめて説明したのである。

久我は終始黙々として聴いていた。そして、無数の創

傷を受けて、吊し殺されていた男に就いては、簡単に、なるほど——と、頷いただけだったが、久麻助の顚落を聞くと、さすがに思わず、呀っと声をあげて、激しい驚愕の色を見せた。愕きつつ、歯をバリバリと嚙み鳴らして口惜しがった。暫しはただ「うむ、鬼め！」と呟くばかりだったのである。

崖端へ出て、暫く谷底を覗き込んだ彼は、改めて手を合せて、丹念に黙禱した。死せる者の冥福を、心から祈ったのであろう。

聽て、静かに身を起した彼は、まずポケットを探って、ウイスキーの小瓶を取り出した。もう残り尠くなっていたけれど、その一杯は、限り無き精気を、私の身体に吹き込んだ。

「——問題は、君が大きい錯誤に犯されている点にあるのだよ」

久我は、冷い冴えた口調で語り始めた。

「この点は、僕も完全に引っかかった。それと言うのも、僕達の推理の根本が、悉く、あの遺書に存在していたからなのだ。

遺書はなるほど、普二郎の書いたものだ。だが、あれは本当の遺書だったろうか——。僕は、普二郎のそうした心理状態に、最も大きい興味を覚えるのだが、犯罪者が普通陥りやすい誇大妄想癖それを、普二郎は変質者としての異常心理の中に、多分に存在せしめていたんだ。

下市に生れた男、山の神秘に限りなき憧憬を持ち、この山で危く生命を失いかけた男——。それが普二郎の真の姿だが、君は、あの告白書における筆蹟の、ただ一枚に書かれた追想録との相異をあげて、普二郎は下市で生れた男じゃないと言うだろう。だが君、僕達は、そこに、完全に精神の平衡状態を逸した男を考えねばならないのだよ。普二郎が、生い立ちの記を書いた時は、まだ平静であった。と言うよりも、精神状態は、抑圧されて、むしろ低調に陰鬱に、内訌すら起していたに違いないのだ。それに反して、あの告白書を書いた時は、昂奮と歓喜の絶頂にあった。精神は著しい昂揚を示し、神経系統は極度に充血し、平常の抑制されていた妄想が、悉く実感的な影を落し始めていた。だから、夢中で走らす筆は、あした犯罪の経路を、充分の誇張を以って、表現することになったのだ……。

それからも一つ、礼二を殺し、泰二を殺したのは、いかにも本当だったのだろう。だがそれが悉く、普二郎自身の発意に出たものだろうか。いや、それのみならず、この山に相応しい神秘的な方法で、二人を殺し、女を殺そうと思っているだの、あの、ゆらゆらと立ち昇った不思議な妖光の中に、二人が包まれ、栄光を放ちつつ昇天しただの言うのは、彼の病的な妄想や幻覚を物語る他に別個の、もう一つの意志が加わっているとは考えられないだろうか。

これも、僕はあの告白書を読みつつ考えたことだが、ああした犯罪経路を物語る告白書において、何故あんな前後の矛盾が出来たのだろう？　もし真実素晴しい犯罪を犯したならばきっとその方法なり手段なりを克明に書き連ね、また何故殺さねばならないか、その動機すらも、充分の誇張を以って書き残されねばならないはずなのに、それすら至極曖昧で、ただ徒らに、殺さねばならない、とのみ昂奮しているのは、どうも訝しいではないか――。

またそうした遺書が、屍体のポケットから発見されるのも不思議なら、ただ一枚欠けているのも、訝しい話だ。だから僕は、あの告白書にある殺人の情景は、半分以上偽りだと判断したのだよ」

私は何も言わなかった。ただ黙って、先刻の無残な屍体から発見した残りの遺書を取り出して、久我に見せた。

久我の瞳は俄に緊張した。地図が十字型の交点となる山上ケ嶽の地図であると知ると、更に眸を輝やかせた。

かくて暫し――やっと読み終ると、久我は改めて大きい溜息を吐いた。

「そうだ。山の復讐だったのだ。この記録を書いたのも、山だ。山の意志が、生命なき屍に書かしめたのだ。山の戒律を破ったものは、当然罰せられねばならぬ。即ち、彼等は、全部死ななければならなかったのだ……」

細い首を折り曲げて、久我はまたも眼を閉じ、黙想にふけった。

「恐ろしい意志だ。だが、その意志も、山の霊気が乗り移ったものとすれば、満更頷けぬこともない……」

呟くような声だ。だが私は、こうした不可解な言葉を吐き続ける久我に、漸く不審の瞳を注ぎ始めた。

「真相はまさにこれだ。普二郎は、山の神秘を守るために、女を殺すべく決意したのだ。夜気の流れる中に、女の香を嗅いで、殺さねばならぬ、と決意したのも、その故だ。

彼は山の神秘に触れていた。あの洞川から洞辻を経て、頂上の行場に達する山の神秘や神聖さをよく知っていたのだ。だから、一行を案内するのも、殊更に裏道を選び、霊場へ達するまでに、葬り去る決意をしたのだ。

しかし、普二郎は慥かに留美に恋していた。そこに、彼の性格の複雑さがあり、彼の生い立ちが齎らす暗い歪みが、更にそれを助長していた。しかも、女の性格が、更に彼のそうした変質性を増大せしめるように、常軌を逸していたのだ……」

急に久我の眸が鋭く私の面上に注がれた。私は、咄嗟に眼をそらしたが、思わず血が上って来るのを意識した。変質者、慥かに留美は性格異常者だ。だが、私もまた、同じ変質者ではなかったか――。

「危なかったよ、君――。もう少しのことで、君は頸動脈を刺し貫らぬかれる処だったよ。君は目を閉じていたろう。女は、それをいいことにして、小刀をこう逆手に持って、君の咽喉笛を狙っていたのだ。女は、まず自分の身体を切らしたろう。そして、激しく昂奮して見せ、私にも、と囁いたのだろう。いや、僕にはよく判るよ。と言うのも、僕自身、同じ被害者になり損ねたからだ……」

久我の言葉は、余りにも意外だった。私はまじまじと彼の蒼い顔を凝視ると、彼は淋しげに笑って、腕首を見せた。とそこには、留美の背にあったと同様の、無残な刺傷が、生々しい血の色を見せているのだ。

「しかし、僕の場合はもっと悪性だったよ。昨夜僕は、君達が水を汲みに出ている間、ふと洞窟の奥から響く女の声をききつけ、考えた末、もう一つ洞窟があるのだろうと、大胆にも崖を下りて見たのだ。その方法は、栂の巨木から、屍体を下ろしたと同じ方法で、あの樅の木の梢に綱をかけ、枝を伝って順次に降りるやり方だ。

無論冒険だった。けれど、まだ女が生きているという事実は、寸刻の躊躇をも、僕に許さなかった。この点は、君も判ってくれるだろうが、僕はただ夢中で洞窟を探し求めたのだよ――。だから、女の居るこの洞窟を発見した時は嬉しかった。風は強く吹きつける。雨はしぶきをあげて殴りかかる。けれど、僕は何も考えなかったよ。だから暗い洞窟の奥に、ただ一人蠢きながら、譫言を喋りつづける女を見出した時は、怖れよりも、憐《いじ》らしかったね。

まだ生きていた。女は、まだ生きていた、と僕は暫く喚きながら、洞窟の中を歩き廻ったことだよ。しかし、女を抱き起してからは、僕自身恥かしいほど、常軌を逸していた……。

僕も、君と同様、御多分に洩れず、留美に誘惑されたんだ。

あの女は、実に不思議な魅力を持っている。僕はただ女の言うがままに、夢にも想像せなかった妖しい快楽に魅せられた時を過した。

凄じい風と雨の吹き荒ぶ音を聞きながら、僕は寒さも忘れ、怖さも忘れて、この身を葬る工作に夢中になっていたのだ。

この遺書にもある通り、僕はただ綱一本で、身体を支え、それを焼ききれれば、もう一本の樅の根元にまきつけた綱によって弾かれ、谷底へはね飛ばされるように、充分に枝を撓《たわ》めて腕首にくくりつけた。

全く莫迦らしい話さ。しかし、この僕が、大真面目にその工作をなし了え、しかも、予定通り谷底へ飛ばされたのだから、満更嘘言とも言えないだろう。

あの女は、まさに淫魔だ。僕を弄惑し、君をも耽溺せしめる。これから考えれば普二郎もこの被害者だったかも知れないし、礼二も泰二も、同様、女郎蜘蛛に食われる雄蜘蛛に過ぎなかったかも知れない――。

偶然、普二郎が女に殺意を持った。礼二をまず殺し、泰二を失心せしめて、女を殺そうとした。その時に始めて女は、普二郎にこの惨虐の持つ快楽の息吹きを吹き込んで、彼をして、有頂天になさしめ、ああ、二十八にして始めて恍惚というものを知った、と叫ばしめたのだろう。

君が発見した屍体は、いかにも泰二だ。だが泰二の身体をあのようにまで酷く刻んだのは、果して普二郎だったろうか――。

もし普二郎だとしても、留美が殊更普二郎をして、そうなさしめたとも言い得るではないか。――僕は先刻、僕自身の身体が谷底へ飛ぶように工作したと言った。が実は、それは普二郎の屍体を、そうしたのだ。普二郎は、留美の傍らで、やはり血に塗れて死んでいた。けれどその表情は、不思議に恍惚としていたよ。僕は、それを普二郎と知ると、訝しいほど憎悪を覚えた。そして、彼が為そうとして出来得なかったらしい最期の工作を完成してやったのだ。

しかし、それが出来上って、命綱を焼き切り、予定通り、彼の屍体を、川迫谷へ葬った瞬間、僕も、その屍体の重みにひかれて、ずるずると谷へ曳き込まれたのだ。知らない間に結びつけられた綱が、枝の弾力と普二郎の身体の重みで、同様に僕をも谷底へさらえ込んだのだ。しかも、君、暫く綱にぶら下ったまま意識を失っていた僕は、急にドタリと落されて、幸運にも意識づいたのだが、それが何と、この谷底の、中ほどにつき出た岩の上、畳なら半畳ほどの岩鼻に乗っていたのだよ。

勿論、気附いた時はなおも風が強く、雨も降っていた。けれど何よりも嬉しかったことは仄々と明け初めて来たことだ。そこで僕は、何故振り落されたかを考え、身近に落ちている綱から、何故再度断り落されたかを考えてみた。そして、悉くがあの女、留美の仕業だと断定することが出来たのだ。

女が殺そうとしたのだ。この僕を偽って、あの女が、僕をも谷底へ葬ろうとしたのだ、と知った時の僕の憤怒――、君にも充分想像出来るだろう、何故なら、君自身、今その憤怒に駆られているからだ……」

実際、私は身内に沸るような憤怒を覚えていた。

ああ、淫魔留美――、残虐魔留美――。

いかに放縦な生活に慣らされて来たとしても、かくも怖るべき淫虐は、果して赦さるべきであろうか――。

私刑《リンチ》だ！

私刑だ！

私は声にならぬ叫びをあげて、久我時哉の冷く冴えた顔を眺めた。

(2)

もうこんなにも暗くなるのを見れば、また夜が訪れようとしているのであろうか。山の頂きのみに陽が落ちて、谷底は中ほど以下黒ずみかけていた。

霧ならぬ夕靄が、静かに立ち昇りつつあるのだ。

「君は、久麻助が怪しい男に突き落されたと言ったね」

「うむ！　しかし、その男は、どこへ行ったか判らないのだよ」

「そりゃ判らぬのが本当さ」

久我は相変らずの冷い調子で吐き捨てたが、直ぐ

「――ねえ君。君はその犯人を何故男だと考えるのだね。男の服装をしていたかも知れないが、男だとは断言出来ないはずじゃないか――」と言い足すのだった。

これは言うまでもなく、犯人は留美だよ、と諷刺しているのだ。

私は静かに思い起してみた。そして久麻助の絶叫と共に響いた鋭い女の悲鳴を思い出した。

ああ、私は何という錯誤を冒していたことであろう。

そうだ。留美が、犯人だったのだ。漸く甦った如く見せて留美は、久麻助にすがりつつ洞窟を出た。そして断崖に近附くや突如力を振って久麻助を突き落し、咄嗟に洞窟に駆け込んで失神状態を装っていたのだ。

だが、それに今まで気附かずにいたとは、私は何という愚者であろう――。

突然久我は、つかつかと洞窟へ這入った。そして、早や夕闇のはびこる洞窟の中で留美の身体を犇々と綱で絡み上げた。

「どうする?」と訊くと、ニヤリと気味悪く笑って、

「勿論、私刑さ。しかし僕は、最もこの山に相応しい、神秘的な方法で、この女を殺して見せるよ」と言うのだった。

黄昏が濃くはびこる中で、久我は女の身体を巧に綱を使って、崖の上へ、上へと運び始めた。

女は漸く気附いたと見え、世にも悽愴な声を振りしぼって泣き喚く。

だがそれが果して苦痛で泣いているのか、快感の極喚《きわみ》いているのか私には判らなかった。私はただ呆然として見守っていると、軈て二人の身体は、断崖の上に消えた。夕靄が総てを掩いつくしてしまったのである。

しかし、それから約小一時間もしてからであろうか私は、山の頂き近くにおいて、異様な光芒を認めた。

それは紫に浪うつ光の火柱であった。漆黒の暗のはびこる頂きに、一条の光芒がぬっくと突っ立っていた。天にまで立ち昇るのであろうか、紫の焔は、燃え立ち燃え崩れた。

あの霧の中で、私達が小篠の宿から眺めたと同様の、妖光がゆらゆらと立ち昇っているのである。

ああ、あの光だ。あの光に包まれて、二人の男は昇天したと、普二郎は書いていたのだ。

山に相応しい神秘的な方法――とは、これだったのであろうか。死の栄光、一瞬包みつくすと見るや、屍体は瞬忽にして燃え落ち、屍は灰となって川迫谷の石楠花に、深く埋れるのだという栄光とは、これなのか。

まじまじ見詰めている中に私は再びあっ! と声をあげた。というのも、またしても一条の光、はげしく立ち昇って音を伴い、前の光を打ち消し、しかも瞬忽にして消え去ったからであった。

けれど、私は、更に激しく打ちのめされていた。

ああ、私は見た。私は瞭かに見たのだ。

死の栄光に包まれた二つの死体を――。しかも、その

一つは、女であり、その一つは男であった。

一瞬、鋭く煌めいた瞬間、二人の魂は、完全に山の神秘に解け込んでいたのだ。

音の響いた刹那、私には妖光の正体が始めて判った。

死の栄光――。それは電気の弧光だったのだ。山の頂上を越す、特別高圧の送電線路が総ての謎を解決してくれる。

私達が小篠の宿で見たのもそれなら、普二郎や留美が見たのも、それだったのだ。弧光は微弱な間は、閃絡を続ける。が一度、強烈な短絡となる時は、雷撃にも似た電光を飛ばして、介在物を一切焼き切ってしまうのだ。

私は、灰に近く焼けて、谷へ転り落ちた、二人の屍を想像した。

限りない淋しさではあった。けれど、これで総ては終ったのだ。

六人の生命を呑み込んだ川迫谷は、依然何の変化もなく、濃く闇を湛え、神秘のぞよめきを秘めている。

月が静かに昇り始めた。

軈て青白い月光が、冴えた五月の夜空に皓々として輝き、石楠花の咲き誇る谷底を照すであろうが、果してその中に眠る六人の生命の愛憎を、同じ芳香の中に溶かし得るであろうか。

霧しぶく山、大峯山に秘められた惨虐な殺人事件の真相はかくて漸く語り得たのである。

黒潮殺人事件

一、漂うむくろ船

潮に洗われる南紀の岩壁は、五月の空に眼も覚めるような鮮やかな緑を点綴させて、むしろ怪奇なとも言いたげな巨大な岩肌をくっきりと海面に浮き出させ、その裾を白く浪に嚙みつかれていた。

鈍い船音である。ものうい眸をあげて舳に腰を下し、あくことなき変化をつづける岩壁を見るともなく眺めていた竹崎は、ふと吾れにかえって、いつからとはなく隣に腰を下し、煙草をくゆらしている男の横顔に眼を移した。

「船旅はいいですなあ」

むしろ蒼いとも思える額に髪をもつれさせながら、その男は顔の神経質的な弱さにも似合わぬ太い声で、すぐ竹崎の視線に応えるように話しかけた。

「――実はこの便船に乗るのは今日が始めてなのですが、鬼ケ城の奇観といい、あの柱のような岩の重畳している有様といい全く美事ですなあ」

海はあくまでも黒かった。蒼さは深く重なるとかくも黒く見えるのであろうか――。船脚にくだける浪はこれまた珠玉をくだいてばらまいたような白さと美さで、パッと咲いてはまた海に吸われていたが、果しなくうねり拡がる海はブリュウブラックのインクをといて流したような黒さだった。

「――失礼ですが、どちらまで？」

男は再び口を切った。

「いや、浜島までですが――。貴方は？」

始めて竹崎は物憂い口調で答えた。

「私は長島まで出て、それから汽車に乗るつもりです。最初は木ノ本からバスで尾鷲へ出て、汽車に乗る心算《つもり》だったのですが、あのきれいな海岸で海を見ている間に、ふと妙にこの船に乗りたくなったのですよ」

「そうですか――、しかし大分時間的にロスですね。この船脚では――」

「勿論――」と軽く笑って、「――別に急ぐ旅でもなく、その時の出まかせですよ」

男は再び巨大な墓石を数限りなく積み重ねたような岩壁に眸を投げた。

単調な船音は軽いローリングを与えながら海岸に沿ってゆく。

竹崎は何とはなく不思議なときめきを覚えた。細い顎、光った鼻、薄い唇、額に落ちる髪は光の工合でか妙に赤く見える、年の頃は三十四五か――、帽子もなく綾織の薄茶縞の背広を着て、濃い水色のワイシャツが妙に目立つ。――この記憶が竹崎を怖ろしい殺人事件に巻きこむ因となろうとは夢にも思わなかったが、その不思議なときめきは、何とはなく、この男の身辺から立ち昇る不安が、竹崎の神経にまといついてかもし出す漠然としたときめきであった。

五十人ほどを乗せた定期船は、木ノ本を出て南紀の海々に寄りながら鳥羽へ辿りつく。

竹崎の予定では浜島で夜明けになるから、そこで下船して賢島をへて志摩電鉄で鳥羽へ出る心算であった。真珠湾と呼ばれるその入海は真珠玉で知られる、御木本の養殖真珠で有名な処――。竹崎はそれを見たかったのである。

男はしばらく黙っていたが、やがてふと振向いて真正面に顔を見せた。

「ねえ、貴方はこんなことを考えませんか？　この果しなく続く海！　これは太平洋――あのアメリカまで続く海ですが、この黒い海の色を見ていると、なんとなく人間というものがはかなく見える。さあ、これを何と言いますか――あくせくと働いて食うか食わずの生活をしているのは全く馬鹿らしい。むしろこんな美しい海の上で、この海の生命から見れば一瞬にも過ぎない吾等の生命を思い切って断ちきり、この海の無限の深さに呑まれたなら――はははは。これはただ私の今の気持なんですが不思議にこの海の色は、死への郷愁へ私達をかりたてる――とは、お考えになりませんか？」

漠然とした不安が更に色濃くその男を包む。

「――いや、私はむしろ反対ですね」竹崎は男から眼を放して澄みきった五月の空を仰いだ。

「――この無限の力を思わせる海、この黒さは黒潮の所以でしょうが、勿論、貴方のおっしゃる気持はよく判りますよ、でも生きているが故に、この青空のもと、こうした快適な旅も出来る――」

「ははは……」淋しく男は笑った。「――貴方はご存じない。なるほど、この船旅は久方振りに私の気持を晴らしてくれました。この美事な風光――、爽やかな風、潮のかおり、素晴らしい岩壁、緑の美しさ、いや、全く快適な旅ですよ。しかし……」

ふと口をつぐんだ男の蒼い額に、思いなしか黒い影が漂った。

「――言いますまい。貴方には御関係のないこと――、それよりこの船は何時頃に長島に着くでしょうか?」

「さあ、六時頃じゃありませんか、何なら一度船員にでも聞いてみられたら――」

「ありがとう」

男はつと立上った。身長は五尺二三寸であろうか、片手を洋服のポケットに入れて、軽く頭を下げると、その儘甲板を船室の方へと歩いて行った。

竹崎はその姿を見送っていた。一体あの男は何を考えているのだろう。何を言おうとしていたのであろう。

首を振って竹崎も立ち上った。船は相変らず単調なエンヂンの音を響かせて、変化きわまりない海岸に沿って波をけっている。

船室はさすがにむっとしていた。船に弱い人が既に横になって枕元に金盥《かなだらい》を置いている。男はどこに居るのかと探して見たが、不思議に見当らない。

竹崎は一冊の本を荷物から取り出すと、再び甲板に出た。

黄昏時、軽い居眠りから覚めた竹崎は、船が小さい島の横をスピードを落しながら海岸へ近寄って行くのに気附いた。家が連っている。漁船の数も増してきた。港だな、と思いつつ艫の方を見ると、沈みゆく陽を背にして立っている先ほどの男が眼についた。

長島港なのだ。暫く竹崎は船員達の忙がしげに動く姿を眺めていたが、その儘再び居眠り始めた。あの男はここで下りるのだな。とかすかに意識の外に思いながら――。

しかしこの時、竹崎がもっとよくこの男の動静に眼を注いでいたなら、その後にまきこまれる殺人事件の解決にどれほど効果的であったろうか。

熊野灘のうねりは夜となると共に高くなった。蒸暑い船室の中で、竹崎は眠れぬ不愉快な一夜を明した。

六時――夜はもうすっかり明け放れている。再び舳に出た竹崎は、冷たい潮風を胸一杯に吸い込んだ。

もう真珠湾の多彩な島の間を船は縫っている。遠くに見える山や海岸線はまだ充分睲めきっていないと見え、ぼっと霞んでいる。

不意に汽笛が鳴った。続けて二度三度——船は急にグツグツと呻りを上げて舵をきった。怒号する船員の声——

思わず立ち上った竹崎はその時に船の進路の直前に漂う一隻の漁船を見た。眸をこらすと二人の男が乗っているのが見える。

一人は櫓を押している、一人は糸を垂れている。しかし定期船がいかに警笛を鳴らしても、その漁船は平然として避けようとはしないのだ。

辛じて汽船はその漁船を左へ避けてすり抜けた。左舷の手摺に寄ってその大胆な漁船に視線を注いでいた竹崎は、思わず呀《あ》っ！　と声を立てかけた。

奇怪なのである。艪を握っている男も、糸を垂れている男も漁夫ではないのだ。二人共背広を着込んでいる。その上にこの二人は、あれほど喧しく鳴らされた汽笛に対して見向きもしないで、頭を垂れて、背を曲げ、身動きもしないのだ。

他の船客達もこのただならぬ様子に気附いたのであろう。口々に大きく声を挙げてその漁船に呼びかけた。しかし何の答もない。

汽船は慌てて機関を止めた。泡立つ浪にもまれて、その漁船は左に右に傾く。と——呀ッ！　と誰かが叫んだ。艫に腰を掛けて櫓を握っていた男が、急に前にのめって、船底へドサリと倒れ込んだからである。

「どうしたのだろう？」誰かが呟く。

冷い戦慄が竹崎の背筋を走った。

汽船はやっとその漁船に近附くことが出来た。綱をかけて引き寄せ、一人の船員が飛び込んだ。

「死んでるぞう！　二人共死んでるぞう——」

予期した事とは言え、船客達の中からまたわっと声が挙った。しかし竹崎は更に奇怪な事実に声を呑んでいた。船が近寄るにつれ、その櫓を握っている男に見覚えがあるように思えたのだ。

あの服の色、縞柄、ワイシャツの色——それは確かにあの長島で下りた男ではなかったか——。

もしそうだとしたら、あの男はいつの間に真珠湾へ現われたのであろう。そして何故漁船に乗っているのだろう。しかも魚釣の姿勢のままで、どうして死んだのであろう。

船は屍をのせてただ波の間をあてもなく漂っていたの

だ。漂うむくろ船——竹崎は改めて汽船に曳航されている漁船に痛いほどの視線を注ぐのであった。

二、漁船の謎

漁船の大きさは八米《メートル》ほど、底抜をめくると生簀になっていて水の中に泳ぐ数匹の魚が見える。手釣用の船と見え、舷に竹竿が渡してある。艫の板の上に腰を掛けて艪を押しつつ糸を垂れていたのであろう。釣糸が巻枠から左舷へ流れて海に沈んでいる。舳の男は右舷にもたれて片膝を突き、左手で身を支え右手に糸を握っている。

浜島の町は既に眼覚めていた。多くの漁師達がこの気味の悪い屍船を取囲んで口々に騒いでいる。船着場に横附けになった船は、余りにも美しく澄み切った水の上に無気味な影を落している。

最早間違いもなかった。竹崎は一人の男が確実に昨日船上で話し掛けた男に違いないことを知った。

しかし、それにしてもどうして魚を釣りながら二人共死んだのであろう。海の神秘に魅入られてあの男は死にたいとは言った。けれど夜釣りに出る時に二人共こうして死ぬと思っていたのだろうか——、死神がいかにして二人を同時に襲ったのか、この美しい海の夜ともなれば闇にまぎれて現われる海の妖魔が、一瞬にして二人の生命を同時に奪い去ったのであろうか——。

いやなむくろ船を曳いて来た汽船は、やけに長い汽笛を残して出て行ったが、竹崎は係官一同が現れて調べ始めるまで根気よく待っていた。彼としてはどうしても割り切れぬ疑問を解くまでこの町を去るにしのびなかったのである。

正午近く漸く鳥羽警察署の一行が到着した。自然死とは認められないこの船の怪奇は、到底この町の駐在警察官だけでは解決がつかなかったのだ。

竹崎の見た男がまず調べられた。推定年齢三十四五才、これは係官にも大差はなかった。しかしこの男の身許を証明するものは紙片一枚見当らなかった。洋服の上着の裏を返しても名札すらついていない。

司法主任遠藤警部補の日焼のした頰に始めて不審の色が漂った。

「君——遺品は何一つ身に着けていないじゃないか——一体この男はどこの何奴なんだ?」

言いながらなおも遠藤警部補は男の服を上から下まで

調べ上げた。

　ポケットから出て来たものはピースの煙草四本とライター一つ、財布もなければ手帳もない。

　もう一人の男は二十四五の色の黒い見るからにたくましげな顔をしていた。太い顎、厚い唇、濃い眉毛、髪は櫛も通らぬほどもじれ渦巻いている。白地のワイシャツに赤味の勝ったネクタイをしめ、灰色の背広でチョッキは着ていない。

　しかし身許の判らないのは同様であった。何一つ身につけていないのである。

　それにしても不思議なのは、二人共身体のどこにも切創《きりきず》一つ発見されないことであった。

　二人の表情は死の直前の苦悶は現わしていた。が恐怖の表情はない。突然襲った死に対して、抵抗した様子も見られない。

　どうした原因で二人は死への転帰を辿ったのであろうか？　また何故二人共身許一切不明の状態にしてこの船に乗り込んだのであろうか？

　生簀の魚や釣糸は、二人が釣を楽んでいたことを示している。しかし、この果もなく広々とした海上で、二人共糸を垂れた姿勢のまま死ぬとは、何が原因したのであろうか――。

「――判らぬ。ねえ、南君――、これはまず死因を確かめるのが第一だね。その次はこの船の持主、それからこの二人の身許だ。他殺か、変死か、二人共自然死か、それの決定はそれからだよ」

　遠藤警部補は傍らの刑事に言った。

　竹崎は始めから黙って眺めていたが、その時始めて係官一同の前に進み出た。

「恐縮ですが、実は私、昨日こちらの男の方と同船していましたので、ちょっと御参考までに申上げたいと思いまして――」

　差出された名刺を見て、遠藤警部補は改めて竹崎の顔を見直した。

「――竹崎さんと仰言ると、あの元警視庁捜査課にいらしゃった？」

「ええ、その昔はね」と淋しく笑って、「今じゃ一介の放浪者ですよ」

　戦争の始まる前から捜査課における竹崎警部の名は全国的のものであった。それが戦争中に特高課に転出したために今日となっては淋しく田舎に引込んで、土をいじる人となっていたのである。

「そうでしたか――これは丁度いい工合でした。貴方が御出でになるとは全く心強い限りですよ。恐縮ですがお差支えなければ御援助願いたいですが……」

遠藤警部補は赭顔を綻ろばせながら同じように名刺を差出した。

「――恐れ入ります。さしてお手伝いも出来ませんが……」

と言いつつ手短かに昨日定期船の上で話しかけられたことや、長島に下りた事を語った。そして船を指しつつ、

「――ねえ、御覧なさい。この船には不審な点が三つあります。第一は錨を持っていないこと、第二は艪が動かないように打ちつけられていること、第三に餌箱が空であること――」

言われて一同は始めて気附いたように船の中を見廻した。なるほど舳には綱がたばねてあるが錨はどうしたものかどこにも見当らない。それに艪は、艪臍で支えられ柄の端に綱が結ばれてピンと張っているから誰も不審に思わなかったのであるが、押して見ると少しも動かないのである。また船底に転がっている餌箱は乾いていた。船板をめくって見ても他に箱の無いのを見ると餌はその箱以外に入れるものはない。とすれば、餌は全然無いのである。

「なるほど――、しかしそれは一体何を意味しているとお考えです?」

「あとで申上げましょう。それよりもっと詳しく船を調べてみたいのですが……」

手にしていた荷物を桟橋の上に下すと、竹崎は改めて一同の顔を見渡した。

すらりと長身の額の広い竹崎の眼は一同の逡巡を許さなかった。船に移った竹崎はまず釣糸を手繰りあげた。曳航されている間にでも切れたのであろうか、糸の先には鉤も無ければ錘もなかった。糸はいたずらに水面を流れていたのだ。

錨綱は鋭利な刃物で切断されたものらしく切り口は綱糸が揃っていた。それを仔細に調べた竹崎は引続いて舷を丹念に見て廻った。

遠藤警部補始め他の係官達は黙ってその様子を眺めていたがやがて一通り終ったらしいのを見ると、慌しく打合せをして屍体を運び出した。死因を確かめるのが先決問題であることは言うまでもない。

警察医の検診の結果、判明したのは、死後約十五時間を経ていること、だから二人が死んだのは昨夜の八時か

ら九時頃までの間であること、死因は剖検せなければ判らないが、中毒死らしいこと、それも症状や口唇の香いから多分、青酸中毒らしい事等であった。

「これは私の考えですが、死因が青酸中毒だとすると、問題は難かしくなりますねえ。——と言うのは、青酸が二人の口に入るのに三つの方法がある。自分から口に入れた場合、過って呑んだ場合、他の者から呑まされた場合——。則ち自殺か、過失死か、他殺かということになる。ところでこの青酸中毒というものは御承知の通り非常に刹那的のもので、自殺ならば必ず附近にその容器でもなければならない。がそれが海上の事故、あるいは海に投げすてられたかも知れない。過って呑んだ場合も同様で、その容器なら、またはいかにして過って呑んだかが問題になる。第三の呑まされた場合、この時は必ず第三者が存在することになる。だから容器や方法等は総て抹殺する事が出来る。ただ今度の事件で問題になり得るのは、その現場がこの船上であるか、それ共全然別個の場所であるかという点だけですが……」

竹崎は静かな調子で語り始めた。広い肩幅の割にすらりと高い身体にぴったりと服があって、ちょっと見れば高級会社員のようである。

「——しかしこの船の状況から判断すると、これは計画された殺人事件だと言う事が出来ますね。その理由は先ほども申上げた三つの不審の点、艪と錨と餌、それなのに糸を垂れ、生簀に魚が泳いでいる。この矛盾、この不合理は、私に巧妙に仕組まれた犯罪であることを物語っています。皆様はどうお考えになりますか?」

五月の空はいよいよ明るかった。青く澄み切った空、蒼い海、見はるかす真珠湾の美しい島々は緑に楮に、その間を漁船が動き、白い肌衣に海をもぐる海女の吹く口笛が今にも聞えて来そう——。

菰に蔽われた屍体をチラと眺めて、竹崎は一同から視線を離し、始めてのように真珠湾の美しい景色を見渡した。そして思わずフッと大きく息を吐くのであった。

三、あの男は何故?

長島で下船したあの男は、その後どうした行動をとったのであろうか。

竹崎は捜査本部と定められた浜島の野沢旅館で地図を眺めながら、独り考えに耽っていた。長島から汽車に乗

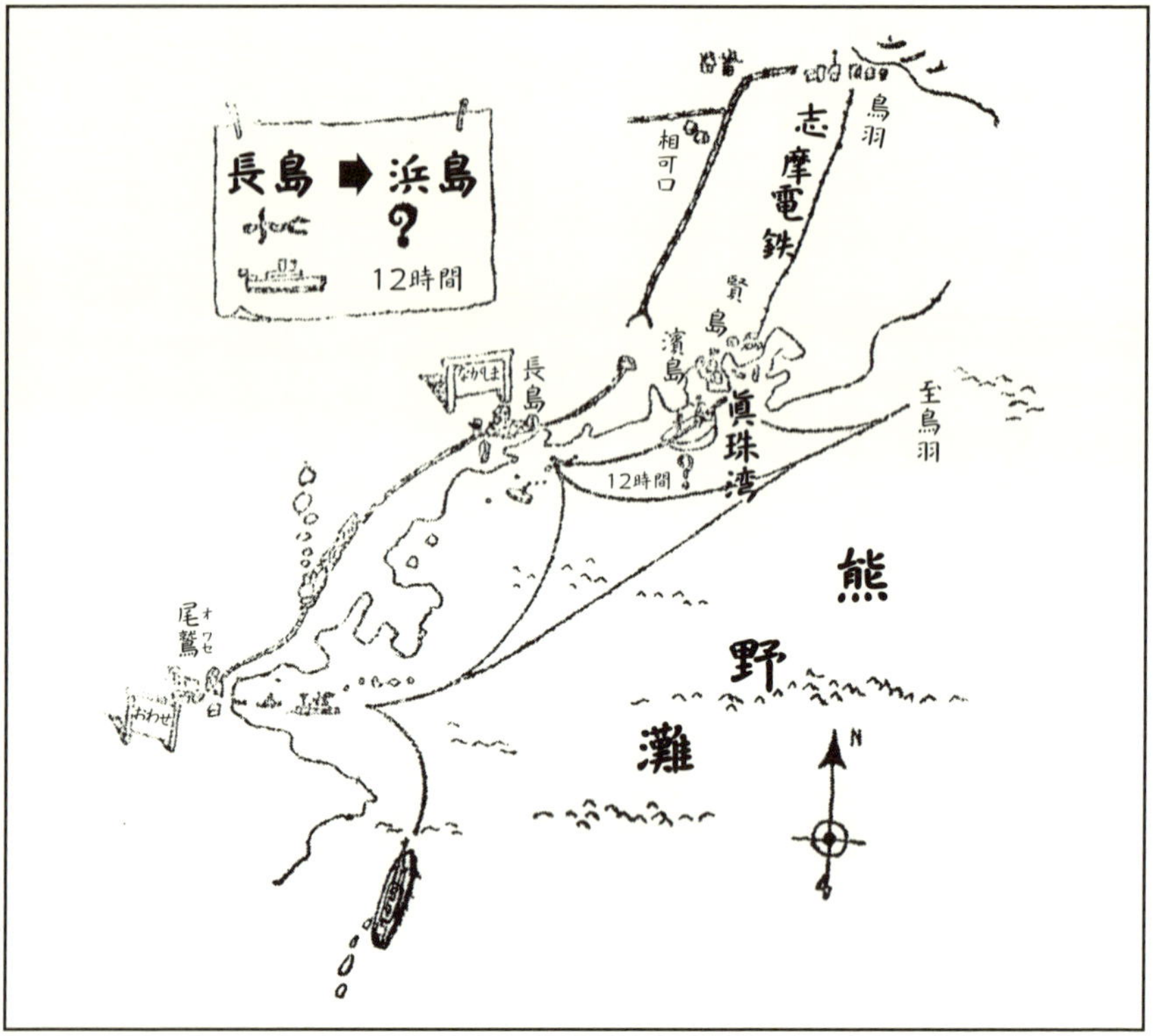

ると言っていたあの男は果して予定通り汽車に乗り込んだのであろうか、紀勢東線は尾鷲から長島を経て直ぐ山地帯に入り相可口で参宮線と連絡している。けれど汽車に乗り、参宮線で鳥羽へ出て、志摩電鉄に乗り替え、浜島まで来るものとすれば、とても三時間や四時間の旅でないことは瞭《あき》らかである。とすればその経路でないことも同様瞭らかである。何故ならその男は遅くとも九時――下船して後約三時間ほどして既に屍体となっていたからである。

　竹崎の乗った定期船は、長島で男を下してからも休みなく走りつづけていた。たとえ数ケ所の港へ寄ったとはいえ、男の死ぬまでの時間は僅か三時間ほどよりないのだ。その三時間の間に、竹崎が十二時間もかかって漸く辿りついた浜島へ、しかも死体となって現われるのは、一体どんな方法によってであろう。

　どう考えてみても可能性はない。竹崎は再び首を振った。判らない。不可能だ。だが現実はその可能を証明している。何故だ。どうして犯人だけが可能なのだ――。

熊野灘に面した南紀の海岸線は、地図で見るまでもなく山が海際までせまっていて屈曲を極めている。断崖の連なる中に小さい岬が突き出て自然の防波堤を造り、漁師達に良い港を幾つも提供しているが、それ等の港を除けば全く寄りつくことも出来ない岩壁である。多年太平洋の怒濤に浸蝕されたこれらの岩は、浪の牙よりも鋭くとぎすまされたのや、根元を洞穴にくりぬかれ、奇怪な風貌で海の上にのしかかっているのもある。だから、たかの知れたあの漁船で、外海に出て漕ぎ抜けられるものではない。すればあの漁船はこの真珠湾の中のものに違いない。

それにしても、彼等はどうして浜島へ来る事が出来たのだろう。竹崎はまたしても唇を嚙んだ。

捜査本部に集まる情報はあまり香しくはなかった。交通は殆ど舟で、通信は僅か二三本の電話で行わねばならない不便さは徒らに時間を空費して一同をいらいらさせた。

二日は空しく消えた。漁船の持主は真珠湾内ではどうしても発見出来なかった。またこの二人の姿を見た者もなかった。この事実は二人が陸上から来たものではなく、また浜島やその向いの御座の町にも現れていないことから見ても、外海から漂流して来たものに違いなかった。

剖検の結果は二人共青酸中毒であることが確かめられた。胃袋の残滓が未消化である点から、食事中か食後に青酸が命を奪ったことも明白になった。

しかし二人の身許に就いては未だに何一つ判らなかった。死の漁船として、新聞に近頃にない怪事件と大きく書き立てられたにもかかわらず、どこからも照会一つ届かなかったのである。

三重県庁の刑事課からも地方検事局からも事件を重大視してか、応援や指令が次々と捜査本部を訪れた。けれど本部ではただ焦燥の色を濃く見せた遠藤司法主任が、憂鬱な表情で種々の報告書に眼を通しているばかりであった。

ところが漸く三日目になって、漁船の盗難届が本部に届けられた。しかも紛失したと届出たのは、意外にも尾鷲からである。

「これじゃ問題にならんよ」遠藤主任は吐き出すように言った。「――尾鷲と言えば、あの男の下りた長島よりもまだ遠方じゃないか。そんな処の船が、汽船でさえ十何時間もかかるというのに、どうしてこんな処まで漂着するものか――」

しかし竹崎はじっと考えに耽っていた。もうこれで幾度考えた事であろう。地図を取り出し、距離をはかり、その可能性をあらゆる方面から検討もしてみた。だから船が尾鷲のものだと言われてみれば、その可能性を今一度繰返し考えてみたのである。

「遠藤さん、貴方は私の見た男がどこから乗ったかお確かめになりましたか?」

ふと思いついて、竹崎はきいてみた。

「いや!」意外な、という風に遠藤主任は竹崎の広い額を見返した。「――貴方はあの男は木ノ本から一緒に乗ったと仰言ったじゃありませんか」

その瞬間、竹崎の頰に突如血がさっとのぼった。ああ、何故もっと早くこの点に気附かなかったのだろう――。船上であの男の言ったこと――鬼ケ城といい、あの柱のような岩といい――それを自分は簡単に男が木ノ本から乗ったものと思ったのだ。いや、まだある。あの男は、こうも言った。余りにも海が綺麗なので、木ノ本からバスで尾鷲へ出るのをやめて、この船に乗ってしまった――とも。

「失礼しました。しかし私は何もこの眼で確かめた訳じゃなかったのです。あれはもう三時を過ぎていましたから、尾鷲を出て間もなかったでしょう。いつの間にか私の傍に坐っていて、そんな事を問わず語りに喋っていったのですよ。――だが、その話にこんな目的があったとは、夢にも思いませんでした」

「と仰言るのは?」主任はいぶかしげに竹崎の緊張した瞳をみつめた。

「木ノ本町にそうした男の現われた形跡が無いという報告を聞いた時に、もっとよく考えてみるべきでした――」暫く竹崎は物思いに沈んだ。

「――すると、あの男はわざと貴方に、木ノ本から乗ったこと、長島に下りること、その時間が夕方の六時頃だということを、覚えさせようとしたのだと仰言るのですね?」

主任は解きされぬ謎に直面したように眉をひそめた。

「――その目的ですよ。何故それを知らしておかねばならなかったのか――」

沈鬱にうなずきながら、竹崎は改めて遠藤主任の方へ向き直った。

「事件の発端は尾鷲にあります。被害者であるあの男は、自分の乗り込んだ地点を隠そうとした。長島で下りると言ったのもあるいは嘘かも知れない。事実、いまだに船を下りてからの行動が、あのせまい漁夫の町で判らないのも、そのためじゃないでしょうか――」

事実、長島で下りたはずのあの男の足跡は、ぷっつりと途絶えていたのである。夕刻六時頃、それから直ぐ汽車に乗るにしても、時間の関係上一時間余は駅で待たねばならない。にもかかわらずただ一人として、そうした男を見ていない。漁師町の長島に五軒ほどの食堂があるが、そこにも姿を現わしていない。桟橋に下り立ったはずの男が、その儘屍体となって現われるまで、ただ一人としてその存在を認めていないのだ。

「ここにこの犯罪の謎があるのでしょうね、木ノ本町から乗ったと見せ、長島で下りたと思わせ、一体あの男は何を計画していたのでしょう」竹崎は続けた。「――そこで私はこう考えるのです。男は尾鷲から汽船に乗り込んだ。そしてもう一人の男は他の誰かと尾鷲から漁船に乗りこんだ。この第三者が犯人かどうかは判りませんし、またわざわざ、長島へ下りたと見せかけた男と、どうして落合ったか判りませんが、何等かの方法で彼等は一緒になった。そして八時か九時頃に、彼等は死の食事を始めた――」

ぷっつりと竹崎の声は途絶えた。急に思い出したように、地図を拡げ黙々と凝視をつづけた。

「とにかく、一応尾鷲へ行きましょう。発端は尾鷲です。盗まれた漁船が、あの死の船かどうかは直ぐ確かめられるでしょう。それから順次彼等の行動のあとを辿ってみましょう」

この竹崎の提案はすぐ受入れられた。南刑事が竹崎と同行することになった。あとの打合せは、二人の指紋の照会の回答が来たら、すぐ尾鷲へ知らすこと、漁船を機動船か汽船に曳かして尾鷲へ届けること等であった。

二人は陸路をとって、電車でまず鳥羽に出た。山田、二見を経て相可口へ出て、紀勢東線に乗り替え単調な山と畑の連続する中を乗りつづけた。

朝十時頃出たのに午後三時半頃やっと長島駅に着いた。竹崎は窓から駅を眺めながら、たまらなく下りてみたい衝動に襲われた。この町にも秘密はある。犯罪の連環はここにも一つ鎖をかけている、とはっきり竹崎は思うのであった。

それから約一時間、尾鷲の駅に下り立った二人は、慌てて連絡バスの方へ走る人々を見送りながら、これから展開する捜査の結果を想像して、訳なく胸をときめかすのであった。

四、尾鷲にて

ひとまず尾鷲警察署に落ち着いた二人は、そこで届出た漁船の持主の家を聞いて、黄昏かけた町を浜の方へと歩いた。魚の臭いがあふれている。魚網が空高く張りめぐらされている。跣足の子供が浜に上げられた船の蔭で遊んでいる。

竹崎は持主から船の格好や特徴を訊いた。そして確かにあの漁船がその持主のものに違いない事を知った。

紛失した当時の事情は簡単であった。二人連の男が半日の契約で船を借り出したのである。尾鷲湾は波静かで浅釣りにはあつらえ向きだった。都会の人はよくこの町に来て豊富な魚を釣り楽しみ、土産物を仕込んで帰るのである。だから持主も別に何とも思わず貸したのであった。その船がまさか浜島くんだりまで行っていようとは、さすがの持主も夢にも思わなかったと言う。

貸した日は、竹崎が船旅を楽しんでいた日に間違いはなかった。時刻は一時頃だったと思う。夕方までに戻るからとの話で、丁度昼食すんで間もなかったから間違いありません——と持主は断言するのだった。

二人の人相や服装は、明瞭には憶えていなかったけれど、その中の一人はどうも被害者の若者によく似ていた。もう一人は四十年配で髭のあったのを憶えていた。

漁船が明日になれば浜島から廻送されるから、その時もう一度確めることにして、二人は再び警察署へ戻った。

「どうも判りませんな。髭の男と若い男の二人は、何故漁船など借り出したんでしょう?」

南刑事はずんぐりとした背を曲げて、しきりと爪を嚙みながら言った。

「いや、それよりも、あの漁船でどうして長島や浜島まで行けたかが問題ですよ」

竹崎は分署の窓から見える尾鷲湾の夕陽にキラキラと輝く波を眺めていたが、ふと思い出したように、尾鷲警察署の司法主任を振返った。

「——この町の漁師達で機動船を持っている人達の名が皆判りますか?」

「なるほど——」南刑事は思わず立ち上った。

機動船登録名簿を取り出すと、竹崎は署の人々も頼んで一斉に調査を始めた。機動船を時間貸したものはないか、もしあったとすれば何日何時頃にどんな人物に貸したか、また返却されたのは何日か――。

目的は言うまでもない。漁船は機動船に曳れて外海へ乗り出したものと、竹崎は推察したのである。

しかしこの調査は完全に失敗した。誰一人として機動船を貸した者もなく、また紛失したものもなかった。

一夜を焦燥に明かした竹崎は、次にはその調査の範囲を拡げた。尾鷲湾の中には尾鷲の他に反対側の入海の方に部落が二つ三つある。それも皆一応調べてみたのである。が結果はやはり無駄であった。

疲れ切った身体をひきずるようにして戻って来た南刑事は、竹崎の前にどっかと腰を下すと、改めて竹崎の広い額を仰いだ。

「ねえ、竹崎さん。機動船はこの尾鷲で仕立てたものではありませんね。――考えてみたんですが、漁船で漕ぎ出した二人と海上で落ち合うものなら、先方は他の港から出て来たと想像する方が正しいのじゃないでしょうか?」

「いや、それは私も考えているのですよ」竹崎は低い抑揚のない声で言いながら、一枚の紙片を前に置いた。

「――私が最初に逢った男をAとし、漁船で一緒に死んでいた男をBとしますか――すると漁船を一緒に借りた髭の男が居るから、これがC、それから機動船で漁船を曳いたとすれば、これに少なくとも二人以上の人物が居る。それをX、Y……とする――と、南さん今まで判明した事実をこれ等の人物の動きと一緒に考えてみると――」

言いながら竹崎は紙片の上に木ノ本、尾鷲、長島、浜島と地名を書いた。

「――私の乗った船は三時頃に尾鷲に着いてAを乗せた。BとCは一時頃に同じ尾鷲で漁船を借りて沖へ漕ぎ出している。XY等の乗った機動船はどこからか現われて漁船と落ち合い、それを曳いて長島へ行く、夕方六時頃定期船が長島へ着く。Aはそこで機動船に乗り込む。そして漁船を曳いたまま浜島へ急ぐ」

説明しながら竹崎は地名の上へ時刻と、それぞれの船のコースを点線で描いた。

「――機動船は翌朝の六時までに浜島へ着いて漁船を切り離している。定期船は長島を出てから数ケ所の港へ寄って、荷物と客を積みかえている。だから十二時間もかかっている。けれど機動船は直線コースで浜島へ急げばいいのだから、充分に時間的に余裕がある。可能性はここに明白となった。だが、そのあと機動船をどうしたか、乗りすてたものなら、浜島での調査で浮き出して来るはずだ。だから——だから——」半ば呟く如く、半ば呻く如く竹崎は紙片の上の線を鉛筆でこすりつづける。そして、ふと想い出したように南刑事の顔をじっと見返した。

「南さん。至急浜島の本部へ電話で連絡して下さい、機動船は向うで仕立てたものである。それでなくてどうして……」

再び沈黙が暫く竹崎を根強く包んだ。地図を取り出し、長島から浜島までの距離をはかる。約五十粁《キロメートル》——。次に長島から尾鷲まで約二十粁——。計算が始まる。数字を書いては考えまた書き連ねる。

南刑事は急いで立ち上ると、直ぐ浜島の本部へ電話を掛けた。不思議なときめきが南刑事の胸を騒がす。何かしら解決のヒントを摑んだような、それでありながら何かこう妙に不安の気のする奇妙なときめきであった。

しかし電話を終って戻って来た南刑事は、竹崎がしきりと時間を気にしながら、荷物を片附けているのに驚かされた。

「手配はして来ましたよ。しかし、今頃からどこへお出掛けです?」

黙って竹崎は微笑を泛べながら、先ほどの紙片に書かれた地名を押えた。

「——長島、長島へこれから行かれるんですか?」

「御苦労ですが一緒にお願いしますよ」

早や竹崎は立ちかけている。南刑事は慌てて汽車の時間表を取り出した。

「いや、今だったら間に合うんですよ。直ぐ行けば……」

長島町——。この港で竹崎がふと居眠りから眼覚めたとき、あの男が下船するのを漠然と眺めていたのだった。夕陽を背にして立っていたあの男は、それから僅か三時間ほどの間に屍体となって夜の黒潮の上に漂っていたのだ。その港へ、竹崎は奇妙な憬れをすら感じているのである。

A—と仮に呼ぶことにしたあの男は、長島の町へは現われていない。それは再三の調査で明白になっている。とすれば、港の桟橋から直ぐ他の船に乗り移ったものとしか考えられない。その船こそは、あの漁船であり、機動船に曳かれて来たものなのに違いない。竹崎はそれをまず確かめたかったのであった。

五、失踪せる男は？

長島の港は丁度黄昏かけていた。夕陽が静かな波にきらめいている。桟橋の上に立った二人は、折よく機関をとめて滑るように桟橋に近附いて来る汽船を見詰めた。この船だ。この船で竹崎は甲板に居眠りながら、Aと呼ぶ男の最後の姿を見たのだ。

竹崎は桟橋の附近を見渡した。漁船の群れ、立ち並ぶ帆柱——、桟橋に降り立つ客は、それぞれの荷物を下げながら町の方へと急ぐ。が反対側に群っている小船に乗り移るものもある。

竹崎はあの男が艫に立っていたのを想起した。最早間違いはない。彼はここで漁船に乗り移ったのだ。だから長島の町へは一歩も踏み込んでいない。

しかし——竹崎は再び思い沈んだ。何故彼等はそのような複雑な方法で落ち合わねばならなかったのであろう？　AとBCは尾鷲で既に落ち合っていたのであろうが——。それなら、何故Aだけが定期船に乗り込んだのであろう。

南刑事は漁船や艀に順次乗り移って聞き廻っている。あの日見なれない機動船と、それに曳かれた漁船を見たものがあるか否かを確かめていたのだ。

汽笛が鳴る。定期船は錨を巻き始めた。

何を思ったのか、竹崎は慌しく南刑事を呼んだ。そして踏板を上げかけた船へ飛び込んだ。再びこの船で、竹崎は浜島へ行くことを思い立ったのである。

にぶい船脚で船は黒い海の上へと走り出す。竹崎はなつかしげに舳に立ったまま、潮風を胸一杯吸い込んだ。

長島の町が黄昏の中に静かに消えてゆく。帰港を急ぐ漁船が波を蹴っている。

二人は船室に下りた。むっとするペンキの嗅い——、しかし二人は疲れていた。枕元に響く機関の音をうつつに聞きながら深い眠りに落ちた。

浜島の本部では遠藤主任が声を挙げて二人を迎えた。

「尾鷲の方へ今も電話したところですよ。解決の曙光が見えて来ましたのでねえ」

朝食もまだだと言いながら、三人分の食事を運ばせた主任は、昨夜からの捜査の結果を語るのであった。

竹崎の予想した通り、機動船はやはり浜島で借りられていた。借りたのは二人で、二人共この土地の人間だと言う。

「――それがね、朝五時頃借り出して沖へ漁に出たと言うのですよ。船を返しに来たのは夜の九時頃だったと言うので、そこにすこし疑問があるのですがね」

箸をつと止めて竹崎は主任の顔を静かに見返した。

「――九時頃ですって?」

六時頃に長島を出た機動船は、九時に浜島へどうして帰れるのであろう。一体その船はどれ位の速力を出し得るのだろう。竹崎の頭の中では、昨日も南刑事の前でしきりと計算した数字を思い出していた。

「それはどうも間違いはないらしいのですよ。いろいろと調べたのですが……」

遠藤主任は昨夜来種々調査した結果を細かく説明して、その時間の違わないことを繰返した。

借主の二人はこの海岸で真珠の養殖をしている尾野忠太郎と早崎一男という相当の資産もあり、信用もある男だと言う。当日の夜、相当量の魚を獲って帰っているし、家人の話でも、二人共帰宅の時間に大差なく、不審の点は無い。

「――ところが、意外な届出が大阪から通知されて来たのですよ。それは大阪の堂島ビルヂングに事務所をかまえている高木産業株式会社の社長が、尾鷲へ行くと言って出たまま未だに戻らないし、便りもないので、被害者の一人に該当するのではないかと言う。大阪府警察部からの通牒なんですがね」

言いつつ一枚の写真に、年配、服装、氏名、特徴等を書いた書面を見せた。

高木信雄、四十二才、身長約五尺三寸、色黒き方、眉毛太く口髭あり、鼠色スポーラックスの背広を着し、赤短靴をはく、手提折鞄黒皮中古一個所持、五月十一日午後一時頃新宮より尾鷲へ出で鳥羽経由にて戻ると言い置きたるまま以後消息なし――。

「漁船を借りたという男に似ているようですね」

南刑事はしげしげと写真を眺めながら呟く。

「しかし、この男が被害者じゃないのだから一体どうしたというんでしょう?」

竹崎はちょっと考え込んで「――この男が確かに漁船を借りた男なら、被害者か加害者か、いずれにしても事件の解決への第一歩となることは確かですね。それにはまず尾鷲で漁船の持主に訊いてみなければなりますまい。それから、機動船を借りたという二人にも……」

「いや、それなら――」と遠藤主任は眼を輝やかした。

「昨夜と言っても更けてからですが借主が判った時に、ふと思いついて見せたのですよ、この写真を――」

「ほう！　そうでしたか――」竹崎は大きい溜息を吐いた。

「――すると、どうです。尾野は思わずギクとした様子で、暫く考えた末、見覚えないと言うのです。ところが早崎は尾野よりも若いのですが、ちょっと見て、ああ、この人なら、私が釣りに出た時、ちょっと曳いてくれと頼まれて、曳いてやった小さい釣船に乗っていた人だ、と明言するじゃありませんか」

一人は否定し、一人は認めている。なるほどここに解決への鍵がある。南刑事は慌てて食事をすまして立ち上った。その二人の男に会い、また機動船の持主にも、もう一度確かめたかったのである。

勿論竹崎に異議はなかった。被害者二人の指紋の照会は全部無効だった事、他の失踪届の出ている者の中にも、該当するものはなかった事等聞きながら、竹崎も同じく立ち上っていた。

「あの尾鷲へ廻送することになっていた漁船は、まだありますか？」

ふと想出したように竹崎は遠藤主任をふり返った。そしてまだだと聞くと、軽い微笑を泛べて、「――あるいは私があの船を送らして頂くかも判りませんよ」とじっと主任の赫らんだ顔をみつめた。

早崎一男は三十二三にしか見えない精悍な身体の男であった。心持よく二人を迎えて、何んの躊躇もなく、主任から聞いたことと同じ事柄を述べた。その漁船に曳航を依頼されたのは、五ケ所湾の沖合で時刻は七時過ぎだったと言う。

「もう大分暗かったので、尾野さんははっきりと顔を見ていますまい。しかし私が艫に居て、綱を結んでやったのだから、よく知っていますよ。三人乗っていました。浜島まで曳いてくれと言うので、帰り道だからと思い、曳いてやりましたが、あの船が例の屍船だったのですね」明るい声で早崎はこう附け加え、何を思ってか、低く声を立てて笑った。

尾野忠太郎は四十年配の丸坊主の頭も少し禿げて、色は黒いが面長の神経質な顔をしていた。

「そうですか。しかし私ははっきり覚えていません。早崎君が言うのなら間違いないでしょう。もう大分暗くなっていましたからね」

冷い調子の低い声である。

「一体どの辺で魚釣りしておられたのですか」

静かな竹崎の声に、またしても尾野の唇は軽くふるえた。

「どこって、随分あちこち流しましたからねえ。さあ、五ケ所湾の沖合から、もうすこしは西の方へも出ましたか――」

「あの発動機船は、時々借りられるのですか」

「はあ、心易いものですから――」

「どれ位走れます?」

「さあ――」とちょっと考えて「よくは知りませんが、早い方でしょうね」

竹崎はなおも聞きたげにする南刑事を押えて、次に持主に面会を求めに行った。

何かある。これは莫然とした推測ではある。けれど、二人共その個性を無理に押し殺して殊更の技巧が覗かれるのだ。しかしそれをつき進んで更に口を割らせるためには、もっと適確なものを握らねばならない。

竹崎は浜へ出る途で、ちょっと思案して、一応本部へ戻った。

「遠藤さん。私にあの機動船と漁船を借して下さいよ。今夜戻って来ますから――。その間済みませんが、尾野と早崎の行動を看視することと、大阪へ連絡して、旅行の目的、及金品の紛失の有無、日常の業務内容等聞合して頂きたいのですが……」

機動船は二十米足らずの漁船に機関を取付けたものであった。幅の割に広く見えるのは浪の荒い熊野灘を乗り切るためであろうか。

焼玉機関で動かしてみると調子はよかった。八ノットは確実だと言う。竹崎は機関になれた若い漁夫を頼んで尾鷲まで漁船を曳いてゆくことにした。

油の量は充分に手配した。先日二人に貸した時の油の量の見当を聞いて、眼じるしをつけ、浜島をあとにして、多彩な島や岸壁の連なる真珠湾を出たのは、九時の明るい陽が、きらきらときらめく、爽やかな夏を間近く思わせる時刻であった。

六、可能性の問題

総勢四人――、漁船には南刑事とその同僚が乗り込み、漁夫が梶を握って発動機船の艫に坐った。竹崎は舳に腰を下して、白く浪を蹴立てる進路に眸をこらしていた。

同じ人数で同じ条件である。どれほど時間がかかるか、竹崎の目的はそこにあった。

朝五時頃に出た船は尾鷲へ何時頃着いたのであろうか。直線距離で長島まで約五十粁、それから尾鷲まで約二十粁、合計七十粁――。

船の最大速力を八ノットとして、一ノットは約一・八キロだから、七十キロは四十ノットに相当すると概算しても、五時間はかかる。

すると十時頃、遅くとも十一時には尾鷲に着いている。一時頃漕ぎ出した漁船と落ち合うには充分余裕がある。

機関の音は軽かった。南刑事はさすがに退屈したのであろう。船底に寝そべって眠りに落ちている。

竹崎にも早や風光をたのしむだけのゆとりはなかった。いつしか軽い居眠りに落ちた。

ふと眼覚めた竹崎が時計を見ると、はや四時近い。軽い弁当を食ったのが一時頃だったから、三時間近くも居眠ったことになる、がそれにしても、今この船はどこを走っているのだろう。佇立する岸壁を眺めて竹崎は思わずはっとした。もう七時間にもなる。それなのに、この船は尾鷲へまだ到着しないのだ。

「もうどこかねえ。尾鷲はまだ着かないの?」

漁夫は風に飛ばされる声を手でかこんで、「もう一時間――」と答える。

暗い蔭が竹崎の面を包んだ。もう一時間、すると合計八時間――。五時に出た船なら午後一時頃になる。不可能ではない。それでも間に合う。一時頃に出た漁船と海上で逢うのなら、充分ではないか。

「これで最大速力かね」

竹崎は艫の漁夫の傍に寄った。熱く灼けきった機関の熱気がフッと頰をかすめる。

「ええ、せい一杯ですよ。旦那――。この船なればこそでさあ」漁夫は悠然としている。

尾鷲の港が見えて来た。南刑事も起き上って、同じく港へ急ぐ他の船を眺めている。

五時十分――。やっと岸に着いた船から下り立った三人は、今更のように腰を伸ばして、待ち兼ねたらしい尾鷲警察の人に手を振った。

「随分と時間のかかるものですねえ」

溜息と共に吐き出すように南刑事が呟く。

漁船は直ぐ持主に見せた。間違いはなかった。屍を乗せて暁の真珠湾を漂っていた船はやっと持主の手に戻ったのである。

「どれ位油が減りました？」

竹崎はその時返事のかわりに黙って指された目じるしを見た。減っている。減りすぎている。まだこれから浜島まで戻らねばならないのに、尾野や早崎が用意して行った油の量の約八割を費い果しているではないか。

「——何分走りつづけでさあ。随分いるものでしょう」

漁夫は事もなげに言う。

深い疑念が竹崎の胸を押しつぶした。

尾鷲にはその後何も眼新しい聞込みはなかった。口髭の男が写真の男と同じように思うという程度で、明確な証言をとれなかったのもやむを得なかった。

夕食を済まして、竹崎は再び機動船に乗り込んだ。六時半——。今度は漁船を曳いていない。

薄暮の中をまたも機関は軽いうなりを上げる。今度は四人が乗り込んでいる。けれど充分の広さは、四人が車座になって、一緒に食事をしてもまだゆとりがある。

死の饗宴はこの板間の上で、時刻もあまり変らない夕闇のせまる中で行われたのであろうか——。板をめくると生簀に水がひたひたと鳴っている。

一時頃落ち合った四人は、六時頃までに長島まで行けばいいのだから、その間、尾鷲と長島の沖合であるいは釣糸を垂れたかも知れない。

海岸線に沿って走っていた船が、長島の港の灯を遠くで眺めた時に、竹崎は時計を見た。まだ八時前である。一時間半ほどしかたっていない。

一艘の船を曳くのと曳かぬのとにこれほども違いが出来るのであろうか——。来る時は七十キロを八時間もかかったのだから一時間に九キロ見当しか走っていない。それなのに帰りの今は二十キロを一時間半、十三キロ以上の速力で走っていることになる。

夜風のためにかくも寒いのかと、襟を立てていた竹崎は、それが船の速力も昼より速いため風当りも強い所為《せい》であることを知った。

漁船を曳航したために一時間に四キロも速力が違うとすると来る時の所要時間も訂正しなければならない。毎時十三キロとすると七十キロを行くには五・四時間——即ち五時間半あれば充分だという事になる。だから五時に出た船は充分の余裕を以って走らせる事が出来たのだ。

「油の消費量は速力を落すと大分違うのですか？」竹崎は再び漁夫に話し掛けた。

「そりゃ大分違いまさあ。今一杯あけてますが、ちょっとしぼるとそれだけで大分違いますからなあ」

「船を曳くのと、曳かぬのとは?」

「そりゃ船脚が軽いと、それだけ早く走りますし、それに釣りの時は、船を流しますからうんと違いますよ」

「船を流すって?」

「機関を止めて、潮のままに船を流すんですよ。糸を垂れていては走れませんから……」

長島の灯はもう見えなかった。夜闇はくっきりと黒く船を包み込んで来た。船は海岸を遠く離れて行くらしく、海岸に点々と見える灯も小さくなるばかりである。くろぐろと見えた小島の蔭も見えなくなった。船の動揺が激しくなって来た。船は熊野灘の真只中に躍り込んで、白い浪を蹴立てているのだ。

「ちょっと辛棒して下さいよ、帰りはこれの方が速いんでねえ」

空の星を仰いで漁夫は大きい声で言う。

竹崎はなおも計算にこだわっていた。長島を出た船が六時から九時まで約三時間の間に、五十粁を乗り切るには、毎時十七キロの速力は出さねばならない。それなのに、この船は、裸で走って、僅か十三キロ程度しか出ないではないか。八ノットが最大速力と言う。八ノットなら十四・四キロだから、もう少し出るはずだ。だが彼等は船を一艘曳いていた。それを差引くと十キロ程度しか出ないことになる。とすれば五時間は充分かかる。六時に出た船なら、十一時になるのではないか——。

沖に響く音は海鳴りであろうか。小さな灯の下に三人は寒さをきびしく感じていた。波頭が押し寄せる度に小船はいかにもたよりなげに見えた。心細さが三人を極度の緊張に包んだ。声も出ない。黙々として梶を握る若い漁夫の顔がただ一つ頼もしげに見えた。

しぶきをあびて、遠くに大王崎の燈台の灯を望みながら、御座岬を廻って浜島の町の灯を眺めたときには、さすがの竹崎も疲れ切っていた。

しかし浜島の桟橋を踏んで、時計を見た時の竹崎の表情は、俄然酷しかった。

本部に戻って、遠藤主任の前に、崩れるように坐り込んだ竹崎は暫く黙って主任の顔をみつめていた。

「御疲れだったでしょう。しかし、大阪からもいいニュースが届いていますよ」

熱い茶をすする竹崎の前に、主任はメモを置いた。
一、高木信雄の旅行の目的は商用にて内容不明。
一、帝国銀行大阪支店振出の保証自由小切手五十万円持参、但し取立済。

一、日常業務内容は詳細不明なるも、ブローカー会社にて、元上海にて貴金属宝石類を扱いたるものの如し。
一、最近某国人との取引ある如く、再三事務所を訪れる第三国人あり。
一、浜島にての取引先に、養殖真珠の業者あり、先方氏名不詳。
一、的矢湾または英虞《アゴ》湾方面に再三出張せる由――。
黙って読み下す竹崎の疲れ切った顔に、遠藤主任の眸はじっと据っていた。

「――まだあるんですよ。英虞湾と言っても御存じないでしょうが、俗に真珠湾と言われるのも浜島や賢島を擁しているこの入海のことで、御木本の真珠――外国ではミキモトパールで有名だし、また養殖真珠では日本でも有数の産地ですから、水温といい、水質といい、とても良い条件が具っているんですね。だから御木本以外にも、随分と多くの人が真珠を養殖している。ところが戦時中、その需要がとまった。しかし、あこや貝――真珠の出来る貝の名ですが、これは養殖して約三年、それ以上になるほど、いい大粒のが出来て来る。死なさずに手入れを充分してやれば、あこや貝の生長と共に真珠も大きくなる。これが戦時中もずっと続けられていたとしたら、そした特殊の条件にかなっていたとしたら、相当大きいものが出来る可能性がある。ねえ、想像に難くないでしょう」

竹崎は黙々として首肯いた。

「――いま世界で有名な真珠の産地は多いでしょうが、一番大きいのでどれほどでしょうか。私は今日も業者を呼んでいろいろ聞いてみたのですが、世界最大のは五百グレーン――約六匁六分だと言う。まあこんなのはたった一つ発見されただけなんでしょうが、まず三百グレーン以上の真円真珠は滅多に発見出来ないのが本当なのでしょう。ところがこの真珠湾で、最近三百グレーン以上のが発見された。養殖真珠としては、世界最大のものになろうかとも言う大きいのが、この浜島の業者に依って採取された――」

一同はただ声を呑んで、主任の口許をみつめている。

犯罪には必ず素因がある。屍船で最初から奇怪の犯罪として現われたこの事件にもやはりこうした素因が潜んでいたのであろうか――。

七、黒潮の解く謎

「最近、この浜島に各地からブローカーが入り込んでいる。真珠がその主目的なのでしょうね。しかし市場は日本内地では知れている。といって、目下の処輸出の対照ではない。とすればどうなるか。所謂闇商人に依る密輸出でしょう。そこへ世界でも珍らしい真円、真珠の大粒が出て来た。僅か一個指先でつまむ程度のもので、時価何万円――。思惑が出来るじゃありませんか。しかし慎重を要する事は言うまでもない。その持主はどうすれば安全に、内密に金に替えることが出来るか――」

「しかし――」竹崎の沈痛な声が突如主任の言葉を遮った。「――残念なことに証拠がない。可能性はあっても、それはただ憶測に過ぎぬと言われても止むを得ない」呻くような口調である。寂漠とした空気が一同を包んだ。意気ごんで語っていた主任も、白々と冴えた面持で眼を伏せた。

「誰です。その真珠の採取者は?」

「尾野ですよ。専らの評判だと言う」

「当人に訊かれましたか?」

「ええ、しかし、即座に否定されましたよ」

暫く黙って考えていた竹崎は、ふと気を更えたように明るい声で、一同の顔を見廻した。

「この湾内の潮の流れはどんな程度か御存じありませんか?」

唐突なこの質問には、さすがの遠藤主任をも愕ろかしたと見え啞然とした面持が直ぐ苦笑に変った。

「あまりありませんよ。勿論潮の出入りが無ければ、直ぐ赤潮が発生して、真珠貝を全滅させますから、多少の動きはあるのでしょうが、今までにも数回、真珠養殖を始めてから、赤潮の被害を受けていますからね」

「とすると、あの漁船は潮に流されて来たものではなく、あの発見された附近で切り離されたという事になりますね」

真剣な口調であった。

「――五十万円の小切手を持って出た高木は何故行方不明か、漂流していた漁船の錨は鋭利な刃物で断たれていましたね。――事実、大粒の真珠があったとしても、高木と同行した男も既に死んでいる。高木だけ生きているはずは無い。幸い潮流が少ないとすれば、錨をつけて沈められたと考えたなら、屍体は必ず発見されるべきでしょう」

ああ、竹崎は遂に高木の屍体捜索を提案するのだ。

漁船の上で屍体となっていた二人の身許は未だに判らない。けれど彼等二人は買手の高木を案内して来たブローカーなのだろうか。

高木は要心深く小切手にして持って来た。しかし何故か取引は海上で行われることになっていた。その点から考えるとあるいは二人は第三国人で、真珠を受けとると、直ぐ別の船で海外への渡航を計画していたのであろうか。

いずれにしても——。竹崎は考えるのであった。高木が生きているはずはない。誰が殺したかは判らない。けれども彼は確かに殺されている。それでいて、未だに屍体の浮かないのを見ると紛失している錨が、その重みに違いないと想像されるのである。

翌朝、早くから漁夫達の手が集められた。網曳船が用意された。場所は竹崎の指示に従って、御座岬から浜島港の沖へかけての一帯である。

しかし、竹崎も南刑事もその捜査には参加していなかった。遠藤主任はしきりと大阪府警察部を電話で呼び出していた。

正午頃、海上捜索隊は遂に一個の屍体をひき上げた。纜で厳丈に結えられ、錨が岩礁にひっかかったのを発見したのである。

清澄な海水に浸っていた所為であろうか、腐敗はまだそれほど進行していなかった。魚類に啄かれたと見え、皮膚に糜爛のあとは見られたが、顔貌は確かに高木の写真のそれであった。

竹崎は予期していたものの如く、その屍体の検診を依頼すると共に、服装を点検した。

別に変った物も出て来ない。けれど竹崎は失望の色もなく形式的な点検に過ぎない様子を示しただけである。

死因の検診には相当鋭い視線を注いでいた。水は呑んでいない。外傷も死因と思われるものが無く、当然前の二人と同様に青酸中毒死と認定されるようであった。

その剖検を依頼して、直ぐ本部を飛び出した竹崎は、どこからともなく現われた南刑事と落ち合って、すぐ早崎一男の家を訪れた。

「御苦労さんでした」竹崎はまず今朝の海上捜査に加わっていた早崎を犒《ねぎら》った。

「怖ろしい事件ですね。これで三人ですな。この真珠の名産地も、また殺人事件で名が出ますよ」

相変らずの快活な態度である。

「ところで、一つ教えて頂きたいのですが……」静かな調子であった。「——あの熊野灘を昨夜乗り切って初めて知ったのですが、随分と潮流は早いんですね」

「ははは。あの潮ですか——。あれは御存じの黒潮ですよ。沖に出ると、随分流されますからね」

「どれ位の速さがあるのでしょう?」

「さあ——。よくは知りませんが一昼夜に百五十浬《かいり》は流れるって言いますから——」

「一昼夜って二十四時間にですか。すると毎時六ノット以上——」

「ええ、中心の流れはそれ位ありましょうな。沖で遭難した船がよく小笠原島の方へ流されるのも、あの黒潮の所為だって言っていますからねえ」

「と言うと、あの海流は西から東へ流れている——」

「そうですよ。だから船で西へ行く時は、沖へ出ずに、岸に沿って走るのですよ」

「ははあ。なるほどそれで、貴方は長島から僅か三時間足らずで帰られたのですな?」

極どい一瞬であった。サッと変った表情の動きを、竹崎の鋭い眸は、はっきりと摑んでいた。


事件は終った。しかし竹崎がA及びBと呼んだ二人の身許は遂に判らなかった。尾野も早崎も一面識もない男で、名も知らなかったからである。

五十万円の金は、早崎が押入れの床下に隠していた。大阪までわざわざ取りに行ったのは早崎自身で、事件のあった翌日、既に大阪で引き出していた。その人相を銀行で確かめるため、主任は再三大阪へ電話していたのである。

犯罪の原因は、やはり真珠の売立てであった。最初二人は、尾鷲の沖で高木ともう一人の男に会った。取引きは出来た。品物に満足した高木は小切手を出した。しかし二人は小切手は約束が違うと言って断ったのである。高木ともう一人の若い男はしきりと相談していたが、それでは長島へ着けてくれ、そこで落ち合う男が、全部紙幣で持って来るはずだからと言う。

やむなく長島へ漁船をつけた二人は、その沖で暫く釣を始めたが、六時を過ぎた頃、櫓を押して今度は三人になった船がやって来た。一緒に発動機船へ乗り移って、話をしてみると、やはり現金は持って来ていない。それでは仕方が無いから、一応浜島へ引き上げ、その上で相談しようと話が定まり、尾野が船をあやつり、早崎が釣った魚を料理して一同に進めた。

寒くなって来たので、長島から乗った男はウイスキーの瓶を取り出して、皆にすすめた。しかしその時、ふと早崎はその男の妙な素振りに気附いたのである。何か薬品様のものをすきを見ては自分達のコップに入れようとしている。

ドッと浪をかぶって、船が傾いた時に早崎は思わずよろけて、その男にぶっつかった。そしてウイスキーの瓶を落したのである。

男は慌てて倒れた瓶を起した。早崎も急いで手を伸ばした。その時に先ほどから気になっていた薬品を掴むことが出来た。

何かは知らない。しかし早崎はそれを醤油の皿にあけた。誰も気附くものもない。新しく料理された魚が出る。刺身だ。その醤油皿を出す。三人は順次醤油に浸して食べる。と怖ろしい現象が起った。

「全く夢のようでした。あんな怖ろしい結果になるなんて……でもまかり違えばこちらが殺されていたのだと思うと、ぞっとする腹立たしさを覚えました――」

と言う。

早崎はそれが青酸加里であるとは夢にも知らなかった
しかし現実は二人の前に苦悶しつつ死んでゆく三人がある。尾野はただふるえていた。けれど早崎は考えた。高木の屍体が発見されたら、あるいは自分等との関係が判るかも知れない。そこで尾野に手伝わせ、漁船の纜を庖丁できり頑丈に高木の身体に縛りつけ、錨ともども海へ投げ込んだ。

あとの二人も海へと思った時に、船が既に浜島の沖に来ていたので、突嗟の思いつきで二人を漁船に運んで、舳と艫に坐らせた。ともすれば倒れるのを櫓を動かぬように打ちつけ生簀の魚を移し、糸を手に持たせた。こうしておけば、夜が明けても魚釣りの恰好に見えるからちょっと誰も死んでいるとは気附かないだろう。あとから考えたら随分莫迦な事をしたと思いましたが……。と早崎は述懐するのである。

この漁船を解き離して二人は急いで船を返し家に戻った。しかし早崎は手早く三人の目星しい所持品を皆抜いていたのである。

金目のものだけを残して、後日の証拠になるようなものを根こそぎ焼いてしまった早崎は尾野には小切手も焼いてしまったと言っていたのであった。

解決のあとで、竹崎は自分の誤算をしきりと謝っていた。

「黒潮にそれだけの速さがあるとは私も気附きませんでしたよ。ただ最初の定期船が遅すぎたので、まず錯覚を起したのが第一、実際各港へ寄って、島や岩礁を縫って行く船の平均速度は四ノット以下でしょうか。それに荷物の積替えもせねばならず、その計算を忘れていたのが失策でした。その次の失敗は黒潮の潮流を考えに入れていなかったこと――。海岸に沿って行くのなら知れていますが、沖へ出るとあの速さ。全く長島から沖へ出た機動船が、一昼夜に、百五十浬も走るという潮流に乗り込んで、僅か二時間余で浜島の沖に着いた時には愕きましたね、船頭がこれの方が速いから辛棒してくれと言った意味が、その時始めて解りましたよ、いや、いい経験をしました」と淋しく笑うのであった。

「――二人の被害者の身許は判りますまい。案外復員者かも知れませんが、最初の男の行動から考えると、高木はどちらにしろ殺されていたでしょうね。若い方の私がB―と呼んだ男が買手の代行人となって、尾鷲で落ち合い、長島でA―が買手として待つ。高木が真珠を入手するのを待って、二人でそれを奪い別便で上海かそれとも他の方面へか、脱出する予定だったのでしょう。青酸を用意して来ていたのもA―でしょう。私の受けた印象から言っても、何か奇妙な殺気と言いますか、不思議な気配が漂よっていましたからね」

竹崎は最初のあの船旅での不思議なときめきを改めて想い起すのであった。

「――屍体現象は寒い時には早いと言われますが、あの夜の潮風の冷たさが、二人の硬直を早めたのでしょう。だからあのような姿勢のまま漂う船の上に乗せておくことが出来た。しかし、失策は、餌箱に餌を入れ忘れたこと、釣糸に鈎や錘りをつけてなかったこと。いやそれよりも、あのA―という男に、私が逢っていたことが、早崎の予期せない誤算だったのでしょうね」竹崎は再び静かに笑った。

第三者の殺人

部屋は乱雑を極めていた。椅子は倒れ、事務机は斜めにずれて、角には、まだ生々しい血がこびりついていた。大理石の置時計が落ちて、やはり血にそまっている。硝子がこわれ、長針も飛んだものと見え、文字板には短針が、六時と七時の間を指している。

屍体はその事務机の横に仰向けに倒れていた。醜く歪んだ顔、くいしばった唇、かっと見開いた白い眼――、頭が割れていると見え、血泥が毛髪に固まりついている。

四十年配の浅黒い、細面の顔である。きれいに鬚を剃っている。身長は五尺三寸位であろうか、上衣はぬいだまま、骨格は頑丈そうだが、肉付きはよくない。十三貫も体重があればいい方だろう。肩のところと、腕の付根で、両方ともワイシャツが破れている。

「相当はげしく争ったのですね」

竹崎は呟きながら、静かに創口を検べる警察医の手許を眺めていた。

強行犯係長の武田警部が、刑事と何か打合せながら、手帳にしきりと書き込んでいる。鑑識課の連中が、用意が出来たと見え入口近くに待機している。

部屋は十坪ほどあるだろうか、窓を背にして黒塗りの重たげな事務机が一つ、その前に向い合せに二脚の椅子、その間に丸い卓子があったのだろう。それらは皆倒れて、椅子などは脚が折れかけている。

廊下に面して扉が一つ、大阪堂島にある古いビルディングの三階の一室である。

竹崎は机の側に寄って、ちょっと斜めにすかしていたが、やがて鑑識課の一人を呼ぶと、

「この指紋も検出して下さいね」と頼む。

警察医はゆっくり立上って、手を消毒しながら、

「死因は、やはり頭蓋骨折でしょうね。とてもひどくめりこんでいますよ。脳漿がはみ出ていますからね」と頭を指す。

「その創口は、この机の角で出来たものでしょうか、それとも、置時計の尻で殴られたものでしょうか?」武田警部の事務的な声で、

「さあ、それは今は明確に断定出来ませんね——というのも、挫創が二つありますから……」

竹崎は屍体の右手を持上げて、その指先にべっとりと着いている血を見せた。

「すくなくとも、即死じゃありませんね。被害者は一度、創口へ手をやっている——」

警察医は不思議そうに竹崎を見た。そして黙って帰り仕度を始めた。

「それに、この机の角の血が多すぎる。ねえ、どうしてここへ頭をぶっつけたか判りませんが、この角で頭が割れたとしても、直ぐ床の上に倒れるはずだから、ここにこんなに血が着くはずはないと思いますが……」

誰も何とも言わない。竹崎は照れ臭さそうに頭を掻いた。

「いやどうも出過ぎるようで悪いですな」

「どう致しまして……」警部がすぐ応じた。

「——結構なお説です。さすがは竹崎さんですね。もっと御気附の点があれば、教えて戴けませんか?」

「なかなかもって……」竹崎は軽く頭を下げた。

「しかし、もう一つ、疑問の点があります。それは、この置時計がどうして落ちたか、という点ですが、もし仮りに、この被害者が倒れる時に時計を摑んだとする、と、倒れるのと一緒に、時計は落ちるかも知れない。しかし、その時に、第二の創が出来たとすると、仰向けに倒れた上に落ちた重い時計は、どこに創口を造るでしょうか——」

「——その点、私は時計も兇器だと思うのですよ」

武田警部は時計の位置を目測しながら言う。

「なるほど、私もそれを考えてみました。しかし、武田さん、貴方この時計を、片手で摑まえて、振り上げることが出来ますか?」

言われてみると、いかにもその時計は大きすぎる。片手に摑まえるには幅も広いし、大理石の重さを目分量で測ってみても、相当なものである。

「そう仰言れば、なるほど、重たそうですね」

武田警部は手袋をはめたまま、手を伸ばした。しかし、時計は片手では摑まえられない。

「——というと、一体どういう事になるんでしょう?」

「それを私も考えているのですよ」何故か、竹崎は淋

しそうな微笑をうかべた。

「――とにかく、二つの傷がどうして出来たか、それを確めるのが先決問題でしょうね」

隣の部屋に移った武田警部は、そこで始めて、やれやれという風に煙草をとり出した。

鑑識の連中が写真を撮っているのであろう、しきりとフラッシュをたく音がする。

「――私の方へ自首して来た男の話を、まず聞いて頂きましょうか――」

竹崎が落着いた声で語り始めた。

「さあ、今朝の六時頃だったでしょうか――私の宅の戸をドンドン叩く者がある、家内が出て見ると、三十歳位の眼の血走った洋服男と二十四五の洋装の女が、是非私に逢いたいと言う。用件を聞いてみると、昨夜人殺しをしてきたので、自首したいのだが、一応事情を聞いて頂いて、その筋の方へ、よろしく頼んでくれ、と言うのです。そこで私は二人を部屋へ通して、事情を聞いてみました。二人共とても昂奮していて、昨夜は一睡もしていないらしいのです。男は篠崎進、女は田中百合枝と名乗りました。二人はまだ結婚していないけれど、近日中に式を挙げることになっていたそうです。女がまず口を開きました――


――昨夜の八時頃でございました。私はいま、阪急沿線の曾根のアパートに居りますが、その部屋へこの人が、真蒼な顔をして、よろよろとよろけ込むように這入って来ました。まあ、どうなすったの、そんな怖い顔をして――と申しますと、この人は、どさっと、畳の上に腰を落して、とうとうやってしまった。百合ちゃん、僕、浜田の奴を殴り殺して来たんだって言うじゃありませんか――えッ、浜田って？　あの事務所の？　と訊くと、うむ、と頷いたまま、この人、ホロホロ泣き出して、もう駄目だ、僕は人殺しだ。何も殺すつもりじゃなかったんだ。けど、あいつ、机の角で頭を打って、それっきりなんだ。死んでしまったんだ……。私、思わず眼の前が真暗になった気がしました。この人なら、本当にやりかねないんです。気のいい、とても柔順しい人なんですが、また反面、とても気短かで、それに兵隊にとられていた間に覚えて来たんでしょう、すぐ、人を殴るんですの。それがとても強いのでよく街で不良にたかられた時も、気味のいいほど、相手をやっつけてしまうんです。でも、その腕の強さが、この人に、いまこんなにして、報いが来たのだと思うと、私、泣くにも泣けませんでした。

浜田って人は、堂島の大淀ビルディングに事務所を持っている、昭光産業社の社長なんですの。昭光産業社といっても、何でもこいのブローカー会社で、私が事務員として働いている他は、社員って誰もないインチキ会社なのです。私はもう三月ほど働いていますが、月給って別に定っていません。ボロ口が出来て儲かると、とても気前よく料理屋なんかへ私を連れて行って、小遣でもたんまり呉れますので、私も辛抱していたんです。

この人は私の紹介で、浜田さんの事務所へ出入りし、ブローカー仕事を手伝っていました。最近も浜田さんが、広島の方にキャラコの出物があるから、買手を探して来い、と言われ、大手筋の買手を探し、話をまとめるのに一生懸命でした。何でも、五百万円ほどのもので、うまくまとまれば五十万円は儲かると言うんです。その金がとれたら、私と結婚するんだと、とてもこの人も張り切っていました。

それなのに、突然殺して来たって言うんでしょう。

——そりゃ、この人は短気で怒るとすぐ手が出るんだから、何かの原因で喧嘩を始め、殴った途端に、浜田さんがひっくり返って、机の角で頭を打ち、そのため死んだのでしょうが、その喧嘩の原因は私にすこしも言わないんです。ただ癪にさわったから、って言うんですけど、こんなのでも、殺人罪になるのでしょうか。私、正しい理由で喧嘩をしたのなら、正当防衛とかなんとかで、起訴されずに済むのじゃないかって、この人と昨夜中言い合ったのですが、どんなものでしょう——

——この女、仲々雄弁なのですよ。男に一言も喋らせず、はっきりした口調で語りました。その間、私はじっと二人を観察していましたが、男は確かに落着きを失っていました。本来の気は弱いのでしょうね。しかし、頑丈そうな男で、なるほど肩の張った、腕力も強そうに見えました。

——一体、何時頃の出来事なんだね。私は男の血走った落着きのない眼を見ながら訊きました。『さあ、五時頃でしょう。もう帰りかけているところでしたから……』『それじゃ、田中さんは居らなかったのだね』『ええ、四時過ぎに私、いつも帰りますの』『そんな時分に、何の用事で行ったのだ』『——例のキャラコの件なんですが、こんな統制物資の横流しの話——やはり申上げねばいけないでしょうか?』『そりゃ、一応はその動因を確める以上、明確にしなけりゃいけないわ』——暫く男は黙ったまま惑っている風でした。

『言っちまいなさいよ。言ったって、いいじゃない。貴方はただ使い走りしただけなんだから……』女も言葉を添えます。『――実は広島に約一万反の純綿キャラコが隠匿されている。それを、元海軍中将の人が、責任を持って管理しているんだ。それで、今度引揚同胞の援護物資として五千反、出ることになった。当局との諒解もついたし、鉄道の輸送も話が出来ている。勿論丸公で出るんだから、それを大阪へ送ってもらえば大した儲けだ。だから、それを一手に買取る金主が見付かれば直ぐ連れて行って、元中将にも会わし、現品も見せ、取引きが出来る。ただ、そのためには、先方で全部現金を見せなけりゃならないが、それは小切手でもいいだろう。銀行保証でさえあればね。それともう一つ、広島へ行っている間に、相当の運動資金が入る。まあ十万円もあればいいだろうが、どうだ。その金を立替える人はいないかね。――こんな浜田の話でした。更によく聞いてみれば、品物は卸切りの貨車で指定の場所まで送るし、鉄道の用片（荷受証）で取引しよう、とまで先方は言っていると言うし、もし本当なら、こんなボロイ話はありません。それで私は、諸方を走り廻って、買手を探しました。ところが、誰も現品引替なら直ぐ話に乗るが、前金の十万円はよう出さぬ、と申します。それでさんざん思案の末、私がその十万円を立て替えることにし、金策に廻りまして、やっとこしらえ、浜田に渡したのです。浜田は早速その金を持って広島へ発ちました。電報の来しだい、私は買手に小切手を用意させ、一緒に広島へ行く予定だったのですが、それが一週間ほどすると、ひょっこり戻って来て、もうすこし待て、と言うんです。何でも、他にも買手が沢山きていて、種々交渉の上割当てした結果三千反だけ確保して来た。先方から出る日を電報で知らして来るはずだから、と言うのですが、それからもう一月になります。私の無理して来た先方からは、喧しく催促に来ます。とうとう私は辛抱しきれなくなって、昨日その話の結末をつけるために行ったのでした。

いろいろ話し合った結果、私は浜田に一杯かかったのだと、はっきり判りました。全然誠意がなく、まあ、仕方がないさ、たまにはこれ位の損もあるよ。なんて済ましているんですから、私は思わずカッとして、この詐欺師奴！　と怒鳴ってしまったのでした。それが喧嘩の始まりです。急に血相をかえて立ちあがった浜田が、何が詐偽師だ、この大馬鹿野郎！　って言いながら、私に椅子を投げつけた時は、私はもう夢中でした。そして気が附いた時は、浜田は机の横に倒れて、二度と起き上って来ませんでした』

とぎれ勝ちの話し振りでしたが、やっとこれだけ語りました。私はなおもいろいろと聞き糺したのですが、それ以上耳新しいこともなく、参考になるようなこともありません。で、私は早速二人を連れて、天満署へ出頭したのです。すると、もう署の方では皆さんが、この事件を御存じで、現場の方へ行っておられると聞いたので、二人の身柄をあずけ、急いで出て来たという訳なのです――」

「いや、それで竹崎さんが御越しになった理由がよく判りましたよ」

武田警部は温和な顔に軽い微笑を浮べて言った。

「――前の警視庁捜査課長としてのお名前は、よく伺っていましたが、御眼にかかるのは、始めてだものですから……」とまた笑って、「――もう天満署へ御出でだったら、御承知でしょうけれど、この事件の発見者は、ビルの守衛なんですよ。それも今朝の五時頃、各階の巡視に廻った時に、昭光産業社の部屋が、電灯が点けッ放しになっているので、不審に思って扉を開けると、屍体が見えたと言うんです。大体このビルは、守衛の巡廻時間は、夜の八時頃と深夜の十二時頃、そして夜明けの五時頃の三回になっているそうです。それが昨夜当直の守衛は、十二時の巡廻は怠ったのですね。だから、今朝の五時まで気が附かなかったと言うのですよ。それに、不思議なことには、昨夜八時に廻った時には、どこの部屋も真暗で、昭光産業の部屋も、勿論真暗だったと断言するのです。面白いじゃありませんか――」

「このビルの入口は正面ですね。非常口はどこにあるのです?」

「裏側ですよ。非常階段の降り口と一緒で、守衛の部屋もそこにあります」

「夜分は表入口は閉めるのですね」

「五時になると締切るそうです。鉄扉を下すのだから、絶対それ以後出入りは出来ませんね。残業組はみな、裏口から出入りする訳ですよ」

「すると篠崎が浜田と逢ったのが五時頃だとすれば、帰るときは裏口からという事になりますね」

「そうですよ。それから、五時頃だったら、昨今のこと、まだまだ明るいから、電灯は点けるはずはありませんしね」

竹崎はちょっと考え込んだ。この電灯が点いていたということは、第三者の登場を意味し、その時刻は、夜の八時以後だということになる。

「昨夜は、その守衛一人だったのですか？」

「そうですよ。だから今、守衛の八時以後の行動を追求していますよ」

警部は再び煙草に火をつけた。そして、他の部屋の人が、どうしてそんな喧嘩に気が附かなかったかを調べた結果、三階の各室は、五時頃には一人もいなかったことを確めたと語った。

鑑識の連中の仕事が済んだと見え、どやどやと引きあげて行ったあと、屍体は直ぐ阪大病院へ送られ、解剖されることになった。

再び兇行の部屋へ戻った竹崎達は、刑事連が机の中や、書類、帳簿等を調べるのを黙って眺めていた。

窓際の隅の方に高さ二尺ほどの金庫がある。それを開けようとして、刑事の一人は鍵を探した。が、不思議に発見出来ないのである。

屍体のポケットにも机の抽出しにもなかった。

「田中を呼んだらどうです。ただ一人の事務員だったと言うから、いつもどこにあるか知っているでしょう。それに文字盤の組合せも……」

二人が来るのを待つ間に、屍体は運び出された。そのあとの床の上には血の溜りが出来ている。

竹崎はその血の中から、硝子の破片を拾い上げた。置時計の硝子である。ずっと眼をくばると、窓際近くにも飛んでいる。一つ一つ丹念に拾い集めて、大体原形に近いだけのものを紙の上に並べたが、その半分以上が血に塗れている。しかし、再び机の上の時計を眺めて、

「針が見つかりませんね」

竹崎は、いかにも残念そうであった。

十時――篠崎と田中百合枝が連れられて来た。白地のワンピースに肉色のストッキング。パーマを当てた百合枝の顔は、唇だけがいやに紅く見えて、眼の周囲に黒い隈が眼立った。

浅黒い角張った顎の篠崎は、太い眉の下に落着かぬ眸をうろうろさせている。ネクタイが歪み、カラーも汚れている。

「鍵はいつも浜田が洋袴の前ポケットに入れているのですけれど……」

困ったように百合枝は首を振った。そして中味は書類ばかりで、金子はすこしも入っていないし、有価証券も無かった――と言う。

「――君は浜田を殴り倒してから、死んだかどうか確かめたのか?」

突然武田警部が問い掛けた。

「は、はあ――」

ちょっと口籠ったが、篠崎はすぐ伏目になって、

「――倒れたまま、起きませんので、しまった、と思って、引き起しましたが、駄目でした」

「その時、時計はどうなっていたかね」

「時計? さあ、気がつきませんでしたが、多分、浜田が倒れる時、一緒に落ちたのじゃないか、と思います」

「それから、どうした?」

「それから、慌てて飛び出しました。夢中だったので、どこをどう歩いたか、憶えていません。――そのうちに暗くなって来たので、田中さんを思い出し訪ねる気になって、阪急電車に乗りました」

「何時頃だった?」

「私は憶えていませんが、田中さんは八時頃だったと、言っています」

一人の刑事が、警部からメモを貰うと、直ぐ出て行った。アパートへ確かめに行ったのであろう?

「それから?」再び警部がうながす。

「それからは――」篠崎は女の顔をちょっと見て、「どこへも行きません。アパートで二人でいろいろ相談し、とうとう夜を明しました」

「机の角で頭を打ったんだね」

「ええ、椅子に躓いて、よろよろとして倒れましたから……」

「その時に、こんな血が附いたのか」

机の角の血のこびりついた跡を、そっと見て、篠崎は唇をふるわせた。

「いいえ、何も、覚えていません」

その時、扉を開けて這入って来た刑事が何事か警部に囁きつつ、鍵束を手渡した。警部はうなずきながら、その刑事の顔をじっと瞶めて、小声で何か言いつける。再び刑事が出て行くと、鍵を百合枝の前に差出した。

「金庫の鍵はこれかね」

ちらと見て、女は首肯いた。

「じゃ、開けて御覧――」

女は金庫の前にしゃがんで、文字盤を廻した。鍵を差し込む。把手を引くと、金庫は開いた。更に中扉、それも開ける。抽出しがある。警部は中を覗いて、一人の刑

事に頭を振った。なるほど、書類ばかりなのである。

二人を隣室へ下らせて、武田警部は竹崎の方を向き不思議な微笑を浮べた。

「ねえ、竹崎さん、この鍵、どこにあったとお考えです？」

「勿論、守衛の部屋でしょうね」

妙に陰鬱な声であった。竹崎は何かしきりと思い悩んでいるのだ。

「ほう、御存じだったのですか？」警部はちょっと口をつぐんだが、すぐ「――守衛の八時以後の行動ですが、当人の陳述によるとどこへも行かないし、ただ部屋にじっとしていたと言うのですよ」

しかし、竹崎はただ頷いただけであった。

間もなく、二人の刑事に両腕をとられて、守衛が連れられて来た。蒼ざめて土色になった皮膚が、妙にたるんで見える四十年配の男である。頭は少し禿げ上って厚い唇は紫色である。前歯が欠けて唾を呑む度に白い舌が覗く。

佃太市という。四十二才。家は守口の方で子供が五人、ビルに勤めるようになってからまだ三月ほどで、同僚は三人、交替二十四時間勤務をしている。月収は家族手当を入れて二千円ほど――。

「どうして、昨夜は十二時の巡視をやらなかったのだね」

警部は静かな口調で訊く。

「へえ、それが、ぐっすり眠ってましたんで、つい、ずぼらしましたんです」

「いつもは廻るのかね」

「へえ、え、そりゃ、もう……」

「昨夜、八時には廻ったのだね」

「へい」

「その時に、昭光産業のこの部屋に電燈が点いていたのだろう」

「へい……いえ。そんなら、その時に見付けてますがな……」と黄色く濁った眼をあげる。

「この鍵、知っているか」

手に取って見て、黙って首を振る。警部は暫く思案をした。

竹崎はメモに何事か書いて警部に渡した。それを読むと、武田警部はちょっと訝しげな表情をしたが、直ぐ、

「それじゃ、もう一つ、君は六時頃、どこへ行っていたんだ？」

ハッとしたように眼をあげた佃守衛は、再び伏目になって、淋しげな笑みをうかべた。

「女房が、子供に食わす米も物もない言うて相談に来ましたんや。そいで、近くの知合いへ、ちょっと借りに出ましてん」

手を振って、守衛を出さしてから、武田警部は暫く黙って、煙草をふかしていたが、やがて唇元には微笑をたたえているが、妙に緊張した眼で、竹崎を眺めた。

「ねえ、竹崎さん。どうも守衛はまだ嘘を言っていますね。私は、今もいろいろ考えたのですが、この事件は、最初の篠崎は、ただ脳震盪を起させただけで、一度気を失っていた浜田は、再び息を吹き返した。そこをまた誰かに殴られて死んだのですね。その証拠に、被害者は右手を血で汚している。これは貴方の仰言った通り、即死したものでないことを物語っている。その次は、机の角で打っただけでは、あんなひどい出血をともなう傷は出来ない。そしてもう一つの傷は、頭蓋骨の頂上に骨折を起させている。これは確かに殴られて出来たものです。すると篠崎がやったのか、というと断言は出来ないが、前後の事情から見ると、どうも篠崎には殺さねばならぬ理由はない。また最初に死んだと思っているのだし、自首して出るほどだから、息を吹き返すのを見て、もう一度殴りつけるなんて、やる柄じゃない。ねえ、そうでしょう。——すると、第三者がやったことになる。ところがその兇器は、時計の他に何も発見されないから、犯人は兇器を自由にこのビルへ持ち運び出来る者、ビルの出入りに不審を起されない者、となるでしょう。こんな条件にあてはまる第三者と言えば、竹崎さん、佃守衛より考えられないじゃありませんか」

竹崎は黙然としていた。広い額に落ちかかる髪もそのまま、ただ眼をあらぬ方に据えて、じっと考えこんでいる。

「そこで守衛の行動を考えてみましょう。守衛は生活苦に喘いでいる。切実に金につまっている。その日に食う物もないまでに追いつめられている。その切迫した気持で、八時の巡回に出た。と、昭光産業の部屋の扉が開いている。これは慌てて飛び出した篠崎が閉めなかったのでしょう。——何故だろう、と思いながら守衛は中へ這入って電燈をつけた。そして屍体を発見した。いや、その時はまだ意識を失っていただけの浜田だったのでしょう。ところが、浜田が急に明るくなったので、ふと気が付いた。そして思わず傷口を触わる。血を見て思わず声を立てる。守衛もそれを見る。途端に殺意が生じたのでしょう。手にした兇器で、半ば起き上った浜田の頭を殴りつける。それで今度は完全に死んだ訳です。——それからの守衛は鍵を探して、金庫を開けにかかった。だが文字盤の組合せがあるから開かない。とうとうあきらめて、鍵束だけ持って自分の部屋へ戻り、朝の五時に発見したように警察へ報告した。というのが真相だろうと思うのですが……」

しかしやはり竹崎は答えなかった。ただ私の意見は、いろいろの材料が揃ってから申上げる、と言うのである。

午後二時になると、鑑識課の報告が揃った。指紋は浜田と篠崎、田中百合枝の三人のは明瞭に検出されていた。竹崎がわざわざ頼んだ机の上の指紋は、拭き取られたものと見え、明瞭に出ていない。金庫は田中の指紋が明瞭で、他のものはない。時計には浜田の指紋だけが残っていた。

剖検の結果も報告されて来た。死因はやはり、頭頂部骨折で内出血し、脳動脈が破裂しているのである。右顳顬骨の挫傷は、皮下出血を伴ってはいるが死因とはなっていないと言う。

アパートの調査では、田中が戻ったのは、七時過ぎで、八時近くから男が来ているらしかったと証言を得て来た。

守衛が六時過ぎにビルを空けて、外出したことは直ぐ近くの喫茶店が証明した。そこで佃は米を五合借りていたのである。

しかし、一方、守衛にとっては致命的な証拠があがった。塵埃の焼却場が、地下室の隅にあるが、その中を掻き廻していた刑事が、新聞紙に包んだ紙幣二千円を発見したことである。それが、ひそかに行動を看視していた刑事が、守衛が捨てたのを目撃したからであるだけに致命的であった。

別の兇器は発見されなかった。しかし創口の形から時計の尻で殴ったものとの鑑定も証明出来た。

これで篠崎は単に傷害罪となり、佃は強盗殺人の罪を問われることになったのである。

その翌日、竹崎は曾根のアパートに田中百合枝を訪れた。

「ちょっと、聞き洩らしたことがありましてね」

竹崎は何となく憂鬱そうであった。

今日は美しく化粧している百合枝は、明るく晴々とした眸を輝やかせながら、

「何をですの?」と首を傾ける。

「あの時計のことなんですが、あれはいつも時間は正確ですか?」

「ええ割に正確ですわ。八日巻きで、まだ二三日前に巻いたとこですもの……」

「そうでしょうね」と竹崎は頷いて、「あの夜は、ビルを退けてから、どこかへいらっしゃったのですか?」と何気なく訊く。

「ほほほほ、映画ですの、ガス燈の切符を買っていましたので……」

「ああ、ボワイエの……。スリル物だそうですね」と頷いて、「しかし血を見るのは嫌ですねえ」と顔をしかめた。

「まあ、あれには血を見るような場面はありませんわ」

百合枝は瞬間、表情を緊張させたが、直ぐ何気なく手を唇にあてて、低く笑った。

「そうでしたか――」竹崎も苦笑を浮べたが、直ぐ、きっと眼を女の手に据えて、

「あっ! 血が着いている。一体、貴女はどうしたんです」

ギョッとしたように百合枝は慌てて手をかくした。瞬間顔は真蒼になった。

「見せて御覧!」鋭く言う。

おずおずと百合枝は手を出しかけて、裏表を丹念に眺めた。

「そら、着いているでしょう。一度血に汚れた手は、いくら洗ってもとれませんよ。爪の垢を検査すれば、なお一層はっきりしますがね」

再び手をすくめた百合枝は、暫く黙って竹崎の顔を鋭く瞶めていたが、何思ったか、突然高いヒステリックな声を挙げて笑い出した。

「やっぱり、知っていらしゃったのね。ほほほほほほ……」

武田警部は竹崎に連れられて来た田中百合枝の顔を見ると、さすがに不審の色は隠すべくもなかった。しかし、田中百合枝の自白は竹崎の推定を確実に裏書きしていた。

主犯篠崎共犯田中――。田中は浜田が十万円の金を集めて来て、篠崎に返す積りでいながら言葉を濁し、篠崎に殴り倒されたのを見るや、咄嗟に男をそそのかして金庫を開け、金をとり出したのである。ところが浜田が息を吹き返したので、慌てて田中が浜田を押え、起き直った頭めがけて、篠崎が時計で殴りつけたのであった。

田中は始めからいたもので、四時に帰ったことも、映

画に行ったことも嘘である。浜田を押えた時、その血塗れの手を摑んだので、手に血が着いた。それを気付かず、机に手を置いて、跡が残ったのを、帰る時に気付いてふき取ったのが、竹崎の眼にとまった汚れであった。机の角の血も、田中が余分に塗ったものである。

ビルを出ようとして、守衛の不在を知った百合枝は、咄嗟に計画をたてて、金庫の鍵もそっと投げ込んでおいた。机の上に二千円置いて、巡廻に来る守衛を誘惑しようとしたのもこの女の計画である。

八時に巡視に来た佃が、その誘惑にかかったために恐しい殺人罪に問われることになったのだが、更に訊問することによって、浜田と篠崎の喧嘩も、田中の計画的な策謀によることが明白になった。彼女は浜田にも身をまかせていたため、二人の痴情をあおって争闘に火を注いだものであった。

「――私の気付いた点は、時計の短針が六時と七時の間をさしていましたね。あれが本当の兇行時間なのか、どうかということと、篠崎が貴方の質問に答えて、時計は気が付かなかったが、多分浜田が倒れる時、一緒に落ちたのでしょう、と言ったことでした。

あの二人は八時以後はアリバイがある。だから時計が正確なものなら、あの短針の指していた時間に兇行が行われたものに相違ないが、そうすると、あの二人も訝しくなる。それで私は硝子の破片を集め、最初浜田と一緒に顚落したものか、あとから落されたものか調べてみたのです。そこで浜田と一緒に落ちたものなら、その時に針がとまるはずだし、それにしては何故長針が飛んだのか、と不審に思いました。がそれは、机をすかして見た時に、時計の置いてあった跡は着いていたが、それをずり落した形跡はない。つまり時計は持ち上げられたもので、決して机からずり落ちたものでないことが判りました。

それから、篠崎が時計の落ちていたことを知っていたことです。篠崎があの部屋へ来た時には、既に時計は机の上に置かれてあった。にもかかわらず、篠崎が殴り倒した時には落ちていなかった時計が、どうして落ちていた、と知っていたのでしょう。

しかし、尤もあの二人の致命的の失敗は、私の前身を知っていて、それを利用しようとした点でしょう。二人は偽装された現場で、第三者の存在を私の手で発見させようとしたのです。普通なら、自首して出た篠崎を、最初から犯人とするでしょう。けれど私の手にゆだねたなら、きっと、篠崎は単に傷害だけで、生き返ったのを更に第三者が殺したのだということを発見するだろう、と考えたのですね。

それからもう一つ、あの時計の重さです。これは、頭蓋骨の真上に投げられている以上、被害者は頭を起していたのに違いない。それなのに、両手でなければ持てない物を、どうして頭の上に落すことが出来たのか——これは、そこにもう一人、共犯が被害者の身体を押えていたことが想像されるでしょう」

竹崎は静かに言い終ると、始めて武田警部の顔に、なつこい笑顔を向けた。

三つめの棺

「私は今、非常に奸智にたけた兇悪な犯罪人の追求に努力しているのですよ。――私も今まで、随分と悪質な犯人の逮捕に、ささやかながら私の微力を尽してきました。けれど今度のような残忍な、悪質な犯罪に当ったことは始めてです。――もう犯人は判っています。しかし残念なことにその犯人を捕えるべき証拠がない。犯罪を立証する事も出来なければ、嫌疑をかけることも出来ない。かくも巧妙に計画された犯罪が、この私達の社会の中に平然と行われているということ、それだけで私は血の沸るのを覚えます。――私はまだ証拠は握っていない。けれどその兇悪な犯人をそのまま平穏に生存さしておくことは出来ない。私達民衆の正義の名において、断然それを摘発し、法の裁きを受けさせねばなりません。そのために、私は及ばずながらその探索に起ったのです」

竹崎の表情は陰鬱だった。けれど口調は重く確信に満ちていた。

聴き手は三人――。厚い絨氈《じゅうたん》の上にどっしりと坐った円い卓子を囲んで、いずれも深いソファに腰を埋めている。

ウイスキーの栓が抜かれて、カットグラスに波々と琥珀色の液体が満されている。

竹崎はちょっと唇をつけて、グラスを手にしたまま、三人の顔を順次見渡した。

直ぐ右側の聴き手は、五十年配の肥満した男である。軽く足を組んでソファの背にもたれながら、煙草をくわえている。少し顎が張っていて、厚い唇と濃い眉毛が強靱な生活力を物語っている。頭髪にはや白いものが交って見えるが、煙草を持つ太い指、巌丈そうな腕から肩へかけての筋肉の張りは、過去の努力の生活を現わしている。

真正面の男は色の白い、むしろ蒼く見える細面の理智的な顔である。四十年配であろうか、黒い髪を美しくとき分けて、髭を短かくかり込んでいる。指の細いしなやかさは、よく手入れのゆきとどいた爪の色と共に、この男の職業が智能的なものであることを語っている。

左の聴手はこれはまたこうした席には似つかわしくないしとやかな女性である。抜けるような白さとは、このような肌をもつ女に言うのであろうか、襟脚のつややかさ、ほんのりとはいた頰紅が生き生きと冴えて、伏目に卓子の上を眺めている瞳の上に長い睫毛が少し愁いをたたえて見えるのも、この女性の持つ香気をより高く見せる。三十そこそこには見えるが、実は四十を出ているかも知れない。

「――まず順序として、どんな犯罪が行われたかからお話しせねばなりませんが、その前に、どうしてこの私がそのような事件に、首を突込むようになったかを申上げねばなりますまい」

再びウイスキーに唇をつけた竹崎は、ちょっと舌に含んで味わう如く首をかしげたが、直ぐ傍のコップを取って水をぐっと呑んだ。

「――御承知の通り、私は今現職を退いています。戦時中に特高畑に席を置いていたため、追放になった者なのですが、元来の私の職務は警視庁捜査課の強行犯係でした。過去の東京都に起った種々の兇悪な犯罪には、殆どと言っていいほど私が捜査の第一線に立っていたことは、よく御存じでしょう。

だから、今は一介の無職者で、田舎にひっこみ、畑いじりにその日を送っているのですが、この度不思議なことながら、今度の事件に就て捜査を頼まれることになったのです。

――不思議なことと言えば、まあ偶然と言ってもいいでしょう。元来私は旅行が好きで、よく旅に出ますが、昨今のような交通事情では実の処快適な旅を楽しむという事は全然なく、まったく苦痛の連続です。けれども食糧事情の関係もあり、先月の終りに、ふと鳥取の親戚を訪れたのです。

あるいは御存じかと思いますが、鰻で有名な東郷池のほとりに松崎温泉があります。あの温泉旅館に私の親戚があるのです。広々とした池を臨んで、私は旅の疲れを休めました。久方振りに温泉の快よい肌ざわりを楽しんだ私は丁度たそがれてゆく池の美しい水の色とそれに映える空の慌ただしい夕映えを、声も無く眺めていた時でした。隣の座敷でひそひそと語らっていたらしい二人の男が出て来ました、見ると一人はこの宿の主人で、私には従兄にあたる男です。

もう一人の男は見覚えありません。四十年配の色の黒い朴訥《ぼくとつ》らしい男で、しきりと揉手しながら二度も三度も頭を下げます。

――久方振りに来ていられる早々から、えらい悪いことですがな、この人な、同じ温泉旅館をやっている方で、あんたが来なさると判った時から、是非頼んでくれということでな、連れて来た人ですがな。――従兄はこう言いながら、その男を紹介しました」

女の聴手は、その時ふといぶかし気な眸をあげて、竹崎の広い額をぬすみ見た。しかし竹崎がウイスキーグラスをじっとみつめながら、言葉を続けているのを見ると、すぐまた眼を伏せた。

「――その男の話というのが今度の事件の本筋で、実に奇妙な話でした。その男は最初からこう言うのです。――竹崎様、私の兄の一家が順次に殺されて、財産を横領されかけています。けれど証拠が無いので訴える事も出来ません。怖ろしいことですが本当なのです。是非一つお力をお貸し下さいませんでしょうか、もう二人も殺されています。あと一人、これが殺されてしまえば兄の血統は絶えます、そして財産もすっかり横領されてしまうのです――

さすがの私も、これには驚きました。勿論私の前身が警視庁の捜査課長であったことを知っての上での話には違いありませんが、順次一家族のものが殺害されてゆく、それを防ぐことも出来なければ、証拠が無いから訴える事も出来ないというような犯罪が、この日本で現実に遂行されつつあるという事、――これは事実とすればまさに怖るべき犯罪です。そこで私は、昂奮する対手を静かに押えながら、その顚末を聞いてみました」

三人の聴手は一言も口を開かない、黙って耳を傾けているだけである。右手の男は改めてまた煙草を吸いつけたが、誰もウイスキーには手も触れない。

「――その兄というのは大阪の近郊に邸宅を構えた素封家でした。子供が二人あって、上が男で下が女、三つ違いの可愛いい兄妹だそうです。その夫人というのは後妻で、先の夫人は妹を生んでから半年ほどたって死んだので、小さい二人を抱えた兄なる人は、すすめられるままに今の夫人をめとったのです。

ところが後添を貰ってから約五年――戦争中はずっと松崎温泉の方へ疎開していたのですが、――幸い本宅も戦災から免がれたので、終戦後元の大阪の方へ戻った頃までは、一家は皆幸福で健康で、何の中分もなく、新円の方も関係している製薬会社のストックの売り捌きでどんどん這入って来るし、全く幸運にめぐまれた一家だったのでした。

しかし、昨年の秋立つ頃、ふとした事から寝込んだ長男が、三月ほどの臥床で、帰らぬ旅に立ってから、この一家に不思議な暗雲が垂れこめて来たのです。――その時には長男はもう九歳になっていたし、父親にしてみれば眼に入れても痛くないほど可愛がっていたこと故、当座は随分と落胆もし、一度に老けこんだように憂鬱になって、日頃たしなまぬ酒も時々手にするようになったので、夫人が随分と心配し気晴しのためにダンスも一緒に行くし、いろいろと気を引き立てるように努力していられたのです。

言い忘れましたが、この夫人には未だ子供が恵まれていませんでした。戦時中はそれ処ではなかったので、別に気にもしていなかったのに、長男を失ってみると、淋しくなったのでしょう。夫人を婦人科の医師にも見せて、手術もしてもらったらしいのに、どうしても出来ないのです。

その頃からでしょうか、時々外泊するようになって、夫人の元へ戻る日が次第に尠なくなって来たので、今までの二人の仲も妙になり、夫人も憂鬱な日を送り迎えする日が多くなって来ました。――主人は浮気を始めたのです。

しかしそれが段々と明瞭になってきた今年の春先き、夜おそく戻って来た主人は突然喀血しました。ほんの僅かだったらしいのですが、日頃の放蕩が、余り厳丈でない身体を蝕んでいたのでしょう。あるいは若い頃に患ったのが再発したのかも知れません。

ところがその経過は一進一退で、ずっと自宅で療養していましたが、臥床からこれも約三月で、遂に不帰の客となったのでした。――そこでその男は言うのです。鳥取の方には妙な言い伝えがあって、同じ家から続けて棺が二つ出れば、必ず三つ出る。だからたった一人残った妹の方も、間もなく死ぬだろう――と」

女の聴手は静かに手を伸ばしてコップを取った。竹崎その手の動きをチラと眺めたが再びウイスキーを含むと、軽く眼を閉じた。

女はコップを唇元へ運ぶ、がどうしたのか、呀《あ》っという声と一緒に、コップを落した。

「――あら、済みません。とんだ粗相《そそう》を致しまして……」

正面の細面の男は急いで立つと手巾でこぼれた水を拭く。女はコップを拾うと同じように卓子を拭き、着物の裾を払った。

しかし右手の男は黙然としていた。眉毛一つ動かさない。依然として同じ姿勢である。

竹崎はコップを洗いに立つ女に、左手の扉を指しながら、何故か唇を噛んでいた。

正面の男は妙に伏目になりながら、グラスをとると、ちょっと睨んで半分ほどぐっと呑んだ。

「いかがです？」

竹崎は始めて気附いたように右手の男にすすめる。

「いや、ありがとう」

右手の男の顔が始めて動いた。太い手首が伸びると、軽くグラスを摑んで、一息にグッと干す。あとはちょっとコップの水を呑む。

女が戻って来た。水を入れて来たのであろう。眼八分に両手に持って、静かに歩いて来る。

竹崎は再び同じ重い口調で語り出した。

「――今の話で想い出したのですが、私がまだ学生の頃、小泉八雲――御存じでしょう。ラフカディオ・ハーン――あの人の小品集の中に、人形を棺に入れて三つ目の葬式をする話があったのを読んだ記憶がありますが、あの地方では、二つの棺を出すと、必ず三人目が死ねので、それを防ぐために、まじないとして、人形を身替りに棺に入れ、葬式をするんですね。まあこれは迷信なのでしょうが、弟にあたる旅館のその男は、しきりとそれを気にし、しかも今までの二人の死も決して、病死ではなく殺されたのだと言うのですよ。

この話だけでは全く想像に過ぎず、長男も病死し、その父も同じ病気で死んでいるのをどうして殺人だと言うのか、全くとりとめのない話なので、私としては実の処引き受けかねたのでした。これでは何一つ証拠がありません。また既に正規の手続をすまして、火葬にされてしまった二人の死因が、他殺であるとはどうして説明することが出来ましょう。

なるほど主人も長男も死に、残った女の子供も死ねば、財産は夫人のものになるでしょう。しかし長男が死ぬ時は父親が眼も離さず附いていたと言うし、父親は喀血までしているのだから、死因は当然肺結核でしょう。ただ考えられるのは死期を早めるために看護の手を抜くことですが、それだって夫人一人ではなく看護婦も居ることだし、女中だってながらく世話になっているのが一人いるという。どう考えたって、夫人にそうした大それた事を行う機会もなければ、方法もない。——

やむを得ません。私は一応その理由を話して、臆測だけでは犯罪の立証が出来ないこと、情況がいかにそのように見えても、それは証拠にならないこと、既に火葬されてしまった二人は、たとえ死因が何であっても、今となっては施こす方法もないこと等、充分説明して落胆するその男を帰らせました。

しかし、その夜私一人となって静かな水の岸にひたひたと鳴る音に耳をすましていた時、ふと心に泛ぶものがありました。三つ目の棺——。それがもし出るようなら一応調べてみる必要がある。たとえ、それが病気であっても、その病因を確かめなければならない。こう何故となく考えたことでした。

さて、数日たって、帰阪した私は、無駄足を覚悟しながら近郊のその家の様子を探りに出ました。住宅街の百坪余の立派な邸宅です。近所の噂もいろいろと聞きました。そして大体私の聞いて来たことが間違いないことを知りました。そして、更に最初、妹の女の子が病気で相当に重態だという事も知りました。いよいよ三つ目の棺が出そうなのです。

これにはさすがの私も愕然としました。二度、三度、その邸宅の周囲を徘徊している中に、その夫人の愁わしげな美しい姿も見ました。医師の出入する姿も見掛けました。しかし、何処に犯罪の蔭があるのでしょう。何一つ、不審の点もなければ、犯罪の遂行されているときに、私達の六感にひびく臭いも無い。

私としては全く手のつけようもない事件です。けれども、妙に私を惹きつける漠然とした不安が、不思議にこの問題を考えさせました。いろいろと考えた末私はまず死亡診断書を調べることにしました。本籍地の役場を訪れ、そうした書類を調べるのに私には何の苦労もありません、しかしそこで判ったのは長男の死因が急性肺炎であり、主人の死因が肺結核であることだけでした」

竹崎はそこでちょっと眼を閉じて、何事か思いまどう風であったが、グラスの残りを一息に口に含むと、フッと息を吐いて、三人の顔を見廻した。

「——全くこうした不幸に見舞われる家は、この広い社会のこと、各所にあることでしょう。けれどもし、そうした事態に見せかけて、慎重に執ねく、一家の者を順次に棺の中に送り込む犯罪者があるとしたなら、それこそ人の面をかりた全く鬼畜そこのけの極悪人であると言わねばなりますまい。その継続する犯罪意思の強固なこと、何等怪しまれることなく被害者達に接近していて、その次の犠牲者に平然と犯意をふるうこと――。その残忍さ、執拗さ、まさに人道の敵と言うべきでしょう。

しかし、それも最初に申し上げたように、証拠が無ければどうにもならない。どうすればその犯罪を証明することが出来るか――。死亡診断書を睨みながら私のまたしても思い煩ったのはその事でした。

そこで最後に残された方法が一つある。それは、もし事実、そうした犯罪が行われているなら、その遂行者はよほど智能に勝れた者に相違ない。だから、今もなお平然と被害者の宅に親しく出入りしているものでなければならない。まして自己の犯罪に対しては絶対的な自信を持っているだろう。けれどもし、ある探索者の眼が急に身辺に光りだし、捜査が内密に進められていると知った時に、その犯人はどんな手をうつだろう。――そのまま見逃がしてしまうか、それともこちらの罠にかかって、しっぽを出すか――、いずれにしてもこの方法一つよりない。充分思案の上、私は思いきってその眼に見えぬ、誰とも判らぬ仮想の犯人に断然挑戦することにしました」

竹崎の声は異様の熱を帯びて来た。ウイスキーの酔が出て来たのであろうか、ほんのりと頬を紅潮させて、冴えた眼が鋭い輝きを増して来た。

右手の男は黙ったまま、空のグラスにウイスキーを注ぐ。女はちょっと水に唇をぬらしてきっと瞳を上げ、竹崎の顔をじっと瞶めた。

「――私のとった方法は極めて簡単でした。近くの邸宅へ様子を聞きに行く。特に前の二人の死因について繰返し聞く。出入りの商人を摑まえて聞く、女中の外出時を見て、途中で聞く。女中は特に、その筋の者だが、とわざわざにおわせて、親しく出入りする人の名や、夫人の素行や、死んだ主人との仲をしつこく訊き糺す。

主治医の家へは、患者になって乗り込み、病気でもないのに、医者を摑まえて、病気のことを根掘り葉掘りに聞き、更にその素封家の名を出して、今の娘の病気と死んだ二人の病気に関聯があるかどうかを聞く。

一週間たち二週間近くなると、どうです。反応が現われて来ました。確かに対手は警戒し始めたらしいのです。それどころか、私の身体に直接危害を加えようとする意図すら見えて来ました。夜の帰途不意に背後から暴漢に襲われたり、疾走して来る自動車が私を危く倒しかけたり……。しかし私は愕きませんでした。これでいよいよ犯罪があったことが瞭《あきら》かとなり、また第三の犯罪が遂行されつつあるとの確信を得ました。遂に私は、あの松崎の温泉で、弟にあたる男が危惧していたように、怖るべき兇悪な犯人と正面切っての闘いに全力をあげて打ちこむことになったのです。

惜しむべきは犯人の奸智です。彼がどこまでも信念を持っていたなら、私のこんな策動に乗ることなく平然として居られたでしょう。それなのに、私の身許を調べ、私の前身を知り、その怖るべき敵であると知ると共に、犯人は早や冷静たり得なかったのでしょう。追われる者の弱さ――、彼は負けたのです。この罠にかかってきたことだけで、犯人は遂に致命的な失策を犯したのでした。

これがもし平然と見逃がされていたらどうでしょう。私は犯罪のあったことに確信が持てずに、その捜査を断念したことでしょう。しかし、こうなってはいかに兇悪な犯人でも、引き続きぼろを出して来ます。私はただそれを静かに待ち受けていたらいいのです。

しかし、私もただ漫然と敵の攻撃を待っている訳にはいきません。そこで私としては、その家に出入りする人、居住する人、利害関係のある人等全部のリストを造って、それ等の人々の中から該当し得る人物の採点を取り、その可能性を検討してみたのです。――その結果、私のリストに残ったのは僅か三人――まず夫人、次に夫人の義兄と称する主人と同じ会社に籍を置いている人、三人目は主治医でした」

暫く沈黙が続いた。竹崎はなおグラスを手にしたまま、じっと考え込んだのである。

右手の男は残りのウイスキーを呑み干すと始めて竹崎の方へ視線を向けた。

「いや、結構な御話でした。こうした席で竹崎さんのようなその筋の古強者《ふるつわもの》の方から、深刻な犯罪実話を伺うと、全く鬼気身にせまる思いがしますよ。しかし竹崎さん、今のその三人を選び出されたのは、一体どんなめどからでしょうか？」

さびのある落着いた声である。竹崎は何故か憂鬱そうな眸をあげて、静かに対手の意思の強そうなたくましい顔を眺めた。

「――と言われると、余り的確な推定ではないのでお恥かしいのですが……」と妙に口籠って、「まず、第一に私に危害を加えても打勝とうと思うほど意思の強固な、そして実力のある人物――。その次は、最も利益を得る者、第三は、そうした犯罪を怪しまれずに遂行し得る立場にある人――」

「それじゃ、その主治医というのは、第三の立場にあると仰言るのですか?」

正面の男であった。細い指を組んで神経的にポキポキと鳴らしながら訊く。

「ええ、まあね。夫人もそりゃ同じ立場に立ち得る訳ですが、医師には最後の死亡診断書という武器がある――」

「と仰言ると、医師は情を知っていて、偽りの診断書を作成した――」

「そうとも言えますね。それからまた、医師自体が死期を早めることも可能でしょうし……」

「ははは。それは総て想像の産物ですな。そんな事はよほど明瞭な証拠でも無い限り、その主治医は罪に問われますまい」

右手の男である。低く笑いながら再びウイスキーを注ぐ。

「そうなんですよ。その点が私の悩みの種でした。早い話がその主治医が毒薬を盛っていたにしてもはっきりした症状の現われない限り素人には判らない。徐々に衰弱して死んで行くとすれば、なおさら誰の目にも自然の病死に見える。それも死後すぐ解剖すれば死因は明確に判るのでしょうが、医師が診断書を書き火葬場へ送ってしまえばそれで最後、どうしたって犯行の有無を証明する事は出来ない――」

「それでは結局犯罪の証明は出来なかったのですね」

コップを持ちながら右手の男はゆっくりと訊く。しかし竹崎は静かに首を振った。

「――ところが、案外完全無欠と思っていても、どこかに失策はあるものですね。遂に私はその証拠を握ることが出来たのですよ」

女は再び水を呑んだ。もうきっと眼をみはった儘で、竹崎の顔を眺めていた。

「ほう――。証拠が……」

思わずコップを置いて右手の男は鋭く見返えす。正面の男は慌てて指を大きく鳴らした。

「これもやはり犯罪者の心理なのでしょうね。恰度犯人がどうしても一度は犯罪の現場を見に行きたくなるのと同一の心理状態とでも言いましょうか。――完全だと思っていても、もう一度確かめてみる。その機会を私は狙っていたのですよ」

チラと正面の男は右手の男を見て、直ぐ眼を伏せた。竹崎は相変らずグラスをいじりながら続ける。

「――私は調査の結果、死んだ二人共相当額の生命保険に入っていたことを知りました。また死後それが何の疑いもなく支払われたことも知りました。そこで私は保険医になって、主治医の家へ、カルテを見せてもらいに行ったのです。

私の調べたかったのは処方です。どんな薬を与えていたのか、その薬はその容態に対して適当なものであるか否かよりも、私の想像する薬を使っていたかどうか――。そして遂に発見しました。カルテに記載された処方の中に、明瞭に使用した毒薬の名が出ていました」

「うう嘘だ！」

突然正面の男は叫んだ。蒼白な顔、けいれんする唇――。カッと眼をみひらいて、両手でしっかと卓子を摑んで……。

「いや、嘘じゃありませんよ。なるほどあの薬物はある定量まではいいでしょう。けれど定量を越した処方は、犯罪になる。だからそれを消して……」

「誰が、誰がそんな事をカルテに書くものか……。嘘だ！」

嗄れた声、ふるえる指――。急にガックリと腰を落すと、吾れに返ったように、右手の男を眺め、左手の女へ眼を移す。

竹崎は落着いていた。ただ静かに正面の男を見守っているだけである。

「ははは。見事な罠ですな」

コップを手にしたまま、右手の男は再び低く笑った。

「――たとえ、毒薬が処方されていても、それが処方として分量に違いなく、また対症療法からその病気に効果のある治療剤なら、医師として当然の事なのだから、犯罪は構成しますまい？」

「勿論そうですとも、――」竹崎はその男の方へ静かな眸を向けた。「ただ、定量を超さない限りはね」

「それは薬局の調剤師が知っているでしょう」

「致死量ですか――。それは知っているでしょう。けれどあの毒物は、順次使用量を増加して行くのだから、常時服用している者は相当限度を上げる事が出来る……」

「しかし、その点は間違いありませんよ。充分注意していたでしょうから――」

竹崎はじっとその男の太い眉毛を眺めた。

「――貴方はその分量を知っていらっしゃる。――」

呟くような声である。男はコップを置くと、煙草を取り出しライターを点けた。

「――もう芝居はやめましょう。竹崎さん。貴方は私達三人を御丁寧に御招待して下さった。前捜査課長の名を以って――。そして実に私達に取ってはまこと鬼気せまるお話をして下さった。しかし、貴方が仰言ったように、なるほど猶崎一家は長男が死に、主人が死に、今また娘が死に瀕している。けれども皆同様に、肺病系統で、先夫人もその病気で亡くなっている。今の娘も同様小児結核です。――しかし私を兇悪なる犯人に仕立てて下さって有難う。御蔭で有益な時間を送ることが出来ましたよ。主治医の橋留博士も、謀殺犯人に擬せられてはさぞかし胆がつぶれた事でしょう。死んだ猶崎の弟がこの狂言の発頭人らしいが、あれも兄の財産が目当なのでしょう。――可哀想に美与子は、生さぬ仲の二人を吾が子以上に可愛がり、夫には随分と貞淑に仕えて来たのに、いらぬ人のお節介で、嫌な事を聞かされてさぞ気を悪くしたことだろう。さあ、もう好い加減にお暇頂いて帰る事にしようではないか――。いや、全く竹崎さん。有益な御話を永々と有難う御座いました。美与子にすれば、娘の身も気になる事でしょうから、ここ等で一応失礼さして頂きたいのですが。……」

男は早や立っていた。一句一句慎重にしぶい声でじっと竹崎の眼を瞶めたまま言い終ると、眼で他の二人をうながすのである。

「奥さん。貴女は今の娘さんがお可愛いですか?」

竹崎は鋭い口調できっと女を睨んで言う。

「それがどうしたと言うのだ?」

男は大きい声を出した。

「富田さんは黙っていて下さい。奥さん、大事なことですぞ! 貴女は子供が可愛いいなら何故他の医者に見せるとか、または病院へ入れるとかしないのです?」

「――兄が……」一言呟くように言って、女は蒼ざめた額を男の方へ向けた。

「莫迦《ばか》なッ! いらぬお節介だ――。もういい。帰ろう」

しかし、その時に正面の扉を開いて這入って来た二人の男があった。いずれも背広を着ているが、眼附の鋭い刑事風である。

「どうでした。結果は?」早速と竹崎は訊く。

「やはり検出されましたよ。ほんの僅かの遺骨でしたが、砒素の存在は確実だとの事です」

「お聞きの通りですよ、奥さん。亡くなられたお二人の遺骨を、御宅の納骨せられた寺から取り寄せ、府の鑑識課で試験してもらったのです。するとあの怖るべき毒薬の砒素が検出されたのですよ。砒素は亜砒酸として、特殊な治療に投薬されますが、またこの毒だけは骨に吸収されるので、死後たとえ火葬されても、その毒の検出は出来るのです。可哀想に、前のお二人は、怖るべき魔手にかかって、死期を早められたのです」

「違う！　違う！　奥さん――。それは違う。信じて下さい。――なるほど私は亜砒酸を使いました。けれど決して適量以上使った事はありません。正真正銘誓って奥さん、申します。あのお二人だけは、絶対に砒素中毒じゃありません」

橋留博士と呼ばれた細面の男であった。哀願する如く、美与子夫人の前にひざまずいて、両手を組み、早口で喋るのである。

富田と竹崎に呼ばれた男は、苦々しげにその様子を眺めていたが、やがて静かに二人の侵入者と竹崎を眺めると、再びソファに腰を下した。そして皮肉な口調で口を開いた。

「切札は何です？　竹崎さん。まだこれでは、法廷の裁判官は納得しませんね」

「三つ目の棺が出る事になりました」

一人の男がすかさず答える。途端に富田の顔色はさっと変った。

「誰がそんな事を、縁起でもない――」

「事実ですよ。警察医の手で今頃解剖されていることでしょう。鑑識課の連中が間もなく報告に来るはずです」

低いが啜り泣きの声が美与子夫人の唇から洩れた。次第に大きく激しく嗚咽が流れる。

「奥さんは、今朝兄さんから特効薬を貰ったでしょう」

夫人は全くソファの中に崩折れていた。

「――あれが最後の致死量を含んだ砒素剤だったのですよ。それを知らずに、貴女は娘さんに呑ました……」

そっと頭を上げた夫人は、ふるえる手でコップを取った。そして一息にそれを呑み干すと、じっと兄の顔をみつめた。フッと息を吐く。唇を噛んだのか血が滲んでいる。

「いいえ。それは呑ましていません。今、私が呑みました――」

　凝然とした顔、アッ！　という声。――富田は夫人の表情を身動きもせずしばし瞶めていたが、やがて竹崎の方を向いてニッと笑った。

「負けましたよ、竹崎さん。三つ目の棺は、私の義妹、美与子でした」

　その後日のこと、竹崎は訊かれるままに刑事達に説明した。

「何分この犯罪には証拠が無いでしょう。だからその真相を摑むのに苦労しました。大体は聞込みで想像し推察したのですが、夫人の義兄が最近繁く出入りしていること、主治医の橋留博士が未だ独身で、夫人に心を寄せていること、素封家なのに医師を変えず入院もさせない事、――それ等から財産と夫人の美貌をめぐって、何かあると思ったのが第一です。

　次は今まで亡くなった二人の死因ですが、これは診断書通り間違いはない。けれど容体に特異な点は無かったかと聞き合せてみると、不思議に皮膚がつややかになって白く綺麗になった。肺病筋だから、とは言っていたが、これは亜砒酸療法をやったのだな、という臆測が立つ。そこで主治医に面会を求めて聞いてみて、橋留博士がその効果を非常に過信していることを知ったのが第二です。

　そうなれば今度は、医者が知って亜砒酸中毒を起させたのか、それを調べねばならない。ところが橋留博士の薬剤調合は、博士の薬局で看護婦がやる。だから博士の処方通り調合する。そこで私はその看護婦に訊いてみたのです。

　すると順次量は増えているが大体極量になるとまた順次減らしている。これは亜砒酸療法の特徴です。だから少しも疑わしい点は無い。

　では誰かその事情を知って更に余分の砒素を呑ましていたのかという事になる。そこで私は猶崎氏が製薬会社に関係していた事を想い浮べた。強壮剤としてファウレル水、――亜砒酸加里液だが、それと亜細亜丸、これも砒素剤です。これがその会社で売り出されていたかどうか。――調べてみるとなるほどある。そしてその時、夫人が亜細亜丸を常用していること、その義兄も夫人の関係で、同じ会社に籍を置いていること、が判って来たのです。

　大体亜細亜丸は皮膚を白く美しくするために用うるのですが、ファウレル水は肺病にも使われる。だからもし、医師の投薬以外に、この薬を呑ましていれば、極量を超過することになる。するとあるいは中毒を起して死亡するかも知れない。

しかしこの調査は難かしい。過去のことはまず判らぬとせねばならない。そこで私は三人目の被害者となる娘の症状を知りたいと思ったのです。

ところが最近夫人の義兄にあたる富田が亜砒酸キニーネを手に入れた事を探りました。これは悪性マラリヤか間歇熱《かんけつ》に用うる特効薬ですが、白色の粉末だから、容易に致死量まで与える事が出来る。最近私が種々捜査をやっていることを知らせるようにしているのでさすがに慌て出したのでしょう。

と思うともうじっとしておれない。だから私は急いで最後の罠をかける事を思い附いたのです。

結果は私の勝利に了りましたが、富田の度胸にはさすがの私もたじたじとなりました。だから、あんな極どい、骨の砒素検出の話やら、娘の死亡を言い立てて、三人の気持に動揺を与えた訳です。

博士はあの時告白したように最初の二人は死因が多少怪しいとは思っても関係は無かったのでしょう。あるいは富田から、夫人と結婚させる位で買収されていたかも知れませんが……。

夫人は知らなかったと言ってもいいでしょう。全く貞淑な婦人で、よかれと思って、兄から与えられるままに強壮剤としてファウレル水を呑ましていたものと思います。しかし、娘の命は危い処で助かったものです。解熱剤だと言って富田が渡していたものらしいのですが、夫人は少しも疑っていなかったので、自分が頭痛がするため、水に溶いて呑んだのでしょう。しかし、日常あの皮膚の美しさを見ても判るように砒素を少量ずつ、亜細亜丸で呑んでいたから、普通なら致死量のあの亜砒酸キニーネを呑んでも、助かった訳です。

結局三つ目の棺は、夫人の考えで人形が身変りになり、墓に収まることでしょうが、これで伝説通り、猶崎家から続いて棺が出なくなればこれに越したことはありますまい。

動機ですか、それは勿論財産ですよ。美与子夫人のものになれば、また次の手を打つ心算《つもり》だったのでしょう。

三人がどうして出て来たか、それは富田が犯罪者特有の心理で、私の挑戦に応じて来たという訳ですよ、私はただ猶崎一家の重大事件に就いて是非懇談したいからと書いて送っただけでしたが……。

犯罪者の心理

「私が夫人から、この事件の探査を頼まれた時は、到底駄目だと考えていました。事件の内容は、皆さんも御存じのように、余りにも明確だし、当局の検挙した犯人も、その犯行を認めているし、証拠も揃っている。それをどうして私一人の手で覆えすことが出来るか――。それは考えるまでもなく最初から不可能だと思いました。

　しかし、事件発生の当時の様子を改めて聞いている中に、私にはふと、妙になにか割り切れないものを感じたのです。それは普通なら、簡単に聞き逃してしまうことでしょうが、夫人のか細い、たどたどとした声で語られる話を聞いている中に、私の頭の隅にふときざした疑雲だったのでした。

　それに就ては、あとで申上げますが、そのために私は、もう一度、この事件を洗い直してみよう、と考えたのでした」

　語るのは、つい最近、私立探偵の看板をあげた竹崎であった。

　島崎家の玄関を這入って、すぐ左手の応接室である。植込みの濃い影が窓に落ちて、それを背にする竹崎の表情は暗くて判らない。正面には四十近い束髪の、蒼白い顔の女が眼を伏せていた。島崎家の未亡人、由貴子夫人である。

　竹崎の右手は、三十五六の白い顔に縁無しの眼鏡を掛けた洋服男であった。薄い唇が妙に赤い。眉も濃く、髪も黒々としている。夫人の弟、山根裕という会社員である。

　左手は円顔の、脂ぎった感じのする四十五六の男であった。色も黒く、身体も肥っている。殺されたこの家の主人、島崎佐太郎の従弟に当る、真堂秀夫である。

「私の探査のあとを知って頂くために、一応事件の最初から申上げましょう――」竹崎は再び口を開いた。そして暫くその糸口を考えるかのように、首を傾けて、眼を細め、三人の顔を順次に眺めた。

「――被害者のこの家の御主人、佐太郎さんの屍体を発見されたのは、その夜、この家に泊まられた真堂さん――、貴方でしたね。それも、深更、真夜中の二時頃だったと言う。それまで、貴方達は麻雀に夢中になっていられた。その時のメンバーは、今ここにいらっしゃる三人と、今犯人として、未決に入っている、佐太郎さんの弟、輝彦氏――。そうでしたね？

ところで、佐太郎氏は当日は不在の予定――。それも前日から、社用で東京へ出張しておられるはずだった。それなのに、その夜の寝室と定められていた真堂さんの部屋の押入れから、屍体となって転り出たのだから、さぞかし、皆さんは吃驚《びっく》りされたことでしょう。それも、咽喉首を見事にかき切って、押入れは血の海――。

真堂さんの愕きもさることながら、奥さんの驚愕は、一眼見るなり、気を失われたことでも充分想像がつきます。

それにしても、その殺人はいつ行われたものでしょう？　それは、山根さんの報告で馳せつけた係官の一行が明白にしてくれました。発見された時間よりも十時間ほど前――、即ちその日の午后の四時頃。勿論、屍体現象なんて、明確なものではなく、この頃のこの暑さでは、腐敗も早いし、附近の情況では大分違います。だから、まあ四時前後、三時から五時頃までの間の出来事だと言う。となると、その頃に、この家に居た者が怪しい。これは常識です。

そこで係官が貴方達の、その日の行動を詳細に調べた。そして、遂に、輝彦氏が、その時刻にただ一人、この家で留守居をしていたことが明白になった。勿論、最初は輝彦氏も、その時刻には二階の居間で、本を読みながら居眠っていたから、何も知らない。と抗弁されたらしいが、他の三人の貴方達は、皆その時刻には不在証明《アリバイ》を持っていらっしゃる。奥さんは、その頃、わざわざ大阪の阪急マーケットまで、夕食の料理を買出しに、女中の房枝さんを連れて出ておられる。山根さんは、会社の出張先から四時頃戻って来られた時で偶然奥さんと五時頃、阪急のホームで逢っておられる。真堂さんは、梅田新道の闇市近くの酒場で、ハイボールを四時頃から呑み始めいい気嫌で五時過ぎに店を出て、それからこの家へ来られる。皆、はっきりしている。

女中の房枝さんが、その夜に限って居なかったのも、決して偶然ではなく、前日、佐太郎さんが出張される時から、宿下りを許されていて、二日間のお休みが出ていたので、その夜の夕食の用意が出来た時に、暇を貰って実家の河内へ戻っていた。それも、前の日に戻るはずの予定を、わざわざ奥さんの希望で、一日遅らしたと言う。

　その夜は、確か奥さんの希望でしたね。久し振りに麻雀しましょう。夜明しでもいいじゃないの、って……。皆、身内の人ばっかしだし、サントリーを一本出して、八時頃から卓子を囲まれたのは――。

　まさか、御主人が四時頃に帰って来ておられ、押入れの中で殺されていようとは、貴方達は夢にも思われなかったことに違いない。だから、こうした皆さんの不在証明も、慎重に調べられたものの、それが皆、不思議にはっきりしてみると、係官としては、どうしても留守居をしていた輝彦氏を訝しまねばならない。ところが、その輝彦氏の行動が決定的に申立てと合致せないと立証されたのは、皆さんも御存じの空巣《あきす》錠のことです。

　空巣錠と言えば御承知でしょう。ここの玄関に取付けられてあるあの錠は、表へ出てぴしっと閉めれば、勝手に錠がかかる。わざわざ鍵で締めなくてもいい、表からは、鍵穴が見えるだけで、それも大抵は左捻子になっていて、どれもこれも、皆異う。だから簡単に空巣泥棒に這入られないのが特徴です。

　それが奥さんの申立てでは、家を出る時に輝彦氏に、錠を下しておきますよ。ベルを鳴したら開けて頂戴、と断っていらっしゃる。それが三時前――。ね。いいですか――。三時前に奥さんが、鍵も持たずに、輝彦さんに家の留守居をたのみ、表玄関の入口に錠を掛けて出ていられる。にもかかわらず、四時前後に、東京へ行っているはずの佐太郎さんが、この家の押入れで殺されている。これは、考えなくとも明白でしょう。言うまでもなく輝彦氏が、佐太郎さんの帰宅を知って、内部から錠を開けた。ということになるでしょう。内部からだったら、御承知の通り、つまみを左へ廻せば簡単に錠は開きます。だから、佐太郎さんは東京行の予定を変更して、急に戻って来られた。ベルを押す。輝彦氏が奥さんだと思って表を開ける。と主人の佐太郎氏が戻っていられる。

　この事は、輝彦氏が家に居なければ成立しない事です。ねえ、そうでしょう。輝彦氏が留守居をしていられた。だから、表入口を開けることが出来た。いかに、輝彦氏が居眠りしていたから、と言ったって、この現実の前には、どんな抗弁も無益でしょう。それも、佐太郎さんの身体から、空巣錠の鍵でも発見《みつ》かれば別ですが、勿論そんなのはない。合鍵は二つあるそうですが、その二つ共、奥さん、貴女が簞笥の曳出しにしまっていらっしゃる。これは貴女の仰言った通り、係官がその場所で発見しています。

この不利な条件の上に、もう一つ証拠が上った。――それは、佐太郎氏の咽喉笛をかき切った刃物――、兇器の発見されたことです。皆さんは御覧になったから、よく御承知でしょうが、象牙の柄のレザー。独逸《ドイツ》製の西洋剃刀が、血に塗れたまま、押入れの蒲団の下から出て来た。それも、係官がよく訊いてみると屍体が発見されて直ぐ、輝彦氏が、兇器があるはずだ、と言って、自分で探し出して、一度重ねた蒲団の下から発見しておきながら、山根さんの忠告によって、またもう一度、元の場所へ押し込んだものだと言う。山根さんは、犯罪の現場は勝手にいじってはいけない、と注意されたんだそうですね。――しかし、この事によって、せっかくの兇器の捜査の上における重要な手がかりが一つ、消えてしまった――。というのは、御承知の通り指紋の件なのです。

勿論、係官は充分の注意を以って、このレザーの指紋検出を行った。ところが、出て来たのは、輝彦氏の指紋ばかり――。それは当然でしょう。が、当局では、その指紋を調べて一層輝彦氏に疑惑の眼を向けた。それと言うのも、今日では指紋検出は殆ど常識になっています。皆さんもよく御承知でしょうが、犯罪現場では、必ずこの指紋検出が行われます。すると、この事件のような突発的犯罪――。それは偶然佐太郎氏が戻って来た。それをどうした原因でか、突然輝彦氏が殺した。となると、兇器の指紋の有無を考えている暇が無い。だから、あとでそれを思い出して、輝彦氏は前の指紋と混同さすために、わざわざ、兇器を手でひねくり、指紋を重複させた――、つまり輝彦氏は、計画的に兇器を発見したのだというのが、当局の見解なのです。

こうなれば、あとは動機の問題です。何故実弟の輝彦氏が、兄を殺さねばならなかったか――。しかし、残念ながら、その点も間もなく明白にされました。それには、女中の房枝さんの証言が、決定的な心証を提供したと言ってもいいでしょう――」

ふと口を噤んだ竹崎は、その時始めて見るかのように、由貴子未亡人の蒼白に近い顔を、じっと眺めた。――面長の細い顔、愁を含んで、形のいい鼻も、少し薄く見える唇も、窓の青い葉蔭を落してか、いやに蒼い。しかし四十近くは見えるとは言え、その美くしさは少し化粧をして、若造りすれば、三十前後には充分見えるだろう。それに襟脚のなまめかしさ、肩のまるみ、胸のふくらみ――。

竹崎はこの夫人とよく似た、隣の山根の、白皙の無表情な顔をチラと眺めて、再び話を続けた。

「これは、奥さんの前ではちと申上げにくい事ですが、輝彦氏は未だに独身――。それも佐太郎氏と奥さんが結婚される以前からの友人で、輝彦氏が軍籍に身を置いておられた関係から、満洲の勤務に服しておられる間に、二人が結婚されたので、一度は内地へ戻って来られた輝彦氏が、再度現役志願されて、満洲から北支、さらに大戦勃発と共に、南方へと、この敗戦になる日まで、前戦部隊にばかり転属され、昨秋やっと復員されたと言う、――そして、これは奥さんの告白で知った事ですが、輝彦氏との間は、佐太郎氏と結婚されるまで、未来の将校夫人としての夢を見ていた相思の仲だったと言う……。その輝彦氏が、復員以来、この家で寝泊りしていられたので今度は女中の証言ですが、佐太郎氏との間に争いが絶えず、それも殆どは、奥さんとの間を疑っての争論だったとのこと――。

この点は奥さんのみならず、皆さんよく御承知のことだったでしょう。だから、東京へ四五日、出張するのだ、と言って家を出られた佐太郎氏が、突然戻って来て、輝彦氏との間に喧嘩が行われたというのも、当局の信ずる通り、充分あり得ることですし、またその争いの最中、急に殺意が出来て、これを殺してしまった、ということも、充分考えられることです。

痴情の殺人――。動機はこれで充分に説明されます。その上、この奥さんとの間を突込まれると、何故か、俄然、輝彦氏は折れて、素直に犯行を認め、総てを自白された、というのが、今まで判っている事件の全貌です――。そしてその告白によると、四時頃ベルが鳴ったので、二階から下りて見ると、兄の佐太郎氏が、凄い表情で表玄関に突立っていて、今頃表戸に錠をかけて何をしていた、と言う。輝彦氏はまたか、と思って、鼻で笑って、二階へ上りかけると、血相かえて跡を追って来た佐太郎氏が、奥の座敷へずるずると輝彦氏を引張り込んで、さあ、俺の女房をどこへ隠した、どこで密通していた、と怒鳴り散らす。余りのことに嚇《か》っとして、輝彦氏は思わず兄の胸を突いた。ところがそれが、前線で鍛えた柔道三段、剣道二段の氏のこと、別に水月《くらげ》に当てる心算《つもり》はなかったのだが、美事きまったと見え、佐太郎氏はそのまま倒れて、気を失ってしまった。そこで手当をすれば、何も事件にならなかったのを、魔がさしたと言うのでしょうか、ふと殺してしまう気になり、押入れに投げ込んで、頸動脈をかき切った、と言うのです。——これだけが、私が奥さんから再調査の依頼を受けた時に、判っていた事件の大要でした」

竹崎は、そこで再び三人を順次に見渡した。誰も黙然としていて、一言も口を切らない。僅かに未亡人が顔を上げて、微かに頷いただけである。

「さて、私はこの話を聞いた時に、最初は、始めにも申上げたように、この事件はもう駄目だ。どうにもならない。と思ったことでした。ところが、繰返し話を伺っている中に、ふと奇妙な点に気が附いた。それは、佐太郎氏が東京へ出張すると言って家を出る日に、女中にわざわざ家へ帰ることを許している。それほど、嫉妬深い氏が、何故自分の不在になる日に休暇を許したのか。——それが一つ。その次は、陸軍将校として前線に幾多の屍体を見、また多くの人を殺傷してきているとはいえ、気絶して倒れている者を、何故殊更に押入れに入れてから、刃物で殺さねばならなかったか——、というのが、その二……。そこで、私はふと思いついて奥さんにその夜の麻雀の結果を聞いてみたのです。すると、八時頃から三荘《チャン》打って、二時頃に漸く終ったのだが、成績は、輝彦氏が土つかずの全部プラス。山根さんは二荘勝ちで、奥さんは敗け通し、真堂さんは一回だけプラスだったと言う。その結果を聞いて、私は考えました。——大体勝負事というものは、その日の運にもよるが、麻雀のような技能も相当因子《ファクター》に這入るものは、ある程度精神的にも落着きがなければならない。相手の三人のめくりも注意しなければならないし、捨てる牌にも充分注意と判断が入る。それを、いかに戦争で神経が太くなっているとはいえ、この内地へ戻って来て、しかも肉親の兄を殺しておいて、そのあと、平然と麻雀を勝放すとは、どう考えてもちょっと面妖《おか》しい。——私は犯罪者の心理をよく考えますが、こんな平静さは、今までの経験からゆくと、想像も出来ません。これが、私をして、この事件の探査を引き受けさした主要な原因でした。

かくて、私はいよいよ捜査を開始したのですが、まず、私が第一に訪れたのは、この事件を最初から手掛けた、所轄警察の司法主任です。そこで私は、より以上にいろいろな智識を得ました。その中で、主なものを列挙してみると、兇器である剃刀は、輝彦氏の所有品で、最初は、いつ頃か知らない中に紛失したものだ、と申立てたこと。夫人の出て行くのを見送ってから、二階で本を読み始めたが、すぐ睡気を催して、五時頃までぐっすり眠ってしまった、と強硬に言い張っていたこと。それから、佐太郎氏の身体を解剖した結果、死因は咽喉部の動脈切断に拠ること、及び相当肺結核が進行していたこと、——その次に、佐太郎氏の所持品を見せてもらいましたが、別に変ったものも無く、ただ、セルロイドの板——恰度、セルロイドの定期入れがありますね。あれを二つに剝がした位の大きさと厚さのもの、それが一枚、胸ポケットに這入っていたというのが、私の注意をひいただけでした。

——貴方達のその日の不在証明に就いても私は充分に調べました、そして、それが皆、既に申上げた通り、三時頃から五時頃まで、明確に証明されて、何等疑うべき点もありません。そうなると、あと、私として調べるのは佐太郎氏の行動だけです。ところが、これは警察でも調査していましたが、前日の午后四時頃、夜の急行に乗ると言って家を出られたまま、それ以後の行動は全然判っていないのです。

鞄を持って出られた。そうでしたね。荷物は——。だが、その鞄の行方も判らない。そこで、私はまず私が佐太郎氏の立場になって考えてみました。——妻と弟との不義の現場を押えてやりたい。女中も帰らしてしまえば二人は晴れて遠慮もなく、いちゃつくだろう。だから、それを押えねばならないが、そのためには、夜、こっそりとこの家へしのび込まなければならない。と、どうする？……。

猜疑の鬼となっていられた佐太郎氏のこと、まして結核が相当進行していたと言うから、肉体的にも精神的にも異様な昂奮状態にあったと言えるでしょう。私はその心の動きを考えながら、この前に伺った時に、この家の表からとぼとぼと駅の方へと歩いて行きました。御存じの通り、京阪神急行の池田の駅までは、約十分かかります。池田から大阪まで約三十分——。一応佐太郎氏は大阪まで出たことでしょう。私も大阪へ出て、阪急前のあの雑踏の中で暫く立って見ました。——家が気になる。といって、荷物がある。鞄をどうする。一時預所へ預けるか——。しかし、それは預証が佐太郎氏の身体から発見されなかったことから、私は思いきりました。そして、駅前の闇市を右に見て、最近目立って増えた旅館を一軒一軒尋ねることにしました。随分根気のいる仕事ですが、遂に私の苦労は報われました。本名島崎佐太郎――、そのままの投宿客を、駅からも余り遠くない、大栄ホテルで私は発見したのです。

聞いてみると、四五日滞在するから、と宿賃を前払し、荷物を預けています。しかし当人は、私の予期した通り、遂に一度も顔を見せず、契約したその日の五時頃、ちょっと闇市を見て来る、と言って出たまま、戻って来ないと言うのです。宿では前金を貰っていることだし、鞄も預っているので、そのままに捨ててあったのでしょう。新聞で殺人事件の記事は見ていたけれど、別に名前を記憶している訳でもなく、気が附かなかったと言うのも本当でしょう。

そこで私は佐太郎氏が、前日の五時頃に既に姿を消していることを知ることが出来たのです。しかし、そうするとそれから翌日の屍体となって発見されるまで、佐太郎氏は一体どこに居たのでしょう。――再び私は阪急前に立って一思案しました。こうなっては、急がれるのは家へ戻ることです。しかし、それには、家の者に発見されないように戻らねばならない。女中は夕刻に暇が出て、親元へ帰るだろう。するとあとに残るのは、妻と弟の二人――。またしても不愉決な想像が浮びます。

私は再び電車に乗りました。そして池田に着くと、人目をさけるように、この家へ戻って来ました。その前に家を見せて頂いた時に充分見当はつけていたのですが、全く、この家だけは裏から這入る方法がありません。木戸は二つありますが、いずれも固く内から錠が下されている。乗り越えるには、足掛りも無いし、高すぎる。表玄関を這入れば、勝手口と玄関、並んではいるが、両方共こっそり這入ることは出来ない。しかし、この応接室の前の植込みは、充分に一人位の身体はかくし得る。ただ、それだけです。万が一、この私の背の窓が開いておれば、夜の間に忍び込むことも出来ましょう。――そこで私は、暫くこの植込みの下に姿を潜ませてみました」

話の異様さに、聞き手の三人は、いずれも知らず知らずに顔を緊張させていた。真堂の円い赭顔も、眉を寄せて、じっと竹崎の口の動きを瞶めている。山根は手布を出して、額を拭うと、眼鏡を押しあげて足を組み直した。

「――ところで、その前にちょっとお伺いしておきたいのですが……」竹崎は声を落して、由貴子未亡人の顔を見た。

「あの前日、御主人が出て行かれてから、輝彦さんも出て行かれたのでしたね」

「……？」頷きながら、夫人はおどおどとした眼を上げた。

「その目的は、佐太郎氏が本当に東京へ旅行するのか、どうかを確かめるために……」

再び夫人は頷く。

「貴女も輝彦さんも、罠を警戒していられた。だから、佐太郎さんの態度から、何だか面妖しいと思われ、輝彦氏が確かめるために尾行された。ところが、大阪で宿へ這入ったのを見届けたので、早速、輝彦氏は貴女に電話を掛け、女中の暇を一日延期し、輝彦氏はその夜、戻らないことに打合せられた。いや、その打合せのために、貴女は家を出て、輝彦氏と阪急前で逢っておられる――。そうでしたね？」

竹崎は夫人の幾度となく頷くのを見ながら、暫く考え込んだ。そして、今度は山根の蒼白い顔を見返った。

「山根さん。その日、女中さんが呼びに来られたのは何時頃でした？」

「さあ、六時頃でしたでしょうか――」ギクッとしたように薄い赤い唇をふるわせた山根は、嗄れたような声で答える。

「そうすると、六時頃は、この家は誰も居なかったことになりますね」

一座は暫し深い沈黙が支配した。それは次に竹崎の述べようとする事柄が、あまりにも明白だったからである。

「――佐太郎氏は、うまく、その機会を摑んだことになりますね」再び竹崎は低く呟やくように言って、三人の顔に鋭い視線を投げた。

「しかし、どうして家へ這入ったのでしょう？」

真堂であった。太い幅のある声である。

「その方法はあとで申上げましょう。それよりさきに、佐太郎氏はどこに隠れていたかを、考えてみましょう」つと立って、竹崎は玄関に出た。三人もあとに続く。

三畳敷の玄関のすぐ左手が応接室、正面は廊下になっていて、右手が女中部屋と勝手口に続き、食堂兼用の居間がある。左手の襖を開けると、まず六畳、襖の正面は障子になっていて、右手が押入れ、再び廊下に出て次の部屋を覗くと、角を引き廻して庭に向って障子、六畳の部屋の押入れに相当する処に、書院造りの床の間と違棚がある。八畳の明るい部屋である。

「この部屋が、奥さんと佐太郎氏の居間ですね」言いながら、竹崎は違棚の前に立った。そして棚の下の隅を指した。

「この孔はいつ頃出来たものでしょうか?」指を入れると、すぽっと抜ける。夫人は蒼ざめて顔を振った。

六畳の部屋に戻って、押入れを開けると、佐太郎の殺されていた処が、すっかり片附けられて、楽に二人は這入れる。

竹崎は内へもぐり込んで、壁の孔を探した。眼を当てて見ると、なるほど、殆ど八畳の座敷が見透せる。真堂も同じように覗いて見た。

再び応接室へ戻った時の竹崎の表情は、何故となく陰鬱であった。同じ元の位置に坐るのを待ち兼ねて、竹崎は口をきった。

「これで、佐太郎氏の目的はお解りになったでしょう。予め用意をしておいて、佐太郎氏は自分の家にしのび込み、あの押入れに身体をかくして、奥さんの一挙一動を看視しようと考えておられたのです。しかし、その夜は、輝彦氏は戻らず、女中さんも親元へ行かず、山根さんが呼び出されて、泊ることになった。そして、その翌日は、夕刻から貴方達が集って麻雀をすることになった。これも、佐太郎氏の疑いを避けるためだったことは言うまでもありませんが、それなら、押入れに隠れている佐太郎氏を、誰が最初に発見し、誰が殺したのでしょうか?」

竹崎は再び山根の顔を鋭く瞶めた。

「――山根さん。貴女も奥さんから聞かれて佐太郎さんにどこかで看視されていることは御承知だったのでしょう。そしてその夜は泊っていらっしゃる。一体、どの部屋で寝られたのですか?」

山根の顔は、途端にさっと赤くなったが、直ぐ蒼ざめた。汗が額に浸んでいる。

「――私は、いつも二階の六畳です」

「真堂さん、貴方は?」

突然であった。真堂は暫く竹崎の鋭い視線を迎えたまま黙っていた。が、やがて、低い太い声で、

「――私も、泊る時はいつも二階ですよ。ただ、あの麻雀の夜だけ、二階は輝彦君と、山根さんが泊られるので、あの六畳に寝る事にしたのですが……」

「警察は、皆さんの不在証明を、三時から五時頃までと限定して調査した。しかし、被害者が前日の夜から押入れに居たとすると、不在証明は改めて考え直さねばならない事になる。――判りますかこの事が……。例えば奥さん、貴女にだって殺す機会はあった――」

凝然とする一瞬であった。竹崎の口調は、急に激しく鋭くなっていた。

「ば、……ばかな……。対手は大の男ですよ。声も立てずに、どうして殺されます？」

しかし、竹崎は真堂に向って、皮肉に笑っただけだった。「解剖の結果、も一つ、重大なことが解っていました。それは、被害者が多量の睡眠薬を呑んでいたことです」

何を思ったか、竹崎は、時計を出して、時間を見ると、急に声を落した。

「――この犯罪は、よく考えられた計画的な犯罪です。輝彦氏の告白にあるような突発的なものではない。犯人は充分の準備を以って、この犯罪を計画し、実行したのです。奥さん貴女の直感は正しかった。原因は、貴女の御主人の病的な猜疑心と嫉妬にあるとはいえ、それを利用し、一挙に御主人のみならず、貴女と、貴女の心の恋人を葬り去ろうとした犯人の心情こそ、憎むべきです。もう時間です、警官が到着する頃です。――その中の刑事の一人が、その犯人の三時から三時半までの行動を明らかにしてくれるでしょう」

咄嗟に竹崎は身を低めた。左から飛んで来た灰皿を避けたのだ。引き続いて、椅子が卓子越しに落ちて来た。喘ぐ声、罵る声――。

悲鳴をあげて夫人は玄関へ飛び出した。と入れ替りに武装警官が姿を見せた。

「真堂！　島崎佐太郎殺害犯人として捕縛する」よろよろと崩れ落ちるように卓子に両手を突いた真堂の円い顔は、汗を滝のように流して醜く歪んでいた。

「この事件の第一の謎は、鍵も無いのに、どうしてこの家の空巣錠をあけて這入ったか、という事でした。しかし、それは、佐太郎氏の所持品の中に、セルロイドの薄板があったので、私にピンときました。それは何もセルロイドでなくてもいい。薄鉄板でもいい訳です。けれど手近かに定期入れがあったので、それを利用したのでしょう。方法は簡単です。どんなにぴっちり閉っている戸でも、この空巣錠なら、引けば少し、柱との間に隙が出来ます。そこへ錠の下から薄い硬い板を入れてこじ上げれば、錠のかぎの手は、楽に外れます。一度やって御覧なさい」

刑事の一人が早速表へ出て、閉された戸の隙から、セルロイド板を挿し込んだ。上にこじ上げる。とピチリと音がして、錠は簡単にはずれた。

「もう一枚の定期入れの片割れは、その真堂が持っているでしょう。真堂は佐太郎氏の同情者となって、今度の計画をすすめ、錠の開け方を教え、家へしのび込んだのを見届けてから、今度は、食糧と飲み物を、しかも催眠剤を多量に入れたものを与えています。この窓下の植込みに隠れていたのは、この真堂だったかも知れません。あるいはその夜、何気なく訪れて来て、家人の隙を見て、押入れに投げ込んでやったかも知れません。とにかく、真堂には、翌日までぐっすり眠らしておく必要があったのでしょう。

さて、その翌日、真堂は正午過ぎ訪れて来て、夕食と麻雀の招待を受けている。様子を見ると、まだ誰も押入れの佐太郎氏には気附いていないらしい。二時頃何気なく、夜を約して表に出る。そして再び植込みの中で様子を窺っている。と、三時すこしまえ、夫人と女中が出て行く。錠をかけたらしく、ピシリと戸が閉っている。この機会――。と真堂は再び忍び込んで、――勿論錠は簡単にあけられるし、そっと開ければ音もあまりしない。それでもし、輝彦氏が出て来れば、何とでも胡魔化しがきく。しかし幸いなことに、輝彦氏は二階で居眠っていて、何も気が附かない。そこで前から用意していた西洋剃刀で、未だ昏睡状態にある佐太郎氏の咽喉をかき切る。そして兇器を横の蒲団の下に押し込むと早速と飛び出し、電車で大阪へ出て、バーに乗り込みウイスキーを呷っていたという訳です。

動機ですか？　それは最初から最も重点を置いて調べたものでした。激情的な突発的な犯罪でない限り、必ずそこには、やむにやまれぬ動機があるはずです。――だから、嫌疑を掛け得る四人に就いて充分探索してみました。その結果、佐太郎氏の系累といっては、輝彦氏を除いては、従弟の真堂が一人あるだけ。だから、輝彦氏と夫人との間に姦通罪を成立させ、佐太郎氏を殺し、輝彦氏を犯人とすれば、この家の遺産は真堂一人のものになる。この慾望――、それが真堂に恐るべき犯罪を計画させたのでしょう。

それにもう一つ、私が真堂を疑ったのは、あの夜の麻雀の結果でした。連日と言ってもいいほど麻雀倶楽部に入りひたっている真堂の成績としては、たった一回のそれも僅かなプラスとは、素人に近い女を交えての勝負だけに面妖しいじゃありませんか――。相当ウイスキーは呑んでいたのでしょうが、それにしても平静を失いすぎている――。私は、まずそれを考えたのでした……」

感情の動き

（一）

「君は知らないんだ。今僕の言わんとしていることは組合員自体がいまどれだけ困窮のどん底に追いつめられているか、ということだ――なるほど、これは君の言う通り、明らかに資本家の作戦だ。この闘争が永引けばながが引くほど、資本家側には有利になるんだ。今度の要求が決して無理だとは彼奴等も思っていない。その点は認めている――。が、それを、あの条件をつけてでないと、呑まないと言うのには、彼奴等の所謂資本家攻勢の最終の目的があるのだ。あの条件を組合が呑むということは、いかにも吾等の敗北を意味する。しかし、このように、組合員自体が生活の圧迫に押されてくると、吾々委員として、もうこれ以上押せないじゃないか。これ以上頑張ることは、組合員内部の分裂まで予測されると僕は思うのだ……」

「昨日の発言と、すこしも変らないのね」

細木房江は油毛のない髪を小指で掻き上げながら、伏せていた眼をあげて、じっと男を瞶めた。細い目であるけれど瞳には、異様な光がともなっていた。

「――もう議論にはあいたわ。それよりも斎東さん、委員会が呑むか呑まぬかの最終段階になって、討論も充分尽され、いよいよ今日、その決をとる日なのでしょう。それなのに、その前夜、最も強硬派の委員長が、強盗に殺されるなんて、ちょっとおかしいと思わない？」

斎東文夫は長身の男、連日の闘争に疲れてか、頬はやや蒼白み、眼も少し充血している。太い眉毛がピクと動いて、斎東は上半身を椅子の上に起した。

「と言う意味は？　僕には何だか判らないが……」

「いえ、ね。ただ、妾《わたし》、ちょっと考えただけなのよ。あの委員長の樋口さんはほんとに火のような人だったわ。あの人が大部分の急進派を引ずっていたことは、誰でも認めるでしょう。だから議事のかけ方だって、あの人の思うことを通すためには、随分と強引な作戦に出ていたわね。——だから、保守的な人や、今度のように無条件で呑もうと考えている人達には最も手ごわい人ね。その人が、昨夜、突然殺されたんだから、反対的な立場の人は、きっと、ホッとしたに違いないと思うわ」

明るい春の陽が、窓の外に満ちあふれている。椅子三つと、丸卓子一つ、飾りの何一つない、淋しい部屋だ。男は、扉を背にして、窓に向っている。その横に、房江は手を卓子の上に組んで、斜めに男の顔を仰ぎ見ながら、小さい囁くような声で喋言《しゃべ》っているのだ。

「なるほど、客観的情勢の変化か……」

呟くように言う。

「いいえ、組合自体の、主体的条件の変化よ」

はっきりと決めつけるような声である。

斎東は改めて、女の奇妙に紅潮した顔を眺めた。二十三だというのに、この女は職場から選ばれたただ一人の女性代表だ。その闘志と言い、発言の論旨と言い、確かに有能な闘争委員である。だから、同志として連日繁忙な闘争運動に一緒に働いてきたが、いまだ女として、この細木房江を見たことはなかった。

それが、今ふと、女の鋭い凝視と、紅潮した頬を見て、斎東には、妙に割切れぬ気持が湧いて来た。そして動く唇に、今日は口紅さえつけているのが、不思議に気になった。それよりも、もう一つ気になるのは、是非お話ししたいことがあるのよ、と、そっと呼びに来たこの女の目的である。

昨夜の委員会の帰途、委員長が強盗に殺されたらしい、という報せは、今朝工場へ出るまでに他の組合員によって知らされた。だから急いで緊急に開かれるであろう闘争委員会に出席すべく家を出た時に、この細木房江が、額に汗を浸ませながらやって来て、そっとこの事務所の横の応接室へ連れ込んだのだ。

それが今までの話は、殆ど昨夜の討論の延長で、女は強硬論を主張し、会社側の条件は断然蹴るべきだと言い張り、また斎東としては繰返し客観情勢の不利を説いて、一日も早く解決すべきだと強調してきたのだった。

だが、女は何か目的を持っている。ただ、その発言の機会を待っているのだ。一体、この女は自分に何を言おうと考えているのだろう。斎東は、それが気になるのだ。

房江は男の鋭い視線にぶつかると、何故か慌てて眼を伏せた。そして、きっと唇を噛むと、頬から血の色を褪せさせて、指をポキリと鳴らした。

（二）

「――妾は、今、感情と論理の矛盾に迷っているのよ。さあ、何んと言って表現したらいいか――。妙に割切れないの……。妾、今まで行動がただ一つの生命だったの。理論的に考えて正しいと思えば、直ぐ行動に移ったのよ。今までの闘争にだって、妾は一度だって妥協したことはなかったわ、御存じのように、ただ信念だけで生きて来たのよ。それが、こんな矛盾に苦しむなんて、自分でもおかしいと思うの」

再び頬に血の色が浮いてきた。声は低いが奇妙に胸をえぐるような真摯さがある。

「――昨夜妙な夢を見たのよ。何か暗い路だったわ。心細く思いながら、一人歩いているとばったりと何かにけつまずいたの。はっと思って見ると、誰だか判らないけど、男の人が倒れてるじゃないの。何だか怖ろしくって、妾、声も出なかったわ。生きているのか、死んでいるのか、それも判らなかったわ。けれど、妾がこんなによろめくほどけつまずいているのに、起きないのを見ると、きっと死んでるに違いない、と、妾、とっさにそう思ったわ、だから、そう思うと余計に怖くなって、妾、思わず走りかけたの。――と、その時、闇の路の上に、何か光るものがあるじゃないの。不思議に思って、拾って見ると、斎東さん、何んだと思いなさる？」

斎東は、話の半ば頃から急に眼を鋭くして卓子の上に半身をのせかけていた。煙草を出して、ライターで火を点けたが、その太い指は、少しふるえている。

「さあね、夢の話じゃ判らないね」

房江は、男の蒼ざめた顔をチラと見ると、再び話をつづけた。

「――それが、妾の感情をゆさぶるものだったのよ。妾は、その持主を知っている。何故それが、こんな処に落ちているのだろう。妾は、暫く立ち止って思案したわ。だから怖ろしかったけど、もう一度倒れている男の人の傍へよって、そっと覗いて見たの。そして、また、更に愕くべきことを発見したのよ。あっ！て、始めて声が出たわ。そして、その声に吃驚して眼が覚めたのよ」

女は暫く黙った。男は何を考えているのか、眼を閉じている。

「――女って、不思議な動物ね。感情が、こんなにまでも、精神活動の中で大きい分野を占めるものだとは、妾、いままで夢にも考えなかったわ。——けど、どうしても押し切れないの。その感情が、まだ内面的のもので、充分発達していないのよ、けれど、そんな感情があったのだと発見した時の妾の愕き、それの方が妾には大きい打撃だったわ。でも、どうにもならないの。それから、妾、まんじりともせず、考え通したのよ。そして結局、妾として最後のたった一つの路、それをどうすれば辿れるか、その最終的な判断を貴方にお願いするより方法がないと考えたの——ねえ。斎東さん。この妾の感情と論理の矛盾、どうすればいいとお考えになる?」

「も一つ、僕には判らないがねえ」

斎東はまだ眼を閉じたまま、沈んだ声で言い始めた。

「——感情は判るが、何故それが論理と矛盾するのか、論理に従って行動すれば、何故感情を裏切ることになるのか?」

「あら、それまで言わせなければ、斎東さんには判らないと仰るの?」

房江の頰から再び血が引いた。細い切長の眼が、きっと男の額を見据えた。

「論理に従って行動すれば、ねえ斎東さん、妾が感情を殺したとして行動すると、妾、その人を摘発することになるのよ」

「それなら摘発したらいいじゃないか」

始めて眼を開いて、男はじっと女の眼を見返した。

「先ほどの夢の話だが、君が拾ったと言う、光る物——、それがどんなものか、僕は知らないが、それは確かに君の感情の対象の人のものなのかね?」

「勿論、致命的のものなのよ」

「そこで、君は、自分の感情の報酬として、それを渡そうと言うのだね」

房江は再び唇を嚙んだ。

「妾に、そんな打算的な考えがあると、お考えになって?」

「感情は自然発生的のものだろう。それを君は一方的にのみ取り上げて、ある代償を提供し、それと交換条件で、満足しようとしている」

「ひどいわ。斎東さん。そんな風にお考えになるなんて……。そりゃ、妾の表現のしかたがまずかったとは思うわ。けれど、妾、何も感情の押売りしているのじゃないのよ」

女の瞳には不思議なものが湧いて来た。それはじっと瞶める斎東の胸に、妖しいときめきをもたらすものであった。

「――ただね、妾、昨夜はじめて知った感情だったの、だから、その矛盾に迷ったのよ。そして、その果、どうしても貴方に聞いて頂きたいと思って……。妾、何も結果を期待してはいないわ。判って頂ければ、それで、それだけで、いいの……」

（三）

Y―精機工業の労働争議は、漸く最終段階に近附いていた。地方労働委員会の調定案は会社側のつけた三条件さえ、組合が呑めば、妥結するところまで来ていた。賃金の面では、両方共異存が無いのである。それは組合の要求よりは下廻る調定案であったけれど、三月に亘る争議のため、賃金収入の道を絶たれた組合員達は、全く生活に疲れ果てていた。

友誼団体からの資金カンパも底をついた。も早や、食うためには、一日も早く争議を解決して、働いた賃金を貰わねば、明日の米も買い兼ねる状態にまで追い込まれていたのである。

闘争委員会は、再三討論を繰返した。友誼団体からは、共同戦線の立て前から、一歩も退くなと、激励して来た。そして樋口信太郎委員長は、もうすこしの頑張りだとして、会社側に三条件の撤廃を極力主張して来たのである。それがいよいよ最終の委員会が開かれる前夜、自宅に帰る途中で何者かに後頭部を殴打されて殺されているのが発見されたのであった。

組合員達は、会社側の暴力団のテロ行為だとして、激昂した。職場大会では、強硬な決議がとりあげられ、闘争委員会は、状勢の変化のため、一日延期するの巳《や》むなき状態になった。司直の手は、労働争議中なるが故に、慎重にこの事件をとり上げ、当日の委員会の模様から、各委員の行動まで、一応捜査の対象としたのである。

けれど、屍体から衣服のはぎ取られていたこと、鞄も靴も無くなっていた事等から、強盗説も有力であった。

会社側は、この強盗説をとりあげ、背後の暴力団を否認した。また事実、調査の結果では、何等それを裏書きする確証も無かったのである。

かくて、闘争委員会は、事件のあった翌日委員長の葬儀をすましてから、異様な緊張の中に開催される事になった。

その直前、細木房江は、一通の手紙を受取った。名前はない。けれど筆蹟は、まぎれもなく斎東文夫の字であった。


――自然発生的な感情の動きが、このような闘争の最終段階になって表現されようとは夢にも思わなかった。しかし、僕としては、今日の最終の委員会が、かかる感情の動きで不明朗になることを怖れる。

君の今日までの闘争の歴史は、全く尊敬に値する、僕とは思想的にある反対の立場にあったけれど、君の若さと熱と、女には珍らしい自己表現の意力には、前より敬意を表して来た。

だから、敢えて言う。現在の吾等の言動は、総て感情を超越して、順正な論理の上に立たねばならぬことを再確認しろ！ と。

君の感情の発見は、君が闘志の中に始めて発見した女性の影だ。僕はこの点は嬉しいことだと思う。けれど、その感情に溺れて、自己の意志を枉《ま》げることには極力反対したい。

吾等の運動は感情に支配されてはならないはずだ。感情は私的のものだ。だが吾等は多数の組合員達によって選出された闘争委員なのだ。各組合員達の利益の代弁者として吾等の言動は、総て公的な性格を持つものであることを意識せねばならない。

君が掴んだ証拠は、なるほど致命的なものであろう。しかし、それを君は感情に負けて陰蔽してはならない。君はそれを堂々と発表して輿論に問うべきだろう。それでこそ、君は選ばれた委員としての生命があるのだ、と僕は重ねて強調したい。

君はその摘発が、その感情の対象の人を永久に葬るものとして危惧しているのであろう。あるいは、結果として、そのような事態になることは予測されないこともない。しかし、だからと言って、その事情を明白にせず、裏面に醜事実ありと知りながら、今日の委員会に提出せずして、闇に葬ることとは、君として採るべき道ではない。

僕は君の公正な良心に訴える。これが、君が僕に与えた問題に対する解答だ。

最後に一筆――。今日持たれる委員会は僕としても、君としても、最終のものであろうことを附け加える。と共に、その最終の段階まで、吾等は階級闘争の選ばれた人であることの自覚と、意識を持続することを吾等組合員のみならず、人民大衆の名において誓いたい。

房江の表情には大きい変化があった。部屋の隅で再三読み返した女の顔には、泪が筋をひいていた。しかし、蒼白んだ頬にきっと嚙みしめた唇は、固い意志の決意が見えた。

鉛筆をとると、その手紙の裏に荒い大きい字で書きつけた。

――わたしは強く生きる。私達同志のために――

（四）

各職場大会の空気を持ち込んだ闘争委員達は、定刻になると待ち切れずに開会を迫る。

死んだ委員長にかわって、副委員長の入江治作が席に着いた。

書記長が定員に達していることを報告する議長として、入江副委員長は開会を宣し、まず報告事項から議事を進めた。

房江は末端の席に、眼を光らせながら、座っていた。

先ほどから各委員の席を眺めていたが、開会になっても、斎東の顔が見えないのだ。

何故来ない。この重大な決定をせねばならない最終の委員会に、斎東は何故来ない。

房江はまたも激しく唇を嚙んだ。卑怯な――胸底から怒りがつき上げて来る。

あの人は妾の好意を踏みにじったのだ。あの妾の血の滲むような、処女として始めての感情をぶちまけているのに、あの人は冷淡に打ち払ってしまったのだ。

組合員の利益のために――と言うだろう。けれど、堂々として、弁論で闘って、破れると見た時に最後の暴力を、あの人はふるったのだ。これが、この再建日本の、吾々労働大衆のとるべき手段だろうか――

妾は感情に負けてはならないのだ。

またしても滲む泪を押えて、細木房江はじっと眼を伏せた。あやしくもはじめて見出したこのいとしい気持――。始めて女としての自覚の上に、一夜中、いとしんだこの感情――それも結局は蕾の中にふみしだかれる雑草のそれに過ぎなかったのか。

乳房の上を軽く両手で抱きしめ、房江は大きい息を吐いた。

報告事項及雑件の審議はすんだ。

「――それではいよいよ、これより調定案の審議に移りたいと思いますが……」

入江副委員長の渋い声が響く。はっとして房江は反射的に手を挙げた。

「議長！」

感情に負けてはならぬ。負けるものか――すっくと房江は席に立った。

「その議事に入る前に、重大な事項に就いて発言したいと思います」

手がふるえた。卓子をしっかと両手で押えて、房江は議長席に眼を据えた。

「問題は、前委員長、樋口さんの横死についての裏面工作に就いて、皆さんの公正なる判断をお願いしたいと考えるのでございますが……」

一斉に各委員の視線が、蒼白んだ細木委員の顔に注がれる。

「何か重要な発言のように思えますが、皆さんこの提案に、発言を許可して宜敷いでしょうか？」

異議なし――の声が喧しく響く。

「――では発言させて頂きます。が、その前にちょっと、議長にお伺い致したいのでございますが、今日のような重要な会議が持たれます時に、まだお見えになっておられない委員の方があるようでございますが、これには何か特別の理由でもあるのでございましょうか？」

「委員会は定員の三分の二以上出席があればいつでも成立しますが……」

訝しげに議長は書記長を顧た。書記長から早速と、今日の欠席者の氏名と届出が渡される。

「御質問がありましたから、報告します、今日は、三名欠席されています。その中、高原委員は病気、斎東、花房両委員は、約一時間ほどの遅参を届出ておられます」

「判りました」房江は軽く頭を下げると、発言を続けた。「――それでは、早速本題に入らせて頂きます。今回の調定案に就きましては、一昨夜の委員会で、充分討議が尽されまして、私達としましては、もはや、採決をとる、という段階にまで進んでいたように思うのでございますが、それが、討論打切りと一緒に、採決も一日延ばされ、引続き起った不祥事件のために、今日まで延期されたことは皆さんもよく御承知の事でございます。

――ところがこの採決の延期及び委員長の死によっても

たらされる情勢の変化というものが、ある者の不正な手段によって、計画され遂行されたものとしましたならば、私達委員は、一体どのような態度をとるべきでございましょうか？」

急に席上が騒がしくなった。各委員が、口々に何事か喋言りだしたのである。

房江は、暫く口を閉じて、一座のざわめきが静まるのを待った。悲愴味を帯びた表情、蒼ざめた頬、発言の間毎に嚙みしめる唇――

嗄れてはいたけれど、抑揚のない沈んだ調子の房江の声は、異様な昂奮をまき起すのに充分であった。

「――闘争がこのように長期化し、また客観的情勢が悪化してまいりますと、どういたしましても、組合の内部にも、いろいろ不利な条件が生じて来ますことは、やむを得ないこととは考えられますけれど、それが、あくまでも民主的に公正な手段でなされたものでございましたら、何も私はこのようなことを発言する必要はございません。ところが、それが私達が最も排斥せなければならない暴力を以って、情勢の変化をはかろうとするような陰謀に対しましては、私は、私達自由な民主的な組合運動の立て前から、あくまでも排撃し、その非を一般大衆の前に摘発したいと考えるのでございます――」

再び異様なざわめきが湧き起った。

入江議長は、はげしく卓子を叩いた。

「発言中ですぞ。静かにして頂きたい。――それから細木さん。只今の発言は、相当重大な事項のように思えますが、話が抽象的で判りにくい。もっと、具体的に明確にその全貌を言って頂けませんか――」

「そうだ、具体的な証拠だ――」

大きく叫ぶ委員がある。

「では、申上げます……」房江はちょっと顔を伏せた。そして胸のポケットから紙に包んだものをとり出した。

と、その時、背後の扉が開いて、斎東文夫の長身の姿が見えた。

(五)

「斎東です。遅れまして済みません、花房君は、もうすこし遅れるでしょう。細木さん、失礼しました。どうぞ続けて下さい」

房江はチラと眸をあげて、斎東の方を眺めたが、またしても唇を噛んで、眼を伏せた。

「――一昨夜、委員会が解散しましたのは、十一時頃でございました。そのあと、お残りになったのは、委員長と書記局の方達だったと覚えております。私もすこし残りまして、あと片附けのお手伝いをし、委員長がお帰りになってから、半時間ほどして、帰り途につきました。丁度十二時頃だったでございましょうか――。ところが皆さま御承知のように、私の家は、委員長が倒れておられたあの暗い焼跡をどうしても通らねばなりません。しかし、私としましては、よく馴れた路でもありますし、まだ委員会のあとの昂奮が残っていたものですから、スタスタと急ぎ足で歩いていたのでございます。すると、突然、私は大きい黒い物に躓ずいたのでございます――」

一座はしんとして、皆一斉に房江の薄い唇を瞶めている。

「――それが何だったかは、皆さんもよく御存じの通りですが、私が、それが委員長の屍体だと気附く前に、その屍体の側に、容易ならないものを発見したのでございました」

房江はちょっと口を切って、手にした紙包みを開いた。出て来たものは、純白の水晶のカフス釦《ボタン》である。それは房江の細い指の中で、キラキラと輝いた。

「――これでございます。皆さん。よく御覧下さいまし。この片方しかないカフス釦は、水晶で、この飾附けには大きい特徴がございます。この釦を今まで御覧になった方はございませんか？　そして、この釦が、委員長の側に落ちていたということが、何を意味しているとお考えになりましょうか？」

「議長！」斎東である。鋭く呼ぶとすっくと席に立った。

「――その釦は、僕のものです」

再び異様なざわめきが起った。

「勝手な発言は禁じます、細木さん。続けて下さい」

議長は大きい声できめつけた。

「――一昨夜、委員の出席数は二十七名でございました」房江は口調を変えて続けた。

「――ところが、あの調定案に対し、無条件受諾を主張なさった方が十三名、反対意見の方が同じく十三名――。これは私が皆さんの発言しておられる間に数えたのでございます。だから、委員長の意向如何が、どんなにこの空気に反映しますか、非常に微妙な瞬間でございました。しかし、その時、突然採決は延期したいという動議が提出されました。そしてまた、何故か議長がそれをとり上げられ、皆様御承知のようになったのでございます。ところで、打切り延期の動議を出されたのは、一体どなただったのでございましょうか？」

大きい示唆である。一座の視線は期せずして斎東文夫の、蒼白んだ顔に移った。

「私は、その卑劣な陰謀を憎みます。その悪辣な行動を憎みます。このような陰険な方法によって、私達の自由意思によって決定されるこの委員会の議決を、自分の方へ導こうとした卑怯な手段を憎みます。だからその人は、私達の委員の名において、充分に制裁されるべきだと考えます。議長！　今こそ、その卑劣漢の名を申し上げます。その人は……」

房江の昂奮した声は激しく一人の男に投げられた。そして手は、その男の顔を指した。

「――斎東、斎東文夫という人です！」

どうしたのであろうか、その一瞬、墓場のような沈黙が部屋中にみなぎった。

「議長！」再び斎東が発言を要求する。

「一身上の弁明です。只今の摘発に対して私の見解を申述べたい」

黙って議長は、眼ばかりギラギラさせて、緊張と昂奮の絶頂にある各委員の顔を順次眺めた。

細木房江は席に坐って、釦を握ったまま、じっと斎東の顔を睨んでいる。

「諸君！　どうします？」議長は嗄れた声で訊く。

卑劣漢はほうり出せ、警察へ渡せ、と言う声と、一応聞いてやれ、発言させろ、と言う声が入り交って、部屋はまたもごうごうと鳴った。が斎東はすっくと立っていた。

「――実に恐るべき陰謀であります。かかるが故に、僕は断然この真相を暴露したいと考えるのであります。諸君は今細木委員の発言によって、委員長の死をめぐる陰謀の一端を御承知になった。けれど、それはあくまで一端であって、全貌はもっと怖ろしい陰謀であることを前提として、その詳細を申上げたい」

よく透る、熱のこもった声であった。部屋の喧噪は押えられた。斎東は、その反応を確かめると、ちょっと調子を落して喋り出した。

「委員長の死は、諸君も御承知のように二つの見方があった。その一は、状況から押しての強盗説であり、もう一つは尖鋭化した争議の結果からくるテロ行為だとする解釈――。当局は勿論、両方から慎重に探査された。そして、今もなお、捜査は続けられている。ところが、愕くべきことには、その解決を進める上において、最も重要と見られるべき物的証拠が、ある人間の、個人的な意志から抑制された。しかも、事実はそれだけではなく、個人的な取引において、その証拠物件が、ある交換条件で危く湮滅されようとしたのであります――」

房江の顔は、この時さっと血の気がさしたが、次の瞬間には以前にもまして蒼ざめた。

斎東はその表情の動きも知らぬげに続ける。

「――その交換条件の内容は申し上げますまい。しかし、それを持ち出された時の僕の当惑昏迷――。暫くは茫然としたことでした。が、考えている中に、次第にその真相が閃いて参りました。そして事態の動きを冷静に考え、僕としてとるべき態度を明白に定めました。即ち、いかなる情勢にあっても、自分の闘争委員としての使命責任義務を、改めて自覚したのであります。故に僕としては私情においてはしのびなかったけれど、敢然とその条件を拒絶しました。そして、お互いに堂々と戦うことを申入れたのであります。

先刻も細木さんが指摘されたように、一昨夜の委員会は非常に微妙な空気にありました。お互いに昂奮の絶頂にあり、あのまま採決に入れば、あるいは誤った意思を表示するかも知れない状態にまで、吾々は冷静を失っていました。僕が突然延期の動議を出したのも、それを委員長がとり上げられたのも、一にかかって、この委員会が一時の昂奮によって、冷静な判断を失うことを惧れたからであります。

ところが、この機会を摑んだ非常に頭の鋭い、意志の強い人が居りました。それは、この機会に、委員長を殺し、その罪を反対派の有力者に転嫁し、その反動による組合員の感情の動きを摑んで、一気に強硬手段を貫徹しようとする、恐るべき陰謀であります。そのために、委員長の帰途を待ち受け、あの焼跡へ連れ出し、これを殴り殺して、一応は強盗と思わせるように衣類等を剝ぎとり、そして、予め用意していた証拠物件を、屍体より少し離れた処へ落しておいて、第二段の発展を期待していたのであります。

この怖るべき奸智は、予定通り遂行されました。ところがただ一つ、予測されざる現象がこの犯人の計画を、美事に裏切ったのであります。それは、犯人も全く予期せなかったことでしょう。と、申しますのは、僕自体すら、奇妙なる感情に支配されて、危く事件の真相を誤りかけたからであります。

それは一女性の、いとも不思議な感情の動きでありました。その感情は、犯人の用意した証拠を、そのまま犯人の考えていたような行動に移さず、証拠を抱いたまま、論理と感情の矛盾に一夜中煩悶させたのであります。その結果として、僕はこの怖るべき陰謀の、計画の一端を覗き見ることが出来たのでした。

細木さんは、僕がその犯人であるとして指摘された。そして僕がこの行動によって、調定案の無条件受諾に、全委員を引き入れようとしたと暴露された。が僕は言いたい。かかる状態の時に、強硬派の筆頭と思われている委員長を殺すことは、結果として逆効果の現象を起すということを——。犯人が狙ったのは実にこの点であります。だから、特に僕のカフス釦を知らぬ間に拾っておき、それを利用して、この委員会が採決するまでに、僕を当局へつき出して、その反動を利用しようと計画したのであります——」

いつの間にか、房江は両手で顔を押え、卓子の上に伏していた。誰一人として声を出すものはない。斎東の熱をおびた声だけがなおも続く。

「僕はこの陰謀を知ると、早速と真相の究明にあたりました。そして遂にその犯人をつきとめました。ところが、遺憾なことに、その犯人の自決をすすめている時に、当局の検挙にあったのであります、最早諸君は、御気附きでありましょう。今、この部屋の扉の外に、その男が前非を悔いて当局の方と一緒に居られます。その人の最後の袂別の言葉を聞いてやるのも、吾等ながらくの同志としての友情のあらわれではありますまいか——」

扉が開かれた。出て来たのは、花房委員の蒼黒い顔であった。

その時房江は、斎東から紙つぶてを投げられた。慌てて拾うと、斎東の視線がじっと鋭く注がれている。開いて見ると、

——私も、感情の動きを発見しました——

房江の顔は見る見るあかくなった。頭がしびれて、じーんと鳴る。再び房江は両手の中に顔を埋めた。

ソル・グルクハイマー殺人事件

京都探偵倶楽部

はしがき

最近読者から連作及び合作の掲載を、多数要求されているので、編輯員鳩首凝議の結果、京都探偵倶楽部を総動員し、各人物の役割を演じて一篇の創作を纏め、この合作を更にまた分割して順次、リレー式に発端から解決までを負担して書上げた。

合作の連作、面白味はこの点にある。

人物や地名は便宜上「カーン氏の奇怪なる殺人」を利用した。これには種々問題もあったが取材の極めて自由な海外を舞台にとった。あるいはカーン氏の事件と無関係に切離して読まれても、興味は充分にあると信ずる。

各自の真剣な所演及び執筆、その熱意と努力とを認めて頂きたい。

A、監禁者の脱出

大井正

月影もなく真暗に曇った空は、雨気さえ含んでいた。紐育《ニューヨーク》市の北の郊外にあるソル・グルクハイマーの豊な邸宅は、アーノルド・カーンの裁判の日から、来る日も来る日も、丁度《まるで》墓場のような沈黙に包まれていた。ほのかに洩れる灯の光、時々聞える足音、それがかすかに人の棲む気配を示しているのみである。

グルクハイマーは先刻《さっき》から部屋中を動物のように歩き廻っていた。彼の頭の中を走馬燈のように馳け巡るのは、裁判の日の有様であった。

「これ等の証拠に依って、犯人はグルクハイマー以外に有り得ないのであります」と言い切った、シメオン・グレーブスの自信に満ちた態度が、彼をいらいらした気持へ狩立てるのだった。あの日以来彼の邸宅には二人の巡査が張込んで厳重に出入の者を監視し、特に通信は厳重に取締り、執事から料理女に至るまでその出入には一々身体検査、所持品検査を行われるのだった。そしてグルクハイマーは裁判長より旅行は勿論、外出をも禁ぜられ、神妙に引籠って謹慎していたのだったが、陪審員の諮問決定の日が近づくにつれて、彼の不安は益々深刻となって行くのだった、というのは、陪審員の回答が彼にとって不利なものであろう事は、充分に想像され、しかして彼がなしたグレーブス及びカーンの陳述に対する反駁の陳弁書がいかに力弱いものであるかを彼自身良く知っていたからであった。

歩き廻っていた彼はやがて深々と椅子に腰を下した。彼の混乱した頭に八年前からの彼の行動が甦えって来た。猶太《ユダヤ》王国建設聯盟J・K・Uの指令を受けた彼は仏蘭西《フランス》モリス・ジュノー火薬兵器製造会社の株式を買収せん事をカーン商事会社の重役会議に諮ったが、社長カーンがこれに対して極力反対したため彼の計画は齟齬したのだった。そこで彼は計画遂行に邪魔者たる社長カーンを陥れんものと他の諸重役を説伏してカーンに対立する勢力を張って、その機会を窺ううちに、図らずもカーンが巨額の資金をアーネスト国際航空会社に融通し、その回収困難に陥っている事を発見したのであった。彼が待っていた機会が与えられたのだった。彼は直ちに各重役と組んで取引者間に騒擾を引起さして、遂にカーンを司直の手に委ね、その上各自のカーンに不利な証言は彼を詐欺破産の罪名の下にシンシン刑務所に送り七ケ年間苦難を嘗めさしたのであった。

カーンなき後彼は会社の実権を握り、重役中の最年少者で、最も多く資産を有するジム・アランデルを社長に推して表面に立て、アランデル商事銀行を改めて組織し業務を継承したが、その業務方針を一変して従来主に平和的機関に投資されていた資金を、火薬、兵器等の製造会社に、海外輸出映画製作の方面等の非平和的機関に投資したのだった。しかしやがてその露骨なる商策は内外有識者間の非難を買い、平和論者の圧迫は日々につのり、遂には政府当局よりしばしば注意を受けるようになった。今更のようにその露骨さに逡巡反省し出した各重役は彼に対して商策変更を迫ったが彼は頑として飽くまで既定方針に頼らん事を主張し、各重役とその意見において対立したのであった。その時丁度七年の刑を終えたカーンが再び紐育に来り、雑誌「人道主義者」の主筆として堂々と論陣を張り、アランデル商事銀行の各重役の不正を攻撃し始めたのだった。彼は遂に自分の計画遂行に邪魔になる各重役を鏖殺《おうさつ》し、併せて全ての彼の計画を看破っているらしいカーンを死地に陥れんと一石二鳥の謀計を立て、ミツナー弁護士の古小屋が出入自由なる事を兼ねて知っていた彼は古小屋に忍び入り、捨てられてあった印字器《タイプライター》に依ってアランデル社各重役に彼等に恨を抱くカーンの名を以て青色封筒の脅迫状を送付し、既に読者が知られるが如き方法を以て、常にその犯罪現場にカーンを誘致し、彼に対する嫌疑を深からしめホーバー・ドルイド・ロウデン・ランドレイ・モルダバ等を順次殺害したのだった。彼こそアランデル商事銀行の五重役殺害の真犯人だったのである。再び立ち上った彼はまたもや部屋中を苛々と歩き始めた。猟犬に追いつめられた狐のようだった。彼に残された途はただ二つあるのみ、それは自殺と逃亡だ、自殺！　しかし彼には未だ仕残された仕事があった。

毎月数回巡視に来るマックネイル警部は今日もグルクハイマー邸を訪れて来た。彼は部下の監視巡査より報告を聞くと、出迎えた執事に案内されてグルクハイマーの部屋に入って行った。やがて十五分ほどしてグルクハイマーの部屋を辞した彼は、部下の監視巡査になお一層厳重なる監視を為すように命令して、折柄の暗夜をただ一人懐中電燈を頼りに庭園を見廻りに行った。再び玄関に姿を現わした警部は庭内には異状がなしと部下に告げて帰って行った。その頃から曇っていた空はポツリポツリと降り始めた。ひとしきり降った驟雨は早や止んでいた。監視巡査の一人は懐中電燈を手に庭内巡視に出掛けて行った。彼がグルクハイマーの部屋の下まで来た時だった。彼はグルクハイマーの部屋の窓から塀外の空地に立てられている洗濯物乾棒に一本の綱が懸渡されているのを発見した。ハッとした彼は直ちに同僚と執事を呼び起しグルクハイマーの部屋に飛び込んだ。しかし部屋は空虚で取散らされ、グルクハイマーの姿はなく、明らかにその脱走を物語っているようだった。彼等は直ちにその事を本署に急報すると同時に現場監視を続けて上官の到着を待っていた。

やがて急報に接したマックネイル警部がタクシーを飛ばして馳けつけて来た。そして待つ間もなく検事一行も到着した。グルクハイマーの逃亡は予め準備されたるものの如く、貴重品を荷造りした形跡が明らかに認められ、逃亡の具に使用されたらしき綱は、窓際に持ち運ばれた寝台の脚に、しっかりと緊縛されていた。そして外側窓際の壁に靴で蹴ったらしき創跡が認められた。少時じっと考え込んでいた検事はやがて口を切った。

「グルクハイマーの逃亡が発見されたのは何時頃だったかネ」

グルクハイマーの逃亡を発見した監視巡査がそれに答えた。

「エエ、雨が上って二十分ほどしてからだったですから十時頃だと思いますが……エエ十時でした」

軽くうなずいた検事は話をついだ。

「今日グルクハイマーを訪れた人はなかったかネ」

「有りませんでした。先ほど警部殿が巡視に来られただけです」

検事の顔は曇った。何事か思案しているようだったが、思い返えしたように執事を呼び入れるように命じた。呼び入れられた執事はおどおどとした律義そうな男だった。

「君が当家の執事だネ、雇われてから何年ほどになるかネ」

「ハイ、丁度三年です」

執事の声はかすれた濁った声だった。

「君は主人がこの家を逃げ出そうとしていた事を知っていたろう」

検事はおどおどした執事を威圧するように問うた。

「いいえ、少しもそんな気配を感じませんでした。あのマックネイル警部様が御帰りになりましたのが九時過ぎ、かれこれ半でしたので、私達召使は皆《みんな》部屋に下りまして、寝《やす》ませて頂きましたので……」

「それでグルクハイマー氏の脱出に就て何も知らず御主人の旅行準備に少しも心付かなかったと云うんだネ。では寝んでから何か物音を聞きはしなかったかネ」

検事はなおも執事に問うた。

「いいえ、聞きませんでした。先ほど警官の叩扉《ノック》で起されますまで何事も存じませんでした」

この臆病な男が嘘を云っていようとは思われない事だった。そのもう一人の監視巡査が入って来て物干棒の傍に自動車を停めたらしい痕跡と多くの靴跡のある事を報告した。検事達は急いでその現場に馳けつけた。雨上りの湿った土に明らかに自動車を停めたものらしく轍の跡と、少々の機械油の滴下した跡が残っていた。そしてその附近に多くの靴跡があった。

「自動車のタイヤは何型かネ」

検事は傍らのマックネイル警部に尋ねた。

「フワイヤストン第一型です」

マックネイル警部は、はっきりと答えた。

「グルクハイマー所有の自動車があるか否か検べ給え」

検事の言葉に監視巡査の一人が車庫を調べに行ったが、やがて帰って来た彼はそこにグルクハイマー所有のコロンビアの格納されている事を告げた。それを聞くと検事は靴跡を示してマックネイル警部に言った。

「この靴跡はグルクハイマーだろう?」

じーっと靴跡を調べていた、警部はチョット顔を持ち上げて答えた。

「多分そうだろうと思われます」

「とグルクハイマーは窓からこの綱を伝って、ここから自動車に、乗って逃亡した事になるネ……」

検事の顔は何かしら不満な様子だった。

「私はこれから、その自動車の後を追って尾行してみましょう」

そう言って、マックネイル警部はグルクハイマー逃亡の自動車の轍跡を追って単独尾行に出掛けて行った。すでに紐育全市に非常線が張られ、網の目からグルクハイマーを漏らすまいと厳重に監視されていた。

B、谿谷の惨死体

馬場重次

電鈴が激しく鳴った。

側に居た警察官が直ぐ受話機を取上げたが、思わず愕然として声をはずませた。

何ごとか?

昨夜ソル・グルクハイマーを追跡のため、マックネイル警部は市中至る処で非常警戒の巡査に誰何《すいか》されつつ、貸自動車《タクシイ》を急がせたが遂々《とうとう》途中轍の跡を見失い沿道の民家を起して手索りを求めたりして、コンネチカット州ニュー・ヘヴンに至る途中の通称渣鉄村《かなくそ》まで行った時は、最早全く見込みつかず、捜索を諦めて土地の警察署に指名手配の連絡を取り、今朝初発の汽車で紐育へ帰って来た——と警部が署長に報告したのは、ツイ先刻だった。

それに今、方角違いのパタースン警察から、市の北方十二哩《マイル》の(紐育、ニュー・ジャージー)州境界を百米《メートル》距った、ブラウン・カウテイル谿谷に墜落している行路者が、昨夜の通牒に符合した人相・風態であり、しかも該地点は僅の差で紐育州に属する場所なので至急出張を乞うとの電話に接したのだ――。

署員は直に検事局に移牒する。

まだ非常警戒が解除された直後の署内の雰囲気は緊張していた。

特種を求めて詰めかけた新聞記者達は早速自分所属の社に電話する。

ホプキンス検事とマックネイル警部、ノースエルズ博士にトピン刑事は、戸外に待たせてあった自動車に乗った。そこへシメオン・グレーブスが駈けて来た。彼はジム・アランデルの依頼でグルクハイマーの検屍に同乗したのだった。その自動車の前方を赤車《レッドバイ》に乗った巡査が先駈してゆく。

サイレンの唸り。

朝靄のまだ晴れきらぬ街を往来する人々を驚かせながら、警察車が一瀉千里《いっしゃせんり》の速力《スピード》で突進する。何か大事件が生じたに相違ないと通行人は伸上って見送った。路傍の新聞売子の少年は超速力の車を見て、その勢の凄さに大声で喚く“Atta Boy!”

紐育を出外れると、さしも大都会の喧騒もいつか遠退いて乗者が全く無言で居るために、モーターの爆音だけが合唱している。そうして、時折、カーヴに際して制動機《ブレーク》の軋みが聞える。

紐育から西北行数十分、Y字型の分岐点を左にとって、一行はパタースン市の警察署に立寄った。

パタースン警察署では待っていたとばかりに土地の巡査を乗込ませた。それから再び分岐点に戻って紐育とは反対の方角へカーヴして、更に北方、ハドスン河に沿うて進んだ。その道は先刻からの道とは異りかなり自動車が揺れるにも拘らず昂奮した一同は速力を落すことを許さなかった。

州境界線を突破してデアウェル村落に車を下りると、数名の農夫が出迎えた。一行は出迎えの案内者と共に谿谷に副うて桟道を進んだ。紐育から僅一時間の行程で、こんな静かな所があろうとは思わなかった。

桟道を進む事稍少しで、ブラウン・カウテイル谿谷に到着した。僅かな音にも反響《こだま》する仙境は機械文化に悩む俗人共を嗤《わら》うが如く思われた。

約四米の幅のある道が九十九折《つづらお》りにグッと延びて、一方は急傾斜な雑木林であって、他方は水成岩から成る絶壁であった。道路より二十米の下に滔々たる急流は岩石に激し、流れの両岸は露出した無数の岩が重畳《ちょうじょう》した磧《かわら》だった。

その磧に一旅行者が斃れていた。遠目ながら着衣や所持品でグルハイマーに相違ないと解った。

C、探偵局報告書

大畠健三郎

検事の一行は、高い崖を降りて、現場に到着した。被害者は、絶壁の根本から僅かに離れた磧に、うつぶせになってたおれていた。右手を曲げ左手を延ばし、左足を曲げて、右足を延ばした最後の姿は、ひどく惨めなものであった。左肩の南手に帽子が落ちており、旅行靴が右足の下手に転がっていた。現場南方の高い絶壁には綱が垂れ下り、その残りが四米ほど地上に這っていた。現場を素早く一見したマックネイル警部は、義務的な調子で、呟くように検事に云った。

「どうやら、崖の途中から、何かの拍子で墜落したものらしいですね」

検事はそれに軽く同意を表して、直ちに発見者である農夫の訊問に移った。

「君はどんな風に屍体を発見したのか」

物慣れない農夫は少し狼狽気味で答えた。

「今朝、つまり私の村から木を切りに、山へ入る途中、この人が死んでいるのを発見しました」

後を受けて警部が訊ねた。

「屍体の状況はその時と少しも変っておりませんか」

農夫は今更のようにもう一度見直しながら、

「変っておりません」

「家を出られたのは何時頃でしたか？」

「ハイ、夜が明けて一時間も経った後です」

「それから直ぐに届けたのですね。この人を嘗つてお見掛になった事はありませんか？」

農夫は強く首を振って、

「いえ、一向に見掛けた事はありません」

警部が農夫の訊問をひとまず終ると、検事は警部に尋ねた。

「警察医はどこに居られるんだ？」

警部が捜すまでもなく、警察医ノースエルズ氏は傍に立って、ぼんやり垂れ下った綱を眺めていた。

「ノースエルズさん、早速屍体検査に掛って下さい」

警察医は慣れた手付で検診に熱中し始めた。顔も上げずに、調べてゆきつつ報告していった。

「一番上に羽織っているクレバネット・コートには烈

しい擦過の跡がありますね。落ちる際に、そこの断崖で擦ったと見えて、山土の赭い色が沢山附いております。着衣は縞スコッチの背広で、チョッキの隠しから時計が出てきました。破損しております。さてと、皮膚表面に現われた外傷は、前額毛際部の長さ二吋《インチ》四分の三の裂傷と、頭蓋骨の折傷です。鼻口から血が噴出しておりますが、しかしどうも訝しい、墜落死としては血液の量が少な過ぎます。それから左腕上膊部に癒着して一週間ほど経た、長さ一吋半位の切創があります。この出血量の少ないのは、解剖した上でなければ解りませんが、屍体硬直が普通とは違って、非常にはげしい上に後弓反張さえ示しています。で、あるいは有機性中毒死じゃないかと思われますが、すぐ解剖に取りかかってみましょう。そうすれば判る事ですから」

グルクハイマー氏最後の寝床である磧は忽ち変じて解剖台となった。色々な不便はノースエルズ氏の腕によって補われた。操作の途中、彼は思わず大声を上げた。

「ほほう、第三肋骨第四肋骨が折れて、第五肋骨も少し傷いております。骨折によって肺臓及び肝臓に損害を受けて内出血を生じております。心臓内にはあまり多量の出血は認めませんが、これだけ内臓損傷に反して出血の尠いのは不審の至りです。明らかに中毒死である事を認めます。確定的な事は紐育に帰ってよく調べなければ発表できませんが、胃内容物もその時一応検査しましょう」

聞終ると、検事が質問した。

「死後何時間位でしょうか？　只今が丁度八時半ですが」

「八時半ですか。そうですね。大体死後十九時間内外経過したように思われます。してみると、昨夜十一時から十二時頃の間に絶命したと見るのが最も妥当でしょう」

検事は警察医の云った事を始めからもう一度考え直してみて、

「では、結局墜落死じゃないのですか？」

「ええ、墜落死としては出血量の少なすぎる事が非常に不合理です。頭部の裂傷が致命傷だとはどうしても認められません」

今度は警部が、

「それは間違いないですか？」

「頭部を下にして墜落し、頭部と胸部を打ったために頭蓋骨と肋骨が折れて、先刻云った外傷を生じ、また内臓出血をも来したのであるが致命的とは考えられない」

「もう一つお伺いしますが、内臓出血を来すほど負傷しながら何故出血量が少いのでしょう」

「つまり、生存時の負傷なら多量の出血を見ますが、死後の負傷では血量の少ないのが普通だからです。この屍体の鼻口から出血しているのは、墜落に依る骨折のために肺と肝臓が傷き、圧力に依って僅に流出したものです」

「死後の出血なんですね。それで諒解できました」

被害者の時計をいじっていた検事が、時計を警察医に示しながら、

「この時計の破損は零時二十分を指していますが、貴下の今の話から察して墜落と同時に破損したものと認めて好い訳ですね」

「それが最も自然な見方です」

「では」と検事は警部の方に向きながら、「十二時前後にこの附近において被害者の姿やその他の人物を目撃した人はないのか?」

「どーもそうした届出はないらしいですが」

警部の当惑顔にかまわず、検事は、

「駐在所の巡査は居ないのか?……」

声に応じて一人の制服の警官が進み出た。

「ハイ、何でございますか?」

「昨夜十二時前後に外来者とおぼしき人またはその自動車を操縦する者を見た者は居ないかい?……誰か心当りが有りそうなものだが?」

「それは発見者であるこの村の農夫が詳しく知っているはずです。自動車で山へ入って行くのを見たそうですから、詳細は本人に訊いて下さい」

再び先刻の農夫が検事の前に立った。相変らずおどおどした物腰である。

「君が自動車を見たというのは何時頃ですか?」検事は言葉を柔げて問いかけた。

「ええ、十一時頃だったろうと思います」

「どの辺で発見しました?」

「丁度寝すもうと思う少し前でした。聞き慣れない新しい自動車の警笛を聞いたので、外へ出て見たのです」

「村から現場までどれほどありますか?」

「凡そ四百米内外です」

「その時の自動車の番号は、はっきりと見ませんでしたか?」

農夫は小首を傾けて昨夜の記憶を喚起そうと努めたが、

全然番号なんか見なかったことを思出した。

「夜の事で判りませんでした。ただ幌を巻いていたように思った丈です」

「速力は？　徐行していましたか？」

「アッと思う間に通過ぎました」

この男からはこれ以上無理だと悟って下らせた。次に警部に向って、鞄を指しながら、

「その鞄の中を調べたかね？」

警部は、死者の懐中から出た鍵で漸く鞄を開いた。

「中に入っている物は、肌着の上下一組と、カラー及び靴下、かみそり、石鹸、歯磨道具とタオル、ハンカチ、櫛、鏡、経済年鑑、外交時報、便箋、封筒、郵券帖、懐中電燈、旅行案内、地図、名刺、国立銀行預金証券及びイングランド銀行預金通帳、小切手帳、未発送の封書——これはミツナー弁護士宛になっています——それから伯林《ベルリン》マイケル探偵局の報告書等が入っています。最後にもう一つ、宝石袋があります。これだけが全部です」

警部はちょっと調べて、

「アルゼンスタイン名義の預金証券が変だと思います」

「金高で幾らほどかね？」

「そうですね、四十万弗《ドル》と二十五万弗です」

「随分多額だね」

警部は封書を取上げて検事にわたした。

「ミツナー宛の封書です」

受取った検事は手紙を中から抜取って読み始めた。次のように書れてあった。

ミツナー君

僕は紐育を去るに際して、本書を呈して君に委嘱する事がある。

随分君は過去において僕を苛責したね。だがそれは最后に僕を電気椅子に送ろうとしたのに較べれば何でもない。抑《そもそ》も君の求めるものは僕の生命なのか、それとも金なのか、後者なれば僕は一万弗の報酬を契約して、一つの仕事を与える。君もうすうす知っているだろうけれど、二十六年前の伯林時代、僕から最愛のものを奪った男は遂に自滅したが、僕が救援の手を伸ばすまでに彼女は病死した。せめてその遺児を捜出して、所有財産の一部をこれに与えることは、彼女に対する僕のせめてもの心やりだ。

その後引続き手を尽して捜索したが、その遺児は祖母姓を名乗って、米国へ移住した事丈で、他は一切

不明のまま経過した。君に依頼したいのはそれを捜索して、もし発見されたら、紐育ヘラルド及びタイムスに広告してくれ給え。

民族運動のため生存を要求されている僕は、監禁から、電気椅子から、そして君の毒手から解放されてゆく。

ああ、死なんて考えるだけでも嫌なことだ。では、左様なら。

アルゼンスタイン

検事が読終ったのを見て、警部は、

「この手紙とか、預金通帳がアルゼンスタインとなっているところから考えて、グルクハイマーは二つの名前を使っていたらしく思われます」

「ふむ、これと、その他に独逸のマイケル探偵局の報告書が入っていたね。ちょっと見せてくれ給え」

警部の手渡した報告書は割合簡単なものだった。即ち、次のようなものだった。

伯林マイケル私立探偵局報告書

エリス・シモンズ　遺児

ウイリアム・シモンズ

一八九×年生

父ジョージ死亡後十ケ月目にしてブレーメルハーフェンに移住せる本人はその地にて母エリスに死別し、伯父はその遺言によって本人に祖母姓を名乗らしめ、遺産を継承せしめたり。しかして伯父に同伴され米国に移住せし事は、旧知と称するローゼンハインなる証人によって明かなるも、渡米後の消息は全然不明なるを遺憾とす。

伯父は当時シヤトル市にてビーハイム貿易商会を経営せる由なれば、それによって更に調査さるる事最も捷経ならんかと信ず。

右報告す

一九三×年×月

アルゼンスタイン殿

一通り眼を通すと、検事は封書と報告書を警部に渡した。渡された警部は、二、三枚めくってみて、

「これで見ますと、ミッツナー弁護士に何かグルクハイマーが、秘密を握ぎられているように思われますね。度々脅迫していたような点も見受けられますが」

「その手紙を書いてから何故に発送しなかったのであろうか」

「昨日の日附けですが、監視が厳重だったからでしょう」

「フン厳重でもなかった癖に。報告書の日附は？」

「最近の二ケ月ばかり以前のものです」

その時、屍体の処置を終って、帰るばかりの警察医が近づいて来た。

「これから本部の方へ帰って、詳細な検査をする積りですが、その前にちょっと一言申し上げておきます。先ほども中毒死に相違ないと申しましたが、屍体を見て御承知の通り、後の方にグッと反っていますね。これは学名で後弓反張と称するもので、ストリキニーネ中毒なんかによく見受ける徴候です。胃内容を検査すれば、そういう物が存在しているのではないかと思われます。要するに諸般の事情から推察して中毒死直後に墜落したものだという事を明らかに申し上げる事が出来ます」

検事が不思議顔に聞きかえした。

「死亡直後に墜落した？」

「ええ、そうです。ただ疑問とすべきは、自分が毒薬を呑んで墜落したか、あるいは他の力が加えられているかという点です。しかし死亡直後自ら崖から落ちるという事は不可能です」

検事は一応うなずいたが、

「被害者の手は丁度綱を握ってすべり落ちたような形になっていますね。それに、微かな擦過の痕さえ残っているではありませんか」

「この掌に残っている擦過のあとは死亡より何時間か以前に出来た痕だろうと診定しますね」

最初からずっと沈黙して検証を見守っていたグレーブス探偵が、突然警察医に質問した。

「ストリキニーネの中毒症はどのようなものでしょうか」

警察医は新手の質問者にちょっと眼をくれて、

「ストリキニーネ急性中毒の症候として、まず第一に痙攣です。この状態は各々場合に依って異なるものですが、大抵服毒後二三分乃至一時間で発作を来します。次に前駆症状としては筋肉振顫《しんせん》で、僅な空気的刺戟でも前駆発作を誘発させます。その他、四肢が引きつれるように感じたりそれから頂部や咀嚼筋の硬直、吸気時の随意筋痙攣、それに耐え難いのは筋肉の劇痛等を数える事ができます。そして血圧は昂進して、呼吸中枢麻痺またあるいは運動神経麻痺に由り、急激に体軀伸展あるいは所謂ストリキニーネ反張状態を発して致死するものであります」

聞いていた検事が結論を与えるように、

「要するに、この綱を伝い下り得ないんですね」と云いながら傍に下っている綱を見上げた。少し前からその綱の中途にすがっていた警部がぼつぼつ降りて来た。そして検事に何か書類をみせて、

「山土の中からこんな書類が出てきました。古びた用紙に右肩上りの筆跡で何か書てあります」

D、古小屋に残る謎

渡部八郎

警部は検事がその紙片を一瞥して、「その筆蹟に就いて、心当りはないかね」との問いをあたかも待ち受けていたかのように、

「被害者のじゃなく、ミツナー弁護士の筆蹟に類似の点があるように思われます」と答えた。

検事はその答えを玩味するかの如くに沈想していたが、甚だ唐突に、

「赭土が附着している雨外套《レインコート》は前部《まえ》の方でしたか？それとも後部《うしろ》でしたか」

「脊部《せな》から腰部《こし》にかけてです。しかも何かに引ずられた痕跡があります。……そうそうそれから今一個所、袖の折目に白い埃のようなものが附着しています。掌にも同様の性質の埃が発見されます」

警察医の報告を聞きながら検事とグレーブス氏はノートしていたが、同じように両人《ふたり》共、黙ってしまって何か考えているらしかった。だが、その沈黙も、数分後に、ここから約四百米ばかり奥の方へ登って右手に折れた地点にある鉱山用の古小屋で、誰かが昨夜出入りしたらしい足跡、床板に滴った新しい蠟涙、パンくず、果実の皮、ブランデーの空瓶の破片を発見した附近の鉱夫が、この殺人事件に関係があるとでも思ったらしく報告に来たからであった。

検事はこの質朴な老鉱夫が、たどたどしく語る言葉を聞き入っていたが、傍の警察医に、

「掌の埃と赭土と内臓の検査報告書を帰庁次第提出しておいて下さい。……（医師の返事も待たずに、こんどは警部に）マックネイル君、君は現場見取図を作製しておいてくれ給え。（最後にグレーブス探偵に）グレーブ

ス君、今の報告に対してどう考えるか？　僕はその古小屋を一度検証する必要があると思うんだが」

グレーブスは黙った儘、車の傍に行って、検事の一行の乗車をうながすかのようであった。

検事の一行は、自動車でタイヤの跡をしたいつつ、細い山道を走る事約三百五十米ほどして、道が二つに分れている点に着いた。右方は事件に関係のあるらしい山小屋に通ずる道で、左方はワンニュール湖へ通ずる山道だった。この分岐点でタイヤの跡は引返して、麓の方へと残されて、そこから山小屋の方へは二個の足跡が残されていた。検事は直ちに、その足跡に被害者の靴を合して見ると、確かに、一個の足跡はピッタリと合した。グルクハイマーが何人かとこの山道をつたって山小屋に行った事は事実なのだ。

一同は雀躍《こおど》りしながらその足跡をつたってかなり嶮しい山道を登って行くと、山小屋に着いた。山小屋からは帰ったらしい足跡はただ一人だけで、グルクハイマーの足跡は往路のみで、帰路のは発見されなかった。

山小屋の中は、何の什器もなく、ただ中央に古ぼけた机と椅子代りに使用したらしい空箱が二個、雑然と埃の中に置かれているばかりで何も争闘したらしい形跡はない。

医師は机の上の埃をちょっと手につけて熟視していたが、検事に対して、被害者の掌に附着していた埃と同一である事を報告した。

検事はこの報告を聞流しながら机の傍に落ちているブランデーの瓶の破片を取上げて、ちょっと嗅いでみたが、医師の方に向いて、それに毒薬の有無の検出を依頼しながら、なおも小屋中をながめた。被害者と加害者はこの小屋の中で、机上に蠟燭を点して食事をしたらしい形跡は歴然として残っていた。

検事はひとまず調査を打切って再び質問に移るべく第一に、発見者鉱夫を呼出した。

「この小屋は何年前位から空家になっていたのかね」

「五六年前からです。廃坑以来は主のない小屋になってしまっていたのでした」

それから検事は駐在所の巡査、農夫その他に就いて訊問した結果次の如く判明した。

犯人の使用したらしいオープンの自動車（特徴はそのタイヤがフワイヤストン型である事）は、雨上りの午後十一時前後に紐育方面かパタースン市方面からか飛ばして来て、この谿谷にやって来たのを、農夫が自動車の警笛によって発見したが、なにぶん瞬間の出来事と折からの暗黒《くらやみ》のためただ男らしい人物が運転していたという事だけ判明しているが、何人乗っていたか、自動車の番号も判らなかった。かつ帰途は何人にも注意も受けず、かつ発見されなかった。

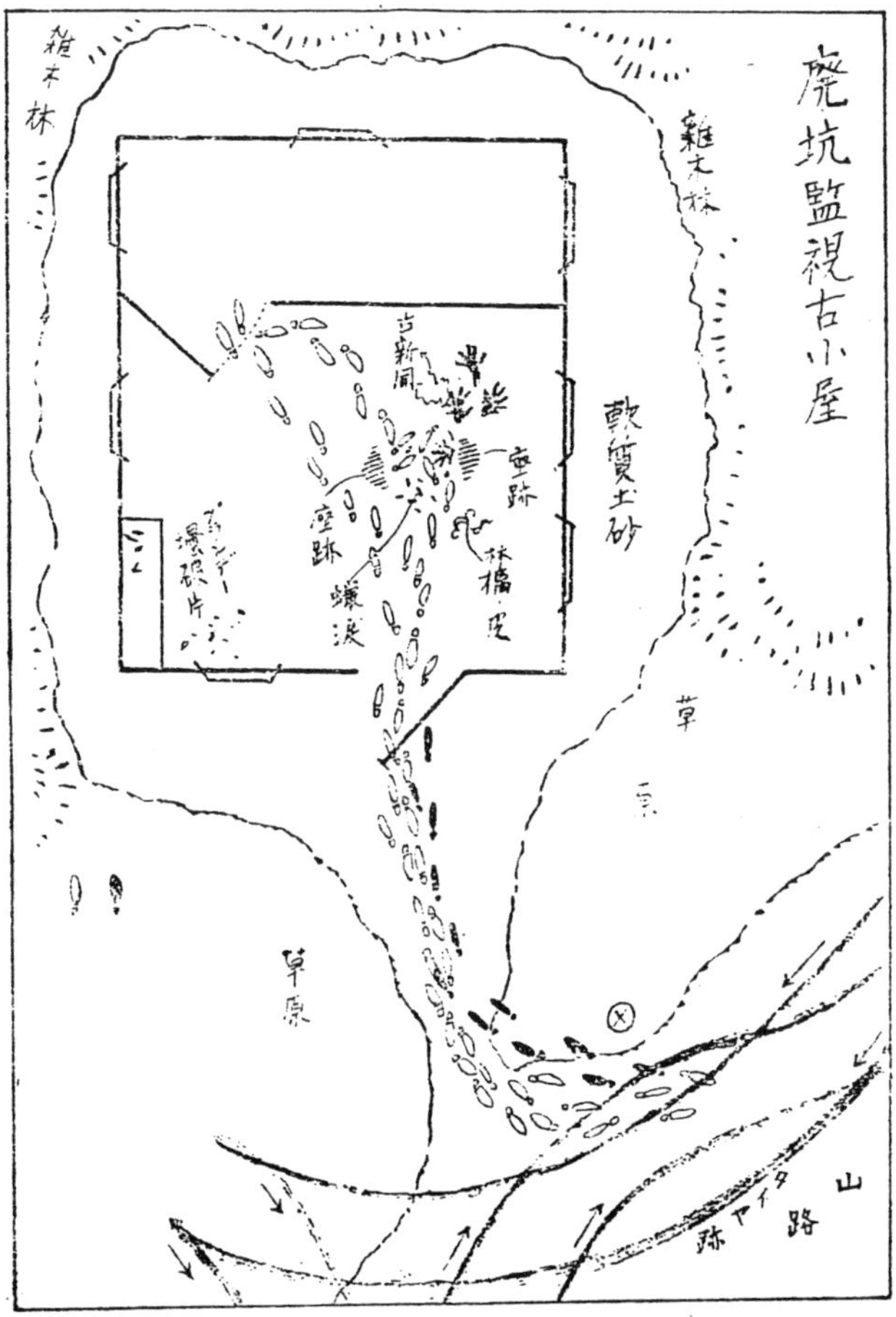

検事は、極めて不確実な事実と僅少な証拠を前にして三度深い想に沈んでいたが、トピン刑事が山小屋附近の草叢で、ハンカチーフを一枚拾って来た事によって検事は救われたかのように、そのハンカチーフに飛びつくかのように手に取ってながめた。

それにはブランデーの香が強く鼻を打った。しかもMという字が縫取られている。

検事は思わず独言をした。

「M、この事件に関する限りMという字はミッナー弁護士を思出すね……。マックネイル君、犯人の足跡を写真に撮っておいて後で検事局まで送って下さい」

それから検事の頭脳の中には、犯人の自動車が如何なる方面から来て、如何なる方向に戻ったかを調べる事で一杯になっていた。かつその往復の途が判れば、もっと詳しく自動車の型、乗客の人相、人数が判明するからだった。

E、縺るる端緒

斗南有吉

雨催いの空が重く垂れ下っていた。

灰色の壁に取り周らされて、窓の少い、飾気の一つもない部屋の真中に、粗末な大きなテーブルが二脚殺風景に置かれている。

それを囲んで、ホプキンス検事、マックネイル警部、ノースエルズ博士、それに本事件の殊勲者シメオン・グレーブス探偵も交って、それぞれ緊張した面持で席に着いている。

ソル・グルクハイマー怪死事件の訊問は、廃坑の古小屋から紐育警察署の一室に移されて、重苦しい空気の中に再び参考人の取調べが始められた。

最初に訊問を受けた監視警官の陳述はハキハキと片付いた。

その陳述の大体の内容はこうである。

——監禁されていたグルクハイマーが脱出した当夜の監視は、屋内が三十分毎に、庭園は一時間毎に巡視し、一人八時間にて、他の二名と交代に行う事になっていたが、彼の監視中には、九時十五分頃にマックネイル警部が巡視に来て、監視警官の報告を聴き、二階のグルクハイマーの部屋を訪ね、約十五分ほどしてから、再び降りて来て、懐中電灯を照らしながら庭園を一通り改め九時四十分頃退出した。

警部が出て行ってから間もなく驟雨が激しく降り出して来た。警部は確か雨具の用意が無かったはずだった。

それから十時頃、雨が小止みになってから、彼が邸内を見廻ってみると、グルクハイマーの部屋の窓が開いていて、一本のかなり太い綱が窓から塀外に垂れ下っている。逃亡と直感したので一人が、早速本署に急報する一方、彼と他の一名が各々グルクハイマーの部屋や裏手の空地等を探したが、既にグルクハイマーの姿は霧のように消え失せていた。

そして、物干棒の下に、グルクハイマーの靴跡があり、その近辺に自動車のタイヤの跡が雨あがりの地面に歴然と残っており、更に塀際に誰れのとも判明しない別の靴跡が発見された——と云うのだった。——

監視警官の訊問が終ると、今度はグルクハイマー家の老執事が呼び出された。

もう六十を幾つか越したらしい年輩の、孤城落日然と頭髪の禿上った、その鳶色の瞳にどこか愚直らしい感じのする男だった。

突発した主人の怪死事件のため、神経を非常に昂ぶらせているらしく、皺の多い手を震わしながら揉手して、恐る恐る進み出て来た。

それを何故かマックネイル警部は鋭い目付きで暫く見据えてから、重々しく口を切った。

「君が主人の失踪したことに気付いたのは、警官に起されてからかね?」

執事は吃りながら震え声で答える。

「さ、さようでございます」

「その時もう寝ていたのか?」

「ハイ」

「すると九時半頃に君は、もう寝ていたんだね」

「は、はい、前の晩少し夜更しを致しましたものですから、お先に寝させて頂きました」

検事がその後を受けて訊ねる。

「主人の失踪前後に、外から電話が掛ってきた事はないか?」

老執事は空間をじっと凝視したまま、暫く考え込んでいたが、

「どうも気が付きませんでしたが」

検事ホプキンスはグルクハイマーが身に着けていた着衣を部下から受取りながら、

「思い出せない? では訊くが、グルクハイマーの失踪の際の服装は、これに相違ないか?」

「寝んで居りましたので判然《はっき》り判りませんが、……これは確に主人のでございます」

代って自動車工場主スミス氏が呼び出された。デップリ肥った軀に、衆のような小さい眼の持主である。

検事は更に訊問を続ける。

「昨晩、電話がグルクハイマーから掛ったそうだが?」

「ハイ、昨晩、九時半頃でした。グルクハイマー氏から、自動車に故障があって、急用の間に合わないから、私共のモーリンナイトを至急貸してくれないかとの電話でした」

「それで自動車を借りに行ったのは誰だったかね?」

スミス氏は首をかしげていたが、「見慣れない人でした。レーンコートにハンチングを被って塵除けの眼鏡をかけた、立派な体格の人でした。前に電話が掛って、グルクハイマー氏の名刺を持って来られましたから、私は

別に疑いもせず、早速御用立て致しました」

警部が軀を乗り出すようにして訊ねた。

「その男一人だったかね?」

スミス氏もそれに応るように警部の方へ向を少しかえて、

「確に一人のようでした」

「その男は、レーンコートを着ていたはずだが?」

その時部下の警官が差出したレーンコートを見て、

「ハイ、着ていたのはこれでした」

「その男の背恰好、人相は?」

「そうでございますね。何しろガレージの電灯が暗い上に、防塵眼鏡をかけていたものですから人相は判然り判りませんでしたが、背の高さは貴方位だったと思います」

ここで初めて、シメオン・グレーブス探偵が今までの沈黙を破った問いを挟んだ。

「その晩の電話の声はグルクハイマーの声に相違有りませんか?」

「決して間違いはないと存じます」

再び警部が問を発した。

「貸したのはどんな自動車《くるま》だったかね?」

「ハイ、紐育に十台とはない自慢のナイト機関です。警笛を鳴らさなかったらそれこそ傍まで来ても気がつかないほど静な車です」

「グルクハイマーの自動車はどこに故障があったのかね?」

「それが訝しいのですよ、職工を邸へやりましたところ、自動車にはどこにも故障なんかないばかりか、執事さんに申し上げたら、俺の方では頼んだ覚えはないといという挨拶なので、ぷんぷん慍って帰って参りました」

スミス氏の訊問をここで終えて、更にミツナー弁護士の訊問へうつる。

丸い顔に顎髭をたくわえた、鼻眼鏡の初老紳士、その尖った鼻がいかにも彼を法律家らしく感じさせる。

警部は相手を法律家と見てか、ここで少し言葉を改めて、

「グルクハイマーが逃亡した晩、彼から電話が有りましたか?」

「あの晩、ずッと家に居ましたが、掛りませんでした」

「貴方の自動車の型は?」

「コロンビア号のセダンです」

その時、何を思ったのか、検事が鋭く訊問の矢をむけ

た。

「君が、グルクハイマーを知ったのはいつ頃からだ?」

「学生時代からです」

「何年ほど前かね?」

「私が伯林の法科大学に在学していた頃ですから、約三十年位前ですね」

「その当時グルクハイマーは何をしていたんだ?」

「アルゼンスタインという名前で金貸をやっていました」

「君とグルクハイマーとの関係は?」

「私がグルクハイマーに金を借りていたのです」

「するとグルクハイマーは独逸人かね?」

「いや、ユダヤ人です」

「君は何年ほど前に米国へ来たのだ」

「十五年ほど前です」

「米国に渡ってから再びグルクハイマーと交際をはじめた理由は?」

「彼に対する、私の借金返済の方法として、彼の仕事を手伝っていたのです。それから米国へ来て、弁護士を開業したわけです」

「グルクハイマーの手紙で見ると、何か君が彼を脅迫していたようだが事実か?」

「覚えは有りません。ですが、アランデル商事銀行重役殺人事件に就いて、私は被告の弁護人だった関係上、グルクハイマーの非人道的行為を責めた事は有ります」

「では、君はエリス・シモンズという人物を知っているかね?」

「エリス・シモンズ!? 知りませんね」

検事は一旦ミツナー弁護士を退かせると、彼の家政婦の老婆を呼んで、五分間位の間種々訊ねていたが、再びミツナー弁護士を呼込んで、

「君の家政婦の証言に依ると、君はあの夜九時半頃から、翌朝まで不在だったそうじゃないか」

「嘘です。私はずっと家に居りました」

更にマックネイル警部が突込んだ。

「貴方はあの朝、僕等の訪問にあって莫迦《ばか》に狼狽していられたようだったが、何か驚かねばならぬ理由があったのですか?」

いやに落着いた訊ねようだ。

「そ、それは支那人無頼漢に脅迫されていたので、その一味でも来たのかと思って吃驚《びっくり》したのです」

「警官は制服を着けていたはずですが?!」

「突嗟の場合見違えたのかも知れん」

ホプキンス検事がテーブルの上に置いてあった、Mと頭文字《イニシャル》の縫いこまれたハンカチーフを取り上げて、

「じゃ、このハンカチーフに見覚えはないかね？」

「見覚えはありません」

「Mと頭文字が縫込んであるじゃないか？」

「私のは全部赤糸で縫込ませますから」

検事ホプキンスは暫く黙って考え込んでいたが、更にそこにある一枚の紙片を示して、

「この暗号文は君の筆蹟だね？」

「よく、真似てありますが違います」

「真似てある?!」

呼吸をつぐ暇もない、更に警部の矢継早《やつぎばや》な追及だ。

「僕等が行った時貴方の服が雨に濡れて、剣ね泥がついていたのはどうしたのです」

「昨夜雨の中をちょっと庭に出たからですよ」

「庭の泥とは全然違っているが？」

「…………」

「家政婦は貴方が外出したと云っているよ」

「私が庭に出たのを外出したと感違いしたらしいですね」

「レーンコートを着て庭に出たとすれば、洋服に泥が附くのは変ですね」

「…………」

ミツナー弁護士の顔に焦燥の色が濃く現れた。

その時部下の警官が入って来て、スミス氏のモーリンナイト号が紐育の駅前に乗捨ててあった事を告げた。

それを聞いた検事が、スミス氏に問いを発した。

「自動車の番号は？」

「二七一番でした」

「では君の自動車に相違ないが、こちらの検査が終ったら車を引取っても宜しい」

検事は暫く何か考えていたらしかったが、それまで所在なさに片眼鏡を取ったり、はめたりしている警察医ノースエルズ氏に向って、

「検剖報告書は？」

無言の儘立上ったノースエルズ氏がそれを読みはじめた。

検剖報告書

R・ノースエルズ医師

（氏名ソル・グルクハイマー、五十九才）解剖所見
一、屍体は通常の屍硬と異れる状態の下に強度の筋肉硬

直血管充盈《じゅうえい》を呈し、脳、脊髄及び肺臓に出血竈を現し、血液は流動性を帯び、心臓には多量の血液を含まず、胃中よりは消化作用を受けざる冷肉、パン、果実（林檎）等を発見せり。飛散せる瓶の破片及び廃坑小屋附近にて拾得せるハンカチーフに浸透したるブランデーより、ストリキニーネの抽出に成功せり。被害者は五％の濃度を有するストリキニーネ、ブランデーの混和液を食事直後において、約二十五瓦《グラム》内外量を嚥下したるものの如し。その経過程度より観察して嚥下後、十分乃至三十分にして前駆症状を発し、間もなく絶命せるものと認む。墜落損傷は絶命後約二十分を経て行われしこと疑いなし。しかして、服毒後自ら身を投ぜしものとは信じ難く、不可能事たる事を証す。なお、着衣に附着せる泥土は断崖上のものと同質なることを確認す。

以上

それを読了って、着席した医師ノースエルズ博士に向って検事は更に訊ねた。

「それでは、あの死者の手に残っていた、綱の擦過痕についてですが、あれは崖の上から、ずり降りた際出来たものと推察されていましたが、あれは……？」

「いや、垂下状の綱を下ったものであれば必ず靴にその痕が残っているのが通例ですが、被害者のは横斜めの綱を伝ったらしく、靴に擦れた痕もなく、充血も軽微でした」

F、蜘蛛手十文字

波多野狂夢

検事ホプキンスの訊問に対し——グルクハイマー邸横塀外には、被害者以外の足跡、つまり、今までに召喚された証人、あるいは嫌疑者等のサイズを研究の結果は、ただミツナー弁護士の靴だけが符合し、しかも完全なる一致である、と鑑識課よりの回答で、なお食物の消化程度については、その消化作用を始めてから、十分乃至二十分程度にて、パン及び果実等が、冷肉と共に胃中に残存しているとの事であった。

次に検事は、壊れた大型懐中時計を示して、それが正しくグルクハイマーのものであるか否やについて、執事に訊問したが、執事はいかにも主人の所持品に相違ないと明言したので、検事は引続いて、証人ジム・アランデルに訊問の戈《ほこ》を向けたのであった。

ジム・アランデルは、近来頻々と文書あるいは電話をもって、アメリカ財界の巨頭連に対して、攻撃脅迫をなしつつある、支那街の頭目暴漢《ボスギャング》、林鳳鳴《リンフォンミー》の一団から、

――アランデル銀行が、近来欧洲方面の政局に陰影を投じ、時態を紛糾させせんと策動しつつあるは黙許するも、その商業を東洋に及ぼし、××××の政策に援助を与え、かつまた、△△△に投資せんとするには、支那の立場を無視するものにて、看過できない。速にこの策動を中止なさねば、貴社は潰滅の危険に瀕するであろう――

との激越なる詰問状を突付けられたので、アランデルは、林に対し三百弗を提供して妥協を交渉したが、林は二十万弗を要求して譲らず、電話でもって、十二時間を制限して、遂に最後通牒を発したのであった。

処がその夜十時五分過ぎに、ミツナー弁護士が訪問して来たが、彼は平素の身嗜みにも似ず、着衣は濡れ、裾には泥土の飛沫がおびただしく附着しており、その態度には何故か落ちつきがなく、焦燥猜疑狼狽の色が著しく現れていて、グルクハイマーが訪問せなかったかと、諄々《くどくど》と訊ねるので、グルクハイマーは来なかったと答え、酒を与えて彼をおちつかせ、林との交渉を依頼すると、ミツナーは快く承諾して、今夜中に必ず結果を報告すると約して、林の所へ出かけたきり、翌朝になってもその姿を見せないので、止むを得ずシメオン・グレーブス探偵に相談中、グルクハイマー惨死の牒報に接したので、直ちにグレーブス探偵を調査のために、当局一行と現場へ同道させたのであった。

処が、兇行当夜の行動についてアランデルは、検事の質問に対して、ミツナー弁護士の来訪対談の事を挙げたが、奇怪にもミツナー弁護士が極力それを否認したので、アランデルとミツナーの間に激論が交わされたが、要するに水掛論にすぎなかった。検事は再びアランデルの訊問を継続した。

ミツナー弁護士との激論でいささか昂奮気味のアランデルは、グルクハイマーの国籍は、当人は独逸にあると言っていた。交友関係については、十余年以前、アランデル商事銀行の前身たる、カーン商事会社設立以来である事について、詳細に申述べたのであった。

検事は、アルゼンスタイン、またはエリス・シモンズと呼ぶ人物について訊ねたが、アランデルは一向に知ら

ないと答えると、検事は、イングランド銀行の預金係を呼び出して、種々聴き糺していたが、同預金係の陳述によると、アルゼンスタインとの取引は、約十六七年以前よりであって、契約高は二十万弗程度で、アルゼンスタインは記念街通り九十八丁目のグルクハイマー方に同居する五十八九の人物で、最近面会したのは、三ケ月ばかり前である事を詳述して、終りに検事より示されたグルクハイマーの写真を、アルゼンスタインに相違無いと証言したのであった。

イングランド銀行預金係の訊問が終ると、再び検事はジム・アランデルを指名したので、アランデルは問われるがままに、「アランデル銀行の株は公募せずに、アランデルが二十八%を、その他を六人が各自十二%を持っていた」と述べている時、不意にマックネイル警部が、

「しまった！」

と叫んで慌しく廊下へ飛び出して行った。その有様に検事をはじめ一同は呆れたように見送ったが、間もなくマックネイル警部が口惜しそうに歯がみをして帰ってきた。

「どうしたんだ、君……」

ホプキンス検事が訊いた。

「実は今給仕と同じような服装をした若い男が私の横にあった証拠物件のハンカチーフとミツナー宛の手紙と、それからマイケル探偵局報告書を持って行きますので、鑑識課からの使いかと思って何の疑念も起さなかったのですが、突然そいつが廊下を駆出したので、失敗《しま》ったと思って追跡したのですが、足の早い奴で、とうとう見失ってしまいました」

「大切な証拠物件を盗まれたって！　無責任極まるではないか」

「申訳ありません。只今部下に追跡を命じましたし、警戒線の手配をしましたから、ほどなく捕まるだろうと思います」

「犯人の入りこませた間諜だな」

「そうだと思います」

マックネイル警部をそのままに、ホプキンス検事は、ミツナー弁護士に再び訊問を発したが、それに対してミツナーは終始ぶっきら棒に、時々皮肉と揶揄を交ぜながら答えた。

その時、マックネイル警部が、シメオン・グレーブス氏に聞いてもらいたい事があると語り出した。

「この事件の真犯人はミツナー弁護士であると思う。

第一の疑点は、廃坑小屋附近において発見され、今盗まれたるハンカチーフにMの刺繍のあること、及び断崖で発見した紙片の筆跡もミツナーのものに酷似しており、それに靴跡の酷似している点、その上当夜九時より、翌朝までの現場不在証明が全然無い事は彼の嫌疑を濃厚ならしめるものであって、なおミツナーの家政婦の証言は信ずべきであろうと思う。かつまたミツナー宛の封書が盗まれた点等々……要するにミツナーはグルクハイマーを廃坑の山小屋へ誘い出し、用意のストリキニーネを飲ませたものに相違ない。

雨に濡れたるミツナーのコートに夥しき泥土の飛沫が附着しており、警官の訪問に非常に驚愕の色を現わした事等は、彼の犯行を雄弁に語るものである。

以上の事を綜合して、最初ミツナーがグルクハイマーに電話で打合せ、しかしてグルクハイマーの名を騙って自動車を借出したもので、その時自動車工場に電話したのは、グルクハイマーの声であったと、その工場の主人が証言しているが、それはミツナーが偽声を用いたに相違ないと思われる。

そして綱の方だが、綱はミツナーとグルクハイマーがあらかじめ用意しておき、ミツナーが塀の外へ自動車を止めたを合図に、グルクハイマーがその綱を投げ下ろして、聯絡を取り、必要品の搬出後に自己もその綱を使って脱出、自動車をデアウェル村へ走らせたるもので、さっき盗まれた証拠物件も、ミツナー弁護士が不良青年か何かを使唆したものと思われるが、その動機はと言えば、自己に不利な証拠を湮滅せんがためである」

と堂々その意見を述べた。

次に検事がアランデルを訊問する。

G、絞られた網　　蒼井雄

「――ミツナーが、十時五分頃にずぶ濡れで来たと云うのだね?」検事は暫く考え込むように顎を捻ったが、

「――ミツナーを事実犯人とすれば、グルクハイマーの殺害された時間が、午後十一時から十二時までらしいという証言を無視する事になるネ。――」と呟くように言った。

「ジム・アランデルはきっと何事かを隠しているんですよ! それにミツナーが、その夜七時半頃に家を出た事は、家政婦の証言に依って瞭《あきら》かですからね――」マッ

クネイル警部は昂然と瞳を挙げて言うのだった。

「アランデル！」検事は再度アランデルを呼んだ。一体この資本家は何の意図を以て、虚偽の陳述を続けようとするのだろうか？

「――済みません！　全く思い違いを致して居りました。その先ほど申上げた時刻には、あるギャングから脅迫の電話が掛って来たんです。実際、ミツナー弁護士が訪れて来たのは、その夜も痛く更けた頃で、明白に憶い出せませんが、午前一時頃じゃなかったでしょうか！」

「しかし――深夜のそうした訪問の目的は？」

検事は些の疑惑をも残すまいとする如く、鋭く突込む。紳士は再び狼狽の色を示して、口籠った。

「……え！　ええ！　ソノ何です！　弁護士は、グルクハイマーが来ていないかと尋ねて来たんです」

「そして、逢ったのは君だけかね？　他に誰れか証人を挙げられるかね？」

「え！　否え！　別に、ありません！」

警部は微かな笑を口辺に漂わせた。

「駄目ですよ！　検事殿、先刻ミツナーは誰も訪問した覚え無しと断言して居りますよ。畢竟水掛論に過ぎませんね」

傍に静かに耳を傾けていたグレーブスは、何を思ったか、ちょっと手を挙げて、検事ホプキンスの困惑した顔を顧みた。

「あの、先刻家政婦はミツナー氏が家を出る時には雨外套を着ていたと云うし、アランデル氏はコートを見なかったと云う。しかし事実は、当夜は九時四十分頃から雨が降り出したのであって、両者の証言はいずれを真とするか断定するには、もう少し証拠を必要としますね！」

「全く！」と検事は頷いて、「――今までの訊問では、適確な物的証拠が尠く、陳述が各人ともいずれに真を置いて良いか判断に困るね、が、グレーブス君！　君はこの事件の真相に就いて何か摑み得たかね？」

警部はこの時、密《そ》っとグレーブスに疑惑に満ちた視線を投げた。だがグレーブスは、少しも気附かぬ如く、先ほどから鉛筆でしきりと何事かを記していた手帖を繰り始めた。

「――先ほどのマックネイル警部のお説に依りますと、ミツナー氏には随分と沢山の嫌疑があるようですが、今それ等の諸項目を仔細に吟味再検討してみたいと思います。

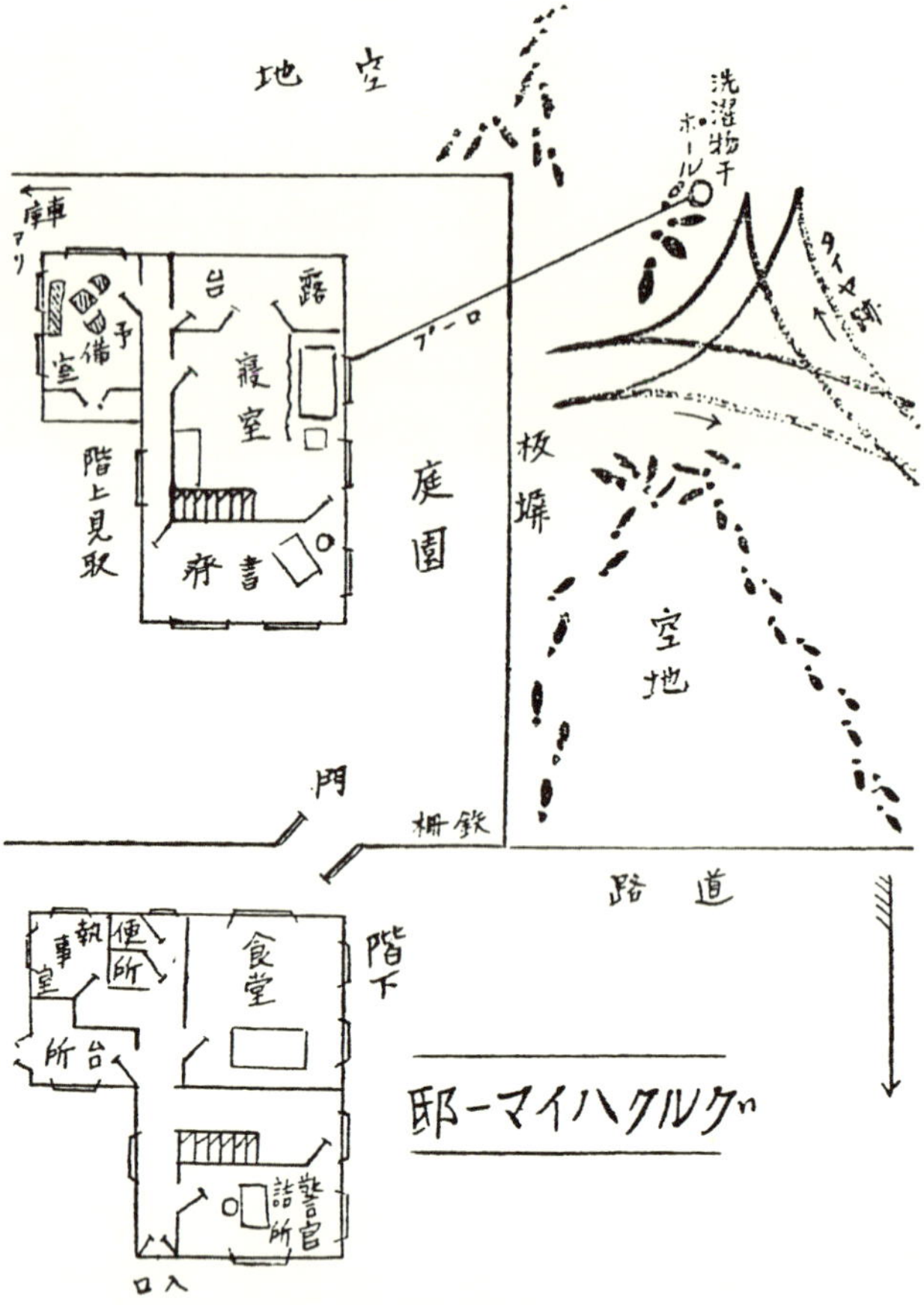

まず第一は現場に残された轍跡《タイヤ》であります。それは、ミツナー氏所有のリンカン号のタイヤと同一であり、かつ車は当夜雨に濡れて疾走した痕跡がある。則ち氏は該自動車を駆って、兇行現場まで往復したのであると推定されています。しかしここにおいて私は、自動車工場主の証言を仮りたい。彼はモーリンナイトをその夜、グルクハイマー氏の電話に依って借りに来た雨外套を着し、鳥打帽を被った人物に貸与しているのであります。しかも、その自動車のタイヤは、偶然と言うか、前より準備されたと言うか、リンカン号と同一のタイヤを使用しているのであります。則ちここにおいて、私達はこういう事が言える。当夜、ある自動車が、兇行現場へ雨を衝いて疾走した。しかしてそのタイヤは、フヮイヤストン印のものを用いている。これは事実である。がこの事実は毫も、ミツナー氏が、リンカン号を操縦疾走したのであるという事を証明していないのであります。

しからば、外套を着し鳥打帽を被った男は何者か、ここにおいて私は、第二の証拠として挙げられたミツナー氏所有の雨外套に附着していた泥土の飛沫を挙げたいのであります」

検事は、黙々として、鉛筆の端を噛んでいる。警部は眸を異様に昂奮させて、一膝乗り出して来た。グレーブスは再度言葉を続ける。

「――鑑識係の報告は明白に、泥土の分析結果が、兇行現場附近の土質と一致しない事を証明しています。これは厳然たる事実である。動かす事の出来得ない証拠であります。だがなお百尺竿頭《かんとう》一歩を進めて、鑑識係員諸氏はミツナー氏の洋袴及靴にも現場と同一質の泥土を発見されたりや否や？」

検事は無言の儘電話機を取り上げた。鑑識課が呼び出され、数語の言葉が交されに。クレーブスはその検事の表情を眺めて、喜悦の色を漂わせた。明白に検事の眉には、探偵の言葉が真なる事を首肯するに足る驚きの色が出ていた。

「――否！　否でしょう⁉」グレーブスは勝ち誇ったように叫んだ。「――恐ろしき事実ですぞ、検事殿！ミツナー氏の身辺に設けられた、巧妙なる陥穽《かんせい》が私にはどうやら見えるような気がしてまいりましたよ。但し彼には何か秘密がある。それを自供しない以上、その立場は非常に危険ですな。

――続いて申上げたいのは、現場にて発見されたM――なる頭文字の縫取された手布《ハンカチーフ》であります。該品はブランデーの臭気があり、分析の結果ストリキニーネの存在をも証明された点より見ても、兇行当夜現場に現われた人物の所有品である事は確かで、しかも、被害者がMなるイニシャルを有せない以上、犯人もしくはそれに近い人物の所有品である事は明瞭であります。しかも、現在においては、先ほどちょっとした隙に、その品が盗まれた点からしても、重要な証拠物であったに違い無いと想像するのであります。しからば、そのMなるイニシャルは、果して誰を示すか、ミツナー氏を示すものであるか、あるいはまた、他の人物を示すものか。ここにおいて、私は先ほどミツナー氏が、自己所有の手布は、総て紅色を以て縫取ってある旨の陳述された事を憶出して頂きたいと思うのであります。

さて、次は暗号文の筆跡が、ミツナー氏に似ているという点で、これはむしろ私から言わすれば当に噴飯《ふんぱん》物、探偵学第一課の問題であろうと思います。かえって筆跡の酷似は、ミツナー氏を陥れんとするものの、詭計を想像させるじゃありませんか！

なお、当夜氏には不在証明が無い、即ち午後七時半より、翌朝の消灯時まで、どこに居たのかただ一時頃、アランデル氏宅に姿を見せたというのみに到っては、甚だ濃い疑惑の雲に包まれざるを得ないのであります。が私は、警部が、先刻推論の中で述べられた事実、ミツナー氏は、警官の姿を見ると痛く驚愕の色を表わした事、及び、見られる如きミツナー氏の表情、皮膚の色、眼光、瞳孔の状態等より、一つの推論を作り得たのであります。これは後日詳細な調査に依って判明する事でしょうが、氏は瞭かに阿片中毒者である事を断言してはばからないのであります。阿片がいかに激しき慾望を挑発し、いかに甘美なる夢を提供するか、氏がこの誘惑に対し、いかに脆弱であるかは、今更言葉を多く費す必要力認めないのであります」

暫く一座には深い沈黙があった。グレーブスはあたかも今の言葉の反響を見極めるように、静かな視線を人々の上に投げかけた。

検事は微かに首肯《うなず》いて見せた。まだ何かしら模糊たる霞に、真相は包まれている。だが、もう僅かではないか。グレーブスはその真相に到達すべき重要なる暗示を投げかけているのだ。彼はミツナー氏に掩いかかる嫌疑の数々を悉く破棄し去った。そして更に一歩進めて、ミツナー氏こそ、真の犯人に依って躍らされている傀儡《かいらい》だと断定を下しているのだ。

「じゃ君は、彼のアランデル訪問を何と説明するんだ?」

マックネイル警部は挑戦的に言った。しかしグレーブスは、それに直接答えず、静かに冥想的に眸を閉じて、音調も低く言葉を続ける。

「――犯人がいかに巧妙に緻密に計画をたて、実行したかは、改めて言う必要を認めないようですけれど、今私の脳裏に描かれている犯人の当夜の行動を、概略述べてみましょう。

グルクハイマーが、その邸宅において姿を見せた最後の時間は、午後九時四十分頃である。そしてその失踪が発見されたのは、十時頃、しかして、自動車モーリンナイトは犯人に依って運転され、邸宅の物干棒の附近に待ち受け、グルクハイマーは、恐ろしき魔手とも知らず脱走を敢行したのです。

空は暗澹として、まさに来るべき驟雨を予告していた。が車は、その不気味な空気を破って、怖ろしき犯罪の舞台へと疾走を続けたのです。現場附近に残る轍跡はそれを明確に指示しています。

——廃屋における二人の姿は繊細《かぼそ》い蠟燭の光に照し出されて、用意された夜食を、死への深淵に一歩一歩墜ちゆくとも知らず、うず高く積る塵埃の上に腰を下して、冷肉や林檎それに、ブランデーを喫しているのが、無気味な背後の大きい影と、渓流のかすかな潺湲《せんかん》の響と共に、歴々と蘇って来るようじゃありませんか。

現場に残る蠟涙、林檎の皮、ブランデー瓶の破片、塵埃に残る痕跡、総てこれを物語っております。しかも、床上を掻き毟り長く伸びた埃の跡は、そこに惹起した悲劇を表現しています。ストリキニーネが怖るべき効力を発揮したのです。しかし加害者は、用意周到にも毒味をして見せたブランデーは、被害者に悟られぬように手布に吐出していたのでしょう。

屍体は、犯人の肩に担がれ、崖の上から渓流へと投落され、完全な犯行は遂行され了った。けれど犯人は更に執念深くも綱《ロープ》を下して、屍体の傍にまで下り、その最期の状態を確かめたのです。その冷静惨酷、悪鬼にも等しい犯人と言わねばなりますまい」

その推理論断、一として非を指すべくもない。が検事の面貌には、更に苦悩の色が濃く現れた。彼には、なお、真の犯人を指示する、または推論するに足る証跡に就いては、毫末も、言及されていないのを知悉《ちしつ》していたからである。

その時、軽く扉の叩く音がして、刑事の一人が、四十年配の温厚そうな人物を連れて現われた。

「あの、御免下さい。私は紐育停車場の車庫主任であります。昨夜終列車がニ、ュ、ー、ヘ、ブ、ンへ到着した時に、座席の隅からこういう物が発見されました」

彼はポケットを探って紙包を取り出した。出てきたのは、バンド附きの塵よけ眼鏡と、附髭であった。刑事はそれに説明するように言った。

「あの、自動車を借りに来た男の容貌が、塵除眼鏡をかけ、髭を生やしていたと聞きましたので、これは必ず変装していたのだなと思い、それにモーリンナイトが、遺留されてあるのを発見されたと聞いて、早速鉄道の利用を考えたんです。で紐育停車場に駆せ附けた処、車庫主任から、これ等の重要な証拠を提供されたのです」

検事は瞬間、喜悦の色を眉宇に表わしたが直ぐ冷静な声で、

「どの列車で発見しました？」

「今暁三時四十五分ニューヘブン着の列車です」

「その列車の紐育発の時刻は？」

「二時五分です」

ホプキンス検事は再度深い沈黙に落ちた。ここに詭計がある。だが何故犯人は殊更にそのような証拠物を列車内に遺留してきたのであろう。自動車を紐育駅前に遺留し、再度身を列車に投じ、犯人は何を目論んだのだろう。彼はメモを取り出し、時間と証人を列記し始めた。

一、午後七時半、ミツナー家を出る。家政婦の証言。
二、午後九時半、グルクハイマーは自動車借出しの電話を掛ける。自動車主の証言。
三、九時四十分、グルクハイマーは部屋に居た。監視巡査の証言、マックネイル警部も証言す。
四、九時四十五分頃、疑問の人物自動車を借出す。自動車主の証言。
五、午後十時頃、グルクハイマー失踪の発見。監視巡査——
六、午後十一時頃、廃屋に二人現われる。推定、自動車にて約一時間を要すと認む。
七、午前零時半前後に屍体は投下された。現場における蠟涙の量、及被害者の食物の消化程度に依る。
八、午前一時頃、ミツナー氏アランデル宅を訪問——アランデルの証言。
九、午前二時五分、犯人はニューヘブン行列車に乗り、変装を解く。

ふと思出したように検事は、再び車庫主任に訊ねた。

「ニューヘブン発の列車で、四時前後にありますか?」

「ええ! 初発が四時二十分です」

「それの紐育着の時間は?」

「六時恰度です!」

検事は急に瞳を輝した。先刻より脳裡に執念くこびり着いていた疑惑が、今明確にその形を成してきたのだ。犯人は逃亡と見せかけたのだ。その目的は、自分が再び紐育に是非姿を見せねばならぬ人物なるためだ。それは誰だ、かくまでして、逃亡のトリックを作らねばならぬ人物は?

マックネイル警部は先ほどより、しきりと手帖に何事か認めている。検事は静かに声を掛けた。

「ねえ、マックネイル警部! 君は先刻、重要証拠が盗まれた時追跡して行ったね。だがその男はどんな風態をしていたかね?」

「青年でしたよ。給仕の制服と同じ紺ジャケットを着て、何の臆面もなく証拠物件を取上げて、さっさと出て行ったので、ハッと気がついて追跡した訳です」

「君もその青年を認めたのかね！」

検事は扉の傍に立つ刑事を呼んだ。

「ええ、え……確か……だったと思います、が私が飛び出した時には、誰も見えませんでした」

何故か刑事は幾度か渋りながら答えた。

その時、ちょっと中座してグレーブスは部屋を出て行ったが、直ぐ戻って来て、何か書き記した紙片を検事に見せた。読み了った検事の顔貌は、さっと緊張に蒼ざめたが、静かにそれをポケットに入れると、再びマックネイル警部に向って、

「マックネイル警部、君は奉職してもう幾年になるかね？」

「約十年にもなりますか！」

警部は怪訝な眸を挙げた。が検事は再び続ける。

「十年前まで居た処は！」

「州法律学校生徒でした」

「現在の年齢は？」

「三十八歳です！」

訊問である。明白な訊問口調である。不気味な空気が漲ってきた。ああ、検事は一体何を言い出そうとするのであろう。

「君は、先刻盗まれた証拠の中に、独逸の私立探偵局から来た調書があったのを憶えているね」

「――ええいかにもよく記憶しています」

「そしてその中に、グルクハイマーがアルゼンスタインなるを証明し得る書類と、エリス・シモンズなる女性に関する書類の有ったことも……？」

「ええ！　え！」警部は緊張に面を蒼ざめさせた。

「今、そのエリス・シモンズなる婦人に対する調書が、電報で到着した。読んでみるよ」

鉄の如く冷く、氷の如く冴えた声だ。グレーブスは黙然として、あらぬ方を眺めている。検事は先刻の紙片を取り出して読み始めた、

「――エリス・シモンズとは、二十六年前アルゼンスタインのために破産、自殺せしめられしジョージ・シモンズの妻にして、一年後病死せり。――」

「そして？」落付き払った警部は微笑さえ浮べて次を促した。

「そして、続いて、あの書類の中にあった、エリス・シモンズの子供に就いてのシヤトル警察からの返電を読

むよ」

マックネイル警部は観念したものか、静に椅子から立上って、襟の裏から徐ろに警官章を取外した。検事はさすがに昂奮を押えきれぬ口調で読み始めた。

「――二十四五年前、当地に在住せしビーハイム貿易商会主、故ビーハイム氏の甥は、ウイリアム・マックネイルと称し、法律学校に学び、卒業後紐育方面警察官衙に奉職せる由！」

H、輝く十字架

左頭弦馬

検事ホプキンス殿足下

貴下の御厚情によりまして、心静かにこの告白書を記し得ますことは、殺人犯の烙印を押された、現在の私にとりまして、最も大きな欣びであります。

私はソル・グルクハイマー――即ち昔のアルゼンスタインを殺害致しました。けれどもこの犯行に対して、私はいささかの悔むところもありません。いいえそれどころか、この復讐を成し遂げたことに、大きな欣びを感じて居ります。何故なら、この殺人の裏には、私の生涯をして、この復讐の一事に捧げしめたところの、根強い動機が潜んでいたのですから。

今私はこの告白書によって、その動機を闡明し、やまれぬ私の犯行心情を、いささかなりとも知って頂きたいと希《ねが》うのであります。

話は、二十数年の昔に遡ります。

当時、幼少の私は、独逸の伯林に、優しい両親の膝下に、ただ幸福な日々を過して居りました。楽しかったその頃のことは、今もなお懐しい思い出の幻となって、私の脳裡を去来します。けれども、幸福の日はいつまでもつづきませんでした。私たち親子の上に、やがて不幸な日が訪れて来たのでした。

父は、その名をジョージ・シモンズといいまして、かなりの商人として知られて居りましたが、ある些細なきさつから、商敵アルゼンスタインの不当な恨みをうけ、彼のために謀られて、忌わしい窃盗の汚名を被《き》せられたのでした。私は今でも父の潔白を信じて居ります。父は正義を愛する人でした。その父が窃盗の汚名を被せられ、しかもその汚辱を雪ぐすべもなくなった時、その時の父の懊悩は、到底筆舌の尽くすところではなかったでありましょう。日に、夜に、悶えに悶えた末、父の選んだ最後の道——それは、死でした。父は自殺を遂げたのでした。

しかも悪魔アルゼンスタインは、その呪いの手を納めませんでした。彼は巧みな詐謀の下に父の資産を掠奪しました。私と私の母は、住む家さえも失って、路頭に迷わねばならなくされたのでした。そして、私たち母子の放浪生活が始りました。

悪魔アルゼンスタイン！

この名は幼い私の頭脳《あたま》にもはっきりと印象され、その時から、悪魔の弟子となった私の胸には、絶えざる復讐の炎を燃え旺らせて居りました。

私たち母子の放浪生活はつづきました。そしてこの苦しい生活の故に、母は重い病いに冒される身となりました。その果てが、ブレーメルハーフェンの日もささぬ裏街のどん底に、母はアルゼンスタインを呪いながら死んで行きました。その母の死の床に、私は一束の花を捧げることも出来ず、ただアルゼンスタインへの復讐を、固く固く誓うのみでありました。

アルゼンスタインへの復讐——これはむしろ私に課せられた義務でした。私に負わされた、血腥《ちなまぐさ》い十字架でした。

それから後、母が死の前に依頼しておいたものと見えて、米国で貿易商会を経営していた伯父のビーハイムが、失意の私を温い心で迎えてくれ、私は米国に渡ってこの伯父の下に過すことになりました。私が母姓のマックネイルを名乗るようになったのはこの時からであります。そして法律を学び、卒業と同時に警察に職を奉ずることになったのでした。

在学中に、欧洲にはかの世界大戦が勃発し、私は米国軍に志願兵として戦乱の巷を馳駆《ちく》したのでありましたが、偶然の機会から、私は長い年月の間、一日として忘れたことのない怨敵アルゼンスタインのかすかな消息を知ることが出来ました。まことに、これをこそ奇縁というのでありましょうか、我軍に捕われてきた独軍の一俘虜の口から、はしなくもアルゼンスタインが、今は米国に在って財界に活躍していると聞かされたのでありました。

やがてさしもの大戦も終熄するに到り、平和の朝を迎えて、戦乱の地を後に凱旋した私は、卒業後紐育署警部補として勤務すること一年にして警部に昇進、紐育警察署詰となりました。かくして知らず識らずのうちに、私に復讐の機会は近づきつつあったのであります。

機会は、アランデル商事銀行の重役圧殺事件をながだちとして私の上に与えられたのでした。この事件において、私はアーノルド・カーンを被疑者として検挙しましたが、かの劇的公判の後、新たなる嫌疑者となったソル・グルクハイマーの陳弁書に、私はふと疑惑を抱かせられたのでした。

――ナチスに逐われし猶太人――その一句、しかも財界の大立物たる彼――私の頭には大きな疑惑の雲が掩い被さって来るのでした。私はこの疑問を解くために、かの悪徳弁護人ソール・ミツナーに、巧妙な罠をかけて糺明したところが……それは何という大きな欣びであったでしょう。彼グルクハイマーこそ即ち、昔のアルゼンスタインの変名なることを知り得たのであります。

私は今こそ怨敵を捜し出すことが出来たのです。私の血汐は、復讐の機到来の欣びに、湧き、躍り、奔騰するのでした。

かくて、私は直ちに復讐の準備工作に着手しました。

彼グルクハイマーは、アランデル商事銀行重役圧殺事件の容疑者として、自邸に禁足を命ぜられ、警察の監視をうけて居りますが、幸いにも私はこの事件の捜査主任である関係上、たやすく彼に接近することを得て、彼が猶太王国建設聯盟J・K・Uの一員であることを知っていた私は、私もまたその一員である如く装い、その合図を以て安堵させると共に、彼に対する起訴及び処刑の免れ難いことを仄かせて、言葉巧みに彼の脱出を勧告したのであります。

そして、遂にあの運命的な夜が来たのでした。

その夜の九時半頃、私は巡視を装って彼を訪れ、脱出に対する彼の決心を固めさせると、用意の綱を寝台の脚に縛りつけ、窓の外へ垂らして置き、一旦屋外に出て庭園巡回にかこつけて窓の綱を塀の外に掛け渡し、監視の部下には（異状なし）と偽って立去りました。

謀られるとも知らぬグルクハイマーは、スミス工場に電話して、自動車の借用を申込んでおきました。私は直ちに鳥打帽、防塵眼鏡、レーンコートに変装してスミス工場に赴き、モーリンナイト自動車を引出してグルク邸裏の空地に乗りつけ、先刻塀外にかけておいた綱を洗濯干杆に結びつけて、グルクハイマーを邸内から脱出させ、折からの驟雨の中を、一旦自分の家まで彼を伴うて、鳥打帽その他自分の変装道具を彼に与え、頬には附髭をさせて、彼を完全に変装させたのであります。

かくて時を待つうち、私の予期した通り、非常呼集が発せられたので、グルクハイマーにその自動車を運転させて現場に急行、逃亡経路の調査を装い、轍の跡を辿って怪自動車を尾行すると称して邸から遠ざかりましたが、やがて打合せどおりグルクハイマーの運転する自動車と落合い、これに乗って、彼にはあくまで彼の脱走を援護すると安心させ、途中の非常線の誰何には捜査追跡と答えて、一路、紐育を遠く、西北へ自動車を駛らせたのであります。

やがて、雨あがりの暗夜を、デアウェル村も過ぎて、予定の通り、ブラウン・カウテイル谿谷の奥の廃坑小屋に到着致しました。小屋に這入って彼に眼鏡と髭を取らせ、蠟燭を点けて彼に食事を勧めましたが、――ここに私の掘った死の陥穽があるとも心づかず、幾分の空腹に疲労を感じていたらしい彼は、私に感謝しながら、貪るように食物に噛りつき、ブランデーを呷るのでありました。

そして、この時になって初めて、私は彼の前に復讐者としての正体を曝したのであります。――私が彼のために謀られて憤死したジョージ・シモンズの一子であること、母もまた、貧窮のどん底に彼を呪いながら病死したこと――その、旧悪を挙げて責める私の一語一語に、彼は蒼白になって戦き慄え、私のゆるしを乞いつつも、あくまで卑怯な彼は遁れんと致しましたが、時既に遅く、私がブランデーの中に混入しておいた劇毒ストリキニーネのために、彼はもう自由も利かず、私が復讐の勝利に浴せかける哄笑のうちに、彼は遂に絶命し果てたのであります。

二十有余年の怨敵に、私は今こそ復讐したのであります。天国に在ます父や母の欣び、これでこそ平和に瞑することができるでしょう。

やがて、私は彼の屍体を自動車にのせて谿谷まで引返し、彼の死を墜死に装うために、崖の上から、屍体を逆さにして、鞄と共に谷底に投げ込んだのでした。そして一条の縄を木の切株より懸け垂らして、これを伝い下りて中腹の砂の中に、羊皮紙にミツナー弁護士の筆蹟を真似て記した暗号文らしきものを、これは無論屍体の発見された時にミツナーに嫌疑の転嫁を謀るために、埋めたのであります。

そして直ちに附髭をし眼鏡をかけて、モーリンナイトを運転して一旦紐育停車場前まで帰り、自動車はそこに乗りすてて、最終列車に乗って渣鉄村附近まで行き、防塵眼鏡と附髭は列車の中に遺棄し、変装を解いた正真の姿となって、怪自動車追跡のための疲労を装って、最寄りの警察署に捜査の聯絡を求めて犯行のアリバイを作り、早暁の一番列車によって紐育へ帰ったのであります。

　こうして、私は私の犯罪工作の完全を信じて居りました。

　が、ただ一つ私の過失であったのは、あの廃坑小屋附近の草叢に、私の頭字入りの手布を落した事に気づかず、翌日の捜査の時に部下の者に発見されたことでありましょう。しかしこれとても、警察へ持帰って後、かっさらいの小僧のひとり芝居を演じて、証拠物件は河の中へ投げ棄てました。私は私の犯罪に、一分の隙もないと自信していたのであります。

　しかし、しかし、さすがにシメオン・グレーブス氏の炯眼は、この法の執行者たる私が真犯人であることを、見事に発いてしまいました。

　今、私の心は静かに、我が罪の裁きを待って居ります。今更に、私が己れの罪を他に嫁そうとした浅猿《あさま》しさが悔まれます。私の犯した罪は、私自身で償うのが当然でありましょう。も早私には、欣んで死の座に上る心の用意が出来て居ります。

　私はただこの告白書によって、私の犯罪行為の、止まれぬ動機を知って頂きたいのみなのであります。

アルゼンスタインの死——生涯を賭けた復讐の感銘に、私の胸はまだその強い感激にうちふるえて居ります。

　私の行くべき道は明るく、私の負える十字架は、再び光を放ちましょう。

ウイリアム・マックネイル記

一九三×年×月×日

随筆篇

寝言の寄せ書

神戸探偵倶楽部席上にて

筋を主とした作品がもっと出ないものだろうか？

神戸探偵倶楽部寄せ書

ある探偵作家が口癖に、おお！　犯罪よ！　と祝福する映画を見た事がある、それと同じく、私は、おお、探偵小説よ!!　と何日も言いたい。

作者の言葉（「狂燥曲殺人事件」）

本当の探偵小説を書いてみたい。これは私の長い間の夢でもあり、儚ない望みでもありました。だが、いざペンを持ってみると、そうした本格的作品の難かしさが、今更のように嶺の見えぬ巌の如くに押迫って来ます。

書き上げてみて、これで良いのだろうか、と、誰しも思うことかも知れませんが、殊更に私を躊躇させたものでした。それと共に、私の脳裡に描き出されるのは、メーソンの矢の家や、スカーレットの白魔や、クロフツの樽等の名作です。

だが、いつかは、これ等の作家の示してくれた路を辿って、及ばずながらも、本格的探偵小説の持つよさに噛りついて、その高峰に攀じてみたいと思って居ります。宜敷く御鞭撻のほどをお願い致します。

「瀬戸内海の惨劇」について

　どんな探偵小説が面白いか？　それを、私はいつも考えている。そして、その度毎に傑れた作品の二三を思い泛べるのだが、いざ、自分で筋を組立ててみると、未熟の所為《せい》か、どうも面白いように思えない。

　しかし、私は永らく頭の奥に疼いていたものを、昨今やっと一つに纏めることが出来た。それが今度の『瀬戸内海の惨劇』で、これは春秋社へ書いた『船富家の惨劇』よりも以前から、書きたくてたまらぬ癖に、何かしらもやもやとして、形になっていなかったものである。それだけに、筆を執って書き始めてからの、私自身の抱負と期待は大きく、毎日夢にまで、筋を組み立たり、解きほぐしたりしているほどだ。

　その結果が、果して私の思う通りになっているかどうかは、無論読者諸賢の御教示を俟たねばならぬが、瀬戸内海国立公園において、突如発見された惨劇が、どのように発展してゆくか、その筋の変化には充分期待して頂けると信ずる。

　探偵小説は連載物となると、何故興味が落ちるか、それをも私は幾度となく反芻してみた。だからその意味においても、御愛読を賜りたいと、切にお願いする次第である。

盲腸と探偵小説

今でもはっきり憶い出すのは、初秋の陽の暖かく流れ込む南の部屋で、黄菊の綻びかけた蕾を眺めながら、プロットを考えていた時のことである。

漸く床を離れることが出来るようになった私は、暇さえあれば南の窓に倚って陽光を浴びた。思い切り悪く手術を手遅れしたために旬日余も殆ど絶食に近く、食物に制限を受けていた私は、せめて陽光なりともと、初秋の冴えた空気の中で、眩ゆい光を吸って、空想に耽っていたのである。

だから、新青年の広告に長編探偵小説募集の広告を見た時には、何故となく訝しいほど、胸がときめいたものであった。毎日のように、夢と空想の世界に住んでいた私、何かしら、ひたむきな心の動きに、渇を覚えていた私には、この募集広告は、一つの炬だったとも言える。消えかけた体力と滅びかけていた意志に、火を点けたのは、慥かにこの広告だったに違いない。

一日二日と日が経つにつれて、心のどめきはいよいよ強く、窓による私の瞳には、いろいろな筋が錯綜し乱れて、空想に疲れ果てた脳裏にまでくっきりと残像を残すような殺し場さえ、生々しく描き出されたものであった。

長編ものを書きたいとは、私の長い間の念願だった。素晴らしい外国物の長編など読むと、私は二日でも三日でも、その素晴らしかった筋の構成や、トリックの巧妙さなどを繰返し思い浮べる。そして、もし許されるなら、自分がそれにも況《ま》して素晴らしいものを書いてみたい、と激しい慾望に身内を灼きただれさしていたのである。

だから、条件としては、療養生活に多分の余暇を許されている好機であり、また、病床のつれづれに、読みあさった傑作探偵小説の幻影が、なおも消えずに残っている頃であったため、最も恵まれていたのであろう。五日間ほども、そうして空想と夢を追っている間に、私には殆どあの応募作『船富家の惨劇』の献立が出来上っていたのであった。

盲腸の痛みは、どの腹痛にもまさると謂われている。

不幸にも私は、その耐え得ぬ痛さを、三度も味わされたのであるが、原稿に向い始めた時は、恰度二回目の痛さを過ぎて、いよいよ手術を受ける前提としての静養期だった。

時候も秋から冬へかけての最適の条件であるし、煩わしい会社の勤めからも開放されているし、全く伸び伸びとして筆を執ることが出来たのは、何と言っても恵まれていたと言わねばならぬ。今はアルコール漬になっているけれど、小指ほどの虫様突起殿に、厚く礼を述べねばならないかも知れない。

さて、プロットは出来たが、筆の進みは、案の定緩く鈍かった。というのも、書き出しに、表現方式に言い得ぬ苦痛を味わされたからであった。

どこから書き始めようか、筋は出来ていても、犯罪をどこから暴いてゆくかは、事件の詳細を説明する上にも、サスペンスを盛って行く上にも、設計を完全なものにする上には重大な関係がある。

幾つもの場合が、めまぐるしいほど頭の中で動き廻る、けれどそれがどうしても描けない。

かくて、貴重な十日間は、この書出しの二三十枚で費されてしまった。

毎夜のように夢を見る、事件の推移が、どんどんと筆よりも先に進んでゆくのだ。

十月二十日に書き始めて、十二月の末には約三百枚、正月も病床で意味なく迎えて、只管《ひたすら》原稿紙に噛りつき、一月も十日、やっとあと二三十枚とまで漕ぎつけた時の嬉しさ、考えてみれば、一日に四十枚以上書き飛ばした日も随分とあるのだ。

構想を外れて意外な発展に筆が滑って、数日の労力を徒費したこともあった。百枚近く書き改めねば、どうしても収拾がつかなくなってしまったこともあったのである。

正月は毎年酒と餅と花札で時を過す。なのに今年は、明けても暮れても、薬と原稿紙とで送ってしまった。一夜、兄や父を対手に花をめくった事もあったが、惨敗を重ねて、直ぐ興味を失ってしまった。めくりの運も、体力の条件が具わねばつかないものだと、沁々と思ったことも憶い出す。

十日戎《えびす》の福運を持ち帰ってくれた宝笹の下で、飴をしゃぶりながら、完成に近い五百枚ほどのうず高く積まれた原稿を眺めた時の嬉しさもまた忘れないものだ。

が翌十一日は悲惨だった。せっかく静養を続けてきたのに、やはり原稿に、無理でもしたのであろうか、またしても盲腸が痛み出した。とにかく結末はつけることが出来たものの、各章の標題もまだなら、題名もまだ、末尾近く百枚ほどの脱字誤字の修正もしていない。それでもうこの儘死ぬのではあるまいかと思うほどの激痛を下腹に感じて、その一夜、眠れぬ儘悶えの中に明した。幾本注射したことであろう。心臓の異様などめき——。翌朝未明に外科病院へ担ぎ込まれ、白々とした眩い光の下で素裸になってうら若い看護婦達に囲まれながら、メスや鋏の無気味な音を聴いた思出等も、やっと手術が済んで、病室の枕元で、兄に頼んで創口の痛さを耐えながら、原稿を綴り合せ、頁をうち、各章の標題をつけてもらった時の言い得ぬ焦燥と共に、あの作品を通じて永久に忘れ得ぬものである。

入選通知は、退院して後受取った。が江戸川さんや大下さんから、御懇切な御指導を得て、終末の百枚近くを書き改めたのも、二月の寒い最中、病院へ通う傍らの仕事であったと思うと、なおさら私には、あれがいとおしまれてならないのである。その他、追憶には限りがないが、甲賀さんから入選についてお手紙を頂いた事や、改題に、苦しんで、甲賀さんを煩わしたこと等も、忘れ得ぬ思い出である。

盲腸と探偵小説、妙な組合せだが、私にはそれが一つのものに見えて仕方がないのである。

この作に就き（「瀬戸内海の惨劇」）

（中略）――最初のつもりでは、もっと簡単に書けると思っていましたが、筆を進めてゆくに従って、それがいかに困難であるかが判ってきました。過日御目にかかった時は、四五十枚あれば犯人を挙げて、と思っていたのでしたが（中略）――今度のでも完結を眼目として書き始めたのですが、伏線や構成に使った各部分を説明してゆくと、とてもとても書き切れないのです。（中略）

一体どうすればいいでしょう！

もう一度、勝手をさせて頂きたいのです。もう一回延しく頂いて、二月号完結という事に……。探偵小説の本格物の価値は、最後の解決にあると思います。で、私としては少しも手を緩めたくありません。今回は私は三度も書き改めました。三日間の休日を潰し社用も出来るだけ切詰めて、一生懸命やったのです――（後略）

蒼井雄氏の「連載」に最初のつもりでは五回でしたが、それが六回となり七回となってしまいました。毎回に次号完結と最後書きをつけまして、読者にも御気の毒と存じます。右に作者の私信を無断で掲げましたが、これに依り蒼井氏が本篇の完成のためにどれほど苦しんでいるか、御推察を願い、以て完結延引の点は御寛容願いたいと存じます。

箱詰裸女

（一）送られた女

やっと永い雪の冬から解放されて、ほのぼのと暖かい風の吹きそめた四月十三日のひる下り、北海道は宮下町の丸通運送店で、今日も受取りに来ない大きい木箱の荷物に若い者が腹を立てていた。

松の新らしい五分板で、長さ三尺、巾二尺、深さは一尺五寸もあるが、頑丈な荷造りである。それが雪の最中一月の半ばごろ、名古屋市から送られて来たまま、誰一人として受取りに来ないのだ。

受取人の名は高井梅、発送人も名古屋にて高井梅とある。同じ人間が発送して受取人となっているのだ。それなのにもう三月になるのに、受取りに来ない。

倉庫係の藤本主任は腹をきめた。若い者の腹立ちもさりながら、再三名古屋へ出した照会にも不明で戻って来る。受取人も居所不明だ。かまわない、あけてしまえ、責任は俺が持つ——。第一、店の邪魔になるじゃないか。

しかし、帯金を解いて、厚い箱の釘を抜いた時には、さすがの藤本主任も蒼くなった。というのも、中から転り出たのは、雑品ならで、乳房の目立って大きい裸身の女、それも爛熟しきった三十二三の、白々とした女の屍体、足と手を、縄で見る目も痛々しく縛られ、唇を噛んで、ふくよかな腰を二つに折り、首から脊中へかけて綿で動かぬように詰められている。——その顔の色あせてはいるが、目鼻立ちのちょっと可愛いい女……。「あっ！」と顔色を変えた藤本主任は慌てて電話器にしがみついた。旭川署へとにもかくにも急報せなければならない。これが、屍体箱詰事件として奇怪な犯人の最後と共に、当時の世を騒がした怪奇殺人の発端で、昭和六年の四月十三日午後二時頃の出来事である。

（二）屍体の身許

箱から出された屍体は、旭川署の、警察医の手で綿密に調べられた。

それによると、死後三月余、屍体のそれほど腐爛していないのは、北海道の寒さのためか、それでも、背を返すと屍斑は半ば崩れかけている。

特徴は臍の周囲と、背中の灸のあと――、身長は五尺一寸位、髪の毛は黒く、一見素人風には見えるがまだ子供を生んだこともないらしい……。

毛布を敷いて長襦袢と腰巻、モスリンと色ネルの、どれも色褪せてはいるが、屍体の下に詰めて、蒲団綿をぎっしりと挿し込んでいる。

手掛りになるものは何一つない。荷札の高井梅が唯一のもの。――しかし、一人の刑事は、モスリンの長襦袢の襟元を返して、赤糸で縫い込まれたウメタロの四字を発見した。洗濯屋の記号だ。ウメタロー。これはこの女の名であろうか、それ共、単なる符諜であろうか――。

旭川署では事件の一切を、荷物の発送地である名古屋が、犯罪の発生地と見て、愛知県警察部へ打電した。まず行方不明になった女から、身許を洗って行かねばならない。これが第一の捜査方針だったのだ。

しかし、愛知県警察部でも、この女の身許には、持余した。ただ単に名古屋市高井梅、では判らない。高井姓を名乗る者を調べて五人ほど詳細訊問してみたが、何一つ得る処はない。市内の六警察を動員して、刑事課長が指揮をとり、十三日夜徹宵して、やっと判ったのは、それと覚しき荷物が、名古屋駅に運び込まれたのは、正月もまださめやらぬ、一月五日の昼ごろで、二人の男がかつぎ込んだものであるということだけであった。

翌十四日、名古屋駅の丸通運送店へ運び込んだのは、西区伊原町の赤松運送店であることが判ったものの、その店へ運送を頼みに来た男は、ただ北海道旭川へ送ってくれと頼まれましたので、と言って、運賃を払って帰ってしまったと言う。どこの者だとも判らないのだ。

その同じ十四日、旭川では死因が判明していた。北大で解剖の結果、死因は窒息死だと言う。外傷は何一つない。被害者の抵抗した跡もなく、毒物を呑んだ形跡もない。しかし、窒息死には間違いない。だから蒲団のようなものを、頭からかぶせられて、窒息したのだろうと言う。

明らかに他殺である。しかし、依然として女の身許は判らない。

（三）　堀江の芸妓

いたずらな焦燥に暮れた三日間、十六日になると、俄然、大阪の南は堀江廓の梅の屋に、所轄芦原署の司法係刑事が乗り込んで来た。

「おい、お前の家に梅太郎という妓が居たな」

「へえ、梅太郎だっかいな。でも旦那、もう四、五年も前だっせ」

「今、どうしているか知らんか?」

「さあ、どうしていますやろ。ここやめてから、ちょっとの間、自前で店持ってやってましたがなあ—」

女将の話によると、あまりはやらぬ妓だったが、梅の屋を廃めてからどうしたのやら、若い妓三人ほど置いて自前で稼いでいたと言う。

十七日になると、更に梅太郎と言った芸妓の身許がはっきりして来た。

本名平井うめ、三十六才、昨年の四月まで二年ほどやっていた店をやめて世話になっていた旦那と一緒に、家財道具をまとめ、浜松へ移って行ったと言う。

姉二人の居所も判った。梅太郎の消息をきくと、浜松へ変ったことは知っているが、それ以来、たよりが無いから、無事に暮らしていることと思うと言う。

大阪府刑事課では、芦原署のこの報告に俄然色めき立った。

箱詰事件の女の身許は判らない。けれど、ウメタロとある洗濯屋の記号は、梅太郎の芸妓時代の名残ではあるまいか。

二人の刑事が愛知県警察部へ証拠品を貰いに行くのと同時に、浜松警察へも、平井うめ及び、その旦那である竹村宗十郎の調査方を打電したのである。

翌十八日、浜松署の刑事は、浜松駅前の旅館前川屋を訪れた。竹村は確かにそこで旅館を経営していたはずである。

しかし、調べてみると昨年の十月に、竹村はその店を売って、常盤町に別の家を借りて住んでいた。聞き合せてみると、元大阪で芸妓をしていた女と、二人で同棲していると言う。

常盤町の竹村の家は直ぐ判った。しかし、家は固く閉されている。隣で聞くと正月の五日に、家内は大阪へ帰っているし、私もちょっと大阪へ行って来ます、と言って出たまま、戻って来ないと言う。

表戸を開けて這入って見ると、家財道具は殆ど見当らない。座敷も別にとり散らしてはいない。

女房というのは、どんな顔の女だったと訊くと、どうも被害者の女に似ている。

刑事は勇躍した。今一息だ。もう一つあの箱が、この家から運び出されたことが証明されたら、犯人は竹村宗十郎に間違いないのだ……。

しかも、それは唖気ないほどにも早く確かめられた。正月も四日の朝、駅前の植田運送店が電話で頼まれ、荷車曳いて、二人で運びに行った荷物が、重たい木箱だったのだ。

木箱は、その運送店の手で五日に名古屋の前田運送店までトラックで運ばれ、その日に、発送人である竹村の手で受取られていることが、その日の中に判明した。

それからの経路は、前にも述べたように、赤松運送店へ荷車で運ばれ、その店から名古屋駅前の丸通運送店へ運び込まれて、北海道旭川へ鉄道便で発送されたのだ。

犯人は判った。犯人は情夫の竹村宗十郎だ。しかし、正月五日から姿を消した竹村は、一体どこに姿を消してしまったのであろう。大阪府警察部は、この報告を得て、容疑者としての竹村を、全国に指名手配した。そして、大阪へ行ったと言う隣の人の話を唯一の根拠に、竹村の知人関係を洗い始めたのである。

(四)犯人の末路

箱詰の女の身許が平井うめであることは府刑事の持って帰った長襦袢によって更に確実となった。梅太郎は肌着から足袋に至るまでウメタロの字を入れて、洗濯屋に出していたのだ。臍の周囲の灸のあとも、昔の同輩がはっきり認めた。も早や間違いはない。それなら、元の旦那である竹村が、何故梅太郎を殺さねばならなかったか？　愛慾の果てか、痴情に狂っての末か……。それもその後判明した処によると、二人の馴れそめは、梅太郎のやっていた席と直ぐ近くの巴席の女将の世話で浜松で大きい旅館をやっていると称する竹村が、後妻に貰いたいと切り出したのが最初だったと言う。

そして、始めは巴席で、竹村の主筋にあたる人と一緒に遊び、梅太郎と巴席の抱妓が出た。それを竹村は巴席の妓と寝て、竹村の連れの男が梅太郎と寝たと言うのだから面白い。その女を一月ほどして、竹村が正式に貰い受け、梅太郎は店を畳んで、三千円ほどの貯金と家財の一切を持って浜松へ行ったのである。

竹村の性質もはっきりして来た。遊び好きで、女は他にも三四人あったらしい。麻雀と撞球にこり、そのために随分と金を費っていたらしい。昨年の暮に、僅か二百円ほどの金を借りに廻っていた、という事も判ってみると、家も売り払うほど、金につまっていたこととて、梅太郎との間に、金の問題で争いがあったことも充分考えられる。まして、女の方から、相当の家財を持ち込んでいるはずなのに、見当らない処を見ると、皆売ってしまったのであろうか――。

大阪にも名古屋にも浜松にも姿を見せない竹村は、もう東京より知人が無いはずであった。府刑事課から、急いで三人の刑事が上京して、警視庁に応援を求めた。かくて、指名手配して五日目、二十二日の夜、遂に悲劇的な最後が訪れたのである。

東京日本橋の新大橋派出所の巡査が、ふと夕闇のせまりかけた隅田川に眼を落すと何か黒いものが浮きつ沈みつしている。不思議に思って河岸へ下りて見ると、水死人である。立姿で流されているのだ……。

すぐ水上署と所轄久松署へ電話して、死体を引き上げて見ると、多少相貌こそは変っておれ、手配中の竹村宗十郎の変り果てた姿だった。

鉄色無地の羽織に鉄色銘仙の袷、袂にパイナップルの缶詰を四ケ宛両方に入れ隅田川の上げ潮に乗って、立ったまま足を川底につかえさせて、ぶらぶらしていたのだ。

何日に死んだのか、それは死後四、五日を経ている処から、十八日頃と思われた。捜査がいよいよ厳しくなり、身辺に危険を感じた宗十郎が、上京はしてみたものの、たよる知人へも顔を出し得ず、遂に罪の清算へと、最後への路を歩んだものらしい。

かくて箱詰事件は犯人を法廷に送る事が出来なかったがために、情痴の殺人か、慾情のもつれか動因は終に明確にすることは出来なかったが、五十一才の生命を自ら断ち切った宗十郎の苦悩の三月余を思うと、さすがに罪の報いの怖ろしさを考えずにはいられない。

解説（「船富家の惨劇」）

「船富家の惨劇」この作品は、昭和十一年三月春秋社の長編探偵小説懸賞募集に首席入選したものである。

もう二十年にもなるので、この作品が再び陽の目を見るとは夢にも思っていなかったが、今にして当時を思い出すと感無量である。

入選発表と前後して、江戸川・甲賀両先生からお手紙を頂き、盲腸炎手術後の身体で、終末約百枚を書き直した。

今回再版されるについても、全部にわたって手を入れたが、思い切って巻頭の百枚程を書き直したいと思いながら果せなかったことと、古めかしい文体を修正出来なかったことが心残りである。

この作品を発表して後、国を挙げての戦争体制となり私自身もその中にまぎれ込んだ為に、創作は空白状態をつづけることとなり、戦後、数回上京する機会があって、江戸川先生ともお目にかかることが出来たが、作品は、短編二、三にとどまった。

今回この旧作が出版されることになったのについては、近代文学の荒正人氏が非常に力をお添え下さったよし、感謝にたえない。坂口安吾先生と一緒に出版されることになったのもそのためときく。厚くお礼を申しあげる次第――。

なお二十年の空白は、この私の作品自体を身辺から失ってしまっていて、再版ときき、大いにあわてたものであった。がそれも、河出書房の坂本氏の御尽力によって、ようやく入手することができた。これもまさに汗顔もので、この作品が今日陽の目を見ることが出来たのも、これ等の人々のお蔭であると深く感謝する次第である。

略　歴

明治四十二年一月二十七日　京都宇治に生れ五歳から大阪に移り、昭和十八年現在の池田市に移る。

昭和二年三月　大阪市立都島工業学校電気科卒業、直ちに宇治川電気に入社、以後再編成によって関西配電、関西電力となり、現在は神戸支店勤務中である。

代表作

昭和十年『ぷろふいる』誌に「狂燥曲殺人事件」を投稿したのが始めてで「船富家の惨劇」を出版後は、同じ『ぷろふいる』に、昭和十二年「瀬戸内海の惨劇」を連載した。

郷愁

推理小説研究第二号には、特集として推理小説についての諸作家の御意見が出ていたが、つまるところは、本当の推理小説とはむつかしいもので、それでいてなつかしいものだという。作家でなくても推理小説のマニヤなら、誰しもが感じている昨今の推理小説への不満がにじみ出ていて面白かった。

それにしても本格ものとは職業作家でも書きにくいものらしい。トリックのネタは切れたとは思われないが、組立てるのに骨が折れるからなのだろう。その意味から言っても、笹沢氏の「これから参ります」の一言は印象的だった。

（無題）

推理小説研究五号を拝見して、その昔の甲賀三郎氏の本格探偵小説論をなつかしく想い起した。近頃の推理小説がどのジャンルにはいるのか私には判らないが、またそれと同時に読む気もないのが事実で、私としては探偵小説といまの推理小説とは全然別なものとしか考えていないから、今更のようにこのように本格論をむしかえされると、改めて昔のひたむきな本格というのか、なつかしい探偵小説を思い出さずにはいられない。そしてそんな昔を恋うる私の年令をいまさらのように数えている。

アンケート

諸家の感想

> 一、創作、翻訳の傑作各三篇
> 二、最も傑出せる作への御感想
> 三、本年への御希望？

一、横溝氏の「かひやぐら物語」角田氏の「妖棋伝」翻訳では、新青年一月の増刊に出た「九ツの鍵」。

二、「かひやぐら物語」の、あやしいまでの幻想と夢、茫漠たる霧の海辺に描き出された美しい情景が、今もなお、眼に見えるような気がします。本当の探偵小説とは言えないにしても、この魅力は、私達の一つの憬れではないでしょうか。

三、もっと創作方向に、斬新な型の、読みごたえのあるものの出現を期待します。百枚二百枚見当の、中編もので、深く犯罪心理に喰い入ったもの、あるいは、うんと浪漫的で、大きな舞台を背景にしたものなど、これから要望されるのではないでしょうか。その意味において、私達も、もっと勉強すべきだと思います。

（『探偵春秋』第二巻第一号、一九三七年一月）

ハガキ回答

我が十年前の想ひ出

十年前――さあ、その頃は何をしていたろうか？　がそう言えば月並なことながら、やはり想出されるのはその頃の若さだ。まだ検査前だったし、酒の味も知らなかったし……。

小説に読み耽ったのも、詩集片手に墓場をうろついたりしたのも、その頃のこと――。ひたむきに旅がしたくて、地図や旅行案内ばかりあさって、いろんなプランを樹て、憂さばらしをしたのもその頃である。

（『ぷろふいる』第五巻第四号、一九三七年四月）

何のために書くか

つい先日亡くなった「〇〇七号」の作者イアン・フレミングは金のために書くといっていましたが、それは社会正義のためでも人生の真実を究めるためでも、あるいは愛する妻のためでも借金を返すためでも、そして名声をうるためでもいいと思います。しかし、貴方の場合は如何でしょうか。気軽に回答をお寄せ下さい。

推理小説は楽しい。そのプロットを組立て、トリックを考えるときは、ただどうして素晴しい新しいものを考え出してやろうかと一生懸命――。

何のために書くかと聞かれると、それは早く活字にして、金をいくらでもいいから欲しい念もあるでしょうし、名前を早く売り出したい心もあるでしょう。

けれど、書いているときは夢中でプロットの展開と、アッーというようなトリックをうまく使いたい、それだけではないだろうか、――早くそのようなのを書いてみたい。

（『日本推理作家協会会報』二〇五号、一九六四年一一月）

解題

横井　司

1

蒼井雄といえば、長編『船富家の惨劇』（一九三六）の作家という印象が強い。あるいは長編「瀬戸内海の惨劇」（三六〜三七初出）という読者もいるかもしれない。この二大長編は、戦前には珍しい、謎解きの興味を中心とするいわゆる本格探偵小説の長編として、日本探偵小説史上に燦然と輝いている。浜尾四郎『殺人鬼』（三二）、小栗虫太郎『黒死館殺人事件』（三五）などとも並び称せられることが多いのだが、デビュー作「狂燥曲殺人事件」（三四）以下の中短編に関しては、あまり言及されることはない。それは蒼井雄が長編作家だと自他ともに目し目されていたからであろう。

江戸川乱歩、横溝正史との座談会「『瀬戸内海の惨劇』をめぐって」（『別冊宝石』六一・一二）には、次のようなやりとりがある。

江戸川　あんたは長篇作家だからね。長篇がいいよ。

蒼井　それがみんな長くなるのですよ。百枚ぐらい書いてはこう……。

横溝　だから長篇を書けばいい。

あるいはまた、別の箇所では

江戸川　短篇をいくつか書きましたね。

蒼井　おぼえてないけれども……。
江戸川　戦争直後もずいぶん書いたでしょう。短篇はいかんですよ。
蒼井　あかんですね。一つのネタを使って、三十枚四十枚書いたけれども、どうも、自分でもおもしろくないと思いながら……。

というやりとりがある。

本書『蒼井雄探偵小説選』は、蒼井自身が「自分でもおもしろくないと思いながら」書いたと言っている短編を初集成した作品集だが、それぞれに趣向が凝らされているとはいえ、確かに短めの作品には、この作者らしい自然描写などが盛り込めないため、迫力に欠ける場合がなくもない。その意味では、蒼井雄を長編作家だと見るのは妥当であろう。これまで書かれた蒼井雄論――例えば権田萬治「死霊の群れを呼ぶ風景＝蒼井雄論」（『幻影城』七五・六。以下引用は幻影城、七五から）、寺田裕「早く登場しすぎた作家」（『別冊幻影城』七七・九）、津井手郁輝「大自然の中の無惨絵」（同）は、寺田の論考はやや性質が異なるが、みな長編を論の基調においている。

大内茂男「蒼井雄と私」（『別冊宝石』六一・一一）では、『船富家』と「瀬戸内海」についての初読の思い出を述べた後に、戦後しばらくして「黒潮殺人事件」を読んで「これは確かに力作だった」といいつつ、「そのほかにも短編を数編発表されたようであるが、さっぱり印象に残っていないところをみると、あまり大したものは書かれなかったようである」と書かれている。戦前には「狂燥曲殺人事件」にも目を通しているそうだが、感想は書かれていない。

創元推理文庫の『日本探偵小説全集』には、『船富家の惨劇』と並んで中編「霧しぶく山」（三七）が収録されている。この作品が戦後再録されたのは、『幻影城』一九七七年四月号の「発禁探偵小説特集」が初めてだろうと思われるが、検閲にあったという履歴が問題となる以外に、戦前の探偵小説としてまともに論じられることは少ない。

たとえば、右の『日本探偵小説全集』に収録された際、「解説」を寄せた鮎川哲也は次のように評している。

率直に言わせてもらうならば、蒼井氏がこうした作品を書いたことに、私は不満を感じた。戦前の数少ない本格長篇作家の、しかも作品の数が決して多くはなかった蒼井氏には、当時の他の作家によってしばしば書かれていた怪奇因縁噺めいた分野にはそっぽを向いて、あくまでも純粋推理の作品を執筆して欲しかった。（略）これは私の想像だが、若き日の蒼井氏には吉野の山奥を踏破したことがあったのではあるまいか。その体験と職場の同僚から聞いた山の怪奇現象の話。これらを材に、山岳ミステリーを書こうと思い立ったのは当然のことだったろう。だがすべての面で制約のある山中では、都会を舞台にした場合のような本格物は書けない。そうした事情のもとに『霧しぶく山』として結実したものと私は想像している。（略）さすがは蒼井氏というか、出来上がったものは氏の中篇を代表する作品となった。ただ、私がこうした傾向のミステリーに興味が持てないというだけの話である。

確かに山岳を背景とした事件では、時刻表のような厳密性を基調とした謎解きを展開することは難しいだろう。その意味では、「都会を舞台にした場合のような本格物は書けない」という論評は当を得たものである。「霧しぶく山」については他に、権田萬治や津井手郁輝が言及しているが、いずれも高圧送電線の短絡現象を利用したトリックについてふれるだけで、一個の作品として論じているとはとてもいえない。「霧しぶく山」が、欧米型の本格探偵小説と比較したとき、出来の良い作品といえないのはもちろんだが、それにしても、『船富家』型の作品と比較して出来映えを云々して済ますのはいかがなものだろう。それでは蒼井雄にとっての本格とは何だったのか、あるいは戦前の日本探偵文壇において本格とは何だったのか、という考察の契機を失ってしまうように思われてならない。

2

蒼井雄は本名を藤田優三といい、一九〇九（明治四二）年一月二七日、京都で生まれた。十五、六歳の頃から探偵小説に親しんでおり、「ちょうど森下（雨村・横井註）さんが編集してらして、あのときの古い『新青年』を読むと翻訳ものが四、五篇出てますね。そういうものを読みたくて『新青年』を買っておった」ところ、一九二三（大正一二）年に江戸川乱歩が「二銭銅貨」でデビューし、「それが『新青年』の病みつきになった」きっかけだったようで、『新趣味』もときどき買っていたのだという（座談会「『瀬戸内海の惨劇』について」前掲）。二五年の三月に大阪市立都島工業学校電気科を卒業し、四月、宇治川電機に入社。同社はその後、関西配電と合併、後に関西電力となるが、蒼井はここに六四（昭和三九）年の定年まで電気技師として奉職することになる。

一九三三年五月に雑誌『ぷろふいる』が創刊され、関西在住の探偵小説愛好家のネットワークを形成するようになるが、蒼井もファン・サークルである神戸探偵倶楽部や京都探偵倶楽部に参加するようになり、それが刺激となったのでもあろう、創作に手を染めるようになった。ただし、戦後になっての発言によれば、一九三〇、三一年頃に、五百枚の長編を書いて、『新青年』編集部の森下雨村宛に送ったことがあるという。その時は雨村から「誤字が多いということ」と、作品の舞台が東北の寒村だったため、「場所が悪い。都会地にもってこなければいかん」ということ、「こういう長いものをいまじゃ一括でのせるわけにはいかないから」ということを書いた返事が来たという（座談会「『瀬戸内海の惨劇』について」前掲）。この長編自体は筐底に秘めたまま、戦後になっても発表されなかったようだが、三四年九月号の『ぷろふいる』誌に発表したデビュー作「狂燥曲殺人事件」が、神戸の資産家邸で起きた事件を扱った中編だったのは、雨村のアドバイスが頭にあったからかもしれない。

三五年の年末に『新青年』に掲載された広告で、春秋社の書下し長編探偵小説の懸賞募集を知り、ちょうど盲腸で療養中だったこともあり、『船富家の惨劇』の原型となる長編『殺人魔』を書き上げて投じたところ、江戸川乱歩の強い推挽もあり見事一席に入選。この受賞を受けて、『ぷろふいる』誌から依頼があったのだろう、同年から翌三六年にかけて長編「瀬戸内海の惨劇」を連載。三七年には中編「霧しぶく山」を、春秋社から出ていた雑誌『探偵春秋』に分載したが、その完結編が載った掲載号は同誌の終刊号となった。その後、創作を発表することなく、『ぷろふいる』も三七年四月号で、また『シユピオ』が三八年四月号で終刊を迎える。戦後になって蒼井は、『船富家の惨劇』発表して後「国を挙げての戦争体制となり私自身もその中にまぎれ込んだ為に、創作は空白状態をつづけることとな」ったと回想している（「解説」『探偵小説名作全集』河出書房、前掲）。「私自身もその中にまぎれ込んだ」というのは、職場の関係で多忙を極めたということなのかどうか、詳らかではないが、探偵小説専門誌ともいえる『新青年』も次第に時局色を強めていき、プロパー作家とはいえない蒼井が創作の筆を断つこととなるに至ったのも、仕方のないことだったのだろう。

戦後になって、「黒潮殺人事件」を、『ぷろふいる』時代の名古屋探偵倶楽部の面々が中心となって編集する『新探偵小説』に掲載して復活。やはり名古屋系の『新選探偵小説十二人集』や、『ぷろふいる』時代の仲間が編集する『黒猫』などに短編を発表し、『宝石』にも進出したが、仕事が多忙になったのか、四八年の「感情の動き」を最後に、再び筆は途絶えた。

その後、前掲の『探偵小説名作全集』などに『船富家の惨劇』が再録されるなどして、復活の機運は高まったものの、新作が上梓されることなく沈黙したままだった。時、あたかも社会は推理小説の進出期であり、蒼井自身は時代状況と自分の書きたい物との乖離を意識して筆を執る気になれなかったようである。六一年に『別冊宝石』に掲載された江戸川乱歩・横溝正史との座談会で、次のように述べている。

私の好みからいえば、やはりいまの私の考えているような本格物がそのままいつまで続くかという問題と、そういうことを私が書いても、どれだけ受けられるかという問題ですね。なにか多少それに予感があるのですよ。というのはいま出ている社会派というのですか。それの方が非常に受けられてますわな。それに迎合するわけじゃないんだけれども、そこにポコッと私が考えているようなものを出して、通るかどうかという……。

この蒼井の発言を受けて乱歩は、「鮎川君(哲也・横井註)なんかもあなたの書いているようなものを書いているんだから」といい、横溝は「真髄はナゾ解きだから、それを失わなければいいんじゃない?」といって、しきりと執筆を勧めるのだが、結局、新作は発表されなかった。座談会での発言から察するに、蒼井としては文章の古臭さ、それに伴う感性の古臭さを、いちばん恐れていたようにも思われる。

未亡人のインタビューをまとめた島崎博「蒼井家を訊ねて」(『別冊幻影城』七七・九)によれば、六四年に関西電力退職後も電気関係の会社に勤務し、そこを七一年になって退職して、ようやく読書三昧の生活に入ったという。七五年になって「狂燥曲殺人事件」が『幻影城』に再録されたのをきっかけとして、再起が期待されたが、同じ七五年の七月二一日、心臓の発作で倒れ、不帰の客となった。歿後、遺稿として残された長編「灰色の花粉」が『幻影城』七八年一月増刊号に掲載されている。

この遺作長編について大内茂男は「遺稿『灰色の花粉』について」（『幻影城』増刊、七八・一）において、作品内の時代設定から「昭和三十七年の後半か三十八年の前半ごろに書かれた、という推定が成り立つ」といい、当時の状況を鑑みて、「久方ぶりに長編執筆への意欲を燃え上がらせた火付け役は河出書房であり、これに油を注いだのが乱歩、横溝の両氏であることは、ほぼ間違いはないだろう」と述べている。『灰色の花粉』の本文には、テレビ・ドラマのペリー・メイスン（一九五七～六六にフジテレビ系で放送）や事件記者（五八～六六にNHKで放送）への言及も見られるので、執筆時期に関する大坪の推定は妥当なものであろう。作品内容も、刑事弁護士や新聞記者を登場させ、暴力団なども絡むサスペンス・スリラーとでもいうべき内容で、右のドラマの影響なども垣間見られる。

また大内は、同作品が出版にいたらなかった経緯として、作者を取り囲む状況（外面）と内面とに言及して論じているが、前者はもとより、後者についても、それなりに説得力が感じられる。

当の蒼井雄がこの自作「灰色の花粉」に、あまり自信が持てなかったのではないか、という推察もできる。プロットといいストーリーといい、登場人物といい場所の設定といい、いずれも、評判のよかった戦前の長編や戦後の「黒潮……」とはがらり変って、戦後でいえば、大して評判にもならなかった短編「第三者の殺人」の系統に属する発想である。蒼井雄としては、当然、新分野に挑もうとする意欲は満々であったろうが、書き上げてみて、その出来栄えに必ずしも満足しなかったのではないか、と想像する。

ここで大内が引いている「第三者の殺人」が入手の難しいテクストであることもあり、大内説の検討が難しく、戦後の蒼井の目指したものと「灰色の花粉」との関係が見えにくいという恨みもあった。今回の復刻が、そのミッシング・リンクを見出すよすがとなれば幸いである。

3

本章以降、本書収録作品のトリックや内容に踏み込む場合があるので、未読の方は注意されさい。

蒼井雄のデビュー作である「狂燥曲殺人事件」に関して、権田萬治は「トリックの特徴から、この処女作にはどちらかというと甲賀三郎的な感じが強い」と述べている（前掲「死霊の群れを呼ぶ風景＝蒼井雄論」）。津井手郁輝もまた「見る限りはロマンを志向する蒼井雄の特徴はまだ現われず、むしろ理化学トリックに長ずる甲賀三郎の作風に似た感がする」と述べているが（前掲「大自然の中の無惨絵」）、当時の読者においては甲賀三郎よりもむしろ小栗虫太郎をイメージさせるものがあったようだ。たとえば甲南亭「『狂燥曲殺人事件』を読みて」（『ぷろふいる』三四・一〇）では「本篇の盛られて行つた内容は小栗虫太郎氏の作品の如く、衒学的なる所がなく、而もそれで専門的智識を広範囲に渡つて取扱はれて居る事である。自分は此の点を最も嬉しく感じた」と書いているし、嵐啣子「蒼井雄氏を裁く」（同）では「作家個人の強味から問題すれば、その特色を医学に持つたり、法医学に持つたり、或ひは科学に、植物学に、その色彩の濃厚さを贅沢がりたがる。これは、一種のカムフラアジュに過ぎなく、小栗虫太郎の場合の如く、それを強味にひた押しする術は、当面の行きづまりに悩まんとする事でもある。これを要約すれば、作家個々の持味強調に、その趣味と道楽との蘊蓄は不必要で、如何にせば、最も安易に、而も適確に具象せられ得るかについて、一入の苦心をこそ探偵作家なればこそ特に要求もしたい」といって、第九章、第十二章に対して難詰しているし、中島親「俎上四魚図」（同）では「ピアノの詭計《トリック》は面白いが『完全犯罪』のオルガンが聯想されて、余り効果を示さない」と書いている。

小栗虫太郎が「完全犯罪」を引っさげてデビューしたのが三三年七月であり、蒼井の「狂燥曲殺人事件」が発表された三四年には、『新青年』誌上で「黒死館殺人事件」が連載されている真っ最中だった。小栗作品のスタイルはまさに探偵小説のニューウェイヴだったわけで、当時の探偵小説マニアたちがそのスタイルを連想したり、それに影響を受けたりするのは当然のことであったろう。その後、蒼井雄は『船富家の惨劇』を書き上げるに至って、自らのスタイルを見出したことになるわけだが、そこに盛り込まれた雄渾な自然描写が、直接的にはF・W・クロフツ Freeman Wills Crofts（一八七九〜一九五七、英）やイーデン・フィルポッツ Eden Phillpotts（一八六二〜一九六〇、英）の作品からインスパイアされたものだ。とはいえ、自然描写を作品に盛り込むというスタイルが小栗作品に見出せないわけではない。たとえば「白蟻」（三五）冒頭の、鬼猪殃々《おにやえもぐら》をめぐる描写などは、その典型であろう。日影丈吉は「白蟻」の冒頭部分について次のように述べている。

テオフィール・ゴーティエの『ル・キャピテーヌ・フラカッス』という小説は、誰も人の出て来ない、さびしい風景の長々しい場面ではじまるが、『白蟻』の場合も、ゴーティエほどではないが、書き出しの三、四ページは誰も出て来ない。作者が鬼草と呼ぶオニヤエモグラという植物などの、すさまじい繁茂の描写、ではなくて、その繁茂の理由の、まがまがしい土地の歴史と因果の実存の説明である。人物があらわれても叙述はおなじ調子で続き、告白体の解明を展開し、誇らしげに悲劇の閉幕を告げる。十八世紀的な陽気さのない十八世紀的な文体である。（「解説——小栗虫太郎の文章」『白蟻』現代教養文庫、七六・九）

こうした作品を読んだ当時の探偵小説愛好家が影響を受けないはずもなく、蒼井雄も例外ではなかった。『船富家の惨劇』における自然描写は、「白蟻」に比べると健康的ではあったものの、「瀬戸内海の惨劇」になると自然描写に土地の伝説・因縁が絡むようになるのは、したがって自然であったといえる。その小栗的な自然描写を蒼井雄なりに咀嚼し、小栗風の作品世界を展開してみせたのが「霧しぶく山」ではなかったか。だから、「霧しぶく山」を読む際には、『船富家の惨劇』の作者を思うよりは、小栗虫太郎の影響を受けた新進作家を思うべきなのであり、小栗作品を基準とした本格探偵小説をイメージして、その本格度を量るべきではないか。

「霧しぶく山」に関しては、江戸川乱歩「陰獣」（二八）のエコーも見逃せない。もちろん、「霧しぶく山」で描かれるような女性像は、当時の探偵小説におけるひとつの類型だったのかもしれないが、語り手が誘惑され推理を誤るという展開は、「陰獣」的なプロットを強く思わせ、そうすると最後の電光自決も「パノラマ島奇談」（二七）を連想させずにはいないだろう。「陰獣」が井上良夫によって「乱歩趣味の作品として傑作の部類に属するであろう外、本格探偵小説として抜群のよさを見せ、充分傑れたる純本格物作家たり得る乱歩氏の非凡な手腕を示しているところの作品である」と評価したことを忘れるわけにはいかない。これは三四年九月号の『ぷろふいる』誌上の「傑作探偵小説吟味」の第二回で取り上げた際の評言だが（引用は『探偵小説のプロフィル』国書刊行会、九四から）、蒼井雄はこの井上の「陰獣」評が載った同じ号でデビューしているのである。

「霧しぶく山」は、右に述べてきたようなもろもろの時代の空気を踏まえて、本格かどうかが判断されなければならない。そしてこうした時代の空気を踏まえるなら、「霧しぶく山」は当時において明らかに本格探偵小説と目されるべき作品であった。それに、第四章が「推理」というタイトルを冠せられていることも見逃すわけにもいくまい。それが推理というよりは、根拠のない妄想に近いもののように感じられたとしても、それは現在の基準からすればであって、当時においては推理以外の何ものでもなかった、というところから読んでみる必要があるのではないだろうか。

「狂燥曲殺人事件」という小栗虫太郎ばりのトリック小説でデビューした作家が、フィルポッツ流の『船富家の惨劇』を書き上げながら、「瀬戸内海の惨劇」や「霧しぶく山」のような伝奇性の勝った作品へと流れていったことは、不可解なようにも思えるかもしれない。紀田順一郎のように時代の限界だと考える評者もいる。「瀬戸内海の惨劇」を収めた単行本の解説で紀田は次のように書いている。

　日本のクロフツといわれる蒼井の小説の人物像には、警官を除いてクロフツが描いたようなリアルな生活者、職業人の像が浮かんでこない。（略）

　プロットが錯綜をきわめるほど、あるいはトリックが意表をつくものが考案されるほど、人物像も人間関係も歪んだものにならざるを得ないであろう。戦前から戦後にかけての推理小説に、性格異常者、破綻者、神経病者が多く登場するのは、一つにはこのような理由があるからだ。

　もう一つ、日本社会そのものの異常性と、それが作家におよぼす影響を考えねばなるまい。（略）たとえば家族制度下の女性のありかた一つとってみても、きわめて忍従的な存在でしかあり得なかったということは、推理小説中の女性がきわめて存在感の希薄な、人形のような存在として登場する結果となっても何の不思議もない。私は戦前の文学の主題は家と病気と貧乏と失恋であったと考えているが、そのような主題と正面から取り組むことを目的としない推理小説の作家が、どこか人格性や平衡感覚の欠如した、「全き人間」の対極としての「全からざる人間像」を描いていささかも反省せず、評者もまた怪しむことのなかったという事実は、はっきり指摘しておかなければならないと思う。

これは蒼井に対する批判ではない。蒼井が戦前における理性と合理主義と論理性を備えた本格推理小説の輝ける星であっただけに、このような制約を負っていたことがいよいよ残念に思えてならないというだけのことだ。(「戦前本格派の孤峯」『瀬戸内海の惨劇』国書刊行会、九二・九)

この評言は、『船富家の惨劇』の作者が「霧しぶく山」の作者でもあったことをよく納得させる。「霧しぶく山」のヒロインは、開明的な存在として設定されているが、それゆえにこそ異常性格者として描かれ、男性キャラクターによって破滅させられてしまう存在であるというのも、時代の女性観を反映していて象徴的だ。

ただ、それでも、紀田のような評価は、現代の推理小説観を基本としすぎているように思えてならない。「蒼井が戦前における理性と合理主義と論理性を備えた本格推理小説の輝ける星であった」というとき、「理性と合理主義と論理性」は戦後的なイメージで把握されている。当時における「理性と合理主義と論理性」とはどのようなものかが、改めて問われるべきではないか。

そしてもう一点、蒼井雄が近代的な本格探偵小説を志向していたのかどうかも、改めて問われるべきである。蒼井は、作家としてデビューする前に、神戸探偵倶楽部の集会に参加した際の寄書きで「筋を主とした作品がもっと出ないものだらうか?」(「寝言の寄せ書」『ぷろふいる』三四・八)と書いている。ここで「筋」というのは、ストーリーを指すのかプロットを指すのか、厳密には分からないが、戦後、江戸川乱歩・横溝正史との間で行なわれた座談会「『瀬戸内海の惨劇』について」(前掲)で、「作品の中にいろいろロマンを入れたいと思って、『バスカビルの犬』とか『緋色の研究』というのを初期に読んだので、そういうものが頭に残るんですね」と言ったり、「やはりやるなら場所を入れて、その中に一つのストーリーを入れるというい き方をやりたいと思っているんですがね」と言ったりしていることを鑑みれば、伝奇ロマン的なストーリーの起伏といったことをイメージしていたのかもしれない。にもかかわらず、ヴァン・ダインS. S. Van Dine（一八八八〜一九三九、米）的な「狂燥曲殺人事件」でデビューしているのが興味深いのだが、右の発言を踏まえるなら、「霧しぶく山」は伝奇的なストーリーの起伏を取り入れた蒼井テイストのひとつの完成形と見ることもできるだろう。

そして「霧しぶく山」をひとつの完成形と見た時、「瀬戸内海の惨劇」や、「最後の審判」（三六）や「三つめの棺」（四七）など、これまで見逃されてきた短編を評価するための軸も見えてくるはずである。

4

以下、本書に収録した各編について解題を付しておく。作品によっては内容に踏み込む場合もあるので、未読の方はご注意されたい。

【創作篇】

「狂燥曲殺人事件」は、『ぷろふいる』一九三四年九月号（二巻九号）に掲載された。その後、末広浩二編『探偵小説選集』（ぷろふいる社、三五）に再録された。また、ミステリー文学資料館編『幻の探偵雑誌1／「ぷろふいる」傑作選』（光文社文庫、二〇〇〇）に採録された。

『探偵小説選集』は、『ぷろふいる』創刊二周年を記念して刊行された、同誌出身新人の作品をまとめたアンソロジーである。同書収録ヴァージョンには、作中に掲げられた階上・階下の平面図は省略されていた。後に雑誌『幻影城』に再録された際、より製図風なものに書き起こされており、その出来映えがすばらしいのでここに掲げておく。なお、『幻影城』で新たに書き起こされた際、オリジナル版の説明文が一部省略されており、階下平面図において、玄関上がってすぐ左横にあるスペースが何を意味するのかが不明になってしまった。これは初出版の文字が判別しがたいためだと思われるが、そのスペースはおそらく「電話」室を指すものであろう。大下宇陀児「偽悪病患者」（三六）などを読めば明らかな通り、当時は電話室というものが設けられていたのである。

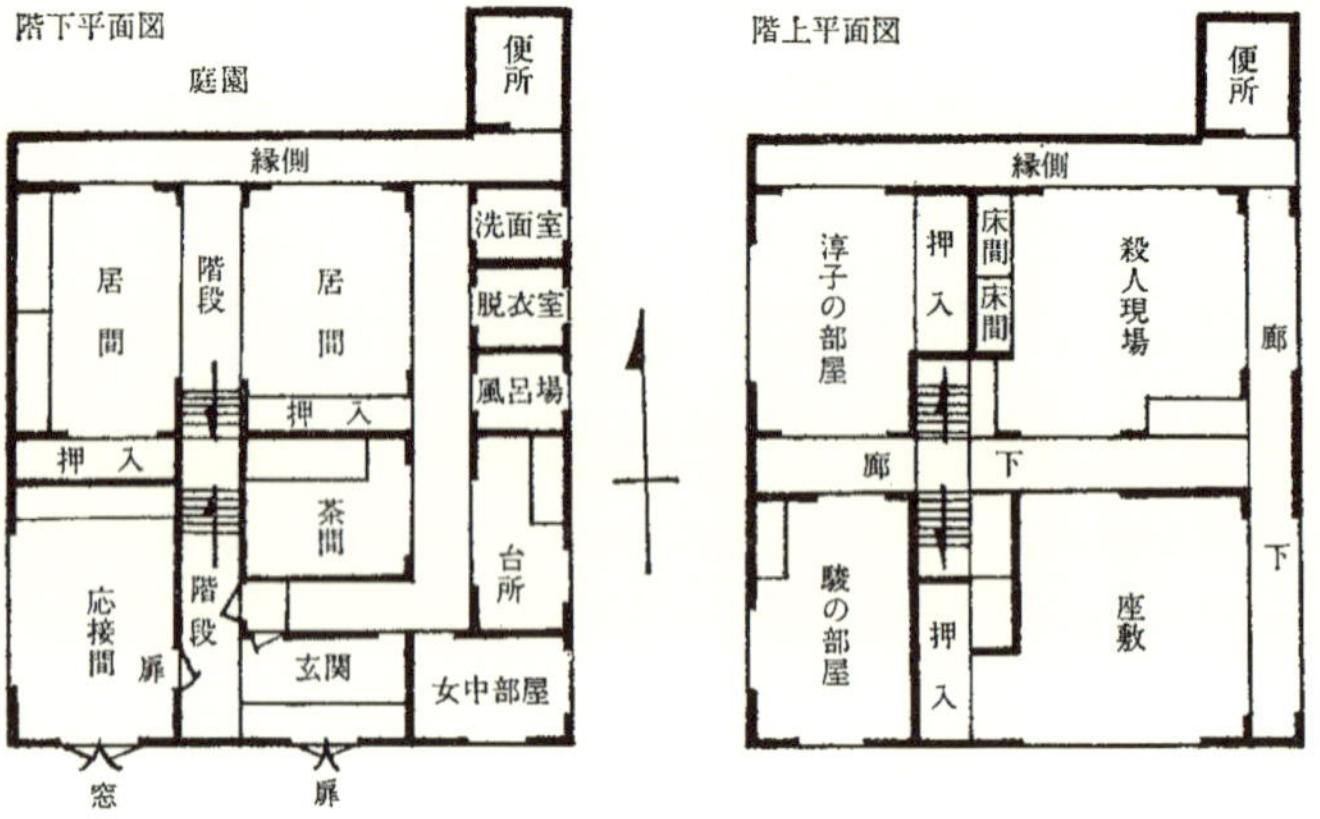

『幻影城』版では階上平面図の「廊下」の間のスペースの説明も省略されているが、こちらは「踊場」であろうか。

「**執念**」は、『月刊探偵』一九三六年七月号（二巻六号）に掲載された。その後、鮎川哲也編『鉄道推理ベスト集成３／復讐墓参』（徳間ノベルス、七七）およびその文庫版『トラベル・ミステリー４／殺人列車は走る』（徳間文庫、八三）、ミステリー文学資料館編『幻の探偵雑誌９／「探偵」傑作選』（光文社文庫、二〇〇二）に採録された。

本作品をアンソロジーに採録した鮎川哲也は次のように評している。

　この《執念》はラストにおける実験の場面が圧巻で、作者は本格物としてよりも恐怖小説を意図したのかも知れない。そのせいか他の純粋本格物に比べると、例えば共犯者である犯人の細君の描き方も不充分で、もっと伏線を丁寧に張っておかなくては彼女の登場が唐突に過ぎ、読者を百パーセント納得させ得ない恨みがある。作者に同情的な見方をするならば、締切に迫られて端折って了ったのかも知れぬし、与えられた枚数が少なくて書けなかったというふうにも考えられる。

「**最後の審判**」は、『新評論』一九三六年八月号（一巻六号）に掲載された。単行本に収録されるのは今回が初めてである。

作中に登場する「南波」は、おなじみの私立探偵・南波喜市郎であろう。

「**蛆虫**」は、『探偵文学』一九三六年九月号（二巻九号）に掲載された。単行本に収録されるのは今回が初めてである。

「霧しぶく山」は、第三章までが『探偵春秋』一九三七年七月号（二巻七号）に、第四章以下が同年八月号（二巻八号）に掲載された。その後、『日本探偵小説全集12／名作集2』（創元推理文庫、一九八九）、ミステリー文学資料館編『幻の探偵雑誌4／「探偵春秋」傑作選』（光文社文庫、二〇〇一）に採録された。

上田秋成の歌文集『藤簍冊子《つつらふみ》』第四冊は一八〇七（文化四）年発行。翻刻は一九〇九（明治四二）年以来、何冊か出ているが、蒼井が手にしたものは有朋堂文庫の『上田秋成集』（一一）に収録されたものであろうか。

「黒潮殺人事件」は、『新探偵小説』一九四七年七月号（一巻三号）に掲載された。その後、『現代推理小説大系8／短編名作集』（講談社、七三）、中島河太郎編『海洋推理ベスト集成／血塗られた海域』（徳間ノベルス、七七）およびその文庫版『日本ミステリーベスト集成4／海洋編』（徳間文庫、八四）、『紀州ミステリー傑作選』（河出文庫、八七）、『瀬戸内海の惨劇』（国書刊行会、九二）に採録された。

探偵役を務める竹崎は本作品のあとも「第三者の殺人」「三つめの棺」「犯罪者の心理」に顔を見せているが、戦前のシリーズ・キャラクター南波喜市郎を彷彿させるものがある。

「第三者の殺人」は、中部日本新聞社から一九四七年九月に刊行された雑誌形式のアンソロジー『新選探偵小説十二人集』に掲載された。単行本に収録されるのは今回が初めてである。

「三つめの棺」は、『黒猫』一九四七年一〇月号（一巻四号）に掲載された。その後、ミステリー文学資料館編『蘇る推理雑誌2／「黒猫」傑作選』（光文社文庫、二〇〇三）に採録された。

本作品のモチーフとなった小泉八雲ことラフカディオ・ハーン Lafcadio Hearn（一八五〇～一九〇四、愛蘭）の小品とは、『仏陀の国の落穂（仏の畑の落穂）』*Gleanings in Buddha-Fields*（一八九七）に収録された「人形の墓」Ningyō-no Haka である。

「犯罪者の心理」は、『宝石』一九四七年一一＝一二月合併号（二巻一〇号）に掲載された。単行本に収録されるのは今回が初めてである。

「感情の動き」は、『新探偵小説』一九四八年六月号（二巻三号）に掲載された。単行本に収録されるのは今回が初めてである。

創作篇の付録として、蒼井雄が参加している、京都探偵倶楽部の面々による合作・連作探偵小説「**ソル・グルクハイマー殺人事件**」を収録した。D章までが『ぷろふいる』一九三四年一〇月号（二巻一〇号）に、E章以下が同年一一月号（二巻一一号）に掲載された。単行本に収録されるのは今回が初めてである。

ウオルタ・エフ・リッパヂァ Walter F. Ripperger（?〜?、米?）「カーン氏の奇怪な殺人」*The Weird Murders of Mr. Carn*（三三年初出）は、『ぷろふいる』三三年九月号から一二月号まで土呂八郎によって訳載されたまま中絶しており、それを受けて結末を付けたのが京都探偵倶楽部による合作「アーノルド・カーンの裁判」（『ぷろふいる』三四・八）であった。「ソル・グルクハイマー殺人事件」は、その続編という扱いになり、単なる合作ではなく、「はしがき」にもある通り、京都探偵倶楽部のメンバーによってストーリーを練った上で、執筆を分担したものである。

大井正は、他に創作はなく、フェリン・フレイザー Ferrin L. Fraser（一九〇三〜六九、米?）のパーカー教授シリーズほかの翻訳を寄せている。馬場重次は「決算」を載せた他、エラリー・クイーン Ellery Queen（Frederic Dannay［一九〇五〜八二、米］と Manfred B. Lee［一九〇五〜七一、米］の合作ペンネーム）の長編『フランス白粉の謎』*The French Powder Mystery*（三〇）の本邦初訳である「飾窓の秘密」を連載するなど、主に翻訳の方で活躍した。馬場については九鬼紫郎「『ぷろふいる』編集長時代」（『幻影城』七五・六）がその風貌をよく伝えている。大畠健三郎は「河畔の殺人」他一編を載せた他、翻訳などを手がけている。渡部八郎が『ぷろふいる』に書いたのは本編のみで、別名義があるかどうかは不詳。斗南有吉は「爪」でデビューし、他に翻訳なども載せている。戦後版『ぷろふいる』にもエッセイを寄せた。波多野狂夢は「指紋の怪」でデビューし、他一編を載せた以外に、『探偵文学』にも創作を寄せている。左頭弦馬は「花を踏んだ男」でデビューし、後に鮎川哲也が『怪奇探偵小説集〔続々〕』（双葉社、七六）に採録した「踊り子殺しの幻想」の他数編、また探偵戯曲なども発表し、後には『猟奇』にも創作を寄せるなど、旺盛な執筆力を示した方であった。左頭については光石介太郎「YDNペンサークルの頃」（『幻影城』増刊、七五・七）がその風貌をよく伝えている。

本作品の後編が載った号には、山下利三郎の「グルクハイマー殺し合作と連作／ストーリー工作を見て」が掲載されている。山下の同エッセイは『山下利三郎探偵小説選』第二巻（論創社、二〇〇七）に既収。

【随筆篇】

「**寝言の寄せ書**」は、「神戸探偵倶楽部席上にて」と添え書きして、『ぷろふいる』一九三四年八月号（二巻八号）に、また「**神戸探偵倶楽部寄せ書**」は、『ぷろふいる』一九三四年一〇月号（二巻一〇号）に、それぞれ藤田優三名義で掲載された。いずれも単行本に収録されるのは今回が初めてである。

「**作者の言葉**」は、『ぷろふいる』一九三四年九月号（二巻九号）に「狂燥曲殺人事件」と共に掲載された。単行本に収録されるのは今回が初めてである。

メーソンA. E. W. Mason（一八六五～一九四八、英）の「矢の家」*The House of the Arrow*（二四）は『探偵小説』三二年六月号に妹尾アキ夫訳で、スカーレットRoger Scarlett（Dorothy Blair［一九〇三～七七、米?］とEvelyn Page［一九〇二～七六?、米］の合作ペンネーム）の「白魔」*The Back Bay Murders*（三〇）は『新青年』三三年六～一一月号に森下雨村訳で、クロフツの「樽」*The Cask*（二〇）は『探偵小説』三二年一月号に森下雨村訳で、それぞれ掲載された。

「**『瀬戸内海の惨劇』について**」は、『ぷろふいる』一九三六年七月号（四巻七号）に掲載された。単行本に収録されるのは今回が初めてである。

「**盲腸と探偵小説**」は、『ぷろふいる』一九三六年一〇月号（四巻一〇号）に掲載された。単行本に収録されるのは今回が初めてである。

「**この作に就き**」は、『ぷろふいる』一九三七年一月号（五巻一号）に掲載された。単行本に収録されるのは今回が初めてである。

「**箱詰裸女**」は、『犯罪雑誌』一九四八年五月号（一巻一号）に「犯罪実話」と角書きを付して掲載された。単行本に収録されるのは今回が初めてである。

「**解説**」は、『探偵小説名作全集／坂口安吾　蒼井雄集』（河出書房、五六・八）に掲載された。作品解説の部分のみ、『日本探偵小説全集12／名作集2』（創元推理文庫、前掲）の「編集後記」に引用されている。全文が単行本に収録されるのは今回が初めてである。

「**郷愁**」は、『日本推理作家協会会報』一九六六年九月号（通巻二二五号）に掲載された。単行本に収録されるのは今回が初めてである。

『推理小説研究』は日本推理作家協会が発行している雑誌で、第二号は特集「推理小説の周辺」と題して中島河太郎の編集で六六年七月一五日に刊行された。笹沢左保の「これから参ります」は、特集とは別に同誌に掲載されたエッセイのタイトルでもある。

「(無題)」は、『日本推理作家協会会報』一九六八年九月号(通巻二四九号)に掲載された。単行本に収録されるのは今回が初めてである。

『推理小説研究』第五号は特集「ジャンル討論会」と題して、都筑道夫・生島治郎・筒井康隆の編集で六八年七月二〇日に刊行された。

巻末に、アンケートとしてまとめたものの内、「諸家の感想」は『探偵春秋』一九三七年一月号(二巻一号)に、「ハガキ回答」は『ぷろふいる』同年四月号(五巻四号)に、「何のために書くか」は『日本推理作家協会会報』一九六四年一一月号(通巻二〇五号)に、それぞれ掲載されたもので、いずれも単行本に収録されるのは今回が初めてである。

横溝正史の「かひやぐら物語」は『新青年』三六年一月号に掲載された。角田喜久雄の「妖棋伝」は『日の出』三五年四月号から翌年六月号まで連載され、七月に新潮社から刊行された。「九ツの鍵」*The Case with Nine Solutions*(二八)はJ・J・コニントンJ. J. Connington(一八八〇〜一九四七、英)の作品で、黒沼健によって訳された。イアン・フレミングIan Fleming(一九〇八〜六四、英)は八月十二日に歿している。

［解題］**横井 司**（よこい つかさ）
1962年、石川県金沢市に生まれる。大東文化大学文学部日本文学科卒業。専修大学大学院文学研究科博士後期課程修了。95年、戦前の探偵小説に関する論考で、博士（文学）学位取得。共著に『本格ミステリ・ベスト100』（東京創元社、1997年）、『日本ミステリー事典』（新潮社、2000年）など。現在、専修大学人文科学研究所特別研究員。日本推理作家協会会員。

大井正氏、馬場重次氏、大畠健三郎氏、渡部八郎氏、斗南有吉氏、波多野狂夢氏、左頭玄馬氏の著作権継承者と連絡がとれませんでした。ご存じの方はお知らせ下さい。

蒼《あお》井《い》雄《ゆう》探偵《たんてい》小説《しょうせつ》選《せん》　〔論創ミステリ叢書54〕

2012年8月5日　初版第1刷印刷
2012年8月10日　初版第1刷発行

著　者　蒼井　雄
叢書監修　横井　司
装　訂　栗原裕孝
発行人　森下紀夫
発行所　論 創 社
〒101-0051　東京都千代田区神田神保町2-23　北井ビル
電話　03-3264-5254　振替口座　00160-1-155266
http://www.ronso.co.jp/

印刷・製本　中央精版印刷

Printed in Japan　ISBN978-4-8460-1165-9

論創ミステリ叢書

①平林初之輔Ⅰ
②平林初之輔Ⅱ
③甲賀三郎
④松本泰Ⅰ
⑤松本泰Ⅱ
⑥浜尾四郎
⑦松本恵子
⑧小酒井不木
⑨久山秀子Ⅰ
⑩久山秀子Ⅱ
⑪橋本五郎Ⅰ
⑫橋本五郎Ⅱ
⑬徳冨蘆花
⑭山本禾太郎Ⅰ
⑮山本禾太郎Ⅱ
⑯久山秀子Ⅲ
⑰久山秀子Ⅳ
⑱黒岩涙香Ⅰ
⑲黒岩涙香Ⅱ
⑳中村美与子
㉑大庭武年Ⅰ
㉒大庭武年Ⅱ
㉓西尾正Ⅰ
㉔西尾正Ⅱ
㉕戸田巽Ⅰ
㉖戸田巽Ⅱ
㉗山下利三郎Ⅰ
㉘山下利三郎Ⅱ
㉙林不忘
㉚牧逸馬
㉛風間光枝探偵日記
㉜延原謙
㉝森下雨村
㉞酒井嘉七
㉟横溝正史Ⅰ
㊱横溝正史Ⅱ
㊲横溝正史Ⅲ
㊳宮野村子Ⅰ
㊴宮野村子Ⅱ
㊵三遊亭円朝
㊶角田喜久雄
㊷瀬下耽
㊸高木彬光
㊹狩久
㊺大阪圭吉
㊻木々高太郎
㊼水谷準
㊽宮原龍雄
㊾大倉燁子
㊿戦前探偵小説四人集
(別)怪盗対名探偵初期翻案集
(51)守友恒
(52)大下宇陀児Ⅰ
(53)大下宇陀児Ⅱ
(54)蒼井雄

論創社